Dorota Terakowska
Im Kokon

DOROTA TERAKOWSKA

IM KOKON

Roman

Aus dem Polnischen
von Andrea Müller

Diese Veröffentlichung wurde durch das
Book Institute - the ©POLAND Translation Program
gefördert

INSTYTUT KSIĄŻKI

©POLAND

Treibgut Verlag

Titel der polnischen Originalausgabe:
Poczwarka (2002)

Titelbild unter Verwendung der Zeichnung
„Das rote Gartenhaus" von Gerd Tölke, Hannover

ISBN 978-3-941175-18-1

Impressum

1. Auflage 2009
© für die deutsche Ausgabe 2009 by Treibgut Verlag Berlin
© Copyright by Katarzyna Nowak & Malgorzata Szumowska
© Copyright by Wydawnictwo Literackie, Kraków
Alle Rechte vorbehalten.
Umschlaggestaltung, Layout und Satz:
Frank Schroeder, Berlin

Treibgut Verlag
Rübländerstraße 12, 13125 Berlin
www.treibgut-verlag.de

Meiner Tochter Malgosia Szumowska gewidmet,
der die Entstehung dieses Buches zu verdanken ist.

... ringsumher war Dunkelheit. Und Wasser. Dickflüssig, warm, angenehm. Das Kind tanzte darin ruhig und sicher, leicht und gewandt. Ewig hätte es so tanzen wollen. Da draußen herrschte Unsicherheit: Die Erdanziehung, fremde Blicke aus tausenden Augen, Gleichgültigkeit oder ein Überfluss an Mitleid. Das Kind wusste von all dem, bevor es herausschwamm in die trockene und erbarmungslose Welt. Es war ein Geschenk Gottes und durfte nicht dort bleiben, wo es gern geblieben wäre. Der Herr verteilt seine Gaben, auch die ungewollten. Nichts behält er für sich.

*

Als Adam im Krankenhaus die merkwürdig schmalen Augen seines gerade geborenen Töchterchens sah, zog er die Stirn kraus und scherzte: „Hast du eine Asiatin geboren? Eine Exotin - das ist wohl jetzt Mode?"

„Mach keine Scherze. Das ist kein Spaß", antwortete Eva.

„Was ist daran schlecht", wunderte er sich, wobei er unentwegt auf das Neugeborene schaute. „Ich könnte kleine Chinesin sagen, Mongolin oder Japanerin ..."

„Alles, aber nur keine Mongolin oder besser kein mongoloides Kind", erwiderte Eva und verzog den Mund. Bloß jetzt nicht weinen. Noch nicht. Sie könnten sich doch auch geirrt haben, dachte sie hoffnungsvoll.

„Warum nicht", fragte Adam. „Sie hat doch etwas Asiatisches. Wenn ich dir nicht voll vertrauen würde, dann würde ich meinen, du hättest mich betrogen", lachte er.

Ach seine Witze ... wie ich sie manchmal einfach nicht ertrage, dachte Eva im Stillen, während sie sich zum Lachen zwang. „Nein, bloß kein mongoloides Kind", wiederholte sie flehend. „Hat er denn wirklich noch nie von Mongolismus gehört? Kennt er denn tatsächlich nur Begriffe wie Hausse, Baisse, Börsenparkett, Lobby und E-Business? Assoziiert das Wort 'Down' bei ihm ausschließlich den Kursfall an der Börse? 'Down' und 'up' oder 'Dow Jones'?"

„Ein Hauch von Asiatischem ist doch sogar sexy bei einem Mädchen", scherzte ihr Mann indes weiter.

„Mein Gott ...", stöhnte Eva. „Warte mit diesem Kompliment, bis sie fünfzehn Jahre alt ist."

„Lolita war nur zwölf", lachte Adam, aber sein Lachen wurde von den gekachelten Wänden der Entbindungsstation wie ein Echo zurück geworfen. Eva lief ein kalter Schauer über den Rücken.

Sie war in der teuersten Privatklinik niedergekommen, die es in der Stadt gab. Adams Kind sollte einfach nur das Beste haben. Er hätte am liebsten einen Sohn gehabt. Eines Tages würde er ein Superstar der Informatik und Börse sein, freute er sich, bevor sie beide das grandiose Ultraschallbild gesehen hatten. Er hatte darauf ausschließlich ein wunderbares Durcheinander wahrgenommen; sie hatte nur das kleine schlagende Herz gesehen. Der Doktor aber hatte auf das Geschlecht des Embryos hingewiesen. Adam war es nicht schwergefallen, sich mit dem Fakt anzufreunden, dass er eine Tochter haben würde. „Ausgewählte Bildung, ein guter Mann", hatte er mit fünf Worten die Zukunft des kleinen Wesens zusammengefasst, bevor es auf die Welt gekommen war. Aber jetzt lag es hier neben der Mutter und über den zusammengekniffenen Augen wölbten sich dicke Hautfalten. Etwas zu dick. Etwas zu viel Haut.

„Alles, bloß kein mongoloides Kind", flüsterte Eva zu sich selbst, als Adam den Kreißsaal verließ. Ein Schwall seines teuren Eau de Toilette blieb zurück und vermischte sich mit dem Duftschleier eines riesigen Rosenstraußes.

Sie wusste fast nichts über Mongolismus, über die unterschiedlichen Arten und Schweregrade dieser Behinderung oder über die Möglichkeiten der Heilung. Sie kannte lediglich das äußere Erscheinungsbild. Darum fürchtete sie sich umso mehr.

*

Die Gaben des Herrn sind die Erde, der Himmel, Tag und Nacht, Blumen und Samen, Bäume, Vögel, Mäuse, Schlangen, Elefanten, Gipfel, Blitze, Tornados, Vulkane - und Menschen. Gaben des Herrn sind auch jene Kinder, deren Ankunft auf der Erde zu rechtfertigen ist.

... denn am Anfang schuf der Herr Himmel und Erde. Die war noch ungestalt und von Wasser überflutet. Aber im Wasser schwamm auch das Kind. Nicht nur eines. Und es war hier dunkel, sicher, still. So sollte es bleiben. Aber der Herr hatte es eilig, auf ihn warteten eine Menge faszinierender Dinge der

Schöpfung, unvollendete Arbeit und unerwartete Überraschungen. Also sagte er flink: „Licht soll es werden ...“ Und trotz des Wassers wurde es so hell, dass es blendete. Das Licht verwandelte das Dunkel, sodass man sehen konnte.

„DAS IST GUT“, sagte der Herr mit einem Hauch von Zweifel in der Stimme. Zweifel begleiteten ihn stets. Fehler ebenfalls. Vollkommenheit gab es selten.

„Das ist ja schrecklich“, dachte das Kind, während es immer mehr das Gefühl von Sicherheit verlor. Obwohl es sich verzweifelt wehrte, musste es hinausschwimmen aus dem beruhigenden Wasser der Mutter in die trockene, furchterregende und beschwerliche Helligkeit der Erde.

Das war der Vorabend des ersten Tages, jedoch dauerte jener Vorabend viele lange Jahre an.

*

„Könnten Sie die in eine Vase stellen?“, fragte Eva und wies auf den gigantischen Rosenstrauß. Doch die Schwester schüttelte unwillig den Kopf. „Das sind zu viele Blumen. Ein zu starker Duft. Das Kind könnte sich davon eine Allergie holen.“

„Dann behalten wir eben drei Rosen, den Rest verteilen wir unter den armen Frauen“, schlug Eva vor.

„Aber in diesem Krankenhaus gibt es keine armen Frauen. Und außerdem, was sollten diese armen Frauen mit den Blumen anfangen?“, erwiderte die Schwester gleichgültig. „Ich stelle sie auf den Korridor.“

Als die Krankenschwester mit dem riesigen Strauß Rosen auf die Tür zuging - wie das zu Adam passt, dachte Eva - hörte sie die leise Stimme der Patientin. „Bitte Schwester, schauen Sie sich mein Kind an ...“

„Niedlich, sie ist niedlich, ich weiß, die Allerschönste. Alle Mütter bekommen das achte Weltwunder“, lachte die Krankenschwester milde. In dieser luxuriösen Klinik wird sie auch dafür bezahlt, den Patientinnen und ihren Neugeborenen Komplimente zu machen.

„Nein, nicht doch ...“, flüsterte Eva. „Bitte schauen Sie sich doch mal die Augen an.“

„Sie hat Mamas schöne Augen“, wandte sich die Frau genervt dem Neugeborenem zu. Gegen Ende ihres Dienstes wollten sie ihre Beine kaum noch tragen und die Launen der Patientinnen gingen ihr gehörig auf die Nerven.

„Mamas hübsche Augen", brubbelte sie routiniert, schaute aber nun doch aufmerksam in das Gesicht dieses winzigen Geschöpfes, bevor sie langsamer wiederholte: „Die Äuglein ... ja."

Eva spürte sofort den Unterton in der Stimme der Frau. „Ist das ... meinen Sie nicht, dass ... die Schlitzaugen ... könnten Sie nicht ...", stotterte sie. Eva bekam die Frage nicht heraus, deren Antwort sie nicht ertragen würde. Sie hatte so eine Ahnung, dass sie die Antwort bereits wusste, dass sie niemanden zu fragen brauchte, denn das Wort würde ohnehin fallen. Dann würde es nicht mehr in unbeschwerten Scherzen erklingen und nicht mehr nur in ihrem Kopf. Es würde laut gesagt werden, deutlich, und niemand würde es zurücknehmen können.

„Wir haben einen guten Kinderarzt. Er kommt morgen zu Ihnen", antwortete die Schwester ausweichend. „Die Hebamme hat das Kind mit sieben Punkten auf der Apgar-Skala bewertet. Kein schlechtes Ergebnis", fügte sie mit künstlicher Munterkeit hinzu.

„Nicht schlecht", räumte Eva ein. „Aber diese Skala berücksichtigt nicht die Psyche", fügte sie flüsternd hinzu, mehr zu sich selbst, denn die Schwester war schon hinter der Tür verschwunden.

*

Trockenheit. Licht im Dunkel. Laute, schrille Töne. Ein Wechsel der Farben. Unendliche Nuancen von Schwarz. Ein verblüffend klares, fast kristallenes Weiß, das sich krampfartig ausbreitet zu einem siebenfarbigen Regenbogen. Da ist eine unglaubliche Melodie aus Worten und aus Stille, eine schwingende Stimme, die sich auf die Schöpfung wälzt wie ein fernes Grollen. Eine Frage schwebt im Raum - niemand weiß, an wen sie gerichtet ist und keiner erwartet eine Antwort. Unsicherheit klingt aus ihr heraus.

„DAS IST GUT."

Das Kind fühlte, dass es eben nicht GUT war, dass es niemandes Geschenk sein wollte. Es wollte zurück, doch es gab kein Zurück. Die Reise ging nur in eine Richtung. Eine lange Reise, denn ewig währt die Schöpfung.

*

Der Kinderarzt ließ das Wort „Down" in der dreizehnten Minute der Untersuchung des Neugeborenen fallen.

„… ein kleiner Mongoloid", sagte Eva wie taub.

„Wir nennen das Mongolismus, häufiger auch Down-Syndrom, ziehen jedoch eine andere Bezeichnung vor, die allgemein bei uns anerkannt ist: Mumin", erklärte der Arzt mit warmer Stimme. „Wir lieben dieses Wort und benutzen es alltäglich. Es ist schön und hat einen literarischen Ursprung … kennen Sie die Bücher von Tove Jansson?"

„Ein kleiner Troll", flüsterte Eva und begann zu weinen. Die Mumins, ob aus Büchern oder dem Fernsehen, erinnern an etwas Liebes, Lustiges. Das Baby jedoch schwitzte auf ihren Armen, es war geradezu das Gegenteil von lieb und lustig und widersprach sowohl ihren als auch Adams Lebensplänen. In diesen Vorstellungen sollte das Kind in einem schön eingerichteten Kinderzimmer aufwachsen, für das sie nur das Beste gekauft hatten. Darin gab es nicht nur helle Möbel, weiße Gardinen und cremefarbene Vorhänge, einen passenden Teppich, ganze Stapel von Kleidung und jede Menge Spielzeug, sondern auch verschiedene Ratgeber, in denen beschrieben war, wie man das Kind erziehen und ihm eine gute Entwicklung sichern solle.

„In der Vorschule Englisch, Tennisunterricht, einen Computer ab dem fünften Lebensjahr", hatte Adam gesagt.

„Ich würde ihm Zeichenunterricht und Klavierstunden geben. Vielleicht sogar Ballettunterricht?", schlug Eva vor. Möglicherweise hat es eine künstlerische Begabung …

Der Arzt sagte noch mehr, aber Eva hörte ihm nicht mehr zu. Ihre Gedanken kreisten um die Ruinen ihrer Träume und Pläne, die so genau durchdacht waren, dass sogar die Schwangerschaft genau berechnet gewesen war: Kurz vor der Fertigstellung des Hauses und nach der Fusion von Adams Firma mit einem bekannten Konzern.

„… wenn wir uns ein Kind leisten können", hatte er gemeint und sie hatte dazu mit dem Kopf genickt.

Nie hatte sie ihre Freundinnen verstanden, die schwanger geworden waren, während sie noch studiert und sich in einer engen Wohnung eines Neubaublocks eingerichtet hatten - auf Kosten ihrer Lebensträume. Nach Adams und Evas Meinung sollte ein Kind ein unzertrennlicher Teil der Erfüllung ihrer Ambitionen sein und ganz und gar nicht deren Zerstörung.

„Es verwirklicht all das, was bei uns besser hätte werden können. Es wird nicht bei Null anfangen müssen wie wir. Es erreicht sofort das Höchste. Unser Kind ... ach Eva, das wird wunderbar!", hatte er sie beschworen, als sie schwanger gewesen war.

Und jetzt hielt sie dieses Kind in ihren Armen. Vielleicht hat es jemand vertauscht, dachte sie bei den Worten des Arztes, die wie aus der Ferne zu ihr drangen. Der Arzt wusste, was mit ihr los war, unterbrach sich aber dennoch nicht. Trotzdem oder vielleicht sogar deswegen? „... eines von sechshundert, siebenhundert Kindern kommt mit Down-Syndrom auf die Welt. Sie sind keine Ausnahme, glauben Sie mir. Früher, so vor fünf oder sechs Jahren, wäre dieses Kind zur Isolation verdammt gewesen, zu einer Existenz am Rand der Gesellschaft. Sein Intelligenzquotient hätte damals bei ungefähr dreißig Punkten begonnen und geendet. Heute kann es sechzig Punkte von hundertzwanzig Punkten normaler Intelligenz erreichen. Das heißt, es würde sich von einem normal entwickelten Kind nur zur Hälfte unterscheiden."

Eva lachte laut und mit ärgerlicher Bitterkeit auf. Nur die Hälfte, dachte sie in einem Anflug von Aufbegehren und Angst. „Seit einigen Jahren haben wir hervorragende Rehabilitations-Programme", fuhr der Arzt unbeeindruckt fort, als würde er ihre Reaktion nicht bemerkt haben. „Wenn es nicht die schwerste Form des Down-Syndroms ist, wird das Kind sogar zur Vorschule gehen können, in eine Förderschule, in der es speziell ausgebildet wird. Es lernt zum Beispiel Körbe flechten oder Schachteln anfertigen, Teppiche weben oder Gläser bemalen ..."

„Körbe flechten ...", wiederholte Eva mechanisch und ohne jede Aggression. Na und. Jemand muss ja Körbe flechten, ich selbst habe schließlich Dutzende davon zu Hause. Korbsachen sind modern und halten was aus. Sie lachte erneut, ein bisschen hysterisch, aber dennoch fröhlich. DAS gleicht einem Traum - das *muss* ein Traum sein. DAS konnte jedem anderen passieren, aber doch nicht ihr!

„Natürlich, Down-Kinder werden häufiger krank als andere. Deswegen führen wir eine Reihe von Untersuchungen durch, damit wir wissen, wo Ihr Kind besonders empfindlich ist", sagte der Arzt in einem Atemzug. Eva überlegte, wie viel dieser Arzt vielleicht noch zu sagen hätte und ob sie das überhaupt hören wollte.

„Sehen Sie, solche Kinder haben meist schlechte Augen, leiden häufig an Husten, weil sie ein schwaches Atmungssystem oder Herzprobleme haben. Bitte beachten Sie auch, dass Ihre Tochter keine starken Muskeln haben wird, aber möglicherweise Übergewicht, das ebenfalls typisch ist bei DS, das heißt Down-Syndrom, dann wird sie ...

„... niemals tanzen", sagte Eva besserwisserisch. Plötzlich aber schoss es ihr durch den Kopf: „... es könnte auch sterben! Es könnte sterben und ich könnte ein zweites, ein gesundes Kind bekommen."

Das Kind fing an zu weinen und öffnete die Augen: zwei Schlitzaugen, eingebettet in dicke Bäckchen. Es weinte ohne Tränen. Eva fühlte seine Tränen auf ihren Wangen. Weinen wir beide. Du ohne Tränen, und ich ohne Schluchzen, dachte sie.

„... also, ich schicke Ihnen jemanden vorbei", sagte der Arzt, ohne auch nur für einen Moment seinen Wortschwall zu unterbrechen.

„Wen?", fuhr Eva hoch.

„Ich sagte Ihnen doch, eine Frau, deren Töchterchen mit Down-Syndrom bereits acht Jahre alt ist und sich gut entwickelt. Sie werden sehen, es ist nicht so schrecklich, wie Sie denken."

Eva lachte auf. „Bitte schicken Sie mir doch eine Zauberin, die mein Kind verwandeln kann", schrie sie und fügte mit einem klagenden Flüstern hinzu: „Sagen Sie meinem Mann, was ich da geboren habe."

„Ja, natürlich", gab er steif zurück. „Wir informieren in der Regel die Väter. Die Mütter wollen es nie selbst sagen ... ach ja, beinahe hätte ich es vergessen. Es gibt auch die Möglichkeit, das Kind hier im Krankenhaus zu lassen. Dann geben wir es in eine entsprechende Einrichtung."

Sie blickte den Arzt mit Hass an. Das Kind weinte erneut.

„Ein kleiner Troll", sagte plötzlich der Doktor mit echtem Mitgefühl, so als hätte er für einen Augenblick die kalte Maske seines Berufes fallen lassen.

Eva war gerührt: was für eine banale Bezeichnung, gut bekannt aus Büchern und dem „Sandmännchen" vom Fernsehen. Plötzlich spürte sie eine unbegreifliche Liebe zu dem hilflosen, verletzlichen Geschöpf, das gerade erst auf die Welt gekommen war. „Auf eine künstliche, schlechte Welt", sagte sie leise und wunderte sich - warum künstliche?

„Ich möchte Sie auch noch darauf aufmerksam machen ...", hörte sie erneut die Stimme des Arztes. Er ging bereits auf die Tür zu, blieb stehen und schaute unsicher zu ihr.

„Da ist noch etwas", fuhr er fort.

„Wo, was?", fragte sie, schon auf die nächste Hiobsbotschaft gefasst.

„Ein Enzofalogramm brachte weitere Einschränkungen, vielleicht weniger typische Störungen ans Tageslicht. Die Computertomografie des Gehirns zeigte einen winzigen dunklen Fleck. Wir wissen nicht, was das sein könnte. Möglicherweise ist es ein Tumor, ein Blutgerinnsel oder noch etwas anderes. Falls das jedoch auf einen wichtigen Teil des Zentralnervensystems drückt, dann ..." Er hielt inne, als ob er diese Information für sich behalten wollte: „... dann könnte es auch eine schwerere Form als das typische Down-Syndrom sein."

„Und meine Tochter wird keine Körbe flechten", sagte Eva.

„Ja. Es könnte sich zeigen, dass sie sogar das nicht lernen wird." Der Doktor räusperte sich und ging hinaus. Gerade aus dem Räuspern hörte Eva Mitleid heraus, das sie nicht wollte.

*

„Lassen wir es hier", sagte Adam. Dieses Mal kam er ohne Blumen. „Ich habe bereits alles mit den Ärzten abgesprochen. Es kommt in eine spezielle Einrichtung."

Es, dachte Eva. Nicht einmal ein Geschlecht hat es. Und es ist besser so. Zu etwas Geschlechtslosem kann man viel schwerer eine Beziehung aufbauen.

„Es wird ihm nicht schlecht gehen", sprach Adam weiter. „Ich bezahle. Das war's. Monatlich gibt es eine Überweisung auf das Konto der Einrichtung. Wir können uns das leisten. Den anderen sagen wir, du hattest eine Frühgeburt oder es wurde tot geboren. Was ist besser ...?"

„Allen?", wiederholte Eva.

„Du weißt das selbst ... unseren Freunden, Bekannten ... Kollegen aus der Firma. Sagen müssen wir etwas. Wenn ich nur an ihre Blicke denke ... und ihr Geflüster hinter unseren Rücken ..."

„Ich weiß", sagte sie mit Verständnis. „Sie haben uns immer beneidet, jetzt werden sie uns vielleicht bemitleiden."

„Aber ich hasse Mitleid", sagte Adam. Sie nickte mit dem Kopf im Takt der Worte ihres Mannes, ohne auf das Kind zu schauen, das neben ihr im Kinderbettchen des Krankenhauses lag. „Ja, so ist es gut. Ohne es nach Hause gehen und alles einfach vergessen. Und niemals hierher zurückkehren."

Plötzlich fing das Kind zu weinen an. Sie beugte sich zu ihm herüber. Dabei wurden ihre Gesichtszüge unwillkürlich weich. Eva blickte das Neugeborene an wie eine Katze, die unters Auto gekommen war. Mit gebrochenen Pfoten, merkwürdig verbogen, aber immer noch lebend, lag sie auf dem Bürgersteig, versuchte den Kopf zu heben und gab klagende Töne fast wie ein kleines Kind von sich. Sie konnte ihr nicht helfen. Am klügsten wäre gewesen, ihr den Gnadenstoß zu versetzen, doch auch dazu war Eva nicht in der Lage. Einzig die Ohren konnte sie sich zuhalten und schnell vorbei gehen. Sie wollte die kraftlose Bitte um Hilfe nicht hören. „Hilfe, ... rette mich", flüsterte sie jetzt tonlos, aber Adam war schon hinaus gegangen, sodass niemand sie hören konnte.

*

Der Herr erschuf die Welt von Anfang an, aber ohne Ende. Immer wieder schuf er sie von Neuem. Er glaubte daran, dass die nächste eine bessere sein würde. Geglückt ist ihm das niemals. Tag und Nacht, ja, das war einfach, obwohl sie reichlich unterschiedlich waren. Sie hatten einfach jene natürliche Schönheit von Hell und Dunkel.

„DAS IST GUT", sagte der Herr ohne jeden Zweifel.

Er sagte DAS IST GUT jedoch auch dann, wenn er wusste, dass sie ihm nicht gelungen war. Auf diese Weise wollte er sich Mut machen. Wäre er mutlos, würde die ganze Welt in nur einem Augenblick in ein unendliches, schwarzes Loch fallen. Es gäbe keinen Platz mehr für den Menschen und auch die Zeit würde nicht mehr existieren. Aber Welt wie Menschen können nicht losgelöst von der Zeit leben, wenn auch die Zeit ohne sie auskommt.

Gerade bei der Erschaffung des Menschen war es immer sehr verschieden. Der Herr schuf, indem er ausprobierte. Aber er beging dabei Fehler. Deswegen übergab er den Menschen seine Schöpfungen, damit sie diese vervollkommneten. Aber auch dies gelang nicht immer. Sie waren manchmal einfach nicht gut genug. Die Menschen verstanden sie nicht. Trotzdem sollten sie wenigstens für diese Geschöpfe sorgen.

Obwohl die Schöpfung an sich langweilig, monoton und unvollkommen war wie das Universum selbst, so barg sie doch in sich immer wieder Überraschungen.

Die Frau, die der Doktor schickte, hieß Anna und betrat den Isolierraum mit einem so breiten Lächeln, das über das ganze Gesicht ging.

„Ein schönes Kind", sagte sie, als sie sich über das Neugeborene beugte.

Eva brach in Gelächter aus. Es war ein Laut zwischen Gekicher und einem hasserfüllten, im Halse stecken bleibenden Schluchzen. „Was wollen Sie?", fragte sie.

„Ich möchte Sie vor einem Fehler bewahren", sagte die Frau kühn.

„Was geht Sie das an?" Eva fühlte, wie in ihr der Hass wuchs zu einem übertriebenen Lächeln, zu einem ekelhaften Geschmack im Mund, zu einem unerträglichen Ausmaß von Mitleid.

„Möchten Sie das Foto meiner kleinen Tochter sehen?", sagte die Frau. Das Foto war augenscheinlich zurechtgelegt, so wie sie es mit einem Handgriff aus der Handtasche zog. Eva stöhnte auf. Von dem Foto lächelte vertrauensvoll ein kleines Mädchen. Dieses Lächeln hatte alle typischen Merkmale des Down-Syndroms und erschreckte Eva, als sie in das runde, sympathische Gesicht mit den ebenfalls runden Brillengläsern blickte.

„Man sieht ES sofort" sagte sie unbewusst und vergrub ihr Gesicht in den Händen. Wie schrecklich, aber muss ich diese Frau so verletzen, fragte sie sich selbst. Aber Anna war ganz und gar nicht verletzt. Mit einem natürlichen Lächeln antwortete sie:

„Klar sieht man das", und fügte vertrauensvoll hinzu: „Ich hatte Angst zu Ihnen zu gehen. Ich fürchte mich immer."

„Immer? Was heißt das 'immer'?", fragte Eva.

„Solche Kinder werden öfter geboren als Sie denken."

„Werden Sie dafür bezahlt oder was?", erkundigte sich Eva aggressiv.

„Nein, sie bezahlen mich nicht", antwortete die Frau gelassen. „Aber sehen Sie, ich habe das Kind nicht abgegeben. Darum komme ich, um auch andere davon zu überzeugen, das nicht zu tun."

„Worum tut es Ihnen Leid? Um die gesellschaftliche Fürsorge?", krächzte Eva. „Schließlich wird sie von unseren Steuern finanziert."

Sie hatte ihre Entscheidung getroffen. Selbst eine ganze Meute von Frauen mit kleinen Down-Kindern würde sie nicht überreden können. Sie fühlte sich bereit, mit allem von vorn zu beginnen.

Die Frau setzte sich auf den Bettrand und schaute auf den Säugling. Sie lächelte erneut, jedoch anders als zuvor. „Sie glauben nicht, dass man diese Kinder lieben kann, manchmal sogar mehr als gesunde? Ich habe zwei, Jacek und Elzbieta. Elzbieta habe ich lieber als Jacek, weil sie das mehr braucht. Diesen Kindern fehlt es oft an Liebe ..."

Eva schwieg. Noch immer saß die Frau neben ihr, den Blick nicht abwendend von dem Baby, als sie sagte: „Wir nennen sie die Geschenke Gottes, wissen Sie? Oder auch die Kinder des Herrn."

Eva brach erneut in Lachen aus. „Wer hat sich denn diese bescheuerten Namen ausgedacht?"

„Keine Ahnung", antwortete die Frau. „Als Elzbieta auf die Welt kam, wurden diese Begriffe schon genutzt. Das ist seit Jahren so. Vielleicht schon immer. Mir wurden sie von einer anderen Mutter gesagt, die zu mir in die Klinik kam, so wie ich jetzt zu Ihnen gekommen bin. Manchmal nennt man sie auch Kinder, die anders sind."

„Ha! Political correctness!", stieß Eva ärgerlich hervor. Zum Thema political correctness hatte sie mit Adam eine feste Meinung. Jetzt schrie sie diese mit unverhohlener Begeisterung vor dieser fremden Frau heraus: „Ein Neger ist ein Afroamerikaner, ja? Irgend so ein Politiker ist mit seiner politischen Korrektheit auch über das Ziel hinaus geschossen, als er Nelson Mandela Afroamerikaner nannte, nur damit er nicht zu ihm Schwarzer sagen muss! Ein Zigeuner ist ein Roma, ein Homo ein Schwuler oder Andersliebender? Und ein Idiot ist einer, der anders ist oder sogar ein Geschenk Gottes, ja?"

„Genau", antwortete die Frau ruhig. „Warum interessiert Sie nicht, woher dieser Begriff stammt?"

„Woher denn?", fragte Eva wütend.

„Tu anderen nichts, was auch dir schaden würde, mach ihm keine Unannehmlichkeiten, wenn du nicht musst ... liebe deinen Nächsten ..."

Eva schwieg. Die Frau irritierte sie immer mehr. Redete in Parolen. Moralisierte.

„Sie wissen nicht, dass sich hinter der Geburt eines solchen Kindes etwas Gutes verbirgt ... etwas sehr Gutes. Es wird viel für Sie tun allein damit, dass es da ist", sagte die Unbekannte.

„Bitte reden Sie mir nicht ein, dass die Geburt eines solchen Kindes etwas Gutes ist. Sagen Sie besser, es ist das Allermieseste", schlug sie sarkastisch vor. Aber die Frau nahm ihre Äußerungen sehr ernst. Sie überlegte lange, als wollte sie das auswählen, was jetzt am wichtigsten war. Ihr Blick wanderte von dem Säugling zur Mutter und zurück. Eva kam es so vor, als sehe sie darin Mitleid aufflammen.

„Für mich waren zwei Dinge die schlimmsten", antwortete sie endlich. „Meine Tochter sprach bis zu ihrem fünften Lebensjahr kein Wort. Sie hören, wie die normalen Kinder plappern, sie bekommen Angst, dass ihr Kind vielleicht nie einen vernünftigen Satz sagen wird. Ach was, nicht ein vernünftiges Wort. Aber schließlich sprechen sie doch alle. Die einen früher, die anderen später. Aber sie sprechen. Und eines Tages sagen sie: 'Ich liebe dich, Mama!' Dennoch, einige behalten ihr ganzes Leben lang die Sprache in sich versteckt, fühlen jedoch wie andere. Ja, vielleicht sogar mehr?"

Eva schwieg. Die Frau atmete tief durch: „Aber es gibt auch schlechte Sachen ...", unterbrach sie sich und suchte lange nach den richtigen Worten: „Es ist nicht leicht, sie zur Sauberkeit zu erziehen. Täglich, als ich Elzbieta aus der Integrations-Vorschule abholte ..."

„Integration?", wiederholte Eva.

„Ja, es gibt spezielle Vorschulen, in denen normale Kinder spielen mit ...", begann die Frau von neuem und unterbrach sich, sodass Eva ergänzte: „... mit Unnormalen."

„Ja. Ich habe Elzbieta dort angemeldet und ... und fast jeder Tag war eine Demütigung", fuhr die Frau fort.

„Eine Demütigung ...", sagte Eva und verstummte.

„Ich habe Ihnen doch schon gesagt, dass diese Kinder lange brauchen, bis sie sauber sind", erinnerte sie Eva an das schon Gesagte.

„Verstehe: Chaos, sie räumen ihr Spielzeug nicht weg, machen alles kaputt?", fragte Eva.

„... und machen in die Hosen", ergänzte die Frau fix und atmete laut auf, als ob sie sich hatte überwinden müssen, das zu sagen.

Eva zitterte. Sie gehörte zu den Menschen, denen schlecht wurde, wenn sie einen Besoffenen sahen, der sich übergab. Eine öffentliche Toilette zu betreten war für sie ein rotes Tuch. Schon als sie schwanger war, war sie sich nicht sicher gewesen, ob sie die Windeln ihres Kindes würde wechseln können. Adam hatte gutmütig darüber gelacht und ihr die Hilfe einer Krankenschwester versprochen.

„Mach dir keine Sorgen, das dauert nicht lange, nicht einmal ein Jahr. Intelligente Kinder lernen schnell, sauber zu werden, und du zweifelst doch nicht daran, dass unser Kind klug sein wird?"

Damals hatte sie nicht daran gezweifelt. Derweil sprach die Frau weiter:

„Manchmal dauert das bis zum vierten Lebensjahr, ab und zu sogar bis zum sechsten oder noch länger. Diese Kinder können oder wollen nicht rechtzeitig Bescheid sagen. Es gibt keine Möglichkeit, ihnen das beizubringen. Es kann ganz schlimm kommen. Ich meine die Erzieherinnen in der Vorschule. Sie wechseln zur Not die Windeln. Aber wenn meine Elzbieta ... wissen Sie ..."

„Und", sagte Eva hart. „Was passierte, wenn Elzbieta 'groß' in die Windeln gemacht hatte?"

„Sie riefen mich an. Sogar wenn ich auf Arbeit war, wenn ich dringende Aufgaben hatte, riefen sie mich an, damit ich sofort komme und das selbst erledige. Sie gaben mir zu verstehen, dass das nicht ihre Aufgabe sei, dass das Umstände macht und sie sich ekeln. So eine Demütigung ..."

Eva dachte, dass sie nie im Leben ihr Kind in eine Vorschule geben würde. Sie wollte nicht noch mehr Demütigungen. Es reichte die eine: Ein solches Baby geboren zu haben. Moment ... Moment ... zu welcher Vorschule? Es wird nie eine Vorschule besuchen, weil es hier bleibt, dachte sie bei sich.

„Jetzt ist sie acht Jahre alt und wunderschön", ergriff Anna erneut das Wort und zeigte Eva ein weiteres Foto. Elzbieta freute sich darauf und lachte: fröhliche, runde Bäckchen. Wenn doch nur diese Augen nicht wären ...

„Sie ist sensibel und vertrauensvoll. So ein kleines Bärchen", lachte die Frau feinfühlig. „Wir lieben sie sehr. Ich habe es Ihnen schon gesagt, wie man diese Kinder nennt: eine Gabe Gottes ..."

„Dann soll es Gott zurücknehmen", erwiderte Eva hart. Sie erwartete von Anna Entrüstung, Anweisungen, Beleidigungen. Auf gewisse, paradoxe Weise brauchte sie das sogar. Anna blickte sie jedoch mit unerklärlichem Verständnis an: „Ja. Ich weiß. Fast alle Mütter haben solch einen Moment, in dem sie denken, dass es besser wäre, wenn es stürbe. Später, wenn es wächst und wir sehen, wie es spielt und lacht, wie es uns liebt und uns vertraut, dann schämen wir uns jeden Tag und in jeder Minute für diese Gedanken. Ich schäme mich ihrer bis heute. Und dennoch kamen solche Gedanken ab und zu wieder hoch. Jetzt nicht mehr. Niemals."

Eva dachte, dass die Frau die von ihr erwählte Möglichkeit brutal zerfleischen würde. Aber nein, selbst darin war sie nicht originell. Sie war wie alle.

„Gehen Sie", sagte sie kalt und steif zu Anne.

„Ich komme wieder, wenn Sie wollen", flüsterte die Frau und legte ihre Visitenkarte auf den Nachttisch. „Aber bitte erlauben Sie mir noch, es kurz auf den Arm zu nehmen."

„Wozu?", fragte Eva misstrauisch.

„Ich möchte Ihrem Kind das geben, was ich meinem nicht geben konnte, als es geboren wurde."

„Das heißt?"

„Freude, dass es auf die Welt gekommen ist."

Marysia, Mäuschen, Bärchen, Myschka - ging sie die Namen durch und überlegte, welcher wohl am besten passte. Eva wusste ja bereits, dass Kinder mit Down-Syndrom Mumins genannt wurden. Sie überlegte, woher wohl diese literarische Assoziation kam: Diese Geschöpfe hatte sich Tove Jansson ausgedacht. Auf Zeichnungen waren es mollige, unförmige, jedoch reizvolle Geschöpfe. Aber gerade ihre Unförmigkeit war ein typisches Kennzeichen dieser Kinder. Ihre Oberkörper waren weniger wohlgeformt, die Arme und Beine bewegten sich unkoordiniert, denn ihre kleinen Besitzer wurden ihrer einfach nicht Herr. Myschka konnte Evas Hand so fest drücken, dass man ihre Finger kaum lösen konnte. Und obwohl das Mädchen noch kein Jahr alt war, kam es Eva so vor, als sei dieses Klammern ein verzweifelter Ausdruck bewussten und gleichfalls verzweifelten Suchens nach Sicherheit. Auf keinen Fall war es jedoch ein Beweis dafür, dass es seine Bewegungen nicht koordinieren konnte.

Von dem Augenblick an, in dem Myschka durch Zufall die Hand Adams fest zu fassen bekam, sie zum stets geöffneten Mund führte und vollsabberte, scheute Adam das Kind wie die Pest.

„Alle Babys sabbern", versuchte Eva ihre Tochter zu verteidigen. Der Ekel auf dem Gesicht ihres Mannes war jedoch noch deutlicher als seine Worte: „Sie ist kein Säugling mehr."

Das war einerseits richtig. Aber noch immer bestimmte Myschka Adams ganzes Leben durch Regeln, Rituale und Beständigkeit. Myschka war ein ausgesprochen hässliches Geschöpf und Eva musste sich damit abfinden. Eines Tages, als sie innerlich zwischen der Liebe zum Kind und der Liebe zum Mann kämpfte - es siegte das zweite Gefühl -, machte Adam mit einem großen Schritt einen weiten Bogen um das Kind, das auf dem Boden krabbelte. Kraftlos flüsterte Eva: „Diese Kinder leben nicht so lange wie andere ..."

Der Gedanke schoss ihr gelegentlich durch den Kopf, so wie es Anna vorhergesehen hatte. Jedoch war es etwas ganz anderes, diese Worte zu denken, als sie auszusprechen. Einmal gesagt erschienen sie so endgültig und konnten nicht zurückgenommen werden. Gerade dann, als ihr der Sinn dieser Worte vollends zum Bewusstsein kam nahm sie das Kind vom Boden hoch in ihre Arme und sagte in einem Atemzug: „Marysia, Mumin, Bärchen, Mäuschen, Myschka ...."

Bärchen nannte sie es wegen des Gewichts des Mädchens. Wenn Eva aber Mäuschen oder Myschka sagte, was gleichbedeutend war, hatte sie den Eindruck, sie gebe dem Töchterchen gerade das, was es nicht hatte: Geschicklichkeit und Charme. Aber in Wirklichkeit wusste Eva nicht, was dem Kind fehlte. Dafür wusste sie umso besser, was es zuviel hatte: nämlich zu viele Chromosomen.

Das Bücherregal in Evas Zimmer füllte sich mit neuer Lektüre. Eigentlich sollte es ihrer beider eheliches Schlafzimmer werden. Doch Adam zog es vor, ins Arbeitszimmer zu ziehen. Zunächst, als sie noch gemeinsam das Haus eingerichtet hatten, hatte Eva nur Bücher gekauft, die Adam haben wollte und die zur Einrichtung passten. So hatte ein Dekorateur für nicht wenig Geld bestimmt, was passte und was nicht.

„Bitte kaufen Sie Bücher im gleichen Format, andernfalls wird ihre Anordnung hässlich aussehen. Ihre Einbände sollten keine grellen Farben haben, denn sie würden die ganze Komposition zerstören. Weiß in verschiedenen Tönen geht, auch helle Farben passen, wissen Sie ..."

Eva wusste das nicht, suchte jedoch in den passenden Buchhandlungen das Richtige zur Innendekoration. Nur selten achtete sie auf den Titel, manchmal auf den Autor. Selten geschah es, dass ein Buch zur Inneneinrichtung passte und sie es zugleich mit Vergnügen las. Meistens versteckte sie das, was sie wirklich lesen wollte, unter den großen Kissen des breiten Sofas mit weiß-blauem Bezug. Denn der Einband hätte die Harmonie gestört.

Adam und Eva richteten ihr Leben nach bestimmten Regeln ein. „Unser kleiner familiärer Businessplan", lachte Adam. Zuerst mussten sie sich versichern, dass es beruflich für ihn vorwärts ging, dass er wertvoll sein würde für die *headhunters*, die Kopfjäger in der Informationsbranche, dass er nicht nur in der Geschäftsführung sein würde, sondern die Chance hätte, zweiter, ja vielleicht sogar erster Geschäftsführer zu werden, falls ihm die Amerikaner vertrauten.

Als Adams Ansehen wuchs, konnten sie sich nicht nur ein anderes Auto leisten, sondern auch den Bau eines Hauses. Das war schlüsselfertig erbaut worden von einer zuverlässigen Firma. Über die Innengestaltung entschieden sie jedoch selbst.

Sie wollten eine große Eingangshalle, ein gemeinsames Schlaf-zimmer, ein Gemeinschaftszimmer, ein Gästezimmer, eine große Küche, ein Arbeitszimmer für Adam, ein Wohnzimmer, zwei Bäder - und ein Kinderzimmer. Einen Keller und einen Boden, Parterre, eine Etage und Dachzimmer.

Es kamen Meister des *Feng Shui* - ebenfalls für eine Menge Geld - und sie bestimmten, dass in der rechten oberen Ecke des Hauses das Schlafzimmer sein würde, damit ihnen ein lan-ges und glückliches Leben garantiert sei. In der linken Ecke sollte Adams Arbeitszimmer eingerichtet werden. So würde es einen positiven Einfluss auf seine berufliche Tätigkeit und die Geschäfte haben.

„Das Haus soll alles haben", sagte sie, indem sie ihre Auf-merksamkeit auf den Drehsessel lenkte. Er sollte nicht mit dem Rücken zur Tür stehen, sondern seitlich. Lustige Farben gab es lediglich im Kinderzimmer. Hier sollten Änderungen immer möglich sein, während das Kind heranwächst. Auf diese Weise könnte es den eigenen Stil nach seinem Ge-schmack finden. Eva und Adam gefiel der anfängliche Mini-malismus: ein Minimum an Farben, wenig Möbel, dafür gab es helle freie Räume. Jeder, der sie besuchte, war begeistert, ob-wohl der eine und andere auch ein Unbehagen fühlte, wenn er ein Glas Rotwein oder eine Tasse Kaffee in der Hand hielt. Es war klar, dass ein einziges verschüttetes Tröpfchen auf dem fliederfarbenen Teppich oder dem hellen Sesselbezug den ganzen Effekt zerstören würde. Sogar Eva trank den Kaffee lieber in der Küche als im Wohnzimmer.

Logisch, dass die zu bunten Einbände der Bücher nicht mit dem sorgfältig arrangierten Ensemble harmonierten. Von eini-gen Stücken mussten sie sich gar trennen, auch wenn mit ihnen Erinnerungen verbunden und sie ihnen ans Herz gewachsen waren. Sieben malachitgrüne „Glücks"-Elefanten, ein Ge-schenk zur Verlobung, wanderten auf den Boden, wo es be-reits eine ganze „Kollektion Kitsch" gab, wie Eva sie nannte. Darunter waren lustiger Nippes aus Porzellan, Erbstücke von der Großmutter: eine Tänzerin mit Fächer, einige englische Windhunde, weiße und gefleckte Katzen; eine reiche Auswahl von Holzvögeln vom Jahrmarkt, bunte Kugeln, eine Uhr zum Aufziehen, Adams Gitarre aus Studentenzeiten, zwei Unter-hemden mit dem Bild von Tom Waits, eine Sammlung von Musik-CDs, die sie einst gern gehört hatten: „The Wall" mit dem Pathos von Pink Floyd, die quietschende und auf Kassette aufgenommene Stimme der tragisch ums Leben gekommenen Janis Joplin und King Crimson in seinen besten Jahren. Darüber hinaus gab es vier schwere Kisten mit Tagebüchern aus ihrer Jugend, der Studentenzeit und als sie sich verlobt hatten - noch in der alten Wohnung. Das alles fand auf dem Boden Platz, auf dem es keinen Minimalismus und auch kein *Feng Shui* gab.

Eines Tages errechnete Adam gründlich mit dem Computer, wie er sagte, die „Aktiva und Passiva", wägte die Verbindlichkeiten gegen die Vermögenswerte ab und sagte: „Jetzt können wir uns ein Kind leisten."

Adam war siebenunddreißig Jahre alt, Eva fünfunddreißig. Dann wurde ihr Mäuschen geboren.

Eva konnte sich nicht erinnern, wann Adam aus dem gemeinsamen Schlafzimmer in sein Arbeitszimmer gezogen war. Ihm folgten sein Kopfkissen, das Federbett, ein kleines Kissen und eine Tagesdecke. Bald gab es auch neue Möbel im Arbeitszimmer: Das kleine Sofa passte nicht mehr zur Einrichtung. Adam änderte sich nicht von einem Tag auf den anderen. Vielmehr passierte das über Tage, Wochen, viele Monate. Stück für Stück. Begonnen hatte es mit der Ankunft von Eva und Myschka zu Hause.

Zuerst aßen sie nicht mehr gemeinsam. Eva stand auf, um ihrem Mann die geliebten Toasts und den starken Kaffee mit Milch zuzubereiten. Aber Adam war schon weg, denn er ging nun früher zur Arbeit. Einmal, als sie schon nicht mehr so fest schlief und erwachte, als er aufstand, stellte sie ihm trotzdem das Frühstück hin. Adam sagte: „Ich will dich nicht unnötig wecken. Es muss etwas geschehen ..."

Ein paar Tage später kam der Möbelwagen mit einem kirschfarbenen Sofa, völlig unpassend zum kühlen Grau des Arbeitszimmers, das bewusst genauso sein sollte mit seinem „die Konzentration fördernden, gedämpften Blau". Es war, als ob ein Teil Adams verloren ginge, obwohl er meinte: „Nur für ein paar Tage, Liebe." Doch bald waren auch das Kopfkissen und die Zudecke gemeinsam mit dem ganzen Adam verschwunden.

Vorher hatte Adam bereits das eheliche Schlafzimmer verlassen und sich in einem anderen Teil des Hauses eingerichtet, abgeteilt von der großen Eingangshalle. Frühstück und Abendbrot aß er zu anderen Tageszeiten als bisher, Mittag ohnehin nur noch „in der Stadt". Eva bemerkte, dass ihr Mann niemals in das Kinderzimmer blickte. Ja nicht einmal dann, als Myschka schrie und zwar so eindringlich, dass es im ganzen Haus schwer zu überhören war. Er schaute auch nicht nach dem Kind, wenn es beunruhigend still war.

Eva musste sich Tag und Nacht um das Baby kümmern. Myschka weinte oft mit einer eindringlich lauten oder eintönig nervenden Stimme. So wunderte es Eva nicht, als eines Tages ein Mann erschien, der die Tür des Arbeitszimmers von innen mit einem lärmschützenden Kork polsterte und von außen ein hässliches Kunstleder anbrachte. Das Lederimitat war von einem dreckigen Braun, das ganz und gar nicht mit dem eleganten Weißrosa der Eingangshalle harmonierte.

Als Eva in einer der nächsten Nächte wieder einmal zwischen Schlaf- und Kinderzimmer hin- und herrannte, ohne um Hilfe zu bitten, Myschka hatte ein entzündetes Ohr, rollte sie am Morgen das Kinderbettchen ins Schlafzimmer. Auf dem empfindlichen Parkett der Eingangshalle zeichneten sich die Kratzspuren des Bettchens ab. Aber weder Eva noch Adam achteten darauf.

Seither blieb Myschka im einstigen Schlafzimmer der Eltern. Sie begann gerade zu krabbeln. Kinder beginnen damit, wenn sie ungefähr ein halbes Jahr alt sind; manchmal aber auch etwas später. Myschka brauchte dafür drei Jahre. Wesentlich mehr Zeit war aber nötig, um dem Mädchen begreiflich zu machen, dass die Nacht zum Schlafen da ist. Myschka schlief nie die ganze Nacht. Auf allen Vieren schaukelte sie hin und her, bis sie endlich bei Sonnenaufgang einschlief. Zu allem Überdruss verlangte sie, dass Eva ihr ständig Aufmerksamkeit schenken sollte.

Wahrscheinlich war das typisch für das Down-Syndrom, wie Eva in einer der zahlreichen Lektüren über DS las. Ein fehlendes Gefühl für Sicherheit und das instinktive Fühlen des eigenen Andersseins führten zu einem besonderen Bedürfnis nach Nähe und dem engsten Kontakt zu den Eltern.

Der Vater jedoch rannte immer häufiger durch das Haus - vom Arbeitszimmer durch die Eingangshalle zur Küche, von der Küche zurück zum Arbeitszimmer und von dort zur Haustür. Er verschwand für lange Stunden, was bedeutete, dass Eva doppelt anwesend sein musste; jederzeit bereit, auf die plötzlichen heiser klingenden und unartikulierten Schreie ihres Mäuschens zu reagieren. Völlig geschafft fiel sie neben ihrem Töchterchen auf das große, wunderschöne Ehebett, in dem sie auch zu zweit nur sehr wenig Platz brauchten, und schlief gegen sieben Uhr am Morgen ein, um gegen Mittag wieder zu erwachen.

Anfangs schaute Adam noch ins Schlafzimmer, auch wenn die Türen verschlossen waren. Das musste so sein, denn Myschka war nächtelang im Zimmer unterwegs, indem sie sich auf die Knie und Ellenbogen stützte und sich vorwärts über den Fußboden zog - wie ein vierbeiniges unförmiges Geschöpf. Es gelang ihr, auf den Drehstuhl zu klettern und sich mit ihm um sich selbst zu drehen, um nachher vor Angst und Schmerzen zu schreien. Adam hatte davon keine Ahnung; er verstand nur, dass Eva sich vor ihm verschloss - folglich fand sie eines Tages die Türen zum Arbeitszimmer abgeschlossen vor. Bevor Adam sie mit dem Schlüssel verschloss, endgültig und unwiderrufbar, bemerkte Eva, dass er ein weiteres Mal die Prinzipien des *Feng Shui* verletzte: Sein Sessel stand mit dem Rücken zur Tür. Gerade die Position des Sessels im Haus, in dem zuvor der Platz eines jeden Möbelstücks akribisch bestimmt worden war, zeigte ihr, wie weit sie sich voneinander und von ihrem „Businessplan" entfernt hatten. Sie wunderte sich schon nicht mehr über den dunklen Fleck auf dem hellen Bezug des Sessels vor dem Fernseher. Schon bald gab es den nächsten, den übernächsten und fast täglich mehr. Es war fast so, als läge den Bewohnern daran, die Tage schnellstmöglich vergessen zu lassen, in denen ihr Haus sauber, ästhetisch und makellos hell gewesen war. Es waren die Tage, während derer sie auf die Ankunft des Kindes gewartet hatten.

Als Eva - von den durchwachten Nächten und dem unregelmäßigen Schlaf erschlagen - wie ohnmächtig und mit geschwollenen Augen erwachte, redete sie sich ein, dass sie all das ausfüllte. Ihr Blick wanderte wie immer zuerst zu Myschka. Ihr Mäuschen war schon so groß geworden, dass es nun nicht mehr im Kinderbett schlief, gab es doch in dem gewaltigen Ehebett mehr als genug Platz für sie beide. Der verschlafene Blick Evas ging vom dunklen Haarschopf des Töchterchens, den Naturlocken bis zu den geschlossenen Augenlidern, die jetzt fast normal aussahen, und dem im Schlaf zum Lächeln verzogenen Mund, aus dem kein Speichel mehr floss. Und wieder traktierte sie ihr Gehirn mit dem scheußlichen Gedanken: ... das ist nicht mein Kind. Jemand hat es vertauscht. Mein Kind ist so wie dieses hier jetzt, wenn es schläft.

Dieser Gedanke aus dem Niemandsland zwischen Schlaf und Wachsein führte dazu, dass sie in ihren Träumen eine Welt sah, in der ihr Kind wie alle anderen war: wie die Kinder der Nachbarn, der Kollegen auf der Arbeit, der Freunde. Noch kurz vor der Geburt hatten sie sich gewünscht, dass es ein ganz ungewöhnliches Kind sein sollte. Aber gerade jetzt erschienen ihr die ganz gewöhnlichen Kinder wie ein Geschenk des Schicksals. Myschka war, wie Anna gesagt hatte, eine Gabe Gottes, nicht des Schicksals. Eva jedoch sah das nach wie vor nicht so.

... in dem Moment öffnete Myschka die Augen, die engen Schlitze, deren Ecken sich nach oben hoben. Das obere Lid hatte die typische Augenfalte mongoloider Kinder und die untere Falte war fast immer geschwollen, wodurch die Augen ihre merkwürdige Ausdrucksform bekamen. Dann schaute das Kind zu ihr - und lächelte. Das war ein wirkliches Lächeln eines vertrauensvollen Bärchens, so wie es Anna gesagt hatte. Sie dachte nicht mehr daran, dass man ihr Kind in der Klinik verwechselt hatte, nahm das Kind nach oben und drückte es so fest, dass das Mädchen nach Luft schnappte und in der Umarmung ihren Hals ansabberte.

„Kinder mit Down-Syndrom haben Probleme mit dem Kreislauf und der Atmung. Ihre Nase ist oft verstopft, sodass sie fast immer läuft und der Atem an ein Röcheln erinnert. Die Zunge dieser Kinder ist um ein Vielfaches größer und breiter, passt fast nicht in die Mundhöhle, und weil sie keinen Platz hat, bleibt der Mund symptomatisch fast immer halb geöffnet, was wiederum zu einem vermehrten Speichelfluss führt ...", meinten die gelehrten, wenn auch außergewöhnlich treffend formulierten medizinischen Bücher.

„Ich liebe dich", sagte Eva und drückte das Mädchen mit einer hysterischen Bereitschaft zur Liebe an ihre Brust. Myschka brabbelte etwas in ihrer eigenen Sprache und erwiderte die Umarmung.

Seitdem sie beide aus der Klinik gekommen waren, hatte es bisher nur einen, einen einzigen Moment gegeben, in dem sie gestritten hatten. Zuvor hatten sie alle ihr vorgelegten und von Adam unterschriebenen Papiere abgegeben, hatten noch einmal bestätigt, ihre Tochter zurücklassen zu wollen, um sie in eine Einrichtung für schwer behinderte Kinder zu geben. Nur wenige Tage seit der Rückkehr aus der luxuriösen Klinik waren vergangen. Adam kam gerade von der Arbeit nach Hause, holte aus seiner Aktentasche ein dickes Buch, knallte es auf den Tisch und sprach:

„Down-Syndrom ist eine genetische Erkrankung."

„Eine genetische", wiederholte Eva unsicher, indem sie zu der Lektüre griff, die sie später ganze Tage und Nächte beschäftigen sollte.

„Genetisch", wiederholte auch Adam, blickte sie mitfühlend an, als ob er darauf wartete, dass bei ihr etwas ankäme, etwas, das ohne Worte zu verstehen sei. Sie jedoch verstand nicht, sodass Adam sie attackierte:

„Du musst rauskriegen, wer in deiner Familie ..." Hier hielt er inne, um die passenden Worte zu finden. Dann sagte er das Wort schnell, brutal, ohne Hemmung. Zum ersten Mal war es in ihrem schönen Haus zu hören, das so sorgfältig für das Kind vorbereitet worden war. Jedoch nicht für dieses Kind.

„... jemand in deiner Familie war debil."

„In meiner Familie ...?" Eva räusperte sich und blickte überrascht. „Warum in meiner?"

„Weil meine immer gesund war", gab Adam zurück, ganz ruhig, aber so, dass zu spüren war, wie er unter dem Schleier der Gelassenheit mächtig bebte.

„Meine auch", sagte Eva ungewöhnlich leise.

„Du lügst", schrie er zurück. „Was ist mit deiner Großmutter?!"

Eva schwieg. „Die Oma ... Oma hatte nur Alzheimer", erwiderte sie, bemerkte aber, dass in dem Wort „nur" eine langjährige, schreckliche Pein steckte. Vor dieser Pein jedoch hatte die Großmutter ein langes und glückliches Leben gehabt, von der Wiege bis zum Alter. Myschka jedoch ... ihr Mäuschen war schon vom ersten Tag an, von der ersten Stunde, Minute, Sekunde seines Lebens ... debil?!

„Sie ist kein Dummkopf!", rief sie ohne Zusammenhang und hieb mit der Faust auf den Tisch. Adam schwieg vielsagend.

Ja, Myschka war zurückgeblieben. Eva vermied dieses Wort. Es machte ihr Angst. Sie glaubte, wenn es nicht ausgesprochen würde, dann könnte irgendetwas ihre Tochter noch ändern: irgendein Zauber, ein Zufall, ein Wunder.

„Alzheimer ist etwas anderes. Das ist kein Zurückbleiben. Das ist eine Krankheit im Alter. Myschka aber hat das Down-Syndrom", sagte sie sich zur Ruhe zwingend.

„Ja, deine Tochter hat das Down-Syndrom; Down-Syndrom ist eine genetische Erkrankung. Vererblich", wiederholte Adam mit Nachdruck, drehte sich um und ging hinaus.

Adams Bücher aus dem Regal im Schlafzimmer sollten jedoch ihre Ansicht ändern. Darunter befanden sich einige Fachbücher zum Down-Syndrom, aber auch Ratgeber. Sie waren dunkel eingebunden, die Seiten blieben nicht beieinander und ihre Formate passten einfach nicht zu den anderen Büchern. Die einen ragten aus der Reihe hervor, die anderen verschwanden hinter den dicken Wälzern. Eva las sie und lernte ihren Inhalt fast auswendig.

Eine Behinderung verbindet nahezu jeder mit einem Mangel. Zu ihrer Verwunderung las Eva aber, dass das Down-Syndrom aus etwas entsteht, was zuviel ist. Myschka wurde mit einem Chromosom zu viel geboren. Nicht jeder Reichtum macht glücklich, dachte sie ärgerlich.

Das Kind hat dreiundzwanzig Chromosomenpaare. In jedem Paar kommt ein Chromosom von der Mutter, das andere vom Vater. Das dreiundzwanzigste Paar ist anders, wenn ein Junge auf die Welt kommt. Dann setzt sich das Paar aus einem X- und einem Y-Chromosom zusammen. Wenn ein Mädchen geboren wird, dann hat dieses Paar zwei X-Chromosomen. Bei Kindern mit Down-Syndrom sind alle Chromosomenpaare vollkommen in Ordnung - außer dem einundzwanzigsten. In diesem einundzwanzigsten Chromosomenpaar gibt es ein zusätzliches drittes Chromosom. Daher die Bezeichnung - Trisomie 21 ...

„Bingo! Hauptgewinn! Hast Glück, Eva", sagte sie an dem Tag laut zu sich selbst, als sie darüber las und stieß mit einem Glas Rotwein an ihr Ebenbild im Spiegel. „Glückwunsch! Du weißt, wie viel Glück dazu gehört?!"

Die Lektüre der medizinischen Bücher und Ratgeber halfen ihr, das Down-Syndrom zu verstehen. Wie man es heilen konnte, das verrieten sie aber nicht. DAS war nicht heilbar. Das Wissen über die Unheilbarkeit von Myschkas Krankheit war das Schlimmste.

„Nur ein Wunder ...", sprach Eva eines Tages zu sich selbst, als sie das nächste Fachbuch aufschlug. „Ein Wunder", wiederholte sie. „Aber Wunder gibt es nicht", setzte sie laut hinzu.

Und plötzlich erschien vor ihren geschlossenen Augen ein in dunkles Leder eingebundenes Buch, das sie zusammen mit den Sachen der Großmutter auf den Boden getragen hatte.

„Ein Wunder", dachte sie zunächst noch unsicher, dann jedoch mit immer mehr Hoffnung. Wunder passierten allein in jenem Buch, das sie als kleines Mädchen kennen gelernt und aus dem Blick verloren hatte, als sie zum Studium gegangen war. Jetzt überfielen sie geradezu die Erinnerungen über die ungewöhnlichen Ereignisse, die in diesem Buch beschrieben waren.

„Nur ein Wunder ...", wiederholte sie, als sie die Treppen zur ersten Etage hinauf hetzte und dann weiter zum Boden.

„Ein Wunder ...", sprach sie, als ob sie aus den Worten ihr Mantra zog. „Ein Wunder ...", wiederholte sie, knipste die fast blinde Glühbirne an, wühlte sich durch die Stapel aussortierter Dinge. Sie lagen fast unberührt, einsam, vergraben unter einer dicken Staubschicht.

„Warum bloß habe ich das alles weggetan", fragte sie sich selbst, ohne darauf zu antworten und suchte weiter.

Die Bücher von Großmutter, Mutter und schließlich auch die eigenen lagen in einigen Kartons. Zum Glück schlief Myschka gerade, sodass Eva ruhig weiter stöbern konnte, stets nach jenem einzigartigen Buch suchend - und legte bei der Gelegenheit auch gleich andere zur Seite, die sie anrührten, waren sie doch mit Erinnerungen verknüpft.

„Ich muss sie noch mal lesen", sagte sie zu sich selbst und glaubte fest daran, dass sie das auch tun würde. Es wurde ihr bewusst, dass sie seit einigen Jahren ausschließlich medizinische Fachbücher las oder Komödien, weil ihr müder Kopf nur noch Sinn für Liebesschnulzen mit Happy End oder glitzernde Waren bunter Geschäfte hatte. Einen hohen Stapel von Büchern hatte sie aufgeschichtet, den sie nach unten trug und auf das elegante Regal stopfte, in das vor noch gar nicht allzu langer Zeit die Bücher nach Größe und Farbe ihrer Einbände sortiert worden waren.

Dann fand sie das Buch. Eine sehr alte Ausgabe. Eine neuere gab es nicht im Haus. Sie hatte sie nie gebraucht. Diese war alt, eine zerlesene uralte Bibel, die aus der Zeit von Urgroßmutter und Urgroßvater stammte.

„Nur ein Wunder ...", wiederholte sie ihre Beschwörung, indem sie vom Dachboden Korallen, drei hölzerne Vögelchen, sieben Elefanten und das Buch herunter schleppte. Sie erinnerte sich an die Worte aus ihrer Kindheit: Alles, was gedruckt wurde, was zwischen zwei Einbände geklemmt wurde, all das waren Bücher. Aber dieses eine hier, dieses eine hier war ein besonderes Buch. So hatte es die Großmutter gesagt.

„Das erste Buch Mose. Genesis", las sie, die Silben sprechend, als würde sie das Lesen nun zum zweiten Mal erlernen. Und so war es ja in Wirklichkeit auch.

Myschka krabbelte zu ihren Füßen, sie aber las laut:
„Erster Teil. Die Schöpfung; Sechstagewerk. Im Anfang schuf Gott den Himmel und die Erde.

Und die Erde war wüst und leer, und Finsternis war über der Tiefe; und der Geist Gottes schwebte über den Wassern. Und Gott sprach: Es werde Licht! Und es wurde Licht. Und Gott sah das Licht, und dass es gut war."

Myschka hörte ihre Stimme, spürte den fremden Rhythmus, drehte den Kopf und schloss den Mund.

Im Unterschied zu anderen Kindern hatte Myschka immer leicht geöffnete Lippen, die sie in emotionalen Momenten fest zusammen presste. Anfangs glaubte Eva, dass sie darauf Einfluss haben könnte; dass ihr Töchterchen es lernen würde, den Mund geschlossen zu halten, damit nicht Speichel aus ihm floss. Sie meinte, dass sie ihm beibringen würde, die Zunge festzuhalten, dass ihr Mäuschen es lernen würde, nicht die Nase tropfen zu lassen, wenn es stets ein Taschentuch bei sich hätte. Dann gab sie Ruhe. Es war augenscheinlich, dass Myschka aus unerfindlichen Gründen den Mund geöffnet haben musste. Vielleicht bekam sie nicht genug Luft? Eventuell funktionierte ihr Atemsystem gerade so, dass es half, wenn die Luft durch den Mund einströmte?

Eben Down-Syndrom, Idiotin, sagte sie sich.

Als Myschka begann, die Taschentücher in Stücke zu zerfetzen, verstand Eva, dass alles, was sie über das Down-Syndrom las, haargenau zu ihrer Tochter passte: Das Zerreißen der Taschentücher, das Einpullern, obwohl sie schon drei Jahre alt war, das Zerstören von Spielzeug, unkontrollierte Aggression verbunden mit schockierender Vertrautheit und Einforderung von Zuwendung. Aber vor allem war da der offen stehende Mund mit heraus hängender dicker Zunge. Das war der Grund, weshalb sie sich so bemühte, Myschka vor Adam zu verstecken, was allerdings nicht schwer war angesichts seiner immer häufigeren Abwesenheit. Sie erinnerte sich, als sie damals die Papiere in der Klinik zum Unterschreiben bekam. Adam schrie, dass er keinen sabbernden Idioten in seinem Hause aushielte, dass er niemals solch ein Monster wie sein Kind gesehen habe. Keiner von beiden wusste zu jener Zeit, dass das Sabbern ein typisches Symptom von DS ist. Überhaupt präsentierte Myschka alle in den medizinischen Fachbüchern beschriebenen Merkmale in geradezu unendlichen Varianten.

Jetzt aber hörte das Mädchen die Stimme der Mutter und seine Lippen waren zusammen gepresst, was die höchste Form von Konzentration signalisierte. Falls man überhaupt in diesem Fall von Konzentration sprechen konnte. Bei Myschka war das nie sicher. Eva konnte nicht verstehen, auf welchen Wegen und in welchem Rhythmus Myschkas Gedanken gingen. Manchmal passierte es, dass sie langsam flossen, so schleppend, dass sie fast auf demselben Fleck blieben. Aber es gab auch Momente, in denen Eva in den schmalen Augen einen Funken Verstand und den Ausdruck tiefen Mitgefühls entdeckte - so als würde jemand, der eigentlich nur mit einem Finger auf dem Klavier spielen konnte, plötzlich eine zweihändige Etüde spielen.

„Maa", sagte die vierjährige Myschka und schaute dabei beharrlich an die Wand. Sie hielt sich dabei fest, weil sie es erst jetzt gelernt hatte, selbstständig zu laufen. Aber auch die wenigen Schritte schaffte sie nur dann, wenn ihre kleine Hand etwas zum Festhalten fand. Eine Stunde zuvor hatte Eva vor dem Mädchen im Sonnenlicht stehend auf sich gezeigt und das zweisilbige, so wichtige Wort immer wieder wiederholt: Mama. Myschka schwieg wie ein Grab. Sie brabbelte etwas, aus dem ein Sinn nur schwer zu erkennen war.

„Vielleicht ist es egal, ob ich eine Wand oder ich bin", dachte sie irgendwann mit einem wachsenden Gefühl der Verzweiflung.

„Maaa ...", sagte Myschka da plötzlich, sodass Eva das Kind nahm und in einem Anfall großer Freude an sich drückte.

„Mama, ja ...", sagte sie mit Begeisterung, war sich aber bewusst, dass dieses „Myschka-Maa", das im Alter von drei Jahren fiel, doch der Anfang fließenden Lesens der späteren Vierjährigen sein könnte. Mehr als einmal hatte sie daran gedacht, dass kleine Genies nicht selten auch große Probleme hatten, eben wie ein Mumin.

Jetzt las sie Myschka täglich aus der Bibel vor, überzeugt davon, dass ihr das Mädchen mit aufeinander gepressten Lippen zuhörte. Weil sie den Eindruck hatte, dass dem Mädchen die ersten Seiten über die Erschaffung der Welt besonders gefielen, wiederholte sie diese ohne Ende, spürte sie doch selbst deren verblüffende Kraft. Die Kraft des Wunders.

„Alles, was ER erschaffen hat, war ein Wunder und ausschließlich gut. Nur wir Menschen haben daraus etwas Schlechtes gemacht", dachte sie, während ihr Blick zu Myschka wanderte. Eva grübelte darüber nach, ob die Erschaffung eines solchen Geschöpfes seine ganz bewusste Idee war oder ob seine Ausgeburten nicht Resultat einer fatalen Entscheidung des Menschen waren. Eines Menschen, der sein Leben ideal geplant, aber nicht daran gedacht hatte, dass ein wenig zu spät geborene Kinder entweder außergewöhnlich intelligent oder außerordentlich zurückentwickelt sein können. Sie lächelte ohne Fröhlichkeit.

Auch weiterhin mochte Eva das Wort „zurückentwickelt" nicht. Selbst das englische Wort „DS" klang in ihren Ohren wie das Kratzen der Nägel auf einer Glasscheibe. Eines Tages traf sie in einem Laden im Viertel eine Frau, die Myschka auffällig anstarrte. In ihrer Neugier lag etwas Aggressives, sodass Eva zu ihr ging, sie schmerzhaft auf den Fuß trat und scharf fragte:

„Haben Sie noch nie ein Kind gesehen, das von einer Biene gestochen wurde?!"

Nachher schämte sie sich. Nicht wegen ihrer Aggressivität. Sie schämte sich, weil sie sich Myschkas schämte, ihrer unförmigen Gestalt, ihrer überdicken und besabberten Bäckchen.

Aber es gab auch Tage, an denen sie sich ganz besonders schämte; dann nämlich, wenn Myschka erkältet war und sie sich freute, dass sie zu Hause bleiben konnten, dass sie den neugierigen oder mitleidigen Blicken der Leute auf der Straße, im Geschäft, im Park entkommen würden. Das waren die Tage, an denen sie Adam hervorragend verstand. Sie beneidete ihn um seine Leichtfertigkeit. Aber gerade durch sie entfernte er sich immer weiter von Eva und Myschka.

... Also las Eva Myschka täglich aus der Bibel vor, obwohl das Mädchen doch erst vier Jahre alt war. Man konnte nur schwer glauben, dass es auch nur etwas davon verstand. Aber das hatte keine Bedeutung. Das laute Lesen aus der Bibel wurde für Eva etwas Ähnliches wie das Rezitieren von Mantras. Sie las Wort für Wort, Satz für Satz, ausdrucksvoll, melodisch, mit Betonung der wichtigen Formulierungen. Je länger sie las, umso mehr erschienen ihr gerade die längeren Sequenzen wie Musik. Sie legte keinen Wert auf die Bedeutung der Wörter und so blieb eine merkwürdige, hypnotisierende Melodie. Sie wendete die Buchseite, endete mit dem sechsten Tag der Erschaffung der Welt und legte am siebten das Buch zur Seite. Sie bedauerte, dass es nicht noch einen achten gab. Was hätte ER an diesem geschaffen ...? - und dann begann sie von vorn.

Hier, am Anfang, herrschte immer von Neuem Dunkelheit, die Erde war wüst und leer, aber im nächsten Moment sprach ER: „Es werde Licht" - und es wurde genauso schnell Licht wie im dunklen Zimmer, in das sie zurückkehrte und in dem sie die Lampe anschaltete.

Den ersten Teil des Buches kannte sie fast auswendig. Bloß aus Prinzip kehrte sie manchmal zum Anfang zurück, um dann nur weiter - den Blick auf Myschka gerichtet - die Genesis zu rezitieren.

Anfänglich schien es, als würde Myschka nur auf diesen Augenblick warten. Bald schon war klar, dass sie sich an das Lesen gewöhnt hatte. Sobald Eva das Buch öffnete und auf die Buchstaben blickte, die ersten Phrasen melodisch vorlas - ließ sich das Mädchen auf Knie und Ellenbogen fallen und krabbelte auf seinen Wegen durchs Haus. Es hörte nicht zu, es konnte nicht zuhören, nicht in diesem Alter, nicht bei diesem träge arbeitenden Verstand. Dennoch geschah es, wenn Eva sich mit dem Lesen verspätete, dass sich Myschka am Tisch festhielt, auf dem das Buch lag und so tat, als ob es lese, damit die Mutter doch endlich das Buch in die Hand nähme.

Myschka krabbelte bis zum Ende ihres vierten Lebensjahres. Gerade als auf dem Tisch ein winziger Geburtstagskuchen mit vier kleinen Kerzen stand, machte das Mädchen seine ersten eigenständigen Schritte, ohne dass es sich an Möbeln oder an der Wand hätte festhalten müssen. Schon früh hielt es mit der Hand das Spielzeug fest, die Tasse mit Milch, die Hand Evas, was diese rührte. Später jedoch kam es zu einer ganzen Welle von Irritationen. Dann nämlich, als Myschka den Griff nicht lösen wollte, als sie ganz stark und fast schon verzweifelt festhielt. Eva wusste jedoch - sie hatte es in den Fachbüchern gelesen - dass Kinder mit DS kein Problem mit dem Festhalten haben, aber es viel Geduld und Mühe kostet, sie das Loslassen von Gegenständen zu lehren.

... Bevor also Myschka auf den Füßen stand, las Eva ihr die ersten beiden Seiten aus dem Buch vor. Das Mädchen atmete geräuschvoll, zog laut die Nase nach oben, gab unartikulierte Laute von sich, aus denen Eva ein Interesse für die Lektüre zu erkennen glaubte.

Das erste Wort, das Myschka sagte - natürlich viel später als andere Kinder, sie war ungefähr vier Jahre alt, war nicht etwa „Mama", „Papa", „Oma". Myschka sagte „Hee". Und Eva zweifelte nicht einen Augenblick daran, dass das Mädchen

„Herr" sagen wollte. Es war möglich, kam doch das Wort auf den Seiten des Buches bei allen möglichen Gelegenheiten vor und Myschka hörte es unzählige Male rund um die Uhr. Der Tag hatte seinen eigenen Rhythmus, an dem die Nacht zum Tag und der Tag zur Nacht werden konnte, was Eva anfangs schwer zu schaffen machte. Später aber gewöhnte sie sich daran.

„Hee", wiederholte Myschka, berührte die Wand, die Möbel, die Mutter und Spielzeug, mit dem sie doch nicht spielen konnte. Sie verstand nur, es kaputt zu machen.

„Ja, Herr", nickte Eva.

Es vergingen weitere Tage, Wochen, Monate und Jahre. Es kam kein Wunder und Eva hatte längst aufgehört, auf eines zu warten. Stattdessen wurde das Aussehen von Myschka immer typischer für ein Kind mit Down-Syndrom: kurze Beinchen, ein rundes Gesicht, in dem die dicken, schmalen Augen über den rundlichen Wangen saßen, ein geöffneter Mund, die Zunge auf der unteren Lippe liegend, ein unförmiger, abgeflachter Hinterkopf. Myschka hatte zudem den charakteristischen breiten Nacken, die wenig muskulösen Arme und Beine sowie einen unschlagbar kurzen und dicken Daumen und ebensolche Finger. Der Körper war dick, ungestalt, als ob der Schöpfer sich bei den Proportionen geirrt hatte. Das Echokardiogramm zeigte in Übereinstimmung mit den meisten medizinischen Erläuterungen einen Herzfehler. Der Logopäde bestätigte eine Verengung der Nase, der Internist räumte ein nicht gut arbeitendes Atmungssystem ein. Aber am meisten erschrak Eva darüber, dass eine hohe Prozentzahl von Personen mit Down-Syndrom schon sehr früh an Alzheimer erkrankt, umso wahrscheinlicher bei einem so hohen Ausmaß an Beeinträchtigungen.

„An Alzheimer ...", wiederholte Eva und erkannte plötzlich, dass Adam Recht hatte. Wenn es tatsächlich einen Zusammenhang zwischen Down-Syndrom und der Krankheit Alzheimer gibt, so war sie es, die ihre Tochter mit einem überzähligen Chromosom beschenkt hatte.

„Oje!", wiederholte sie erneut mit einem hysterischen Lachen. „Ja, das ist meine Schuld. Adam wusste, wofür er mich bestraft ..."

Die Worte der Frau aus der Klinik klangen ihr manchmal in den Ohren: „Ein Geschenk des Herrn", hatte Anna mit erstaunlicher und nicht zu begreifender Klarheit gesagt. Sie erinnertc sich umso mehr daran, wenn sie mit Myschka einkaufen war und das Mädchen gerade an Durchfall litt. Da passierte es, dass im unpassendsten Moment, inmitten der bunten Waren eine braune und übel riechende Flüssigkeit an den Beinen herab floss und einen hässlichen Fleck auf dem Schlüpferchen hinterließ. Alle kamen langsam heran und es kam nicht nur einmal vor, dass einer laut sagte:

„Müssen Sie denn mit so einem Kind in einen Lebensmittelladen gehen?"

Die Worte - ein Geschenk des Herrn - fielen ihr auch gerade dann ein, wenn Myschka zu ihr mit ihren schmalen Augen aufblickte, wenn sich auf ihrem Gesicht ein vertrauensvolles und zärtliches Lächeln zeigte und sie mit ihrer rauen und dunklen Stimme wiederholte: „Maaaa ... och ... och ..."

Und dann war da ja noch der unbekannte, beunruhigende dunkle Schatten im Hirn. Eva wusste nicht, dass gerade er verantwortlich für die zögerliche Entwicklung von Kindern mit Down-Syndrom ist und auch für die seltenen Momente, in denen es ihr schien, dass ihre Tochter mehr verstand als sie zeigen konnte.

Wenn sie auf die Welt gekommen wäre, als ich im letzten Studienjahr war ... damals hatte Adam gerade damit begonnen, seine Firma aufzubauen, als uns der erste Treffer passierte ... ja so nannten wir das: „Treffer", wir haben abgetrieben, weil die Zeit für ein Kind noch nicht reif war ... hätten wir das damals nicht getan, dann gäbe es vielleicht dieses vertraute Lächeln von Myschka, aber der ganze Rest wäre normal gewesen, dachte Eva manchmal, verwarf jedoch ganz bewusst diesen Gedanken sofort wieder. Wenn und Aber hatten keinen Sinn. Außerdem wäre ein Baby, das vor zehn Jahren geboren worden wäre, keine bessere Myschka, sondern ein völlig anderes Kind.

„Vielleicht so eines, wie es sich Adam erträumt hat?", dachte sie mit bitterer Ironie.

Eines Tages, als sie gerade wieder einmal im Buch blätterte, las sie über die biblischen Vorväter, die so alt waren wie Methusalem und begann zu lachen: Adam zeugte einen Sohn, als er hundertdreißig Jahre alt war, der hundertfünf-jährige Set zeugte Enos, und Noah war fünfhundert Jahre alt, als er Vater von Sem, Cham und Jafet wurde ...

„... und alle haben kleine Mongos bekommen, Myschka erbte von ihnen, von den ältesten Vorvätern der Menschen, ein zusätzliches Chromosom!", schrie sie durch das ganze

Haus, während das Mädchen sie mit einem ernsten und, wie es schien, verstehenden Blick anschaute.

Eva erinnerte sich nicht an den Tag, an dem sie das Buch weit nach oben auf das Regal legte, damit es der krabbelnden Myschka nicht auf den Kopf fiel. So kam sie nicht mehr heran. Stattdessen aber zog sie ein altes, dickes und bereits in ihrer Kindheit verschlissenes Märchenbuch vom Regal, in dem es Geschichten der Gebrüder Grimm und von Andersen zu lesen gab. Sie schaute sich das Buch zunächst an, suchte dann sorgfältig Märchen heraus, die sie Myschka vorlesen wollte.

Rotkäppchen ...? Es rannte, hüpfte und sang, bevor es zur Großmutter lief. Myschka kann das nicht und wird traurig werden. Die Schneekönigin ...? Ob die Zwerge nicht ein wenig unheimlich sind? Das Mädchen könnte sich erschrecken. Dornröschen ...? Sicher wird es sie langweilen, wo sie doch hundert Jahre schläft. Das kleine Mädchen mit den Schwefelhölzern ...? Es stirbt am Ende. Aschenputtel? Ein Waisenkind, das vom Vater verlassen wurde und zu dem eine Fee kommt und alles zum Guten wendet.

Myschka war bereits fünf Jahre alt. Noch immer ging sie nicht zur integrativen Vorschule, denn sie sagte noch immer nicht rechtzeitig Bescheid, wenn sie auf die Toilette musste. Stattdessen zeichnete sich ein gelber Fleck auf dem Schlüpfer ab. Eva fluchte dann furchtbar, brutal und so laut, dass die Wände in dem einstmals eleganten Haus wackelten. Von außen war es immer noch sehr schön, fast schon eine „Residenz", dachte sie mit Ironie. Innen aber hinterließ Myschka überall ihre zerstörerischen Spuren und Eva hatte es aufgegeben, immer hinterher zu sein. Auf den hellen Möbeln zeigten sich stets neue Kakao- oder Nutellaflecke. Manchmal schaffte es Myschka auch einfach nicht bis zur Toilette ... Eva bemühte sich erst gar nicht, das alles sorgfältig zu beseitigen. Es würden ohnehin bald neue Flecke hinzukommen. Wenn sie gewusst hätte, dass sie ein solches Kind bekommen würde, so hätte sie Möbel mit dunkler Beschichtung und einen gut zu reinigenden Fußboden mit Kacheln gewählt. Die Wände hätte sie bronze gestrichen.

Immer wieder schob sie es auf, Myschka zur Vorschule zu schicken. Sie war kein typisches Kind mit Down-Syndrom - sie war ein anderes Kind. Eva traute sich nicht, geradeheraus zu sagen, dass es bei ihrem schlimmer war.

Der Gedanke an die Vorschule erfüllte Eva mit Schrecken. Kinder mit DS gingen in spezielle Förderschulen, obwohl es bereits erste integrative Einrichtungen gab. Eva fürchtete sich vor den einen wie vor den anderen - sie würden Myschka ein für allemal zu Kindern mit Behinderungen stecken. Zum anderen würde sie dann ihrer Meinung nach normal entwickelte Kinder dazu zwingen, die „anderen" zu tolerieren: „Die weniger leistungsfähigen", wie sie mit Ironie wiederholte.

Vielleicht wollen das die normalen Kinder gar nicht, dachte sie. Ich an ihrer Stelle würde es nicht wollen ...

Sie schaute zu ihrer Tochter und wiederholte mit wütender Offenheit: „Nein, ich würde in der Schule keine solche Schulkameradin haben wollen ..."

Auf diese Weise fühlten sich beide - Eva und Myschka - als unerwünschte Kinder und gerieten so in eine Sackgasse, aus der es schwer war, wieder heraus zu kommen. Das Märchenbuch, in dem Eva blätterte, war fast genauso dick wie die Bibel. Inzwischen hatte sie herausgefunden, dass diese beiden Wälzer zwei ganz besondere Bücher waren, der Rest aber zu den „normalen Büchern" gehörte und sie entschloss sich, *Aschenputtel* vorzulesen. Das Märchen von der vom Leben benachteiligten Waise schien ihr zu passen. Sie selbst stellte sich manchmal vor, dass sie eine böse Stiefmutter war: Dann nämlich, wenn sie es nervlich einfach nicht mehr schaffte und Myschka brutal erschreckte, wenn sie von ihr forderte, einen Satz oder wenigstens zwei Worte wohl artikuliert auszusprechen. Sie reagierte ähnlich, wenn das Mädchen, das es inzwischen gelernt hatte, rechtzeitig Bescheid zu geben, einfach zu spät rief und sie es nicht mehr bis ins Bad schafften. So passierte es auch, dass sie das Mädchen schlug, wenn es unachtsam - oder in einem Anflug von Aggression - Bücher und Spielzeug kaputt machte oder Tassen zerschlug.

Ja, ich bin eine böse Stiefmutter, dachte sie, wenn sie auf ihre Ausbrüche plötzlichen Ärgers zurückblickte oder die schrecklich verzweifelte Tochter ansah.

Myschka, die lang und geduldig lernte, wie man eine Tasse mit Milch auf den Tisch stellt oder von dort nimmt, erinnerte sie so sehr an das in der dunklen Küche sitzende Aschenputtel, wenn es die Erbsen auslas. Die guten ins Töpfchen, die schlechten ins Kröpfchen.

„... aber zu uns wird niemals eine gute Fee kommen", sagte sie laut und öffnete das Buch mit den Märchen.

Da begannen die Jahre mit Aschenputtel, genauer gesagt zwei Jahre. Zwei ganze Jahre las sie jeden Tag ihrem Töchterchen nur dieses eine Märchen vor. Wenn sie dabei nur einmal auch nur ganz wenig vom Text abwich, fing Myschka an, Theater zu machen und in ein krampfartiges Weinen auszubrechen. Aschenputtel musste immer und immer wieder dasselbe erleben, immer mit denselben Worten ausgedrückt, ha, sogar mit denselben langen Atempausen, ja sogar mit derselben Mimik beim Lesen. Jede, selbst die geringste Änderung rief eine Katastrophe hervor. Eine Katastrophe im Falle eines Kindes mit DS ging durch Mark und Bein und war ein nicht enden wollender Schrei nach Hilfe.

Eva begriff, dass Myschka sich nur dann sicher fühlte, wenn sich nichts um sie her änderte. Nichts in den Worten der Bibel, im Schicksal und in den Gefühlen Aschenputtels, in der häuslichen Einrichtung und nicht bei der Wiederholung von Ritualen zu Beginn und am Ende eines Tages sowie beim Kommen und Gehen von Tag und Nacht. Selbst die Ewigkeit sollte bleiben, aus der Adam verschwunden war. Und vor allem der Fakt, dass sich Aschenputtel am Ende des Märchens in ein leichtes, geschicktes, wunderschönes Mädchen verwandelt, das auf einem Ball tanzt.

Myschka probierte manchmal zu tanzen, genauso wie Aschenputtel auf dem Ball mit dem Prinzen getanzt hatte. Eva aber hätte sich das nie vorstellen können, wenn sie dabei auf ihre schwerfällige und ohne jeden Charme hüpfende Tochter schaute.

„Was machst du? Springst du?", fragte sie nachsichtig, wandte aber flink den Kopf ab, weil die krampfartigen Bewegungen des Mädchens bei ihr Irritation und Verlegenheit hervorriefen, die sie aber nicht zeigen wollte.

Myschka war sechs Jahre alt, lief allein ohne jede Hilfe, konnte die Treppen auf- und absteigen, aber die verzweifelten und schwerfälligen Hüpfer, die ungeschickten Armbewegungen sowie das Scharren der ungelenken Beine über den Fußboden glichen niemals einem Tanz. Dennoch tanzte Myschka. Tanzte wie Aschenputtel auf dem Ball. Wie ein Schmetterling durch den Tag. Sie tanzte schön, gewandt und leicht, so wie die Frau im Fernsehen oder die luftige Fee aus der Reklame für Weichspüler, die über die bunten Handtücher dahin schwebte.

Eva begriff nicht sofort, dass Mäuschen gar nicht immer Fernsehen schauen wollte, sondern sich eher davor fürchtete. Wie alle Mütter glaubte sie, wenn sie ihre Tochter auf den Boden vor den Fernseher setzte, dass die Bewegungen und die fröhlichen Farben vom Sandmännchen oder von MTV deren Aufmerksamkeit einfangen würden und sie selbst sich den Arbeiten in der Küche widmen oder eine bunte Zeitschrift durchblättern könnte. Aber das Farbenspiel bei MTV und der Wechsel der Stars langweilten Myschka schnell, machten sie so müde, dass sie sogar die Augen schloss, um vor ihnen zu fliehen. Eva beobachtete auch, dass sogar das Sandmännchen ihrer Myschka Angst einjagte. Es machte den Eindruck, als ob sie wissen wollte, was mit ihren Helden eigentlich hinter dem Fernsehschirm passierte, wohin sie gingen und worüber sie sprachen, wenn sie bereits nicht mehr zu sehen waren.

Wenn der Hund Pluto hinter der kleinen Katze hinterherjagte, die sich zu Tode erschrak, dann schrie Myschka. Da half es auch nicht, wenn sie nach ein paar Sekunden sah, dass sich das Tier wieder erhob, sich schüttelte und klar war, dass der Katze nichts zugestoßen war. Das Tier lief lustig im Kreis, während Myschka immerfort weiter schrie und nicht aufhören wollte.

Allerdings bemerkte Eva auch nicht, dass ihr Mäuschen am meisten durch die Nachrichten beunruhigt wurde. Selbst schaute sie diese mit routiniertem Interesse, aber Kriege, Katastrophen, Unfälle und Verbrechen gehörten eher zur Kategorie Fremde als zu authentischen Ereignissen. Der bunte Bildschirm, auf dem sich bald nach Berichten über ein Zugunglück oder einen weiteren Kriegsausbruch in einem weit entfernten, kleinen Land bunte Reklame für Margarine zeigte, schwächte ihre Gefühle, machte die dramatischen Ereignisse weniger real.

Sie kam nicht darauf, dass das bei Myschka anders sein könnte: Dass der gläserne Fernsehschirm für sie eine eigene Welt sein könnte, die ähnlich wie bei einem Buch vor ihren Augen entstand und der Myschka mit großer Ernsthaftigkeit begegnete. Ein Krieg war für sie ein Krieg, eine Katastrophe tatsächlich eine Katastrophe. Die aus mehreren Filmschnipseln zusammen gefügte Montage bekam sie praktisch als Zugabe zum Abendbrot.

Zudem bemerkte Eva, dass Myschka die Werbung sehr interessierte. Sie weckte in dem Kind lebhaftes Interesse. Das geschah, wenn es zum Beispiel um Mobiltelefone ging. Auf dem Bildschirm erschien dann ein eleganter Mann mit einem Telefon am Ohr und einer Aktentasche in der Hand, der es sehr eilig hatte. Myschka konnte dann nicht an sich halten, rief und sabberte dabei vor Aufregung: „Paaa! O!"

Das begriff Eva sofort: Der Mann aus der Reklame erinnerte Myschka an ihren Vater. Und sie verstand, warum: Beide verschwanden, wenn auch nicht klar war, wohin. Beide hatten es eilig und keiner von beiden hatte Zeit für Myschka.

Am meisten liebte Myschka aber Videoclips und Reklame, in denen Leute zu tanzen schienen oder wirklich tanzten. Dann verharrte das Mädchen unbeweglich in seiner Stellung, der Speichel lief ihm aus dem Mund und die Nase tropfte, während es auf den Bildschirm starrte, bis seine schmalen Augen fast viereckig wurden. Tanzen war in der begrenzten Welt Myschka das Schönste, was sie erleben konnte.

Myschka sagte „Pa ..., O!" und hatte ihren weglaufenden „Papa" aus der Reklame und ihren echten von zu Hause vor Augen. Sie sagte aber auch „Da ..." und meinte damit das Tanzen, was Eva jedoch nicht wirklich zu unterscheiden vermochte. Die Gespräche mit Myschka blieben Chiffre. Auch wenn Eva das meiste erraten konnte, so blieb jenes „Pa ..., Da ..." ein Geheimnis, das nur das Mädchen selbst kannte.

Jetzt, als Myschka sechs Jahre alt war, konnte sie nicht nur allein laufen. Sie konnte auch allein spielen. Sie sprach mehrere Worte, ja sogar ganze Sätze, auch wenn nur Eva diese verstehen konnte. Das rätselhafte „Heee ..." - Eva hatte inzwischen aufgehört daran zu glauben, dass es Herr heißen sollte und erklärte die Ähnlichkeit der Laute für einen Zufall. Es wurde ersetzt durch ein „Geee", also Geschichte. Es hätte auch Großmutter heißen können, aber da war keine Oma.

„Warum hat sie bloß keine Großmutter?", fragte sich Eva und hatte dabei Adams Mutter im Kopf. Schnell verwarf sie den Gedanken wieder. Er bedrückte sie und eine Last in Gestalt Myschkas reichte ihr vollkommen.

„Gee putt?", fragte Myschka manchmal erschrocken und Eva wusste gleich, was los war: Myschka meinte, dass die Geschichte vom Aschenputtel kaputt sei, weil sie wieder einmal unbewusst Worte vertauscht hatte.

... Nein, nicht immer unbewusst. Manchmal tat sie das absichtlich. Wenn sie müde war, wenn sie von allem genug hatte, Myschka aber immer weiter forderte, dass sie vom Aschenputtel vorlas. Eva ertappte sich dabei, dass ihre Verzweiflung manchmal so ins Unermessliche wuchs und sie - obwohl sie wusste, dass sie ihr Töchterchen damit ärgerte - das Kind absichtlich erschreckte oder anschrie aus Irritation und Kraftlosigkeit. Immer jedoch folgten Momente des Bereuens, der

Scham, der Trauer über die eigene Hilflosigkeit. Myschka weinte dann wie sie - und sie weinten zusammen, jede aus einem anderen Grund.

„Maaa ..., Pa ...!", sagte Myschka und wollte, dass ihre Mutter tanzt und alle Sorgen dabei vergaß. Tanzen war für Mäuschen Ausdruck größter Freude, eine Medizin gegen alles, was weh tat, eine Ankündigung des Schönen, das augenblicklich kommen musste und unzweifelhaft auch kam. Tanz war für das Mädchen eine Herausforderung. Eva jedoch weinte manchmal eher deshalb, weil sie überzeugt davon war, dass die Tochter traurig war, weil der Vater nicht da war. Danach, müde und zugleich vom Weinen beruhigt, kehrte sie zurück in die Welt der Märchen.

Der überwiegende Teil des Märchens vom Aschenputtel spielte in der Küche, in der die Waise ihre Zeit verbringen musste, während die böse Stiefmutter mit den Töchtern in den Wohnzimmern residierte. Die Küche aus dem Märchen war dunkel, düster, ohne Fenster, hatte einen altertümlichen Herd, einen riesigen Tisch, schwere eiserne Kochtöpfe. An den Türrahmen hingen Zwiebel- und Knoblauchzöpfe und Aschenputtel hatte anstatt eines bequemen Sessels nur einen hölzernen Hocker. Wenigstens war genau eine solche Küche auf einem Bild in dem alten Märchenbuch zu sehen. Myschka schaute sich diese Abbildung aufmerksam an und schaffte es - nachdem Eva ihr die Worte vorgesprochen hatte -, jeweils die richtigen Gegenstände darauf zu zeigen. Den Tisch, den Sessel, die Zwiebeln, die Töpfe, die Lampe. Es machte ihr jedoch enorme Probleme zu begreifen, dass die sterile Küche zu Hause mit den Kacheln, mit den weißen Möbeln und den verschiedensten elektrischen Geräten ebenfalls eine Küche war.

„Neee, keine Küüüsch", schüttelte es den Kopf. Eva jedoch zeigte hartnäckig auf das Bild und führte sie durch ihre Küche, damit Myschka begriff, dass es zwei verschiedene Dinge mit demselben Namen waren, die einfach nur völlig verschieden aussahen. Für Eva war das äußerst mühsam - für Myschka eines der unbegreiflichen Rätsel der Welt. Die Erwachsenen spürten den Unterschied nicht: ein schwerwiegender Irrtum.

Endlich begriff das Mädchen. Und auch wenn der Unterschied erheblich war, glaubte Myschka, dass die Küche zu Hause zugleich Aschenputtels Märchenküche war. Jetzt ging sie einige Male am Tag in die helle Küche - vergaß dabei aber nicht einen Augenblick die aus dem Märchenbuch - und wartete. Sie setzte sich auf den niedrigen, weich gepolsterten Stuhl, der extra angefertigt worden und überhaupt nicht vergleichbar war mit dem Hocker aus dem Märchen und verharrte unbeweglich für eine lange Zeit. Es vergingen einige Tage mit diesem Ritual des bewegungslosen Sitzens auf dem Stühlchen. Das reizte Eva nachzufragen:

„Was tust du", erkundigte sie sich eines Tages.

„Waaaart ...", gab Myschka vertrauensselig Auskunft.

„Auf was wartest du?", wunderte sich Eva.

„Feeeeeeeeeeeee ..."

Eva biss sich auf die Lippen. Auch sie selbst wollte, dass die Fee aus dem Märchen vom Aschenputtel endlich kam. Manchmal, wenn sie einschlief, an der Grenze zwischen Wachen und Schlafen, stellte sie sich vor, dass die böse Fee ihr Kind vertauscht hatte. Bereits in der Klinik hatte sie die kindliche Hoffnung gehegt, dass plötzlich jemand käme und sagte:

„Teure Frau, wir haben uns geirrt, das ist nicht Ihre Tochter!" Jenes Kind sollte süß sein, helle Haare haben und große Augen, es sollte aus vollem Herzen glucksen vor Lachen. Eine kleine, süße Barbiepuppe. Die böse Fee hat das schöne Kind jemand anderem gegeben.

„... mir hat sie einen hässlichen Schmetterlingskokon gegeben", sagte Eva an solchen Tagen manchmal laut, wenn ihr der Kopf weh tat, wenn sie die Abwesenheit Adams schmerzlich spürte, wenn ihr die toten Gegenstände ständig vor den Füßen herumlagen und sich Myschka wieder einmal unerträglich benahm.

Und obwohl es nur einmal vorkam, dass Eva ihre Tochter „Schmetterlingskokon" genannt hatte, so ging ihr dieses schreckliche Wort doch ununterbrochen durch den Kopf - und plötzlich, als ihr das bewusst wurde, ging sie zu Myschka und nahm sie mit einer unkontrollierten Ungestümtheit zu sich auf den Arm, sodass das Mädchen eher erschrocken als glücklich war. Instinktiv fühlte es, dass in der riesigen mütterlichen Liebe zugleich Verzweiflung und Hoffnungslosigkeit lagen und dass Freude fehlte. Mama lächelte nicht so häufig wie die Frau aus dem Fernseher. Mama tanzte und sang nicht wie die Frau aus der Werbung. Mama sprach nicht mit der ansteckenden Energie mit ihr wie mit den anderen Frauen im Geschäft oder auf der Straße. Mama war eine andere. Die Fremdheit der Mama verband Myschka instinktiv mit der eigenen Unzulänglichkeit.

Jetzt aber stand Eva in der hellen, schönen Küche und fragte beunruhigt: „Was soll die Fee denn tun?"

Myschka zuckte ratlos mit den Schultern, zeigte dann aber mit dem Finger auf sich selbst. So stand es eine Weile, um dann plötzlich die Hand nach oben zu reißen und ungeschickt hoch zu hüpfen. Eva begriff: Die Fee sollte ihr Mäuschen in ein schwereloses, tanzendes Mädchen auf dem Ball beim König verwandeln. Die ganze Wahrheit verstand sie jedoch nicht: Myschka wollte, dass diese Veränderung für immer sein sollte. Sie wollte ewig tanzen. Myschka glaubte, dass Tanzen ein Ausdruck für die Liebe all dessen sei, was sie gern hatte. Und lieben konnte man fast alles: Mama, das Haus, den nie anwesenden Papa, die Schmetterlinge über dem Rasen, die weiche Wiese, selbst die alte Puppe mit den herausgerissenen Haaren, den Plüschteddy ohne Beine, die kaputten Bücher.

„Also, was soll die Fee machen?", wiederholte Eva mit zitternder Stimme, als Myschka erneut schwerfällig in die Höhe sprang und die Arme nach oben streckte. Eva antwortete:

„Das kann die Fee nicht ... Feen können nur gewöhnliche Menschen in solche ungewöhnlichen, wie du bist, verwandeln."

„Will ni ...", sagte Myschka und spürte im selben Moment neben der Trägheit ihres eigenen Körpers die Schwere der mütterlichen Worte. Sie verstand aus dem, was Mama sagte, dass keine Fee ihr das geben würde, worauf sie wartete.

Und Myschka wartete nicht mehr auf eine Fee. Nur noch im Schlaf kam diese zu ihr. Sie sagte, dass alles, worauf Myschka wartete, oben zu finden sei. Aber es mussten noch zwei Jahre vergehen, bis sie begriff, was „oben" bedeutete. Denn alles Wissen, auch das einfachste, kam mit Verspätung und großer Unlust zu Myschka.

Obwohl Eva schon seit einigen Jahren nicht mehr laut aus der Bibel vorlas, erschuf Gott stets von neuem seine Welten. Jeden Tag wurde es Licht, die Nacht wurde zum Tag und das Licht lernte, sich in einen siebenfarbigen Regenbogen zu verwandeln. ER erschuf die Welt und betrachtete seine Geschenke, die Kinder, die ER auf der ganzen Erde verstreut hatte. Einige von ihnen rief ER zurück, um ihnen die Leichtigkeit eines Schmetterlings zu verleihen oder die Gabe zum Tanzen zu geben. Der Herr wusste, dass Tanzen Lebensfreude ist, Freude am eigenen Körper. Deshalb hauchte ER ihnen die Sehnsucht danach ein. Es war die Sehnsucht nach etwas, was unmöglich schien. Sie sollte die Menschen anspornen.

„DAS IST GUT", sagte der Herr mit schwankender, schwerer Stimme und beobachtete, wie seine Kinder tanzten.

*

Myschka saß keuchend vor Anstrengung auf dem Boden der Eingangshalle und versuchte, an ihren Schuhen eine Schleife zu binden. Mama meinte, dass das ein achtjähriges Mädchen nun wirklich können müsste. Und dass das einfach sei. Trotzdem war es schwer. Myschka schnaubte wie eine kleine Lokomotive. Aus dem halbgeöffneten Mund floss ein feines Rinnsal von Speichel, den sie unbewusst mit dem Ärmel abwischte.

„Mama hat gesagt, dass ich ein Taschentuch ...", erinnerte sie sich, vergaß den Gedanken aber sofort wieder. Alle Einfälle verschwanden so plötzlich wie sie gekommen waren. Sie waren flink, glatt wie ein Aal, sodass man sie nicht festhalten konnte. Und auch wenn Myschka einige schnappte, so zerbrachen sie in viele kleine Stücke, sodass sie nicht wusste, was sie daraus machen sollte.

Myschkas Gedanken kehrten zu den Schnürsenkeln zurück. Sie hatten sich zu einem schrecklichen Knoten verheddert. Leider schafften es ihre dicken, ungeschickten Finger nicht, das Wirrwarr zu entknoten. Zudem vergaß Myschka, in welches Loch es die Schnürsenkel einfädeln musste. Der Speichel rann ihr inzwischen bis aufs Unterhemd. Da plötzlich hörte sie einen Ton.

„Das Radio ..., nein, der Fernseher", dachte Myschka, erkannte dann aber die Stimme des Vaters.

Sie hörte seine Stimme nur selten, aber es reichte, dass sie seine von der des Briefträgers unterscheiden konnte. Der klingelte an der Tür und rief schon von weitem laut und deutlich: „Heute nur die Zeitung!" Als ob an den anderen Tagen etwas anderes käme.

Nur Papa sprach so schnell, glatt und scharf, dass sich Myschka zusammenrollte. Sie fühlte, dass es unmöglich sein würde, seinen Worten zu folgen. Mama sprach wohlklingend, leise, langsam und so, dass es nicht weh tat. Sie wiederholte jeden Satz so oft, bis Myschka ihn verstand. Mit Papa war das anders, weil das Mädchen ihn so selten hörte. Meistens kam er von der Seite, schwieg. Aber jetzt dröhnte die Stimme des Vaters durch das ganze Haus.

„Siehst du das nicht?", rief er. Die vibrierende Stimme, die durch die Tür drang und in Myschka widerhallte, stach wie Nadeln in ihren Ohren. „Siehst du nicht, wie sie aussieht, fast wie ein Tier? Merkst du nicht, dass man DAS sofort erkennt? Dass sich jeder auf der Straße nach uns umsieht?"

„Nicht jeder", entgegnete Mama leise, aber ihre Stimme hatte eine undeutliche, unsichere Melodie.

Myschka, die selbst eine krächzende Stimme hatte, achtete sehr auf die Melodie der Worte, auf den unterschiedlichen Klang, auf die in den Sätzen steckende Notenlinie. Ihr eigenes Brubbeln, das Eva manchmal zufällig als Melodie wahrnahm, war tatsächlich ein Singen. Myschka liebte die Musik - jene, die manchmal aus dem Zimmer des Vaters zu ihr drang und jene, die ab und zu aus dem Radio oder dem Fernseher kam. Die menschlichen Stimmen klangen in ihren Ohren wie Musikinstrumente mit vielen Klangfarben, Ausdrucksformen, Harmonien. Und gerade jetzt spielten die Stimmen von Mama und Papa zwei verschiedene, disharmonische Melodien.

„Schau dir doch nur den ewig offenen Mund an! Kannst du ihr nicht beibringen, dass sie ihn schließt? Und wie sie sich bewegt ... das besabberte Kinn ... mein Gott!" Die Stimme des Vaters schraubte sich so hoch, dass Myschka meinte, es drehten sich zwei Schraubenzieher in ihren Ohren. „Taschentuch", erinnerte sie sich und zog es aus der Hosentasche, um sich den Mund abzuwischen. Zufrieden steckte sie das Tuch zurück. „Ich denk dran", lachte sie breit. Mama lobte sie stets, wenn es ihr gelang, daran zu denken. Die Stimme des Vaters aber bereitete ihr Schmerzen und sie hielt sich die Ohren zu. Aber es half nicht, bis er in der Tür und unter ihren zwei kleinen Händen verschwand.

„Sie wird niemals auch nur bis drei zählen können ... sie wird das Alphabet nicht lernen ... wird nicht mit anderen Kindern sprechen, auf keine Fragen antworten ... denn es ist kein gewöhnliches, normales Down-Syndrom, sondern ein besonders schwerer Fall! Untypisch! Sie wird nicht einmal ihren Namen sagen können, Gott sei Dank, denn es ist mein Name. Meiner! ... Nein, du wirst in keine Schule gehen. Meine Tochter wird in keine Schule für Idioten gehen und in eine andere schafft sie es nicht!"

„Da kam ein Brief vom Kuratorium, dass alle Kinder ...", sang die schwache Stimme der Mutter.

„Sie muss in eine spezielle Einrichtung! Für solche wie sie. Ich habe mich schon erkundigt. Eine Einrichtung für Schwerbehinderte. Dort ist ihr Platz. Und erzähl mir nicht, dass sie in der Lage ist zu unterscheiden, ob sie hier sein wird oder dort!", verschwand die Stimme des Vaters in der Luft, spitz wie ein Bleistift, wie ihn ihr die Mutter manchmal in die Hand drückte. Aber Myschka verstand es nur, das Papier, auf dem sie schreiben sollte, zu zerreißen, denn sie griff zu fest zu. Nur höchst selten gelang es ihr, wenigstens eine krumme Linie auf das Blatt zu bringen, die genauso darüber rannte wie der Vater aus dem Zimmer: schnell, schnurstracks, auf dem kürzesten Weg.

„Was hast du davon, dass du das geprüft hast?", fragte sacht die noch leisere Stimme der Mutter. Schweigen. Eine betrügerische Stille kroch durch das ganze Haus, machte sich in Myschkas Körper breit. Nachdem, was der Vater gesagt hatte, gab es keinerlei Erleichterung. Die Stimme des Vaters erinnerte an ein Instrument, dessen Namen das Mädchen nicht kannte: die Posaune. Manchmal auch an die Trompete. Mama dagegen sang wie eine Violine oder Flöte.

„Willst du bis an dein Lebensende diese mitleidigen Blicke spüren? Sollen wir nie eine Chance auf ein normales Leben haben? Was willst du?" Die Stimme des Vaters zitterte wie ein scharfer, gefährlicher Wind vor dem Sturm, der plötzlich die Richtung ändert. Dann herrschte Stille.

„Ich weiß nicht, was ich will", summte die Stimme der Mutter in beunruhigendem Ton.

Myschka liebte es sehr, wenn die Mutter lachte. Mama tat das selten, aber wenn, dann lachte auch Myschka und begann zu tanzen. Es tanzte in ihrem Inneren, in sich selbst, aber Mama konnte das nicht sehen.

Mama sagte: „Fein, Mäuschen", wenn das Mädchen einen Gegenstand auf seinen Platz gelegt, einen Kreis auf ein Blatt Papier gemalt oder vier Bauklötzer zu einem Turm aufgeschichtet hatte. Aber sie hatte noch nie gesagt: „Mäuschen, wie schön du tanzt ..." Und Myschka fürchtete, ein solches Lob nie zu hören.

„Siehst du nicht, dass sie wie ein Schmetterlingskokon ist? Dass man sie nicht vorzeigen kann? Niemals. Nicht einmal in so einer Schule", hörte Myschka die schneidende Stimme des Vaters.

„Das ist nicht wahr! Du kennst sie nicht, du verstehst sie nicht, du siehst nicht, was ich in ihr sehen kann. Sie merkt alles, versteht alles, kann es nur nicht mit Worten ausdrücken", entgegnete Mama. Die Stimme des Vaters zitterte, als er sagte: „DAMIT kann man niemanden belasten. Weißt du, warum ich nicht mit euch esse? Siehst du nicht, wie mir jeder Blick DARAUF den Appetit verdirbt?"

„Geh!" Myschka hörte die Stimme der Mutter, die ebenfalls in hunderten scharfen Tönen vibrierte. Wieder hielt sie sich die Ohren zu, doch die Stimme des Vaters drang klar und deutlich zu ihr:

„Wegen ihr zerbricht unsere Ehe."

„Wir können uns scheiden lassen ..."

„Das würdest du wollen ...!", lachte der Vater brutal. „Das hättest du wohl gern, dass die Leute sagen, dass ich ein behindertes Kind im Stich lasse!"

„Es ist nicht schön mit ihr, aber auch mies, sie im Stich zu lassen", sagte sie mit solcher Stimme, dass es Myschka wehtat. „Sicher tut Mama auch etwas weh", dachte das Mädchen.

„Es gibt speziell bezahlte Häuser für die Betreuung. Wir können uns das leisten. Ich sage das jetzt zum letzten Mal ...", fügte der Papa hinzu.

„Ich wollte, es wäre das letzte Mal!" Die Stimme der Mutter klang so scharf. Sie war so schwer zu ertragen wie der Schrei einer Flöte. Myschka reagierte mit einer ruckartigen Bewegung, die den Schnürsenkel in die Öse des Schuhs fädelte. Sie sprang vor Glück auf und rannte aus dem Zimmer. Ihre Beinchen patschten über den Fußboden der Eingangshalle. Triumphierend rannte sie mit dem Schuh in der Hand ins Wohnzimmer.

„Fertig!", stotterte sie glücklich und hielt den Schuh den Eltern vor die Augen. Durch das Laufen aber, die Arme stets nach vorn gestreckt, um das Gleichgewicht zu halten, war der Schnürsenkel wieder aufgegangen, aus dem Loch gerutscht und baumelte nun zum Beweis der Unfähigkeit des Mädchens frei in der Luft.

„Lernt ...", flüsterte Myschka wie ohnmächtig und der Speichel rann aus ihrem Mund, um sich mit ihren Tränen zu vereinen.

„Weine nicht, du machst das noch mal. Das ist einfach", sang die zarte und gewohnte Stimme der Mutter.

Aus dem Hals des Vaters machte sich jedoch ein merkwürdiger Laut Luft. So klangen die Trommeln, die das Mädchen nicht zu benennen wusste, aber sehr gut kannte.

Das Haus war voller Musik, die fast täglich durch die mit Leder schallisolierte Tür des väterlichen Arbeitszimmers drang. Niemand hörte ihr so aufmerksam zu wie Myschka. Für Adam war das Musikhören eine Möglichkeit, allein zu sein und die Stimmen der Frau und der Tochter nicht wahrzunehmen. Besonders die der Tochter: rau und röchelnd. Für Eva war die tägliche Ration Musik eher ein Beweis der Anwesenheit ihres Ehemannes - und ein Grund zur Irritation. Eva liebte leichte Musik, eine neutrale Begleitung zu den täglichen Dingen des Alltags. Myschka, die in der Eingangshalle spielte, hörte manchmal die Musik von beiden Seiten, hörte, wie sie sich aneinander rieben, miteinander kämpften - so wie jetzt die Stimmen von Mama und Papa.

Plötzlich hieb der Vater mit der Faust auf den Tisch und rannte hinaus. Die Tür flog ins Schloss. Mama zitterte. Myschka fühlte sich schuldig. Nicht nur wegen der Schnürsenkel.

„Wo Kok", fragte sie mit zitternder Stimme und schaute sich im Zimmer um. Der Schmetterling aus dem Kokon, über den Papa gesprochen hatte, konnte jeden Moment wegfliegen. Hinter den Schrank, unter die Schlafcouch, durch die Tür.

„Kokon?", fragte Mama, als wäre das ein neues Wort.

„Schmettling", antwortete Myschka.

„Hier ist kein Kokon", sagte Mama freundlich und umarmte das Kind.

Myschka seufzte tief und fühlte sich sicher.

*

Myschka träumte jede Nacht davon, wie sie sich wie ein Schmetterling in die Luft erhob und tanzte. Zwar nicht so hoch wie die Vögel; nur ein wenig weiter hinauf als bis zu dem Zimmerchen in der oberen Etage. Fliege ich?, dachte sie verwundert. Sie erinnerte sich schon nicht mehr an die Prophezeiung der Fee, die zu ihr nach Hause gekommen war, sie zu besuchen. Zwar kam sie nicht in die Küche, aber mitten in der Nacht ans Bett. Sie sagte: „Myschka, geh nach oben ...“ Dann kam die Fee nie wieder und Myschka hätte ihre Worte vergessen, wenn sie nicht irgendwann angefangen hätte, jede Nacht davon zu träumen, wie sie flog.

Eines Morgens, als sie die Augen aufschlug, war ihr klar, dass sich der Traum wiederholte, aber dass das kein Flattern war. Ich bin dick und irgendetwas hält mich hier unten fest; mehr als andere Kinder, dachte sie und erinnerte sich an das Mädchen der Nachbarn, das auf Rollschuhen lief. „Ich kann nicht geflogen sein, vielleicht bin ich hoch geklettert?“ Myschka dachte immer in ganzen Sätzen. Die Worte, die ihr so schwer über die Lippen kamen, unartikuliert, heiser, unterbrochen nach der Hälfte, reduziert auf meist eine Silbe - im Kopf wurden sie glatt und kamen in die richtige Reihenfolge. Das dauerte lange, manchmal auch sehr lange. Aber wenn sie sich gefügt hatten, dann sprudelten sie wie ein Fluss in der Ebene: langsam, aber entschlossen. Nur dass Myschka diese Worte oft wieder entwischten, wegrannten und einfach nicht zurückkehrten, sodass das Mädchen sie wieder vergaß. Myschka passierte das öfter als anderen Kindern. Dieses Mal brauchte es einige weitere Nächte voller Träume, um zu begreifen, dass sie nicht flog und auch nicht tanzte, sondern kletterte.

Nach dem Frühstück, als sie durch die Eingangshalle ging, fiel ihr Blick zum ersten Mal auf die enge hölzerne Treppe, die zum Boden führte. Der Boden, begriff sie. Dorthin klettere ich. Bin aber nie angekommen ...

Myschka war noch nie auf dem Boden gewesen. Mama schützte sie vor „gefährlichen Plätzen“. Gefährlich war der alte Brunnen im Garten, der zwar nicht benutzt wurde und sorgfältig abgedeckt war, aber unterirdisch einen nicht endenden Tunnel in sich barg. Myschka hatte noch nie dort hineingeschaut. Ein ebenso scheußlicher Ort war der teilweise gemauerte, teilweise aus Holz bestehende Zaun. Dahinter begann die Straße, die Myschka nicht allein betreten durfte. Sie könnte sich verlaufen. Und nicht nur das. Obwohl Mama das niemals sagte, so fühlte Myschka doch, dass sich hinter dem Zaun eine Welt auftat, die sie vielleicht nicht mögen würde. Nicht weniger gruselig war der Keller, der eigentlich nicht groß war, aber von dem Mama sagte, dass die Treppe dahin für die ungelenken Beine des Mädchens zu eng gewunden sei. Überhaupt gab es keinerlei Treppen, die für das Kind gut gewesen wären.

„Besser gehst du, wo es eben ist", meinte sie.

Die Welt allerdings war überhaupt nicht eben, wohin man auch blickte. Wohl deshalb blieb Myschka meist zu Hause. Nur manchmal ging Mama mit ihr spazieren; in den Zoo zum Beispiel. Dort ließ Eva auch nicht für eine Sekunde die Hand des Mädchens los. Meist gingen sie auch nur in der Woche dahin. Sonntags war der Zoo voller Leute. Das mochte ihre Mama nicht.

Manchmal besuchten sie ein Geschäft. Aber Läden zählten für Mama ebenfalls zu den gefährlichen Plätzen. Myschka könnte verschiedene Dinge aus den Regalen nehmen oder anfassen. Sie knisterten einfach zu verführerisch und waren so herrlich bunt. Wenn das passierte, musste Mama für die kaputten Sachen bezahlen. Einmal kippte Myschka alles aus dem Regal, was darauf stand. Danach gingen sie nur noch sehr selten einkaufen. Dafür kam ein fremder Mann mit dem Auto und erledigte die Einkäufe entsprechend einer Liste, die ihm Mama zusammen mit Geld gegeben hatte. Myschka war deswegen traurig, denn sie liebte es, in die Geschäfte zu gehen. Die Leute hatten dort eher nur Blicke für die Waren, weniger für sie - und schon war der Laden kein gefährlicher Ort mehr für Myschka.

„Du wirst schon noch eines Tages lernen, was nicht erlaubt ist", sagte Mama hoffnungsvoll und Myschka nickte dazu eifrig mit dem Kopf. Sie verstand sehr gut, dass gerade das verboten war, was am interessantesten war.

Zu Myschkas Zimmer führten sehr bequeme, breite Stufen. Das Geländer war mit einem extra Griff ausgestattet, den die Zimmerleute auf Wunsch der Mutter angebracht hatten. Aber die Treppen zum Boden oder in den Keller waren eng und steil.

Myschka dachte ununterbrochen an den Boden, seitdem sie am Morgen aufgewacht war: Als sie Frühstück gegessen, als sie erst mit dem Bären und dann mit Bausteinen gespielt, als sie vergeblich auf die Tänzer im Fernsehen gewartet hatte, alle liefen nur oder saßen; als sie auf dem Fußboden der Eingangshalle spielte und lauschte, wann endlich Musik aus dem Arbeitszimmer des Vaters zu ihr dringen würde. Aber Papa war nicht zu Hause und hinter der Tür war es ganz still.

Nach dem Mittagessen schlich Myschka erneut um die Treppe herum, die nach oben, unters Dach führte. Durch ihren Kopf kursierten verschiedene, nicht miteinander verbundene Gedanken. Die einen kamen schneller, andere flossen langsamer. Nur einer ließ ihr keine Ruhe.

„Maa, Bod", sagte sie vor dem Abendessen.

„Bod?" Eva überlegte, was das heißen könnte und versuchte zu entschlüsseln, worum es wohl dieses Mal ging. Sie freute sich über jedes neue Wort, aber es war auch jedes Mal ein Rätselraten. „Bod" war ein schwereres Rätsel als andere. Nach einer bestimmten Zeit hatte es Eva aufgegeben und bat die Tochter darum, ihr den „Bod" zu zeigen.

„Der Boden?", wunderte sie sich. Da gibt es nichts. Ein paar alte Sachen von den Großeltern, gewöhnliches Gerümpel ...

„Grümp", wiederholte Myschka, der das unbekannte Wort gefiel. „Bod", wiederholte sie trotzig. Der Trotz gehörte ebenfalls zu ihrer Behinderung. Eva hatte darüber in einem der medizinischen Fachbücher gelesen. Und auch wenn der Autor den Grund dafür nicht nannte, so war sie doch überzeugt, dass gerade Trotz ein Zeichen der Unsicherheit von Kindern mit DS ist. Je ungeheurer ihnen etwas vorkommt, desto mehr sträuben sie sich dagegen. Sie müssen sich sträuben, ist doch gerade das ihr eigener Kampf mit der Angst.

„Na gut, dann sollst du deinen Boden bekommen", sagte Eva und reichte ihrem Mäuschen die Hand.

Die Treppe war gar nicht so scheußlich, wie beide dachten. Und das Geländer - welch ein Wunder - war so niedrig, dass Myschka es bequem erreichen konnte. Die Hand der Mutter erwies sich als überflüssig.

„... lein", freute sich das Mädchen.

„Warum solltest du allein auf den Boden gehen", fragte Mama.

„Neee", antwortete sie in Übereinstimmung mit der Wahrheit, hatte sie ihn doch noch nie gesehen.

Als das Licht eingeschaltet war, sah der Boden langweilig aus. Er war voll gestellt mit alten Möbeln von den Großeltern. Sie waren zu kaputt, als dass man sie hätte benutzen können. In Pappkartons steckten Gegenstände, die Eva und Adam als nicht passend zu ihrem neuen Haus aussortiert hatten. Aus einigen waren Bücher herausgefallen und lagen nun seit der Zeit, als Eva vor einigen Jahren die Bibel gesucht hatte, auf dem Fußboden. Jetzt waren sie mit einer dicken Schicht Staub bedeckt.

Bevor das Licht anging, hatte der Boden zu den geheimnisvollen Orten gehört. Es war nur ein kurzer Moment gewesen und hatte vielleicht dreißig Sekunden gedauert. Es war, bevor die Hand der Mutter die Myschkas gefunden hatte.

Das ist hier, dachte Myschka. Das hier ist „oben".

In jenen dreißig Sekunden sah Myschka einen weiter entfernten Raum, in dem das Schwarz die verschiedensten Schattierungen annahm, sodass sie sich wunderte, wie unterschiedlich dieser Ton aussehen konnte. Er reichte von dunklem Grau bis hin zu einem gefleckten, dicken Ruß. Bisher war Schwarz für das Kind nur dies: dunkle Nacht ohne Sterne, Flügel der Krähen über dem Schnee oder das Fell einer Katze. Hier auf dem Boden kam es Myschka so vor, als ob das Schwarz unterschiedliche Vorhänge erschaffte, die zu immer wieder neuen Welten führten. Aber die Sonne schickte durch das winzige Fenster lange Lichtstrahlen in einige dieser Welten hinein. Myschka sah in den unzähligen Teilchen des herumwirbelnden Staubes merkwürdige, tänzelnde, goldige Geschöpfe. Sie nahmen verschiedene Gestalten an und es kam ihr so vor, als ob sie lebten. All das verschwand im künstlichen Licht, das aus der verstaubten Glühbirne strömte. Nur dort, wo das schräge Dach den Boden berührte, wo das restliche Schwarz kauerte, verblieb etwas von jenem Leben in einer geheimnisvollen Welt. Nur dort wartete die Ungewissheit.

„Geh, geh", sagte Myschka zu Eva.

„Ich soll gehen? Und du bleibst hier?", wunderte sich Eva.

„..lein", nickte die Tochter mit dem Kopf.

Nachdem die Mutter hinausgegangen war, löschte Myschka das Licht. Im Schein der Glühbirne hatte es hier langweilig und eng ausgesehen, sodass Myschka nichts Ungewöhnliches entdecken konnte. Aber als sie erneut von Dunkelheit umhüllt wurde, da erblickte sie wieder die schwarzen Vorhänge. Zuerst den ganz vorn, erhellt von schwachem Licht, das durch das kleine Fenster fiel. Er war ungefähr so grau wie das der Tauben, die auf dem Dach saßen. Dahinter kam eine weitere Kontur zum Vorschein, ein vollendetes Grau wie das von Papas Anzug. Der dritte hatte den Ton eines späten Sonnenuntergangs.

Bevor Myschka die nächsten Farben sehen konnte, hörte sie Wasser. Jetzt hob sich der erste graue Vorhang und dahinter jener elegant graue. Sie knisterten geheimnisvoll. Der dritte aber wurde so flüssig nach oben gezogen wie ein Vorhang im Theater. Mama hatte Myschka einmal dorthin geführt, aber sie hatten sofort wieder gehen müssen, als das Mädchen laut und unverständlich plapperte, sodass sie der Mann in der Uniform mit den blinkenden Knöpfen sofort wieder hinausbrachte und dabei sagte: „Das hier ist doch kein Ort für solche."

Myschka begriff, dass sie nie wieder hierher kommen würden, obwohl es doch so leuchtend und schön war und alle auf der Bühne zu tanzen anfingen und Myschka doch nichts sehnlicher wünschte, als bei ihnen zu sein. Wenigstens für einen Augenblick.

Das Wasser plätscherte friedlich. Wieder sang es, wogte wie ein Wasserfall und war überall, wenn auch von Vorhängen verdeckt. Es war da und doch nicht zu sehen. Aber schon öffneten sich die nächsten Vorhänge. Als auch der letzte aufgezogen war, schwarz und undurchdringlich wie Ruß, da verstand Myschka: „O Wass ... ta, ta ..." Das Wasser tanzte.

*

Wasser, dachte Eva irritiert und riss sich vom Buch los. Myschka hat wieder einmal den Wasserhahn nicht zugedreht und das Wasser läuft im Bad oder in der Küche. Zum Glück gibt es auf dem Boden keinen Wasserhahn, um das Haus zu überschwemmen.

Sie stand vom Kanapee auf, entfernte sich nur ungern von ihrem Kaffee und dem Glas mit Kognak, von einem Stapel bunter Magazine. Bücher guter Autoren erinnerten sie schmerzhaft an die Unvollkommenheit der Welt, sie schlurfte barfuß zum Bad. Der Hahn war zugedreht und trocken. Genauso war es in der Küche. Aber irgendwo lief doch Wasser, rauschte wie ein schon nicht mehr so kleines Rinnsaal, sondern wie ein richtiger, gefährlicher Strom.

Eva ging zum Fenster und zog die Gardinen zurück. Draußen regnete es ganze Wasserfälle. Der Himmel, noch vor einer Stunde nur grau, hatte eine blau-schwarze Färbung angenommen und hing so tief, dass es schien, er berühre das Hausdach.

„Ein Wolkenbruch", stöhnte sie verwundert und dachte: Gut, dass Myschka den Boden für sich entdeckt hat, sonst würde sie sich den ganzen Tag langweilen so ohne Spaziergang. Myschka versteht nicht, warum man bei solchem Regen nicht rausgehen kann ...

Sie streckte sich wieder auf dem Kanapee aus und blätterte in den farbigen Magazinen. Eva schaute sich die Fotos von der Innenausstattung einer Villa an, die sie an das eigene Haus vor ein paar Jahren erinnerte. Daraus lächelten sie die Models in eleganter Toilette an. Es gab Werbung für Kosmetik, die auf wundersame Weise Schönheit verleihen sollte. Es lächelten einstige Bekannte von den Bildern, die auf Partys in der Umgebung aufgenommen worden waren. Die Personen darauf waren in ausgesuchten Posen erstarrt und hatten geschminkte Gesichter ohne jedes Fältchen. Sie schaute sich eine Fotoreportage von einem Wohltätigkeitsball an. Sie entdeckte darauf - ohne sich zu wundern oder dass es ihr Leid getan hätte - Bekannte von Adam. Wir hätten zusammen dort gewesen sein können, aber ich bin so müde ..., dachte sie wie im Halbschlaf und blätterte die Seite um. Diese Zeitschrift war genauso unrealistisch wie die Nachrichten im Fernsehen.

Und das Wasser lärmte, schaukelte, sang und tat so, als sei es überall, obwohl es keineswegs in diesem sicheren, trockenen Zimmer war.

*

Das Wasser lärmte, schaukelte, sang und als alle Vorhänge der Dämmerung aufgezogen waren, ja selbst der in der Farbe weichen Rußes, wollte es den ganzen Raum überschütten. Trotzdem fürchtete sich Myschka nicht.

Als sie die Massen aufgewühlten Wassers sah, war sie sich sicher, dass in diesem Wirbel, in diesem Schütten, in dieser Wildheit, in diesem Tanz voller Leben etwas Ehrliches lag.

Das Wasser baut sich auf, dachte sie und erinnerte sich an die eigenen Bausteinchen. Einmal gelang es ihr, aus den Bausteinen eine glatte, ebene Fläche zu bauen, was ein großer Erfolg war und mit einer Umarmung von Mama belohnt wurde. Jetzt aber floss das Wasser so ähnlich, ergoss sich breit und zugleich stets von oben nachfließend, als würde es für etwas Platz schaffen, was aus großer Höhe kam und Raum forderte.

Einen Moment später begann das, was offensichtlich für sich Platz gesucht hatte, aus dem Wasser zu fließen. Anfänglich war es Licht; nicht so golden wie die Sonne oder so gelb wie die Glühbirne. Es war eher ein blaues Funkeln eines Bergkristalls. Das Wasser floss vorwärts und vorwärts, aber das geheimnisvolle Blau entstand in jedem Moment neu. Als Myschka lange genug hingeschaut hatte, entdeckte sie, dass das Blau ebenso wie die schwarzen Vorhänge verschiedene Nuancen und Töne hatte. Es reichte von dem Blau der Augen des Briefträgers bis hin zu dem blitzenden, dichten, dem fast schon Dunkelblau eines Saphirs. Dann sah sie, dass in diesem blendenden Blau Bewegung war, dass es eine unermessliche Tiefe hatte, viel tiefer noch als Wasser, eigentlich grenzenlos war und aus ihm weiße, gefiederte Gestalten flossen.

Wolken ..., dachte sie unsicher und zitterte vor Erregung: Das ist der Himmel! Ein richtiger Himmel!

Der Himmel überzog das Wasser und machte es ruhig, ja fast schon träge. Es war, als würde dies ewig sein: Dieses grenzenlose Blau, das weder Anfang noch Ende hatte - und dieses weit auseinanderlaufende Wasser, in dem ER sich erblickte in seiner Unendlichkeit.

Plötzlich verharrte Myschka unbeweglich. Sie fühlte, dass gleich etwas passieren würde. Etwas Wichtiges. Sie hatte keine Ahnung was, woher sollte sie das auch wissen, aber sie war sicher. Ebenso hörte das Wasser auf, im Kreis zu wirbeln und verharrte in Erwartung. Alles erstarrte - das Wasser, das Blau, die Federwolken. Dann erreichte Myschka durch das Wasser, durch den Himmel, durch den Boden hindurch ein Windhauch; er wurde stärker und erreichte die Kraft eines Sturmes. Aber Myschka wusste von Anfang an, was das war: Atem. Jemandes freier, tiefer Atem, der bis hierher kam, bis zu Myschka auf den Boden. Es war, als stürbe sie, ohne Schmerz, jedoch mit einer solchen großen Neugier, dass es ihr wehtat.

Dann erreichten sie ringsumher Töne: „DAS IST GUT", sagte, nein, sang die Stimme. Sie bediente sich eher der Musik als Worten. Myschka lauschte. Und verstand. Gleichzeitig begriff sie, dass die Stimme nicht zu ihr sprach, sondern zu sich selbst, in Gedanken, mit Zweifeln, mit einem müden Stöhnen. Aber dieses Seufzen grummelte erneut mit einem Donner durch das Wasser, durch den Himmel und über den Boden. Sie hatte keinen Mut zu fragen, zu wem diese Stimme gehörte und verstand demütig, dass wohl jemand sprach, dass dieser Jemand wohl irgendwo war, aber das Wo im Ungewissen blieb. Der Besitzer der Stimme musste riesig sein, ha, unendlich in seiner Größe.

„ER spricht zu sich selbst, also wird ER allein sein", sprach Myschka zu sich und überlegte, ob eine solche Einsamkeit trotz der Macht über das Wasser, den Himmel, ja sogar über den Boden nicht eine zu große Einsamkeit sei. Diese Art Gedanken überkam sie als Welle von Bildern und Begriffen, die sich zu unendlich langen Sätzen formten. Es waren ihrer jedoch zu viele, fast so viele wie es Wasser gab. Myschka schaffte es nicht, die Worte laut auszusprechen, die ihr Mama geduldig beigebracht hatte. Übrigens Worte, die sie kannte, die aber nicht wiedergaben, was sie fühlte, ja nicht einmal das wiederzugeben vermochten, was sie mit ihren schmalen Glubschaugen erblickte. Weder dort unten, noch hier und jetzt.

Plötzlich beruhigte sich das Wasser, lief in die Breite und wurde dichter. Es machte den Eindruck, als hätte es weder Masse noch Schwere. Seine Farbe wurde dunkler. Schon war es nicht mehr durchsichtig und nur dort, wo es den Himmel widerspiegelte, sah es aus wie der Himmel selbst.

Gleichzeitig gewann der Himmel an Farbe, bekam ein durchscheinendes Blau, wurde tiefblauer Saphir und das Grau, von dem die Nacht erzählte, wurde hell, ja fast weiß wie die Wolken. Die Wolken zogen faul dahin, dann wieder schneller, als würde eine die andere vor sich her jagen. Und Myschka verstand, wenn das Wasser kein Ende hat, dann hat der Himmel ebenfalls keines. Sie begriff, dass das Wasser seinen Weg findet. Der Himmel jedoch niemals: Der Himmel bewahrt für immer seine Unruhe in der tiefen Ruhe, seine Bewegung im Stillstand. Wieder spürte sie seinen Atem: „DAS IST GUT", wiederholte die Stimme, aber es lag in ihr schon keinerlei Zweifel mehr.

„Das ist gut", pflichtete ihm Myschka eifrig bei, obwohl sie sah, dass ER es nicht hören würde. Aber es würde wirklich gut sein.

Alle Vorhänge des Schwarz - angefangen von dem dunklen wie Ruß bis hin zu dem Grauweiß der Tauben - schlossen sich mit einem geheimnisvollen Rascheln, das ihr ein Gefühl der Sicherheit gab und Myschka gleichzeitig von Wasser und Himmel trennte.

„Mäuschen! Abendbrot!", rief Mama irgendwo von unten, obwohl es eigentlich nicht klar war, woher, weil das Mädchen in dem Augenblick selbst nicht wusste, wo es war.

Das ist doch der Boden, erinnerte sie sich, atmete tief durch, stand vom Fußboden auf und machte das Licht an. Die Glühbirne warf Licht und aus dem Dunkel tauchten Omas vergessene, alte Möbel auf. Der eben noch tanzende Staub legte sich auf sie wie zum Schlaf. Myschka legte unwillkürlich einen Finger auf das alte Sofa. Der Finger war trocken. Das Kanapee auch.

Als sie vorsichtig die Treppe hinunterstieg, erinnerte sich Myschka an den unruhigen, mitteilsamen Gesang des von irgendwoher fließenden Wassers, an den weiten Himmel, der aus der Höhe herabgekommen war und an die fremde, tiefe, aber nicht beängstigende Stimme. Myschka vergaß leicht. Aber seit kurzem ließ sich auch ihr Gedächtnis leicht öffnen; seitdem sie auf dem Boden gewesen war.

Doch als sie durch die Halle in die Küche ging, dachte sie nur noch an das Abendbrot. Sie hörte die geräuschlos ins Schloss fallende Tür zum Zimmer des Vaters, dann seine schnellen Schritte und sah ihn endlich, sah seine leichte und elegante Erscheinung - wie bei dem Mann aus dem Fernsehen in der Reklame für Toilettenpapier, dachte sie - und ging zur Seite. Sie drückte sich an die Wand, damit er sie nicht bemerkte. Er umging das Kind wie gewöhnlich, lief wie ein Mensch, der es eilig hat und ringsumher nichts bemerkt.

Aber er sah sie. Er sah sie immer. Myschka fühlte das.

„Der Boden", sagte sie mit halber Stimme, sagte es noch einmal, um es nicht zu vergessen. Doch sie vergaß es sofort.

Und es wurde Abend des zweiten Tages.

Adam beneidete Eva. Er war neidisch auf ihre gemischten, aber tiefen Gefühle, die ihr Gesicht verriet, wenn sie Myschka ansah. Selbst wenn es ausschließlich Irritation, Trauer oder Ärger waren. Ihm war klar, dass Eva dieses Knäuel von Gefühlen in höhere Sphären hob, sie auf die Erde niederdrückte, sie aber gleichzeitig fest am Leben hielt. Er selbst sah in Myschka lediglich die Ruine all dessen, was einmal seine Pläne, Ambitionen und Träume waren. Er fühlte Leere. Und Bedauern.

Er wusste nicht genau, wen diese Trauer betraf. Meistens tat es ihm Leid, dass er Eva nicht von seinen Entscheidungen hatte überzeugen können. Immer wieder dachte er an jenen Tag, an dem er das Dokument unterschrieben hatte, das es ihm ermöglichen sollte, dieses Kind nie wieder zu sehen. Er tat dies mit einem Gefühl der Selbstverteidigung, mit einem seiner Meinung nach gesunden Impuls, sich dieses Problems ein für allemal zu entledigen. Aber sie hätten sich bei dieser Entscheidung einig sein sollen.

Nur selten bedauerte er, dass er sich nicht Evas Meinungen angeschlossen hatte. Aber dann stellte er sich sofort vor, wie er, ein Mensch zum Erfolg verdammt und an Erfolge gewöhnt, dieses Kind an der Hand haben würde, dieses merkwürdige Wesen, mit dem er sich öffentlich zum Idioten machte. Er fühlte, dass er die Blicke voller Mitleid oder Neugier nicht ertragen könnte. Er verstand es nicht, sich damit zu trösten, dass auf sechshundert bis siebenhundert Geburten ein Kind mit Down-Syndrom kam. Mit Myschka musste es also weitere gut sechshundert Fälle in ihrer Stadt geben. Zudem war gerade dieses behinderte Kind ein paradoxer Beweis der Intelligenz der Eltern. Die Statistik zeigte, dass Kinder mit Down-Syndrom häufiger in Familien mit hoher Bildung vorkamen. Sie planten zur passenden Zeit das Kind mit Rücksicht auf alle Umstände. Nur den ganz gewöhnlichen Zufall können sie eben nicht mit einplanen, dachte Adam ...

Adam fühlte eine Mischung aus Trauer um Eva, um sich selbst und um Myschka - eine Trauer darüber, dass sie auf die Welt gekommen war. Er wurde immer traurig, wenn er sie sah. Das Down-Syndrom fiel sofort ins Auge. Das war keine Krankheit wie Tuberkulose oder Leukämie, von der in der Literatur manchmal die Rede war. Adam hätte lieber ein blindes oder taubes Kind gehabt, aber keines mit Down-Syndrom.

Gerade dann, wenn er den Anblick der Tochter nicht ertragen konnte, gab er Eva umso mehr die Schuld an ihrer Geburt. Er wusste, dass Kinder mit Down-Syndrom oft als Erwachsene an Alzheimer erkrankten, falls sie überhaupt das Erwachsenenalter erreichten, und nahm an, dass Alzheimer - wie gegenwärtig in Evas Familie - dazu geführt hatte, dass Myschka mit dieser Behinderung geboren wurde. Offensichtlich gab es irgendwelche Gene, die für die eine wie auch die andere Erkrankung verantwortlich waren. Sie steckten in der familiären DNA-Kette. Er lachte genervt, weil er sich nicht vorstellen konnte, dass er einmal in dem Mädchen, in das er sich verliebt hatte, nach DNA und Genen forschen würde, anstatt nach ihren Haaren, ihren Augen, ihrem Mund und ihrem Körper zu suchen. Aber jetzt waren ihre Gene wichtiger als ihre Schönheit. Jene Gene, die die Welt der Wissenschaftler gerade entziffert hatte.

Ära des Genoms! Das menschliche Erbgut hatte keine Geheimnisse mehr! Die Zeitungen berichteten davon in großen Lettern, während er zur selben Zeit mit einem solch geheimnisvollen und zugleich schrecklichen Wesen wie seiner eigenen Tochter zusammen wohnte.

Dann wieder kamen Tage, an denen er alles hätte aufgeben wollen. Zu gern hätte er im Tausch dafür etwas von Evas Gefühlen gehabt. Er sah ihre Erschöpfung, ihre Ratlosigkeit oder die Wut auf Myschka. Er beobachtete sie öfter, als beide meinten, hörte, wie die Flüche ertönten oder sich das Weinen wiederholte: „Ich hab genug ... ich hab genug davon!", und fühlte zugleich, dass Eva, indem sie sich für Myschka entschieden hatte, die bessere Art des Leidens als er gewählt hatte.

Er wartete auf irgendeine Strafe, doch es kam keine. Auf der Arbeit kam er besser voran als jeder andere. Alles, was er anfasste, verwandelte sich in Gold wie bei König Midas. Jede Entscheidung, die die Geschäfte der Firma betrafen, ihre Käufe, Fusionen, das Fließen des Kapitals oder die personellen Veränderungen waren richtig. Je besser es ihm beruflich ging, desto mehr litt er. Er konnte sich nicht Eva und Myschka anschließen. Aber es war ihm auch unmöglich, die Distanz zu sich selbst zu ertragen. Adam wollte einen vernünftigen und glaubhaften Grund finden, sie zu verlassen.

Je mehr er sich grämte, umso mehr hasste er den Zufall. War das gerecht? Warum war es ausgerechnet ihnen passiert, ein behindertes Kind zu zeugen? Und das zu einem Zeitpunkt, an dem die Wissenschaft nur einen Schritt davon entfernt war, die Gene zu steuern. Zusammen mit seinem Hass auf das Schicksal wuchs seine Unlust, ja eigentlich sogar sein Hass auf Myschka. Wenn sie nur nie geboren worden wäre, wenn es dieses Kind nur nicht gäbe - das Leben wäre viel einfacher ...!

„Vielleicht soll es gar nicht einfach sein?", flüsterte ihm manchmal eine Stimme zu, aber Adam verschloss die Ohren, um diese Zweifel nicht zu hören.

Manchmal schlich er sich heimlich aus seinem Arbeitszimmer, das seine Festung im eigenen Hause geworden war, und verfolgte Eva und Myschka versteckt in einer Ecke der Eingangshalle, im Schatten von Regalen mit Blumentöpfen. Die Blumen waren verwelkt, sicher goss sie niemand.

Der Anblick der vierjährigen Myschka erschrak ihn, wenn das Mädchen mit Ausdauer durch das Haus krabbelte, plapperte, schwer atmete und sabberte. In diesem Alter konnte jedes Kind bereits frei laufen. Er hörte zu, wie Eva dem Mädchen deutlich und langsam die Wörter vorsprach, sich mühte, ihm die ersten Worte beizubringen. Schon lange müsste es ganze Sätze sprechen können.

„Ma, Mär ...", sagte Myschka, und Adam spürte, ähnlich wie Eva, dass dieses „Mär" Märchen hieß.

Manchmal begriff er sogar schneller als Eva, was die Laute in der Sprache der Tochter bedeuteten. Ja, er entzifferte das Wort „Ta". Keinen Moment verstand er es als „Papa". Als er jedoch begriff, dass dieses Wort Tanz heißen sollte, fühlte er einen dicken Kloß im Hals. Er spürte Myschkas starken, tiefen Wunsch, selbst zu tanzen - leicht, gewandt, so wie andere Kinder. Er verstand, dass dieses kleine zerbrechliche Wesen die gleichen Bedürfnisse hatte wie alle, dass es vielleicht das Gleiche fühlte, nur anders, vielleicht sogar stärker. Doch ihr dicker Panzer der Behinderung erlaubte nicht, dies zu zeigen. Sie war wie ein Kokon, in dem der Schmetterling steckt. Eines Tages fliegt er auf und davon. Hier allerdings, verborgen in Myschkas Körper, würde er niemals davonfliegen.

Versteckt hinter den angelehnten Türen verfolgte er, wie Myschka zu tanzen probierte. Im Gegensatz zu seiner Frau erkannte er sofort, dass diese schwerfälligen - für ihn erschreckenden - Bewegungen ein Tanz waren. Sie waren der verzweifelte und hoffnungslose Versuch, die Füße vom Boden zu heben, ein trauriges Fuchteln mit kraftlosen und ungehorsamen Armen, das schockierende Unterfangen, jemanden im Tanz in die Arme zu schließen. Es sollte ein beschwingter, mitreißender Pas de deux sein, erinnerte aber eher an einen „danse macabre".

Was wäre, wenn ich sie zu einem richtigen Auftritt ins Ballett mitnehmen würde? Zu Schwanensee, zur Nussknackersuite?, dachte er eines Tages unwillkürlich, überlegte es sich dann aber anders. Schließlich war doch vorweg zu sehen, was passieren würde. Myschka würde vor Angst oder vor Aufregung schreckliche, chaotische Laute ausstoßen, würde dann in die Hosen machen und die Zuschauer würden gegen ihre Anwesenheit protestieren und der Portier würde sie schließlich aus dem Theater bringen. Er selbst würde vor Scham fast umkommen und würde überlegen, ob ihn wohl jemand seiner Bekannten gesehen hätte.

Mit einer Mischung aus Trotz, Ärger und Bewunderung blickte er auf Eva, schaute ihr zu, wie sie das Mädchen anzog und mit ihm spazieren ging. Einmal lief er hinter ihnen her bis zum Zoologischen Garten, beobachtete, wie seine Frau die Windeln bei dem Mädchen wechselte, ohne auf Vorbeilaufende zu achten. Adam wusste, dass Eva litt.

Einmal hörte er in der Nähe des Geschäftes, in dessen Schaufenster Myschka etwas entdeckt hatte, wie das Mädchen unartikulierte Schreie ausstieß, was die Neugier der Passanten weckte. Myschka schrie, Eva versuchte erfolglos, sie zu beruhigen. Die Fußgänger blieben stehen, um sich dieses um sich schlagende, behinderte Kind anzusehen. Dutzende mitfühlende oder neugierige Zuschauer ... Adam, obwohl er hinter einer Ecke stand, tat der Anblick weh. Er schaute auf die ratlose Eva, auf dieses sich einnässende und seltsame Wesen, das seine Tochter war. Er wusste, dass er nicht genug Courage hatte, um zu ihnen zu gehen und dem erschrockenen Kind seine Hand zu reichen. Am meisten fürchtete er sich vor den Blicken, die er auf seine Frau gerichtet sah. Sie wären dann auf ihn gerichtet, das ganze Leben lang. Schließlich wandte er sich von Myschka ab.

Wie es wohl wäre, sie an die Hand zu nehmen?, dachte er flüchtig, wandelte aber schnell und ganz bewusst diesen Gedanken in ein Gefühl des Ekels um. Er lernte es, einen jeden solchen Moment, in dem er Mitleid mit sich selbst fühlte, in Hass auf Myschka umzuwandeln. Er schämte sich dessen und fühlte gleichzeitig, dass ihn dieses Gefühl an etwas erinnerte.

Aber an was? An ein erschrecktes Tier aus dem Zoo? An ein Tier, das nicht aus seinem Käfig heraus kann, weil der sein eigener Körper war? Die Bewegungen Myschkas, ihr Gesicht, ihr Lächeln - all das erinnerte ihn an etwas, das er nicht zu benennen wusste. An etwas, das er kannte. An was nur?

Adam bestach den Arzt, der sich um Mäuschen kümmerte, damit er über die Entwicklung und Gesundheit seiner Tochter auf dem Laufenden gehalten wurde. „Das ist die schwerste Stufe von Down-Syndrom", sagte der Arzt. „Bei leichteren Schweregraden kann das Kind manchmal in eine Förderschule gehen, manchmal sogar in eine Integrationsschule. Aber ich sage ganz offen, dass diese Kinder mit Down-Syndrom in den Schulen nicht gern gesehen werden. Wissen Sie, die nennen sie ja auch nur 'Integrationsschulen', aber nehmen am liebsten nur solche Fälle, die keinen Ärger machen. Eine leichte Schwerhörigkeit, eine geringe Verzögerung in der Entwicklung, schwache Augen, Schwierigkeiten beim Laufen, nur bitte kein Down-Syndrom oder Autismus ... Kinder mit Down-Syndrom reagieren auf Angst aggressiv. Greifen andere Kinder an oder schlagen sich selbst. Sie schaffen es, mit dem Kopf solange gegen die Wand zu hauen bis sie tot sind, wenn sie niemand aufhält. Verzweiflung, die ein normales Kind mit Worten oder Weinen ausdrückt, zeigen sie mit Schreien. Sie sind nur schwer zu beruhigen. Das ist schwer zu ertragen und hält kein Lehrer aus, selbst wenn er die besten Vorsätze hätte. Die Eltern normaler Kinder beklagen sich, auch wenn sie vorher einen guten Willen gezeigt haben. Wissen Sie, guter Wille und Wirklichkeit ..."

„Und ihre körperliche Gesundheit?", erkundigte sich Adam.

„Ebenfalls typisch. Das Herz krank, schwache Augen, ein mieses Atmungssystem, chronischer Husten ... ich denke, sie saugen alle Infekte wie ein Staubsauger auf. Bei bester Pflege wird sie sicher länger leben. Vielleicht dreißig Jahre? Eventuell länger? Ich kenne Fünfzigjährige mit Down-Syndrom. Sie erinnern an alte, gute Kinder."

Adam erschrak. Eine fünfzigjährige Myschka? Es wäre nur vernünftig, auch wenn Eva dagegen war, die Tochter in eine spezielle Einrichtung zu geben. Wenn einem von ihnen etwas passierte, dann wäre die erwachsene Myschka ohne Fürsorge. Früher oder später müsste man sie in eine Einrichtung geben. Besser wäre, es so früh wie möglich zu machen, wenn die Trennung von der Mutter und von zu Hause noch nicht so schrecklich sein würde.

„Auf der anderen Seite", fuhr der Arzt leidenschaftslos fort, „lebt die Mehrheit der Kinder mit der schwersten Form des Down-Syndroms nicht lange. Und dann ist da noch der kleine Schatten ... das Verhalten Ihrer Tochter weist darauf hin, dass dieser Schatten eine größere Bedeutung hat, als wir angenommen haben. Kinder mit Down-Syndrom passen sich normalerweise schneller an als Ihre Tochter. Ich persönlich sage diesem Kind ein kurzes Leben voraus ..."

Adam wusste, dass der Arzt in seinem Gesicht Spuren der Erleichterung suchte. Und Adam fühlte diese Erleichterung, auch wenn sein unbewegliches Gesicht kein Gefühl verriet. Er war stolz über seine gefasste Reaktion. Erst als er hinausging, wurde ihm bewusst, dass er auch kein Bedauern oder etwas wie Empörung bei dem Gedanken an den frühen Tod seiner Tochter gezeigt hatte. Ob so oder so, ich habe sie verraten, dachte er ärgerlich.

Er überlegte, was Eva fühlen würde, wenn sie wüsste, dass Myschka wirklich nur kurz zu leben hatte: Trauer oder Erleichterung? Oder das eine wie das andere? Wie viele Emotionen und Gefühle ruft ein solches Kind hervor, welchen Kampf muss der Mensch mit sich ausfechten und irgendwie ist das alles ein Gedankenknäuel, dachte er ärgerlich, richtete diesen Ärger aber wie gewöhnlich gegen die Tochter.

*

Myschka erinnerte sich erst wieder an den Boden, als sie davon träumte, wie sie nach oben kletterte. Zuvor hatte sie so schwere Aufgaben und interessante Beschäftigungen gefunden, dass das Mädchen nicht einen einzigen Augenblick daran gedacht hatte. Mama hatte Myschka zu der Frau gebracht, die mit ihr geduldig die Aussprache übte. Wozu war nicht klar. Myschka sprach gut; aber vielleicht war die Melodie in der Stimme wichtiger? Ihre Mama wollte, dass das Mädchen wenigstens einen ganzen Satz genauso richtig sprechen konnte wie andere Kinder. Myschka sollte dabei richtig betonen, was zusammen gehörte und was zu trennen war. Das war ermüdend. Außerdem gefiel Myschka der Satz, den sie üben sollte, überhaupt nicht. Sie lernte schnell ihn zu hassen, weil sie ihn ständig wiederholten musste. Auf jeden Fall fügten sich die Silben nicht so, wie sie sollten. Sie rannten förmlich vor ihr weg und es war unmöglich, sie einzufangen.

„Ich hei Ma ... sia ... Ka ... tze ... hei ...""

„Ich heiße Marysia ... ich heiße Marysia", wiederholte geduldig die Frau, aber mit solch monotoner Stimme, dass das Mädchen anfing zu gähnen. Es hieß doch gar nicht Marysia, sondern Myschka. Auch der nächste Satz entsprach nicht der Wahrheit:

„Ich liebe Papa und Mama", fuhr die Frau mit derselben Stimme fort. Aber ihr „A" klang so scheußlich. Es war wie in die Luft des Klassenzimmers geworfen, als ob es davon träumte, endlich erlöst zu werden. Myschka verlor schon den Anschluss bei den ersten Silben, sodass das „A" am Ende der Worte schier unerreichbar war. Schon wusste sie nicht mehr, wen sie liebte und wen nicht.

„Du sagst den Satz Papa zum Geburtstag auf", wollte ihr Mama Mut machen. Aber das Mädchen wurde schon bei dem Gedanken daran nervös, dass es dem Papa etwas sagen sollte. Dazu noch einen Satz, der nicht der Wahrheit entsprach.

Immer, wenn sie mit Papa sprach, sah sie in seinen Augen eine besondere Art von Schmerz. Das war selbst dann so, wenn es so wenige Worte waren wie „Guten Tag ...". Er fürchtete sich vor ihr. Das schien dem Mädchen zwar unmöglich, änderte aber nichts daran, dass er vor ihr Angst hatte. Darum wich er aus. Niemals ging er normalen Schrittes; er rannte geradezu durch die Eingangshalle - genauso wie der Mann aus der Werbung. Er wich dem Blick in die Augen aus. Er verzog den Mund, wenn Myschka etwas sagte, wenn sie nach außen hin zwar stotterte, nach innen aber glänzend formulierte. Papa aber hörte nicht, was von innen kam. Mama gelang das immerhin ab und zu.

Myschka bemerkte ihren Papa, wenn der sie durch den Türschlitz beobachtete. Er glaubte, dass die Tochter ihn nicht sähe, dass ihre schmalen Augen ebenso behindert seien wie ihr Körper. Dabei sahen sie mehr, als er annahm. Ihre Gedanken verirrten sich in die merkwürdigsten Richtungen. Sie waren wie ein vom Wind getriebenes Saatkorn, das auf die weiche Tiefe ihres Verstandes fiel - und aufging. Fühlte er das denn nicht?

Gerade stand der Papa im Schatten der Blumenbank und schaute zu ihr. Er tat das oft. Außergewöhnlich oft. Myschka würde ihm niemals im Leben sagen: „Ich hei ... die Ka ... tz hei". Sie wünschte sich viel mehr, für ihn zu tanzen. Wenn ich tanze, rennt er nicht weg. Dann muss er stehen bleiben und zusehen, dachte sie.

Myschka glaubte, dass der Tanz all das ausdrücken könne, was Worte nicht vermögen. Sie sah im Fernsehen Tänze von Frauen und Männern, die davon sprachen, dass ihre Körper ganz eng beieinander sein wollten, so nah wie möglich. Es geschah, dass sie in Programmen über die Geografie der Erde dunkelhäutige Menschen sah, die halbnackt waren, nur bekleidet mit einem Fetzen um die Hüften und die mit ihrem Tanz die Freude über den Regen ausdrückten, über das Erlegen von Wild, über das Einbringen des Korns. In einem jener Filme sah sie einen in Leder gekleideten Schamanen mit einer schrecklichen Maske auf dem Gesicht und sie sah, wie dieser Zauberer mit seinem Tanz übernatürliche Kräfte herbei rief, die kein Fernseher zu zeigen im Stande war. Myschka fühlte, dass diese auf ihr Geheiß kamen. Ihr war bewusst, dass ein Tanz um etwas bitten, um Verzeihung flehen, dass er rufen und beleben kann. Ein Tanz kann Freude und Liebe, Aggression und Hass ausdrücken. Sie spürte, dass der Tanz eine eigene Macht hatte. Die war größer als jedes Wort.

Sie beschloss, die Augen des Vaters im Türspalt nicht zu sehen und für ihn zu tanzen. Sie wollte ihn so darum bitten, nicht so schnell wegzulaufen oder wenigstens manchmal stehen zu bleiben. Nah bei ihr. Wenigstens einen Moment.

Myschka wusste, was sie am Tanzen hinderte. Das war nicht nur ihr Körper. Mamas Körper kam ihr gegen ihren viel leichter vor, obwohl er doch größer war. Und ihre Beine und Arme hörten ausdrücklich auf deren Befehle. Mama konnte zweifellos tanzen, wusste aber nichts davon oder wollte davon nichts wissen. Die Kleidung hinderte Myschka beim Tanzen. Es war, als ob sie nicht zu ihrem Körper passte, sodass sich Myschka für sie schämte. Sie war etwas Fremdes. Dabei waren ihr einige Sachen weniger fremd, andere wieder mehr. Besonders mochte sie die Kleidung nicht, die Mama „die zum Ausgehen" nannte. Gerade die hatte Myschka jetzt an. Um zu tanzen musste sie sich ausziehen.

Das Mädchen spürte die strengen Blicke des Vaters auf sich, als sie anfing, sich auszuziehen. Dabei war das ein echtes Kunststück. Zwar gehörten die Zeiten, in denen das Mädchen geduldig gelernt hatte, sich die Schnürsenkel zu binden, der Vergangenheit an. Aber es hatte erst vor kurzem gelernt, sich den Pullover, die Hosen und die Slips allein an- und auszuziehen. Am schwierigsten war es, die Ärmel in die richtige Richtung zu bekommen. Das dauerte immer lange, denn der Pullover oder die Bluse schlangen sich um das Gesicht, drohten, sie zu ersticken. Sie waren wie ein aufsässiges Ungetüm, das einem einen Schrecken einjagte. Myschka aber besiegte es mit der Zeit und schaffte es, auch diese Kunst zu beherrschen. Sie war sehr stolz darauf und wollte sich von ihrem Vater ein Lob dafür verdienen.

Langsam zog sie sich die Sachen aus. Sie freute sich, dass sie dieses Mal außergewöhnlich gut damit zurechtkam. Sogar Mama wäre zufrieden, wenn sie Myschka sehen könnte ... Als Nackedei stand sie glücklich auf den lang gestreckten Beinen und reckte die Arme in die Höhe. Dann hüpfte sie nach oben. Sie fühlte, dass sie biegsam und leicht wie ein junger Ast war und dass sie sich tatsächlich gleich vom Boden abheben würde. Freilich wusste Myschka, dass sie nur im Kreis sprang, war aber überzeugt, dass der Papa schon sehen würde, was sie meinte.

Langsam, ganz zaghaft, begann sie zu tanzen. Myschka hob die Beine und führte sie zur Seite. Dann streckte sie die Arme immer höher und höher, spannte den Körper und ahmte so den Rasen im Wind nach. Sie überlegte, ob der Vater das Gleiche wie sie selbst spürte, ob er wusste, dass sie wunderschön und leicht tanzte und nur ihr Körper sie auf dem Boden der Eingangshalle festhielt. Sie wünschte sich, ihr Papa sähe, dass sie wie ein Schmetterling flatterte, obwohl der Körper sie an den Fußboden fesselte. Sie war so angespannt von diesen Überlegungen, dass sie plötzlich das dringende Bedürfnis spürte, auf die Toilette zu gehen. Zu spät. Ein warmer Strom begann über ihre Beine zu fließen, sammelte sich in einer Pfütze um die nackten Plattfüße.

Wieder war etwas geschehen, weswegen sie Mama immer beschimpfte. Mama nannte das „ekelhaft", manchmal auch „ein kleines Unglück".

„Garstige Myschka ... ganz garstige Myschka", wiederholte Mama dann streng, wenn dem Mädchen ein „kleines Unglück" passierte. Besonders streng war sie, wenn das vor den Augen Fremder geschah. Papa jedoch war kein Fremder.

Mit einem Ruck hörte sie auf zu tanzen, bekam vor Angst keine Luft mehr und fing an zu heulen. Sie schrie mit einer rauen, heiseren Stimme. Ihr Schrei wurde stufenweise zu einem erschreckenden Gebrüll. Es erinnerte an das Geschrei eines Tieres, das in eine Falle geraten war und wusste, dass es kein Entrinnen mehr gab.

Auf der Suche nach Rettung rannte sie durch die Eingangs-halle, zu Mama. Sie hörte, wie die Tür zum Arbeitszimmer lauter als gewöhnlich ins Schloss fiel. So, als hätte sie jemand mit Schwung zugeknallt.

„Mein Gott, Mäuschen ... hast du dich schon wieder ausge-zogen. Hast du DAS schon wieder gemacht. Ich hab dich so gebeten, das nicht mehr zu tun, Myschka. Zieh dich nie mehr aus, das ist scheußlich", seufzte Mama ratlos und führte sie ge-schwind ins Bad.

Myschka verstand nicht, warum es eklig sein sollte, wenn sie sich auszog. Eklig war, wenn sie einmachte, aber das Ausziehen der Sachen? Sie war überzeugt, dass nicht nur sie selbst ohne diese schöner war. Auch Mama war ohne sie hübscher. Das Mädchen sah sie ab und zu unter der Dusche. Mama schrie dann immer ärgerlich auf und - warum nur? - bedeckte sich so-fort mit einem Handtuch. Papa war auch schöner, wenn er ohne Schlafanzug vom Bad durch die Halle in sein Zimmer rannte. Die Damen und Herren im Fernsehen gefielen ihr ebenfalls „ohne" besser. Myschka sah sich gern Kleidung an, aber fand, dass sie zum jeweiligen Menschen passen sollte. Für Myschka war Kleidung etwas, mit dem man spielen konnte. Man konnte sie knautschen, zupfen, zerreißen. Für Myschka war es eher so, dass den Leuten nicht etwas fehlte, wenn sie nackt waren, sondern im Gegenteil, wenn sie angezogen waren.

Von jenem unglücklichen Tag an probierte Myschka nicht mehr, für ihren Papa zu tanzen. Sie begriff jetzt auch, dass Tanz nicht immer Freude bereitete. Auf Empfehlung des Arztes brachte Mama Myschka zu einer speziellen Gymnastik, die das Kind ebenfalls sofort hasste. Das war keine Gymnastik, wie sie das Mädchen manchmal im Fernsehen sah, in dem die Frauen in knappen Anzügen zu flotter Musik mit den Beinen wackel-ten und eher tanzten als Sport trieben. Myschka versuchte ebenfalls, vor dem Fernseher die Beine und Arme rhythmisch zu bewegen wie die Frauen, obwohl sie wusste, dass ihr das nicht besonders gut gelang. Aber wenigstens machte es Spaß.

In der Turnhalle, in die sie Mama geführt hatte, war es über-haupt nicht unterhaltsam. Die Kinder machten Lärm, waren außer Atem. Und nicht nur sie. Hier gab es auch Erwachsene, ebenso unförmig wie sie selbst, die es ebenfalls nicht schafften, Arme und Beine im Rhythmus zu bewegen. Der Anblick der Großen machte Myschka Angst. Bisher hatte sie geglaubt, dass sie, würde sie erst einmal groß sein, richtig tanzen könne.

„Stimmt's, wenn ich groß bin, werde ich tanzen", wollte sie Mama fragen. Aber aus ihrem Mund kam nur die Silbe „taaaa …" und beim Anblick der Erwachsenen, die nicht tanzen konnten, änderte sie selbst schweren Herzens diese Meinung.

Aber Mama nickte ihr eifrig mit dem Kopf zu, als sie versuchte, die Arme und Beine dem Rhythmus gemäß zu bewegen. Jemand hatte Mama beigebracht, immer mit dem Kopf zu nicken. Jetzt tat sie das sogar dann, wenn selbst Myschka wusste, dass es nicht gut war. Mama lügt, dachte sie zum ersten Mal in ihrem Leben.

Ich werde immer schwerfällig sein, sagte sie zu sich und träumte von dem Moment, in dem sie so leicht sein würde wie das Mädchen aus der Nachbarschaft. Sie sah es manchmal auf dem Fahrrad, auf dem Skateboard und auf Rollschuhen. Dieses Mädchen war wie ein Schmetterling, wie ihn Myschka neulich versehentlich an der Scheibe zerdrückt hatte. Der Schmetterling veränderte wie ein Regenbogen seine Farben, je nachdem wie er flatterte. Er tanzte in der Luft, schlug mit den Flügeln und war so schön, dass ihn Myschka einfach streicheln musste. Als sie sich ihm jedoch mit ihren dicken, ungeschickten Händchen näherte, verwandelte sich der Schmetterling in eine klebrige Masse. Myschka weinte hilflos.

Er ist wie ich, dachte sie instinktiv, als sie auf den zerdrückten Schmetterling blickte.

Also war es ja kein Wunder, dass Papa den Schritt bei ihrem Anblick beschleunigte. Es wunderte Myschka eher, dass er manchmal hinter der Blumenempore stand und nach ihr schaute. Er tat dies auch weiterhin, selbst nach jenem schrecklichen Erlebnis, als Myschka für ihn tanzen wollte. Sie fürchtete jetzt, dass er sie nur beobachtete, um zu erfahren, wie viele solch scheußlicher Dinge sie zu tun imstande war. Myschka glaubte, er liebe nur die schönen Dinge.

Mama erriet richtig, dass Myschka ihren Papa mit dem Mann aus der Reklame verglich, den sie im Fernsehen sah. Der Mann war hübsch, elegant, hatte weiße Zähne wie ein Wolf, glatt gekämmte Haare und rannte mit einem Telefon in der Hand über den Bildschirm. Myschka verstand nichts davon, was der Mann zu den Zuschauern sprach. Er redete schnell, schien zufrieden und hatte großes Selbstbewusstsein. Wie Papa. Myschka nahm an, dass dort, wo er lief, die Welt war, von der Mama sagte: „Ein gefährlicher Platz, ein sehr gefährlicher Platz." Das war die Welt außerhalb ihrer Straße. Ha, außerhalb ihres Zauncs. Eine Welt voller Telefone, Kleidung, Autos, Computer, Frauen und Männer, die ebenso schön waren wie Papa.

Myschka träumte davon, dass sie eines Tages sehen würde, wie ein Mann aus dem Fernsehen innehält, das schwarze Telefon nimmt und sich zu jemandem beugt, der nicht zu sehen ist, der in einer Ecke des Bildschirms kauert. Derjenige würde sie selbst sein. Und der Mann aus dem Fernsehen sagt mit der Stimme Papas:

„Myschka, meine Liebe, wie schön dich zu sehen ... Zeig mir, wie du tanzt ...“

Und das Kind zieht sich aus und tanzt federleicht, gewandt, und es passiert ihm kein „kleines Unglück“.

In der nächsten Nacht träumte Myschka wieder davon, dass sie davonflattere. Also beschloss sie bereits beim Frühstück, auf den Boden zu gehen. Um dies selbst nicht zu vergessen, machte sie ein Kreuzchen an die Stiegen. Aber sie vergaß auch, dass sie ein Kreuzchen dorthin geschmiert hatte. Zum Glück fragte Mama nach dem Mittagessen: „Willst du nicht ein bisschen auf dem Boden spielen?“

„Wiiiiiii!“, freute sich Myschka und ihre Mama atmete erleichtert auf.

Eva hatte keine Lust, mit Myschka zu spielen. Sie wollte sich nur fortreißen aus der Wirklichkeit. In Gedanken schwebte sie im Wunder der Liebe, im Wunder einer Welt voller Glück, in irgendeinem tollen Leben. Schon lange war Eva nicht mehr im Stande, anspruchsvolle Literatur zu lesen. Sie las den Leuten aus den Karten. Aber die Leute waren ebenso traurig wie sie selbst und hatten Probleme, die ähnlich groß waren wie ihre eigenen.

Sie zog eine Welt vor, wie es sie in den leichten Schmökern gab, eine Welt ohne scharfe Kanten und schmerzhafte Dornen.

*

Als Myschka auf den Boden ging, war sie glücklich. Mit jedem Schritt näherte sie sich dem weiten und durch nichts begrenzten Raum, der vor ihr auftauchte, kaum hatte sie die Tür hinter sich geschlossen. Sie ging hinein in das sichere, stille Dunkel, das ihr mal ganz schwarz wie die Nacht und dann wieder durchsichtig in verschiedenen Farben erschien.

Myschka wusste nicht, warum der Raum auf dem Dach keinen Anfang und kein Ende hatte. Sie wusste nicht, auf welch wundersame Weise es geschah, dass der Boden bei Licht nur ein gewöhnlicher Raum war, der von Wand zu Wand ging, von Dachschräge zu Dachschräge und in dem die alten Möbel der unbekannten Großmutter standen. War jedoch das Licht gelöscht, verschwand dies alles. Dann öffnete sich der Vorhang der Ungewissheit, ein schwarzer Vorhang, der aus einem weichen, zugleich unsichtbar und doch zu sehendem Geflecht gewoben war und in der Luft wirbelte wie Staub im Lichtstrahl der Lampe. Der Staub schien zu leben. Seine Körnchen tanzten in der Luft und bildeten die Farben der Vorhänge. Aufgeregt schaute Myschka auf den nächsten Vorhang, auf den, der so schwarz wie Pech war und hinter dem sich ungeahnte Räume ausbreiteten.

Myschka fühlte instinktiv, dass dieser Raum, obwohl er sich nur für sie öffnete, auch ohne sie existierte. Jemand erschuf ihn. Ein unsichtbarer ER. Diesem ER unterliefen Fehler, Irrtümer, die zu berichtigen waren. Was nicht gelang, flog wer weiß wohin davon und machte dem Neuen Platz. Sie schufen nach SEINEM Willen Raum für neue Welten. Myschka wusste bereits, dass DAS ohne Ende andauerte. Und dass es keinen Anfang ab. Niemals.

... Dieses Mal war das Wasser graugrün und seine Wellen brachen sich an der unfruchtbaren Erde, die sich hinter dem Vorhang der Dunkelheit ausbreitete. Die Erde war ungestalt, nackt und wehrlos in ihrer Blöße. Gerade als Myschka dachte, dass sie die nicht sehen wollte, dass sie lieber eine gewöhnliche Glühbirne auf dem Boden vorzog, hörte sie ein tiefes Seufzen der Erde. Sie bemerkte, dass die braunen Schollen, die kleinen wie die großen, sich bewegten, vermischten, sich aus ihnen etwas mit einem leisen, singenden Knistern löste. Das war etwas sehr Außergewöhnliches: Es war rot und so grell, dass es in den Augen weh tat. Es erhob sich aus der Erde immer schneller und höher; geschwind erreichte es die Größe eines Fingers, dann zweier Finger, dann schließlich zweier Handflächen Myschkas, wenn sie eine auf die andere legte. Es war weich, kuschelig und merkwürdig bekannt, obwohl auch fremd. Die Erde war nicht mehr nackt und wehrlos, sondern mit diesem sonderbaren roten Belag überzogen. Myschka versuchte, dieses Etwas zu berühren, um herauszufinden, was das war. Erfolglos. Da hörte sie erneut die wuchtige und zugleich zweifelnde Stimme. Sie begriff, dass diese mehr fragte als feststellte. Und Myschka verstand, dass die Stimme nicht sie, son-

dern sich selbst fragte, indem sie sprach: „DAS IST GUT ..."
In dem Moment, als sie in dieser Stimme vollkommene Ratlosigkeit und Zögern hörte, verstand Myschka, was sie vor Augen hatte: „Das ist eine Wiese!"

Der rote Rasen grub sich indes in die Erde, streichelte sie mit dem Hauch eines unsichtbaren Windzuges, wogte hin und her und wuchs, wuchs, wuchs ... „DAS IST GUT ...", sagte ER mit unsicherer Stimme und ihr Klang kam Myschka ganz einsam vor. Niemand schien sich um sie zu scheren. So schrie das Kind aus ganzer Kraft, wenn auch nur innerlich, als ob es sich davor fürchtete, dass es unten jemand hörte: „Nein! Nein! Das ist nicht gut! Rasen kann nicht rot sein! Blut ist rot, aber kein Gras!"

Plötzlich hörte die Wiese auf zu wachsen; hörte auf zu wogen und rührte sich nicht mehr. Ihre kleinen Grashalme erinnerten jetzt an winzige Antennen aus Plastik. Dann begann die Wiese, ihre Farbe zu ändern. Zuerst wurde sie violett - ein sehr greller, tiefer Ton dieser Farbe, die Myschka ehrlich gesagt nicht liebte, weil sie ihr traurig vorkam.

„Oooch ...", sagte sie sorgenvoll. „Bitte, mach keinen violetten Rasen".

„DAS IST GUT ...", sprach die schwankende Stimme und verstummte, um plötzlich Luft zu holen und so tief zu seufzen, dass der violette Rasen heftig im Wind tanzte.

Dann begann der Rasen erneut, seine Farbe zu wechseln. Das sah aus, als ob jemand mit einem riesigen Pinsel große, grüne Flecke auf einen violetten Teppich malte. Myschka atmete erleichtert auf. Aber als das ganze Violett verschwand, bedeckt von einer neuen Farbe, die Myschkas Augen so vertraut war, da hörte sie zum dritten Mal die donnernde Stimme: „DAS IST GUT."

Dieses Mal hörte das Mädchen darin keinerlei Zweifel und lächelte zufrieden.

„Das ist gut", bekannte es mit Überzeugung. Die Wiese begann erneut, sich im Wind zu wiegen, durch etwas, von dem Myschka bereits wusste, was es war: SEIN Atem. Sie seufzte ebenfalls und lächelte freudig, als der Rasen tanzte, ganz wie der Wind es ihm befahl.

*

Eva legte das Buch beiseite. Adam war wie immer nicht zu Hause. Das Radio schwieg; der Bildschirm des Fernsehers verharrte in matter Gleichgültigkeit. Nicht ein Laut kam aus der Tiefe des Hauses oder von den nur angelehnten Fenstern. Ringsherum schwiegen alle Stimmen des Lebens, als wären sie gemeinsam zu einer bestimmten Zeit verstummt, als hätten sich die Leute zu einem Nickerchen hingelegt oder wie sie selbst ein Buch zur Hand genommen, um zu lesen.

Was für eine Totenstille ..., man kann ja förmlich den Rasen wachsen hören, dachte sie, als sie plötzlich von einem merkwürdigen Geräusch aus den Gedanken gerissen wurde. Es war ein Ton irgendwo zwischen Stille und Flüstern. Es war schöner als das nervende Summen der Mücken und lauter als die Fliegen, die mit ihren Flügeln schlugen. Es sang. Es war eine so zarte Melodie, dass sie kaum zu hören war. Eva aber hörte sie. Es war fast die Stille selbst, die klang. Sie legte das Buch weg, stand vom Kanapee auf und ging zum Fenster, um die Vorhänge beiseite zu schieben. Draußen wurde es bereits dunkel. Nirgendwo war Licht zu sehen, denn die Straßenlaternen waren noch nicht eingeschaltet. Die Leute in den Häusern erwarteten das Grau des sich herabsenkenden Abends, ohne es mit dem grellen Licht der Glühbirnen aufzuschrecken. Eva seufzte und wollte schon die Stores wieder zuziehen, als ihr Blick auf den Rasen fiel. Drei Tage zuvor hatte sie ihn ausgesät in der Hoffnung, dass er allein seinen Platz in der Erde finden würde. Er hatte ihn gefunden. Jetzt wuchs aus ihm ein feuchter, dunkelgrüner, buschiger Teppich vor dem Grau der Abenddämmerung.

Ich sehe und höre, wie der Rasen wächst, wunderte sich Eva. Aus ihrer Verwunderung wurde Interesse und aus dem Interesse Verstehen. Wenn es Pilze in einer Nacht schaffen zu wachsen, warum sollte es bei dem Rasen nicht ähnlich sein? Vielleicht wachsen Rasen und Pilze gerade dann, wenn sie niemand beachtet. Vielleicht wusste der Rasen jetzt nicht, dass sie gerade hinsah, seine langsame, feine Bewegung wahrnahm und den eigentümlichen Flüstergesang hörte?

Auf einmal musste sie auf das frische, dichte, grüne Gras gehen. Sie streifte die Schuhe ab und lief barfuß über den Rasen. Er war weich und lebendig wie ein Katzenfell und duftete nach etwas, was es nicht gab.

Er duftet wie Rasen, Dummchen, redete sie in Gedanken zu sich selbst. Sie wusste nicht warum und wieso, aber sie musste sich auf den grünen Teppich legen und dabei die Arme weit ausbreiten. Die Erde war warm und sicher. Eva fühlte sich auf einmal sehr glücklich.

Ich bin nicht allein. Ich habe Myschka. Schließlich gibt es auch einsame Menschen, unglückliche, die niemanden lieben und die von niemandem geliebt werden. Mich liebt Myschka und ich liebe sie. Es ist doch um vieles besser, sie anstatt niemanden zu haben, dachte sie, als sie so auf dem Rasen lag und in den Himmel schaute. Er war bewölkt, Sterne waren nicht zu sehen - und doch war er schön in seinem tiefen Grau.

Nach einer Weile hörte sie die Stille, eine Art Insektenmusik. Sie hätte den Kopf gewettet, dass die Insekten ganz plötzlich gekommen waren. Jetzt schwirrten sie um sie herum. Es waren viele und sie waren überall. Eva entdeckte unter ihnen Tagfalter, Nachtfalter, goldene Bienen, braune Hummeln und endlich auch gewöhnliche Fliegen und Mücken.

Wie reich und schön die Welt ist. Wie gut, ging es ihr durch den Kopf. Sie lag lange so und hatte dabei die Zeit vollkommen vergessen. Eva hatte keine Ahnung, wie spät es geworden war. Schließlich stand sie auf, strich sich das Kleid glatt und ging ins Haus.

Mein Gott, Myschka steckt immer noch auf dem Boden. Ich muss sie rufen, erinnerte sie sich. Ihre Stimme verscheuchte sanft die Stille der hereinfallenden Abenddämmerung. Als sie die Gardinen zuzog, bemerkte sie verwundert, dass alle Laternen auf einmal eingeschaltet wurden. Als ob die Zeit stillgestanden hätte, während sie auf der Wiese gelegen hatte, und als ob sie jetzt im Rhythmus der Menschen weiterlief. Die Straßenlaternen leuchteten mit einem kalten, grünlichen Licht, das sich mit dem Schein der kleinen Laterne auf der Wiese mischte.

Endlich ist der Rasen angewachsen, bestätigte sie sich noch einmal in Gedanken. Dabei blinzelte sie zum Rasen hin. Er wächst, wenn keiner hinsieht. Und als ich hinguckte, hat er es nicht bemerkt und ist trotzdem gewachsen, dachte sie ein wenig ohne Sinn und Verstand und ging in die Küche, um das Abendessen für sich und die Tochter vorzubereiten.

*

Myschka wunderte sich nicht, dass mitten auf dem Rasen plötzlich Blumen wuchsen. Danach atmete die Erde schwer durch, stöhnte und drehte ihren Leib wie ein tonnenschweres

Tier in alle Richtungen. Dann begannen aus ihrem Inneren Bäume zu sprießen. Mit einem Schlag erhoben sich gewaltige Baumstämme und sperrige Äste, die eine fantastische Krone bildeten. Es wurden immer mehr. Riesige. Ihre Ausmaße malten dunkle, deutliche Kreise in das Blau des Himmels. Das erinnerte Myschka an Bilder in den Büchern, die ihr Mama gezeigt hatte.

Sie wunderte sich über diese Gewächse, die so groß wie Bäume waren, aber doch eher wie Blumen mit einem besonders dicken Stängel aussahen. Ihr Stamm erinnerte an den Stamm einer Eiche und ihre Krone streckte sich aus wie ein Baldachin.

„ER hat schon wieder einen Fehler gemacht", erschrak sie. „Man muss es IHM sagen ..."

Plötzlich verstand sie, dass ER nur durch sie auf seine Irrtümer aufmerksam gemacht werden konnte. Myschka wurde es mulmig, weil sie doch noch ein Kind war und nur so wenig wusste. Gleichzeitig fühlte sie, dass das, was sie wusste, von einer besonderen Ehrlichkeit war.

„Mäuschen! Abendbrot!", hörte sie Mamas Ruf von unten und erstarrte. Die Stimme drang von weit her zu ihr. Sie war schwer, leise, echote in den Räumen, die sich vor ihr ausbreiteten und kehrte zurück nach unten.

Wenn ich gehe, bleibt ER mit den Baumblumen ... Was mach ich jetzt?, fragte sie sich erschrocken. Ihre Gedanken rasten; wollten eben so schnell sein wie ihre geschwinden Schritte nach unten.

„DAS IST GUT", donnerte SEINE Stimme und Myschka verstand, dass das jetzt ihre letzte Chance war.

„Neeeeeeeeee!", ertönte ihr Schrei, der vom Echo der unendlichen Räume des Wassers, der Erde, des Himmels und von den Wänden des Bodens weiter getragen wurde. „Ich komme gleich, Mama", rief sie schnell, ohne abzuwarten, bis die Vorhänge fielen. Sie knipste das Licht an.

Alles verschwand. Vor den Augen des Mädchen war wieder der gewöhnliche, ruhige Boden. Auf der Treppe indes waren schon eilige Schritte zu hören. Das Mädchen verstand, dass es nicht immer da oben Zeuge der Schöpfung sein konnte. Wenn sie nach unten ging, erschafft ER weiter und weiter, denn er tut dies ohne Pause und immer wieder aufs Neue.

„Das ist gut, aber mach die Baumblumen weg", flüsterte sie zum Abschied, ohne sich Sorgen darüber zu machen, dass um sie herum ja nur noch der Boden war und im Türrahmen die Silhouette der Mutter erschien. ER musste überall sein, also sicher auch hier. Vielleicht schuf ER gerade einen Koffer für die Großmutter, malachitfarbene Vorhänge für Mama und ein Märchenbuch über Aschenputtel.

„Mäuschen ... du hast mir einen Schrecken eingejagt ... Warum schreist du?", fragte Mama.

„Neeeeeeeee!", rief Myschka noch einmal, um zu zeigen, dass sie nur so schrie, ohne Grund, obwohl sie innerlich glaubte, dass ER sie hörte und sich daran erinnerte, die Baumblumen noch zu berichtigen.

Und es wurde Abend des dritten Tages.

Eva irrte sich in ihrem Glauben, dass Adam verbissen arbeitete, wenn er sich in seinem Arbeitszimmer einschloss. Sie irrte sich, dass er mit seiner Arbeitswut vor den Problemen davonlief. Adam las und sah sich Filme an. Er las fast dieselben Bücher wie sie. Es waren medizinische Fachbücher oder Bücher, die sich mit dem Down-Syndrom beschäftigten. Dazu kamen Ratgeber über Säuglinge mit Gehirnschädigungen, mit angeborener Knochenschwäche, mit Muskelschwund. Er las Bücher über werdende Mütter, die Contergan eingenommen hatten und infolgedessen verstümmelte Kinder gebaren: ohne Arme, ohne Beine oder ohne jegliche Gliedmaßen. Er vergrub sich in die Lektüre über Kinder mit Buckel, mit einem Wasserkopf und verkrüppelten Beinen, die deswegen wie Zwerge mit übergroßen Köpfen aussahen. Er machte sich vertraut mit unendlich vielen Krankheiten und Entstellungen, die das menschliche Embryo - diese an sich doch so wundervolle Vereinigung der weiblichen Eizelle mit dem männlichen Spermium - haben konnte. Normalerweise entwickelte sich daraus ein so wunderbares menschliches Geschöpf. Manchmal erinnerte es allerdings mehr an einen Kokon.

Adam blätterte in Büchern mit Abbildungen von behinderten Kindern, schaute sie mit Neugier an, als könnte er mit seinen Blicken ihre Missbildungen durchdringen und in ihr Inneres vorstoßen. Er wollte sich mit der Lektüre versichern, dass ihre innere Welt genauso verunstaltet war wie ihr Äußeres und dass diese Wesen bald von der Erdoberfläche verschwinden würden.

Adam, der sich wenig aus Religion machte, las einen Satz Johannes Paul II., der ihn erstaunte: „In einem behinderten Menschen widerspiegelt sich die Kraft und die Größe Gottes." Er las laut, wiederholte immer wieder diesen Satz und verstand ihn dennoch nicht.

Adam lernte die Bezeichnungen kennen, die Eltern solcher Kinder ihrem Nachwuchs gaben. Es waren „Mumins", „Kinder, die anders fühlen" oder einfach „Kinder, die anders sind". Adam ärgerte sich über diese Namen. Für ihn waren das Ausflüchte, um der Wahrheit nicht ins Gesicht sehen zu müssen. Selbst die Bezeichnung „nicht voll leistungsfähig" drückte nicht alles aus. Adam fand, dass diese Kinder eigentlich überhaupt nicht leistungsfähig waren.

„Ein Geschenk Gottes …" Damit konnte Adam noch am meisten anfangen. Das war für ihn verständlich, wenn auch wenig gefühlvoll. Das war eine seltsame Bezeichnung, die aber der Wahrheit am nächsten kam. Denn ein Geschenk ist eine Gabe, die man eingepackt überreicht bekommt. Man weiß nicht, was darin steckt. Sein Inhalt ist ein Geheimnis, eine Überraschung. Leider gibt es nicht nur gute Überraschungen.

Myschka war für ihn sowohl ein Geheimnis als auch eine Überraschung. Sie brachte sein bisheriges Leben, das so gut geplant war, durcheinander. Sie war eine ungewollte Überraschung.

Adam sperrte sich hinter der Tür seines Arbeitszimmers ein und dachte über seine Tochter nach. Doch er konnte mit seinen Gedanken nichts anfangen.

Eines Tages erinnerte sich Adam an einen Sommertag in einem Dorf in den Masuren, wo er mit Eva gezeltet hatte. Sie waren mit dem Segelboot unterwegs gewesen. Die Anlegestelle hatten sie beide zufällig ausgewählt und das Dorf war so klein, dass es auf keiner Karte zu finden war. Freundliche, liebe Leute, die hier wohnten, verkauften ihnen für ein paar Groschen Milch, Eier, Früchte. Die Hausfrau bewirtete sie mit Kuchen, den sie am Sonntag gebacken hatte.

„Sieh nur wie lebensfroh, offen und herzlich sie zu Fremden sind. Und zu den Hiesigen erst recht", sagte er zu Eva. „Denk nur, wie eingebildet Leute aus der Stadt ihnen gegenüber oft sind".

„Jaaaaa, denn die von hier haben ihre eigene Hierarchie von Werten, jungfräulich, ehrlich und nicht verdorben von der schrecklichen Zivilisation", antwortete Eva wie eine Gelehrte.

Beide waren damals neunmalklug. Typisch Studenten eben. Sie liebten es, über Dinge zu sprechen, an die sie sich später lieber nicht erinnern wollten, als ihre berufliche Karriere begann. Damals jedoch kam ihnen die sonnige Dörflichkeit des masurischen Örtchens und die unschlagbare Herzlichkeit der Menschen hier vor wie ein Bollwerk im chaotischen Lauf der Welt, die auf ein unbekanntes Ziel hinraste.

Eines Tages, als sie früh aufgewacht waren und auf das Haus zugingen, fühlten sie, dass es im Dorf brodelte. Sie bemerkten die Stimmung sofort, kaum dass sie sich dem Hause näherten, in dem sie so herzlich aufgenommen worden waren.

Am hölzernen Zaun hatten sich viele Nachbarn versammelt. Vor dem Haus stand ein Polizeiwagen. Fremde Leute, Frauen und Männer - sie kamen ganz sicher aus der Stadt - liefen auf dem Hof in Begleitung von Polizisten herum. Ihre bisher so fröhliche und angenehme Wirtin stand am Stall mit einem finsteren und wirren Gesichtsausdruck. Sie sah sie feindlich an und sprach kein Wort. Der Hausherr schaute sie gleich gar nicht an. Sein Blick wanderte mit Hass zu den am Zaun stehenden Nachbarn, die sich zwischen dem Stall und der Tür des Hauses bewegten, als hätten sie nichts anderes zu tun.

„Was ist denn passiert?", fragte Adam. Aber es klärte ihn niemand auf.

„Bitte sagen Sie doch, was geschehen ist", fragte Eva hartnäckig und zupfte eine Frau aus der Stadt am Arm.

„Was passiert ist ...?", wiederholte diese mechanisch und fügte boshaft hinzu: „Findet besser etwas, womit man Metall schneiden kann!"

Adam ging um die am Stall stehende Wirtin herum in das Gebäude. Sie versuchte ihn aufzuhalten. Sein Blick konnte im Halbdunkel kaum etwas ausmachen. Seine Nase spürte den Gestank des hier lagernden Dunges und Dreckes. Das Quieken der Schweine, die in einem engen Gatter eingesperrt waren und das schwere Atmen der Kühe wurde von einem weiteren Ton begleitet. War es das Scharren der Beine über das faulende Stroh? War es das Piepen der Mäuse? Oder das eine wie das andere? Das Zappeln der Ratten, die in eine der aufgestellten Fallen geraten waren?

„Hier", sagte eine Frau aus der Stadt, die hinter ihm stand. Sie zeigte mit der Hand auf einen kleinen Winkel in der Ecke des Stalls.

„Bitte helfen Sie. Wir haben nichts, womit man Metall schneiden könnte. Der Inspektor hat danach gesucht, aber nichts gefunden ... aber die sagen nichts. Sie schweigen."

Adam sah in die Ecke, auf die die Frau mit dem Finger gewiesen hatte. Im Dunkel bewegte sich etwas. Es war nicht viel größer als ein Hund. Etwas, was wie eine Ratte piepste.

Sein Blick gewöhnte sich langsam an die Dunkelheit. Als er noch einige Schritte weiter gegangen war, sah er es: Am Ende einer Kette, die an der Wand festgemacht war, befand sich ein Wesen, das sich unruhig bewegte. Es lief im Kreis, stob das faule Stroh zur Seite, taumelte nach hinten, soweit es ihm die um den Hals gelegte Kette erlaubte.

„Das ist doch ...?", flüsterte Eva, die hinter ihm her gelaufen war. „Das ist unmöglich ... nein ... unmöglich."

Es war ein an die Kette gelegtes Kind, das auf allen Vieren von einer Ecke zur anderen krabbelte und den Kopf hob, als es sie erblickte. Unter den wild gewachsenen Haaren blickten blaue Augen hervor. Aus dem Mund kamen Laute wie von einem Tier. Mit der Hand holte es sich immer wieder Stroh und steckte es sich in den Mund. Das Kind sah sie an, schrie und kaute auf dem stinkenden Dung herum. Erst jetzt sah Adam den großen Kopf, der auf dem schmalen Hals saß. Der war viel zu klein im Vergleich zum Kopf; Arme und Beine erinnerten an zwei ausgetrocknete Äste. Die Fetzen von Kleidung verdeckten kaum den menschlichen Körper mit einem dicken Buckel auf dem dürren Rücken. Das war kein Mensch, das war ein Monstrum. Aber dennoch erkannten sie in ihm ein Kind.

„Gott, o Gott", flüsterte Eva, die keine anderen Worte dafür fand.

Adam nahm langsam die Axt, die in der Nähe lag.

„Sind Sie verrückt geworden?", sagte die Frau. „Nicht doch die Axt!"

Er hörte nicht auf sie, hörte überhaupt nichts und schlug mit der Axt in die Holzwand, an der die Kette befestigt war. Splitternd fiel ein Holzbrett mitsamt dem Ring der Kette zu Boden. Die Frau schrie. Dann umfing sie Stille, in der nur der schnelle Atem und das erschrockene Wimmern des Krüppels zu hören waren.

Der Mann, der von seiner Frau begleitet wurde, wickelte das Kind, das kein Kind war, in eine Decke und trug es zum Polizeiauto. Die Frau lief hinter ihm, hielt die Kette, deren eiserner Gürtel noch immer die Kehle des Geschöpfes umschloss.

Da erhob sich ein Schrei. Das Kind, vom Tageslicht geblendet und scheu wie ein Tier, das in der Falle sitzt, schloss die Augen vor dem unbekannten Licht. Sein Schrei wurde immer lauter und unerträglicher. Die Nachbarn flüsterten halblaut, Frauen malten das Kreuz mit ihren Händen in die Luft. Die Wirtin mit dem steinernen Gesicht stand unbeweglich vor dem Stall, in derselben Pose wie zuvor. Ihr Mann stand daneben und hatte ihr die Hand auf die Schulter gelegt. Beider feindliche Blicke traf die Nachbarn, die zurückwichen und beim Anblick des abfahrenden Polizeiautos begannen, langsam und schweigend auseinander zu gehen.

„Das war ein Kind. Ein richtiges lebendes Kind. So ungefähr sechs Jahre alt", sagte erschrocken Eva, als sie schon wieder mit dem Segelboot unterwegs waren, weit weg von dem Dorf. Sie waren beide noch ganz nass vom Baden im See, in dem sie wohl ihre Erinnerungen über das, was sie erlebt hatten, wegwaschen wollten.

„Ein behindertes Kind", stimmte ihr Adam leise zu.

„Warum ...?", fragte damals Eva, aber er antwortete ihr nicht. Er kannte keine Antwort. Erst jetzt, nach den vielen Jahren, hatte er eine Antwort darauf.

Jetzt tauchte das Bild aus den Ferien wieder auf, aber nun war es dunkler und schrecklicher angesichts der eigenen Erfahrungen. Er jagte es fort. Das Geschöpf, das eben noch durch die Eingangshalle gelaufen war, wohnte schließlich in einem komfortablen Haus. Und die Einrichtung, in das er es geben wollte, war beispielhaft. Er hatte das überprüft.

Als er das Haus verließ, stolperte er über den frisch gewachsenen Rasen, der erfolgreich mit den Pflastersteinen kämpfte, die zum Eingang führten.

Er hob den Kopf und sah sich die Fassade des Hauses an. Sie erinnerte ihn daran, was dieses Haus einmal hatte sein sollen und was es jetzt war. Ja, die Ankunft Myschkas hatte sogar dem Haus seine Schönheit genommen. Es war ein einziges Chaos. Für einen kurzen Moment fühlte er sich eins mit der Frau von damals, die mit ihrem versteinerten Gesicht unbeweglich an der Stalltür gestanden hatte. Dann atmete Adam tief durch und verscheuchte jenes Bild aus seinem Gedächtnis. So tat er es auch mit seinen Gefühlen. Allen Gefühlen. Als er ging, trat er auf den ungepflegten Rasen.

Selbst der Rasen wächst hier schneller als anderswo, dachte er. Tatsächlich, der Rasen war höher und üppiger, so, als wäre er in dieser Nacht mehr als sonst gewachsen.

Es schoss ihm durch den Kopf, warum ihm jetzt dieses Erlebnis von vor Jahren eingefallen war. Warum heute ...?, grübelte er erneut, als er zur Firma fuhr.

Den ganzen Tag hatte er das Gefühl, als habe er etwas vergessen. Einige Male hatte er im Kalender nachgesehen, welche Aufgaben und Termine für diesen Tag eingetragen waren. Dreimal fragte er seine Assistentin, ob sie ihm nicht etwas zu übermitteln habe, worüber die sich sehr wunderte. Die Unruhe wuchs und es gelang ihm nicht, sie einfach zur Seite zu schieben, sodass er sich an seinen Schreibtisch setzte und alle

Kalender, „Organizer", Palms, den Laptop, ja sogar die Notizen im alten Kalender durchforschte. Im Laptop fanden sich nur geschäftliche Angelegenheiten und im alten Computer erlaubte er sich eigentlich niemals private Notizen. Aber gerade hier fand er die verloren gegangene Information.

Genau vor acht Jahren war Myschka auf die Welt gekommen. Als er damals dieses Datum eingegeben hatte, versah er es voller Freude und Hoffnung mit vielen Ausrufezeichen. Aus dem Grafikprogramm holte er ein rotes Herzchen und einen Blumenstrauß und versah beides mit den Worten „Ein Mädchen!" Er schrieb, was er bereits mit eigenen Augen gesehen hatte. Dass es kein Sohn, sondern eine Tochter war, was die Freude keineswegs getrübt hatte. Er gehörte nicht zu den typischen Vätern, die nur von einem männlichen Nachfolger begeistert sein konnten. Auch ein Mädchen würde seinen Ambitionen genügen.

... jedes Mädchen, nur nicht dieses hier. Wieder erschien ihm vor den Augen die Wirtin aus dem Dorf in den Masuren. Er verstand nicht, was sie getan hatte. Aber er verstand das Gefühl, das sie dazu getrieben hatte. Adam erinnerte sich an die Gesichter der Menschen hinter dem Zaun. Sie waren alle gleich, wären aber vielleicht weniger gereizt gewesen, wenn das Kind im Haus und nicht im Stall gewohnt hätte und wenn es die Leute dort tagtäglich hätten sehen können. Wären sie dann vielleicht sogar der Meinung gewesen, dass das Kind eine Fügung Gottes gewesen war?

„Es ist etwas anderes, ob die Leute es nur vom Hörensagen kennen oder es selbst gesehen haben. Myschka zu sehen ..., nein, das ist weder angenehm noch ästhetisch ..."

Unwillkürlich suchte er in den vor acht Jahren im Computer festgehaltenen Notizen nach seinen eigenen Gefühlen. Aber er fand nichts. So wie er sich in sein Arbeitszimmer eingeschlossen hatte, um nicht bei Eva und seiner Tochter sein zu müssen, so hatte er sich auch vor sich selbst verschlossen. Nicht eine der Notizen im Computer verriet, was er damals gefühlt hatte. Trotzdem erinnerte er sich an alles.

An das Gefühl der schrecklichen Niederlage, als ihm der Arzt erklärte, was das Down-Syndrom bedeutet. Der erste instinktive Schmerz noch vor der Reaktion der Bekannten und Freunde sagte: „... sie werden mich bemitleiden ... ich will kein Mitleid ... ich hasse Mitleid ..." Adam fürchtete sich nicht vor Verspottung. Darauf gab es eine Antwort. Aber er wusste, dass er in seiner Umgebung nur auf verständnisvolles Mitleid treffen würde. Davor hatte er am meisten Angst.

Er erinnerte sich an die Worte des Kinderarztes im Krankenhaus: „Das Kind wird von Ihnen ständige Pflege und Fürsorge verlangen. Sie müssen ihm Ihre Zeit und sich selbst ganz hingeben." Schon damals wusste er, dass er sich dafür nicht eignete. Er wollte alles geben, aber einem normalen Kind mit einem gesunden Körper und einem gesunden Verstand.

„Nein wirklich", erinnerte er sich. „Ich dachte, es wird einen außergewöhnlichen Intellekt haben, keinen durchschnittlichen, denn das ist doch mein Kind ... es sollte das Beste sein."

Adam erinnerte sich an die Worte des Spezialisten: „Wenn Sie dem Kind keine Liebe geben können, ist es besser, Sie lassen es hier. So ein Kind verlangt nach Hingabe."

Für ihn gab es keine Hingabe. Er unterschrieb die Papiere und überzeugte Eva von der Richtigkeit seiner Entscheidung. Wir haben beide diese Entscheidung getroffen!, dachte er ärgerlich.

Dann plötzlich, von einem Tag auf den anderen und ohne zu erklären, wie sie zu dem Entschluss gekommen war, gab Eva die Dokumente zurück und teilte ihm mit, dass sie gemeinsam mit Myschka nach Hause kommen würde.

Nein, nicht mit Myschka. Sie wussten ja noch nicht einmal, welchen Namen sie diesem misslungenen Geschöpf geben sollten. Es sollte im Krankenhaus bleiben - anonym. Ohne Namen. Ein Niemand.

Einige Tage später, schon zu Hause, nannte es Eva und ohne ihn nach seiner Meinung gefragt zu haben, Marysia. Woher die seltsame Verniedlichung „Myschka" kam, wusste er nicht. Er wusste auch nicht, warum Eva ihre Meinung geändert und allein beschlossen hatte, das Kind mit nach Hause zu nehmen. Er vermutete, dass sie es selbst nicht wusste.

Acht Jahre ist das schon her, dachte er. Acht Jahre des Ruins ihrer Ehe, die man nicht einmal scheiden konnte. Ein Mann, der seine Frau mit einem behinderten Kind im Stich lässt, von den hat man keine gute Meinung. Er durfte die gute Meinung nicht aufs Spiel setzen, wenn er die gute Stellung in seiner Branche behalten wollte.

Der Geburtstag von Myschka ... schon der achte, aber zum ersten Mal hatte er von allein daran gedacht. Warum? Warum fiel ihm gerade heute, am Geburtstag seiner Tochter, jene Geschichte aus dem Dorf in den Masuren ein ...?

Er drückte den Klingelknopf auf seinem Schreibtisch, sodass seine Assistentin zu ihm eilte.

„Was würden Sie einem achtjährigen Mädchen schenken?",
fragte Adam.

Die Assistentin dachte nicht lange nach. Sie schaute ihn mit-
fühlend und mit Achtung an. Alle wussten, dass er ein behin-
dertes Kind hatte, obwohl noch keiner dieses Geschöpf zu
Gesicht bekommen hatte und niemand ahnte, wie schwer die
Behinderung war. Sie wussten, dass er solidarisch bei Frau und
Kind aushielt.

„Ich persönlich würde ihr eine Barbie-Puppe kaufen. Ich
kenne kein Mädchen, dem das nicht gefallen würde. Sie ist sehr
schön", antwortete die Assistentin mit einem liebenswürdigen
Lächeln.

„Bitte kaufen Sie die schönste und teuerste Barbie, die es
gibt", bat er.

„Dazu würde ich noch Ken kaufen", empfahl ihm die Sekretärin. Adam nickte mit dem Kopf. Er wusste nicht, wer Ken
war, aber das war nicht wichtig.

Die schönste Puppe hatte lange, blonde Haare und ein wunderschönes Gesicht, das zu einer Grimasse erstarrt war - ir-
gendwas zwischen einem erotischen Kussmund und einem
leichten Lächeln. Bekleidet war sie mit einem Ballkleid aus rau-
schendem Taft. Ken sah teuflisch gut aus im Frack, hatte ein
kluges Gesicht und glatt gekämmte Haare. Adam schaute sich
das elegante Paar an und dachte mit Ironie, dass er und Eva
ihm einmal ähnlich gewesen waren. Plötzlich erinnerte er sich
an den Wohltätigkeitsball vor Myschkas Geburt. O Ironie, das
war ein Ball zugunsten behinderter Kinder gewesen. Eva hatte
ein Kleid in der gleichen Farbe wie Barbie getragen. Er selbst
hatte einen Frack angezogen. Den ersten Frack seines Lebens.
Er strotzte vor Stolz darüber, mehr als heute, wo in seinem
Schrank drei Markenanzüge und zwei Smokings hingen.

Schöne Puppe, dachte er, als er noch einmal die Barbie
ansah. Klar, dass man sich für sie einen Mann ausgedacht hat.
Das ist keine Puppe, sondern eine richtige kleine Frau ...

Adam fuhr mit dem Karton nach Hause. Am Abend stellte
er Barbie und Ken in eine Ecke in der Eingangshalle, wo
Myschka gern und oft spielte. Sie lagen da, als würden sie auf
eine Einladung zum Ball warten.

Adam horchte unwillkürlich auf die Schritte seiner Tochter.
Er wartete außergewöhnlich lange auf sie. Endlich kam sie.

Trotz der gepolsterten Tür konnte er die leichten Schritte Evas von den schweren Myschkas gut unterscheiden. Das Mädchen gab zudem unartikulierte Laute von sich, die ihn irritierten. Das Kind stotterte in einer komischen und monotonen Art. Die Stimme war heiser und bellend, was seinen empfindlichen Ohren weh tat. Adam liebte Musik. Er konnte fehlerfrei Ausschnitte aus seinen Lieblingskompositionen summen. Die Laute seiner Tochter vor der Tür aber waren nur eine bedauerliche Dissonanz.

„A ... putt", hörte er die nervende Stimme, als er die Tür einen Spalt breit öffnete, um zu sehen, ob sie die neuen Puppen gefunden hatte. Adam verstand die meisten Worte, konnte jedoch nicht herausbekommen, dass die Silben das Wort „Aschenputtel" bedeuten sollten. Er wusste ja nicht, dass Eva ihr in den ersten Jahren gerade dieses Märchen immer wieder vorgelesen hatte. Adam verstand nicht, dass Myschka, als sie die beiden Puppen erblickte, im ersten Moment dachte, es sei Aschenputtel, das zum Ball des Prinzen gehe. Sie glaubte es sei jenes Aschenputtel, das von der guten Fee später so zauberhaft verwandelt worden war. Adam schaute durch den schmalen Türspalt. Seine Tochter stand vor den Puppen, die in ihrer eleganten, rauschenden Verpackung im Karton lagen. Sie blickte mit angestrengter Aufmerksamkeit, die ihre Augenbrauen in Falten legte und die Stirn über den Augenlidern unförmig zusammenzog. Endlich hockte sie sich hin und berührte ganz vorsichtig die Verpackung. Als sie die Puppen in den Arm nahm, schloss Adam die Tür. Das Geschenk kam in die richtigen Hände.

Mit einer flüchtigen Geste drückte Adam seine Zufriedenheit darüber aus.

*

Myschka entfernte die durchsichtige Folie und nahm die Puppen aus der bunten Schachtel. Sie zerriss, zerknüllte und zerfetzte - das war es, was sie am liebsten tat. Als sich die Puppen endlich in ihren Armen befanden, musste sie sich beherrschen, ihnen nicht gleich die Kleidung herunterzureißen. Zuerst wollte sie sich die beiden aber genau betrachten und führte sie ganz nah an die kurzsichtigen Augen heran.

Der Blick ganz aus der Nähe bestätigte Myschka, dass zu ihr hier in die Eingangshalle eine Miniaturausgabe von Aschenputtel in Gestalt einer schönen Prinzessin gekommen war. Das richtige Aschenputtel sah allerdings nicht so aus. Es hatte nicht solch ein Gesicht. Dieses hier gefiel ihr gar nicht, obwohl es ein wenig an Mama erinnerte. Aber Mama lächelte, weinte, wunderte sich. Die Puppe hatte ein schönes Gesicht, aber es war fremd und vollkommen unbeweglich. Jetzt sah sich Myschka Ken an. Ja, er passte zu der anderen Puppe.

Mama und Papa, dachte sie. Der Mann und die Frau aus dem Fernsehen, verbesserte sie sich sofort. Sie verschob ihr Vorhaben nachzusehen, was sich in ihrem Inneren befand, auf später. Die Puppen würden nicht weglaufen. Sie gehörten beide ihr. Sollten sie doch erst einmal da liegen bleiben. Auf sie selbst wartete doch schon der Boden. Sie hatte sich Mühe gegeben, selbst an den Boden zu denken oder wünschte sich, dass wenigstens Mama daran dachte. Mama erinnerte sich an viele Dinge. Das war gut. Vor allem den Boden durfte Mama einfach nicht vergessen.

*

„Bod", wurde das Schlüsselwort in den Gesprächen Evas mit Myschka. Im Tausch damit auf den „Bod" gehen zu dürfen, war Myschka bereit, viele Dinge zu tun, zu denen Eva sie früher zwingen musste. Sogar zu den verhassten Ausspracheübungen, die ihr der Logopäde verschrieben hatte, erklärte sie sich bereit. Sie brachten nicht viel. Myschka benutzte ein-, höchstens zweisilbige Worte, deren Bedeutung Eva manchmal erraten musste. Das war zu wenig, um sie in eine Schule schicken zu können. Selbst in eine Förderschule nicht. Eva hasste die Formulierung „Spezialschule". Genauso wie Adam, wenn auch aus anderen Gründen. Adam schämte sich, dass sein Kind in eine solche gehen könnte. Eva aber hatte Mitleid mit Myschka. Adam dachte unwillkürlich an die Reaktionen der Bekannten. Eva gab sich Mühe, nicht an die Zukunft zu denken. Sie machte ihr Angst. Adam dachte an die Zukunft und sah nur eine Möglichkeit: eine Pflegeeinrichtung für geistig Behinderte. Der richtige Platz für solche Geschöpfe wie Myschka.

Eines Morgens stießen Adam und Eva in der Küche aufeinander. Normalerweise stand sie früher auf und kochte Myschka einen Kakao. Er schlief aus und stand später auf. Myschka stand zwischen ihnen und gab sich alle Mühe, dem Vater aus dem Weg zu gehen. Sie fühlte, dass sie ihn störte. Er mochte es nicht, wenn sich die Entfernung zwischen ihnen verkürzte. Er mied jede Berührung mit ihr. Sie bemerkte, dass sich Mama in seiner Gegenwart veränderte.

„Wie lange willst du denn noch bei ihr stecken", hörte sie plötzlich die Stimme des Vaters.

Mama antwortete nicht. Myschka bekam einen Schreck. Wenn Mama schwieg, dann war die Frage sicher an sie gerichtet. Aber welchen Sinn hatte sie? Nein, sie konnte darauf nicht antworten. Zum Glück aber sprach der Vater weiter und wartete nicht auf eine Antwort von ihr.

„Bis zum Ende des Lebens?"

Dieses Mal nickte sie mit dem Kopf.

„Bis zum Ende deines Lebens und was dann?", fragte Adam mit brutaler Offenheit.

Eva schwieg weiter und rührte den Kakao um. Myschka war überzeugt, dass sich der Kakao schon lange aufgelöst hatte und sich wohl nun erneut „auseinandermischte". Sie war neugierig, ob sich wohl das Pulver wieder nach oben schob und zurück auf den Löffel springen würde.

Adam sprach mit einem Grinsen weiter, das Eva hasste, obwohl sie es nicht zum ersten Mal sah: „Was dann? Nimmst du sie mit in den Himmel?"

Myschka wusste nicht, wer „sie" sein sollte, über wen Papa sprach. Sie sah lediglich den Gesichtsausdruck von Mama. Sie schwieg immer noch, schien aber ängstlich zu sein. Nein, sie zeigte dies nicht in gewöhnlicher Art, aber Myschka verstand es dennoch. Die erschreckte Mama sah weniger warmherzig aus, wirkte plötzlich kalt und verlieh kein Gefühl von Sicherheit mehr. Eva wollte nicht daran denken, was „dann" sein könnte, sie wollte ja nicht einmal wissen, was jetzt war. Und wusste es nicht. Sie lebte von einem Tag zum anderen, von einem Monat zum anderen, von einem Jahr zum anderen. Sie gewöhnte sich an den Gedanken, dass es so für immer sein würde.

Sie und Myschka waren zu Hause von einer schützenden Mauer umgeben. Sie und Myschka waren von der Welt isoliert. Sie und Myschka genügten sich selbst. Sie dachte nicht daran, was dann sein würde. Und was sollte das sein - „dann"? Sie wollte es gar nicht wissen. So war es besser. Gerade jetzt stellte Adam seine brutale Frage und verschwand. Er hatte etwas in Bewegung gebracht, aber die Antwort nicht abgewartet, sondern war einfach gegangen.

Während des kurzen Gesprächs gab sie sich alle Mühe, nicht zu ihrer Tochter zu schauen. So war es besser. Eva kannte Myschkas besabbertes Kinn und auch die beiden aus der Nase hängenden Tropfen genau. Sie wollte nicht, dass Adam dies bemerkte. Zum Glück war er hinausgegangen. Aber sie selbst blieb nicht nur mit Myschka allein, sondern auch mit einem unbestimmten „Dann". Ihr war klar, dass sich jede Mutter um die eigenen Kinder Sorgen machte, dass sie sich Gedanken darüber machte, was einmal aus ihnen werden würde, wenn es sie selbst nicht mehr gibt. Jeder Mutter mit normalen Kindern geht das so. Aber was soll eine Mutter denken, die ein Kind wie Myschka hat?

In einem der zahlreichen Ratgeber hatte Eva von einer Familie gelesen, in der es ein Kind - ein Mädchen - gab, das ganz gesund war. Das zweite aber - ein Junge - wurde mit Down-Syndrom geboren. Es sollte so sein, dass das Mädchen - inzwischen eine Frau - nach dem Tod der Eltern die Pflege des Bruders übernimmt. Aber sie übernahm die Aufgabe nicht.

„Alik muss verstehen, dass ich ein Recht auf ein eigenes Leben habe", vertraute sie sich einer Redakteurin an. „Und er versteht das. Ich habe einen Mann, Kinder, ich arbeite, verwirkliche meine Ambitionen und es. wäre schwer, bis zum Ende meines Lebens die Pflege meines behinderten Bruders zu übernehmen. Ich würde mir und ihm nicht gut tun. Darum haben wir ihn nach dem Tod der Eltern in eine Einrichtung gegeben. Wir besuchen ihn einmal im Monat und er weiß, dass es so sein muss."

„Denken Sie, dass es ihm gut geht?", fragte die Redakteurin. „Soll Alik meine lebenslange Strafe für irgendwelche Sünden sein?", gab die Frau ohne Bezug zur Frage zurück.

Von dem Foto blickte der vierjährige Alik Eva an. Mit diesen Augen. Der Junge war dick. Auf dem Bild hatte er ein vertrauensvolles, kindliches und doch erschrockenes Lächeln im typisch runden Gesicht. Niemals würde er den Gesichtsausdruck eines erwachsenen Menschen haben. Er machte den Eindruck, als spüre er keinen Grund unter den Füßen. Alik ging unter. Eva sah das. Aber im Unterschied zu Myschka sprach Alik, und zwar in ganzen Sätzen.

„Was machst du, Alik?", fragte die Redakteurin in dem Gespräch. Sie beschrieb seine Reaktion: Er zog nur die dicken Augenlider zusammen. Die Falten in seinem kindlichen Gesicht verliehen ihm einen merkwürdigen Ausdruck.

„Ich mache Kerzen, aber das ist schwer und jemand muss auf mich aufpassen. Vorher habe ich Briefumschläge geklebt."

„Gefällt dir diese Arbeit?"

„Ich muss. Jeder im Haus muss etwas machen."

„Alik, ist das hier dein Zuhause?"

„Das ist ein Haus, ein Gebäude."

„Was würdest du machen, wenn du nicht arbeiten müsstest?"

„Ich würde auf der Wiese mit meiner Schwester um die Wette rennen ..."

„Warum?"

„Weil wir es so gemacht haben, als ich kleiner war und Mama noch lebte ..."

Eva legte den Ratgeber beiseite und zog die Stirn in Falten: Eine Wiese für das ganze Leben. Mit der Mama und der Schwester bleiben. Ob es wohl auf der ganzen lieben Welt eine solche Wiese gibt? Na vielleicht im Himmel, dachte sie.

Sie fühlte sich wie in einer Falle, in die sie Adam mit wenigen Sätzen gelockt hatte. Mit Sätzen, die schmerzhaft logisch waren. Aber was hatte die Logik mit dem Down-Syndrom zu tun? Was sagte die Logik zur Zukunft ihrer Tochter?

Erst einmal war da noch die Gegenwart. Und kleine, winzige Schritte in der Entwicklung Myschkas. Dass sie auf den Boden gehen durfte, war an die Bedingung geknüpft, dass sie bereit war zu lernen. So kamen einige neue Worte dazu. Sie waren meist einsilbig. Silben mit „sch" oder „tsch" konnte das Mädchen gar nicht aussprechen. Eva wusste davon, weil es ihr der Logopäde erklärt hatte: „Bitte seien Sie nicht traurig. Bestimmte Dinge wird sie nie lernen ..."

Myschka konnte nie mit Worten ausdrücken, was sie fühlte. Vielleicht war das besser so? Vielleicht fühlt sie dann auch weniger?, dachte Eva.

Im Allgemeinen verstand sie Myschka. Es geschah jedoch, dass sie nicht erschließen konnte, was die Silbe bedeuten sollte, die sie aus sich - nach kurzem Durchatmen - herauspresste. Gleichzeitig war ihr klar, dass niemand außer ihr das Mädchen verstand. Deswegen bestand sie auf die Übungen, denn sie begriff, dass sie Myschka auf das „Dann" vorbereiten musste, auf den Moment, wenn sie zwischen fremden Menschen allein bleiben würde.

„Will Bod", sagte Myschka. - „Ich will auf den Boden gehen", verbesserte Eva. Myschka wusste, dass sie sonst keine

Erlaubnis bekommen würde und wiederholte geduldig: „Will auf Bod geh."

Damit sie auf den Boden gehen durfte, verkniff sich Myschka, ein weiteres Stück Kuchen zu verlangen oder für eine weitere Portion Suppe den Löffel auf den Teller zu hauen. Eva wusste, wie groß der Appetit bei Kindern mit Down-Syndrom war. Er führt zu wachsender Fettleibigkeit und fehlender Bewegung, das Herz wird stark belastet und das Atmungssystem immer schwächer. Eva kämpfte tagtäglich mit dem Appetit der Tochter und der Boden half ihr dabei.

Myschka lernte jetzt viel lieber, obwohl Adam sich sicher lustig darüber gemacht hätte, zählte die Tochter doch bereits acht Jahre. Aber erst jetzt lernte sie, die Bauklötzchen so aufzuschichten, dass der Turm aus drei, vier Steinen nicht wieder in sich zusammenfiel, sich die Schuhe zu binden oder die enge Jacke anzuziehen und zuzuknöpfen. Sie scheiterte an dem Versuch, sich das Brot selbst zu schneiden oder das Bett zu beziehen. Und doch war es so, dass diese Dinge in greifbare Nähe gerieten, seitdem es den Boden gab.

Ja, Myschka hätte nun in eine Vorschule gehen können. Sie konnte sich ja jetzt sogar selbst die Schuhe zubinden, wenn es nicht zu viele Ösen waren. Aber leider war sie schon acht Jahre alt. Sie müsste jetzt in die Grundschule gehen. Für die Vorschule war sie bereits zu groß, die kam nicht mehr in Frage. Sie würden das Kind nicht nehmen. Und auch das Kind würde nicht dahin gehen wollen. Eva fühlte jedoch, dass Myschka Sehnsucht nach anderen Kindern hatte. Während der Spaziergänge versuchte sie, zu anderen spielenden Mädchen und Jungen zu gehen. Aber sie wollten ihre Gesellschaft nicht. Sie waren unsicher, weil Myschka anders war. Sie waren so erzogen und hatten Angst vor allem, was von der Norm abwich.

Es geschah sogar, dass einige Kinder mit Myschka spielen wollten. Sie war schon von den Gleichaltrigen akzeptiert worden, als sich die Mütter einmischten. Die einen nahmen ihr Kind einfach an die Hand und gingen. Die anderen warfen Eva einen feindseligen Blick zu und sagten: „Was machst du hier mit diesem Mädchen?" Dann gab es noch solche, die laut schrien: „Hier ist doch kein Platz für solche ...!" Eva vermutete, dass sie glaubten, dass „DAS" ansteckend sei.

Eva vertrug Mitleid ebenfalls schlecht. In solchen Momenten war sie geneigt, Adam zu verstehen und ihm seine Entscheidung zu verzeihen.

„Und was soll denn aus ihr werden? Wozu hat Gott sowas auf die Erde geschickt?", fragte eine der Mütter sie einmal mitleidig.

„So ein Unglück ...", sagte eine andere mitfühlend, obwohl Myschka mit vertrauensseligem und fröhlichem Lachen andere Kinder im Spiel jagte. Das Wort „Unglück" vertrieb das Lächeln aus Evas Gesicht, das beim Anblick der spielenden Tochter erschienen war.

In solchen Momenten nahm Eva Myschka an die Hand und ging dorthin, wo niemand war, wo die Freude Myschkas auch ihre Freude war, wo es keine normalen Kinder und keine normalen Mütter gab. Eva wurde empfindlich und reagierte auf jede Art Verhalten der Leute aggressiv. Selbst dann, wenn sie mitfühlend waren.

Eva war erleichtert, dass im Leben ihres Mäuschens der Boden aufgetaucht war, durch den das Kind nicht mehr an den Spaziergang dachte. Der Boden ermöglichte ihnen, in ihrer Festung zu bleiben, die einmal ihr Haus gewesen war.

„Boden", sagte Myschka auch heute, sobald sie die Übungen hinter sich gebracht hatten.

„Wenn du Mittag gegessen hast, kannst du gehen", versprach Eva.

„Ni vergess ...", sagte Myschka.

„Nein, ich denke dran."

*

Myschka war schon ganz verrückt vor Neugier, was wohl dieses Mal hinter dem Vorhang erscheinen würde. Sie wusste bereits, dass ER ihr etwas von dem zeigen würde, was ER immer wieder von Neuem erschuf. Sie fühlte, dass ER erschuf, weil ER nicht anders konnte, als dies ohne Unterbrechung zu tun. Dabei versuchte ER stets etwas zu erschaffen, was dem Ideal glich und vollkommen war. Aber es gelang IHM nicht. Violetter und roter Rasen oder Blumenbäume waren der Beweis dafür, dass ER sich häufig irrte. Myschka hätte sich nicht gewundert, wenn sich herausstellen würde, dass irgendwo, weit weg, noch eine andere Erde im Himmel schwebte. Diese Erde hätte einen roten Rasen und monströse Blumen mit hölzernen, schweren Stängeln. Oder vielleicht gäbe es dort noch wunderlichere Dinge? Und vielleicht wäre es nicht nur eine Erde, sondern es wären viele? Eine Menge verrückter Welten? So viele wie Myschka Finger an beiden Händen hatte? Oder noch mehr. Welten aus Gras oder Stein oder aus Materie noch härter als Stein. Welten mit Leben - und ohne Leben. Mit einem Leben wie aus dem Traum eines Verrückten oder so langweilig, dass es nicht auszuhalten war. Welten irgendwo in der unendlichen Weite des Kosmos, in einer Spirale angeordnet oder wie Lego-Bausteine zusammengesteckt. Welten, die aus Angst vor IHM wegliefen, weil sie nicht wussten, was ER wohl noch mit ihnen anstellen würde in diesem nicht enden wollenden Prozess des Schaffens. Oder im Gegenteil: Welten, die sich um IHN scharten, sich zusammenfanden in der Dichte der Galaxis. Welten, die IHN stets suchten - aber niemals fanden. Vielleicht fanden sie ihn ja doch - aber nicht dort, wo ER war.

Den Vorhang aufzuziehen faszinierte Myschka immer wieder. Die Vielfalt von Schwarz bezauberte sie jedes Mal. Sobald die letzte Schattierung in der tiefen, weichen Farbe von Ruß erschien, wusste das Mädchen schon, dass sich die Farbe plötzlich verändern würde und es erst dann den eigentlichen Raum betrat. Das Warten auf das, was kommen würde, war vor Spannung kaum auszuhalten und die Überraschung dann umso größer.

Dieses Mal war rings um Myschka Himmel. Ein Himmel, der zuvor irgendwo von oben geflossen war. Aber das Wasser hörte vor ihm auf zu fließen, machte ihm Platz. Dann machte das Wasser der Erde Platz. Die Erde dem Rasen. Der Rasen den Baumblumen.

Die Baumblumen hatte ER verbessert. ER hatte auf sie gehört. ER hörte auf ihre Worte und sogar auf ihre Gedanken. Sie war sich dessen ganz sicher, obwohl ER sie vielleicht nicht immer erhörte, sondern nur, wenn ER Lust dazu hatte. Oder wenn ER nicht mit anderen Dingen beschäftigt war, die wichtiger erschienen.

Warum macht ER dem Himmel Platz?, überlegte sie unruhig. Sie wollte es erraten, konnte es aber nicht. Was ER tat, war unvorhersehbar.

Mach bloß den Himmel nicht weg, schrie sie in Gedanken. ER hörte das natürlich nicht, doch es erschien plötzlich von der Seite des nicht enden wollenden Blaus das Dunkel und begann, den Himmel zu bedecken. Das erinnerte daran, wie Myschka ihre Jacke anzog. Es dauerte lange und war alles andere als einfach. Die Dunkelheit rang mit dem Himmel wie Myschka mit den Ärmeln. Es geschah langsam und ungleichmäßig. Das Dunkel bedeckte einen Teil des Himmelblaus, zog sich wieder zurück, um erneut zurückzukehren. Aber es wurde mehr und mehr. Myschka hatte Angst, dass der ganze Himmel verschwinden würde.

Schon wieder ein Fehler, dachte sie schmerzvoll.

Plötzlich hielt das Dunkel inne. Es war, als ob es ihre Angst gespürt hätte. Die Hälfte des Himmels versank im Blau, die andere Hälfte im Dunkel. Das erinnerte Myschka an etwas, aber sie wusste nicht an was. Das Blau wurde immer intensiver, zerfiel dann in viele Schattierungen, von hell- über dunkelblau bis hin zu einem satten Saphir. Das Dunkel zeigte weitere Nuancen von Schwarz - wie die geheimnisvollen Vorhänge.

Dann tauchten plötzlich an beiden Seiten des Himmels zwei merkwürdige Gestalten auf. Ungefähr auf der Hälfte des Blaus erschien - woher auch immer - ein goldenes Quadrat. In das granatfarbene Dunkel sprang ein Dreieck. Das Quadrat glitzerte und strahlte mit solcher Kraft, dass es sich Myschka nur mit Mühe ansehen konnte, indem sie die Augen zukniff. Das Dreieck war von kaltem Silber.

„DAS IST GUT", behauptete ER mit schwankender Stimme. Myschka konnte nicht antworten. Sie wusste nicht, was das sein sollte. Plötzlich veränderten sich die Figuren. Das Quadrat begann zu wogen, zu zittern, verlor die scharfen Ecken und langsam, ganz allmählich wurde es rund. Als es aber fast ganz rund war, begann es so stark zu strahlen, dass Myschka den Blick abwenden musste. Im selben Moment begriff sie:

„Die Sonne!", rief sie erfreut.

Sie wusste bereits, dass ER wieder experimentierte, ausprobierte und IHM dabei Fehler unterliefen. Sie hatte die Gewissheit, dass ER sich gleich etwas ausdenken würde. ER würde wissen, dass die ideale Form der silbernen Gestalt ebenfalls ein Kreis sein würde. Oder eine schmale Sichel. Oder eine rundliches Hörnchen.

Myschka erinnerte sich an die Bücher mit den Märchen. Auf den Abbildungen hatte der Mond die Gestalt einer Sichel. Manchmal hatte die Sichel eine lange Nase und einen verdrießlichen Mund. Der Mond aus den Märchen war nicht immer gut, hatte einen bösen Blick und half den bösen Hexen. Trotzdem mochte ihn Myschka.

Im Gegensatz dazu hatte die Sonne immer ein rundes, freundliches Gesicht, lachte Myschka an und schickte ihr gleichmäßig lange Sonnenstrahlen.

ER atmete offensichtlich tief durch, als Myschka auf ihrem Gesicht einen Windhauch verspürte und so wusste, dass ER erneut ihre Gedanken gelesen hatte: Jetzt war der Mond sichelförmig und hatte eine ausgesprochen lange Nase. Die Sonne trug ein sehr breites Lachen auf ihrem Antlitz.

„DAS IST GUT", sagte ER mit halb fragender, halb hüpfender Stimme, aber Myschka schüttelte den Kopf. Das war in den Märchen gut, aber nicht hier. Was machte ER nur!

ER wusste es schon. Die Nase des Mondes verschwand und eine schmale Sichel blieb. Plötzlich nahm die an Breite zu und wurde zu einem molligen Hörnchen, dann zu einem Halbkreis und schließlich entstand ein Vollmond.

„DAS IST GUT", sagte ER mit mächtiger Stimme. Der Mond aber wurde wieder kleiner, veränderte seine Gestalt und wurde wieder eine schmale, zierliche Sichel.

Das Spiel gefällt ihm, dachte Myschka, während der Mond noch ein paar Mal seine volle Gestalt annahm, um anschließend wieder zur Sichel zu werden. „Mir gefällt das auch", sagte sie ruhig und wartete, dass ER auch das merkwürdige Lächeln aus dem Gesicht der Sonne nahm. Sie war ganz sicher, dass ER bereits davon wusste.

Ja, ER wusste es. Und erschuf weiter. Sie wunderte sich schon nicht mehr über die Sterne, die über den granatfarbenen Himmel sprangen. Niemand wusste, woher sie kamen. Zuerst waren sie schüchtern und symmetrisch wie aus dem Märchenbuch. Schon bald aber änderten sie ihre Gestalt und begannen kräftig zu leuchten. Einige pulsierten, andere wurden zu Gestirnen und ihr Zusammenspiel nahm die Form des Großen Bären an, eines Schützen, sie wurden zu Orion, dem Polarstern oder der Jungfrau.

„DAS IST GUT", sagte die Stimme mit einem Klang, der an ein Frühlingsgewitter erinnerte. Myschka hörte darin Zufriedenheit. Sie verstand, dass ER viel zu tun hatte. Jeden Tag musste ER so viele Sterne erschaffen, so viele Welten, so viele unendliche Galaxien ...!

ER muss müde sein, dachte sie mitfühlend. Sie selbst war auch müde. Das Leuchten der Sonne, des Mondes und der Sterne blendete sie. Plötzlich fingen alle Sterne an, sich zu drehen, drehten und drehten sich ... Myschka schloss die Augen, um sich vor dem hellen Licht zu schützen - und schlief ein. Sie schlief, als die freundlich schwarzen Vorhänge fielen und sie wie eine weiche warme Decke umhüllten.

„Myschka ...", sagte Mama erschrocken. „Schläfst du? Hier auf dem Boden? Im Dunkeln?"

„Schlafe", lispelte das Mädchen. Seine ungehorsame Zunge, die ihr eigenes Leben zu führen schien, rutschte aus dem Mund und formte eine Blase aus Speichel.

Sie hat lieber das Licht ausgemacht, als nach unten zu gehen. Da war sie wohl sehr müde, dachte Eva.

Die Dunkelheit hatte dem Kind Angst gemacht. Aber nicht lange. Es fühlte eine weiche, angenehme Ruhe. Sie war sich selbst da sicher, wo der Boden das Dach berührte, wo das tiefe Schwarz so schwarz wie Pech war und sein Unwesen trieb.

Ich muss mich hier vor nichts fürchten, beruhigte Myschka sich selbst.

Unten, in der anderen Welt, ertrug es das Mädchen nur schwer, am Fenster zu bleiben. Darum hatte Myschka es mit einer Decke zugehängt.

Die Sterne hingen sehr tief am Himmel. Es sah fast so aus, als könnte Myschka sie mit der Hand berühren, würde sie zu dem nahen Baum draußen gehen. Der Mond hatte eine ausgesprochen schlanke Gestalt und strahlte mit einem starken, sehr kalten Licht.

„Er flimmert mir vor den Augen, ich bin müde", bemerkte sie und rieb sich die Augen. Ihr schien es völlig normal, dass der Mond allmählig seine runde Form verlor und zum Neumond wurde. Sie wunderte sich auch nicht darüber, dass sie gleichzeitig den Voll- und den Neumond sah.

Plötzlich regnete es aus dem granatfarbenen Himmel Sterne. Erst fiel nur einer ... dann zwei ... zwanzig ... ein Sternschnuppenregen! Es sah so aus, als ob sie zu ihr flögen. Würde sie jetzt aus dem Haus laufen, könnte sie ganze Hände voll einsammeln.

Noch nie sind so viele auf einmal heruntergefallen, wunderte sie sich. „Ich müsste mir was wünschen. Das würde sich erfüllen", sagte sie zu sich selbst.

Aber sie wünschte sich nichts. Sie wusste, dass sich niemals erfüllen würde, was sie sich wünschte. Von anderem träumte sie nicht.

Und es wurde Abend des vierten Tages.

Das Bücherregal in Adams Arbeitszimmer platzte fast vor neuen Büchern. Es kamen immer mehr dazu, die er sich früher nie gekauft hätte.

Zweifellos wäre er verwundert gewesen, hätte er gewusst, dass Eva und er viele gleiche Titel lasen: medizinische Ratgeber, Ratgeber für Eltern behinderter Kinder und sogar behördliche Broschüren über Sozialhilfe, wie sie ihnen zustand.

Die gleichen Bücher führten sie jedoch zu verschiedenen Erkenntnissen. Eva reichte die Information über das zusätzliche einundzwanzigste Chromosom (Bingo! Hast Glück, Eva ...!) Adam überzeugte sich, dass das Down-Syndrom eine genetische Erkrankung war; also musste einer von ihnen beiden erblich vorbelastet sein. Ob wohl ein zweites Kind, würde es je auf die Welt kommen, die Chance hätte, gesund zu sein? Und wie hoch wäre das Risiko, dass es ebenfalls behindert sein würde?

Adam hatte sich so sehr ein Kind gewünscht. Alles gipfelte darin, ihm all das weiterzugeben, was er im Leben erreichen würde: beim Studium, im Beruf und beim Geldverdienen, bei der dynamischen Entwicklung der Firma, sein angehäuftes Kapital sollte es bekommen, die Aktien und finanziellen Anlagen und das Haus mit dem Garten. All das sollte für das Kind sein, ebenso wie Adams ganzer Erfahrungsschatz. Die guten Ratschläge, die er gern weitergegeben hätte, würden ihn überleben. Aber doch nicht mit diesem Kind, dachte er.

Die Geburt Myschkas zerstörte anfänglich den Sinn seines Lebens. Der Schock hielt jedoch nicht lange an und er beschloss, nicht aufzugeben. Ähnlich wie in der Firma entwarf er einen Plan, einen Lebensplan. Das war ganz selbstverständlich. In diesem Plan war das Kind wichtig, aber nicht der Mittelpunkt. Klar wurde auch, dass er ein zweites Kind wollte, da Myschka nicht das Kind sein konnte, das er sich gewünscht hatte. Vorher wollte sich Adam jedoch sicher sein, dass Eva die Mutter eines normalen Kindes sein könnte. Er als Vater musste sicher sein, auf wessen Seite die Schuld lag.

Er nannte das Schuld. Die Alzheimer-Erkrankung der Oma und der Alzheimer, der so oft „Mongoloide" traf, wie er in den Büchern las, erhärteten bei ihm die Überzeugung, dass es einen Zusammenhang zwischen den Genen Evas und Myschkas geben musste. Er selbst wollte sauber sein. Der Ausdruck „sauber" beunruhigte ihn für einen Moment, später fand er ihn aber zutreffend.

Er wusste, dass die sich am schnellsten entwickelnde Wissenschaft die Genetik war. Die Zeitungen schrieben oft darüber. Das einundzwanzigste Jahrhundert wird die Ära der Siege der Genetiker. Die Ära des Genoms. Die Ära, in der man herausfinden würde, was im Inneren des Menschen versteckt war. Er schaute im Internet nach und entdeckte eine gewaltig anwachsende Anzahl von Seiten, die sich mit diesem Thema befassten. Das waren wissenschaftliche Materialien, die darüber informierten, dass das für Alzheimer verantwortliche Gen genauso entdeckt worden war wie die Gene, die verantwortlich für Hirnschädigungen, Herzkrankheiten, Magengeschwüre, für das Altern, Osteoporose, ja sogar für die Intelligenz waren.

Die Wissenschaftler entdeckten sie Schritt für Schritt. Sie waren kurz davor, das ganze menschliche Genom zu entschlüsseln. Wie er las, hatte es eine Länge von einem halben Meter und bestand aus drei Milliarden „Buchstaben" oder „Bausteinen". So nannten sie die Wissenschaftler. Diese Milliarden von „Bausteinen" schufen die DNA-Kette. Diese Gene entschieden über alles: das Aussehen des Menschen, die Form seines Schädels, seinen Körperbau, ja sogar über seine Augen, die Nase und sein Kinn.

„Jetzt, wo wir das Genom des Menschen und des Vogels kennen, können wir Menschen mit Flügeln züchten", schrieben zwei der berühmtesten Genetiker der Welt mit Stolz: Daniel Cohen und Craig Venter.

Wenn Myschka Flügel hätte ..., dachte er damals mit flüchtiger Begeisterung.

Das Wissen über die Gene revolutioniert die Menschheit des einundzwanzigsten Jahrhunderts, in dem Adam lebt und in welchem sein Kind leben sollte. Aber natürlich nicht dieses Kind. Diesem Kind hilft doch gar nichts, nicht die geringste Entdeckung und auch keine Flügel.

Dank des Genoms werden wir eines Tages den vollkommenen Menschen züchten, dachte er voller Trauer, weil er die Wörtchen „eines Tages" zufügen musste. Warum war Myschka so früh geboren worden? Noch ein paar Jahre und beschädigte Gene in Evas Familie hätten gegen bessere ausgetauscht werden können. Eva hätte das ideale Kind bekommen. Zusammen hätten wir darüber entschieden, wie hoch sein IQ sein sollte, welches Geschlecht, welche Augenfarbe und was für Haare es haben würde.

Er fühlte großes Bedauern darüber, dass er nicht hundert Jahre später lebte, da es auf dem ganzen Erdball nicht auch nur einen Fall von Down-Syndrom, eines geschädigten Gehirns, von Wasserkopf, angeborenen Knochenkrankheiten und verkrüppelten Gliedmaßen nach der Einnahme von Contergan geben würde. Es gäbe keine Buckligen, keine Blinden, keine Tauben.

Lernen wir die Sprache, in der Gott das Leben erschuf, forderte der Präsident der Vereinigten Staaten. Wie könnte man wohl die Sprache bezeichnen, in der Gott Myschka erschuf, ging es Adam durch den Kopf. Adam zweifelte an der Existenz Gottes, aber auf paradoxe Weise zweifelte er noch mehr an der Möglichkeit, dessen Sprache kennenzulernen. Außer dem Genom ist im Menschen etwas, was wir niemals finden werden, was wir nicht erfassen, was keine Wissenschaft herausfinden wird, dachte er. Aber dieser Gedanke verschwand so schnell, wie er gekommen war.

„Eine saubere, ideale Gesellschaft", wiederholte er laut und trotzig.

Vor seinen Augen erschien erneut jener sonnige Tag in dem masurischen Dorf mit dem verkrüppelten Kind, das einen riesigen Kopf mit niedriger Stirn hatte, mit einem Buckel auf dem mageren Rücken und nicht ausgebildeten Gliedmaßen. Natürlich gehörte es in eine spezielle Einrichtung und nicht in einen schmutzigen Stall. Aber in zehn oder zwanzig Jahren würden dank des planmäßigen Genaustausches Mütter und Väter nur noch vollkommene Kinder zeugen. Behinderte Kinder kämen gar nicht erst auf die Welt. Man würde es nicht zulassen. Eine gesunde, reine Gesellschaft ...

Plötzlich rissen seine Gedanken ab. Vor seinen Augen flimmerten Ereignisse aus dem vergangenen Jahrhundert wie in einem Film. Er war kein Augenzeuge - er war damals ja noch gar nicht auf der Welt gewesen. Aber er hatte sie in den alten Chroniken im Fernsehen gesehen, von ihnen in der Schule gehört oder in Büchern gelesen. Diese wenigen Erinnerungen flackerten ihm zunächst vor den Augen wie sehr alte Fotos in Sepia, dann aber wandelten sie sich in viele schnelle, gewaltige und brutale Leute, die sich in einem militärischen Marschrhythmus vereinten. Namen aus der Geschichte tauchten aus den Tiefen seines Gedächtnisses auf. Erst einer, dann zwei, drei ...

Es gab nicht nur einen Menschen in der langen Geschichte, der vorhatte, die vollkommene, ideale Gesellschaft zu züchten. Eine saubere. Ja, eine reine, eine „reine Rasse". Kam ein solcher Mensch an die Macht, versuchte er auch, seine Visionen in die Realität umzusetzen. Er brachte behinderte Kinder, Frauen, Männer und Alte in spezielle Lager, aus denen sie nicht wieder zurückkehrten. Oder er verschleppte sie gleich in reine Todeslager. Er wollte seiner Zeit vorauseilen und stellte Ärzte ein, die den Übermenschen mit idealen Genen erschaffen sollten, obwohl er zu jener Zeit vielleicht noch nicht einmal das Wort „Gen" kannte. Von oben, auf politisches Geheiß, brachte er Paare zusammen, die garantierten, dass ihre Nachfolger vollkommen sein würden.

Ja, so jemanden hatte es schon gegeben. Jemanden, der die Sprache suchte, in der Gott das Leben erschuf und über seine Vielfalt entschied - denn das konnte nicht nur eine Sprache sein! Er wollte nur diejenigen auswählen, die zu seinen Zielen führten. Es gab da jemanden ...

Plötzlich verstand Adam, dass er einen Fehler gemacht hatte. Aber er wusste nicht, worin der Fehler bestand. Der Traum vom vollkommenen Menschen erschien ihm berechtigt. Gegen Ende des bedeutenden Jahres 2000 brach er wieder mit neuer, belebender Kraft hervor. Die Entzifferung des menschlichen Genoms verlieh ihm Flügel. Ob es wohl dieselben Flügel waren, die Cohen und Venter den Menschen verleihen wollten? Hat darum ein halbes Jahrhundert früher der gleiche Traum dazu geführt, dass die „Vollkommenen" die „Unvollkommenen" ermordeten?

Er versuchte sich vorzustellen, wie die zukünftige Gesellschaft ganz ohne behinderte Menschen wäre. Wird eine Welt mit vollkommenen Menschen ebenfalls vollkommen sein?

Er gewöhnte sich nicht an den Gedanken. Er war nicht imstande, solche Fragen zu stellen oder sie zu beantworten. Die Bücher, die er stapelte, klärten seine Zweifel nicht. Dazu fehlte ihm irgendein Element. Er wusste nicht, welches.

Selbst die Gelehrten waren trotz dieses Erfolges, die Sprache Gottes entziffert zu haben, bestürzt angesichts ihrer Entdeckung. Sie waren erschrocken ob ihrer Konsequenzen - so wie Einstein und Oppenheimer Angst vor den Möglichkeiten der Nutzung von Kernenergie hatten. Aber ich, dachte er, bin ein gewöhnlicher Mensch und möchte einfach ein gewöhnliches, normales Kind. Ich habe ein Recht darauf.

Leise öffnete er die Tür des Arbeitszimmers und ging in die Eingangshalle. Myschka saß auf dem Boden und spielte vertieft mit ihren Puppen. Sie probierte, sie nebeneinander aufzustellen und murmelte dabei etwas vor sich hin ... aber das war nicht ihr gewöhnliches Geplapper.

Sie singt! Adam wunderte sich. In dem merkwürdigen Summen erkannte er plötzlich eine ihm bekannte Melodie. Aber das ist doch Mahler, begriff er einen Augenblick später, schockiert von seiner Entdeckung. Sie singt eine Melodie aus einer Symphonie, die ich oft höre! Sie hört sie bloß durch meine Türen, aber erinnert sich ..., dachte er.

Myschka gelang es, beide Puppen hinzustellen. Barbie stand schief neben Ken, gab ihm die Hand und beide sahen so aus, als würden sie zum Ball gehen. Das Mädchen brach in ein heiseres, raues, aber freudiges Lachen aus. Myschka klatschte in die Hände. Ihre Wangen zeigten ein komisches, vertrauensvolles Lächeln, das Adam durch die halb geöffnete Tür beobachtete und das sofort verschwand, als er sich dem Mädchen näherte. Er sah es aus dem Augenwinkel, was ihn veranlasste, so schnell wie möglich vorbeizugehen. Dann lachte das Mädchen wieder, klatschte in die Hände, stand auf und hob beide Arme. Aus dem Mund kam erneut der merkwürdige Singsang. Myschka sang wieder die ins Ohr gehende Musik von Mahler. Plötzlich hörte sie auf zu singen.

„Taaaaaaaaaaaaaaaa!", rief sie mit tiefer, durchdringender Stimme. „Taaaaaaaaaa!" - und lachte noch breiter, wedelte mit den Armen und klatschte rhythmisch mit den Händen. Adam verstand: seine Tochter wollte, dass die beiden Puppen miteinander tanzten und stellte sich vor, dass sie dies taten. Erneut ertönte das tiefe, heisere Lachen.

Sie ist glücklich, dachte er verwundert.

Er hörte das Patschen Evas nackter Füße auf dem Boden, die eilig aus dem Badezimmer kam, nachdem Myschka gerufen hatte. Wie der pawlowsche Hund, dachte er irritiert und zog sich in sein Arbeitszimmer zurück, die Tür lautlos hinter sich schließend.

Sollte die Welt nur voller genetisch vollkommener oder glücklicher Menschen sein? Ob vollkommene Gene glücklich machen?, fragte er sich. Er fürchtete Fragen zu stellen, auf die es keine Antworten gab. Vielleicht lag die Lösung seines Problems nicht in der Wissenschaft, sondern irgendwo anders. Wo ...?

„Myschka, was ist passiert?", fragte Eva von der Eingangs-halle aus.

„Pupp steh ...", hörte er die Antwort durch die Tür.

„Du hast die Puppen hingestellt! Sie stehen! Wie schön! Bist eine kluge Myschka ...", wiederholte Eva. Adam jedoch zog sich in sich selbst zurück wie ein Igel und konnte nur mit Mühe seinen unverständlichen Wutausbruch beherrschen.

Sie behandelt sie wie ein vernunftloses Tier! Aber dort, wo es niemand sehen kann, ist sie ein Wesen mit eigenen Gefühlen und Gedanken, seiner eigenen Welt und Sprache, die vielleicht die Sprache Gottes ist ... einen Moment später beherrschte er sich. Seine eigene Reaktion brachte ihn durcheinander und be-schämte ihn. Er wusste nicht, woher sie kam. Bestimmt von diesem Mahler und der Meinung, dass musikalisch sensible Menschen überhaupt sehr empfindsam sind. Myschka war mit Sicherheit die Ausnahme von der Regel. Eva weiß, was sie tut, wenn sie das Kind wie ein Tier behandelt. Ich werde mich nicht einmischen, da muss ich konsequent bleiben, dachte er, obwohl er weiter diesen kleinen, spitzen Splitter des Schmerzes über Eva und die ganze Welt in sich fühlte, die solche Wesen wie seine Tochter von oben herab behandelte. Er selbst war nicht besser, was ebenfalls weh tat, denn er akzeptierte dieses Verhalten.

Er setzte sich in den Sessel mit dem Rücken zur Tür. Hinter ihm war das Haus, das vor neun Jahren für seine Frau und sein Kind gebaut worden war. Er warf die Bücher über Gene und die Erschaffung vollkommener Menschen auf den Boden; Bücher über die künftige Gesellschaft, in der keiner Men-schenseele ein Chromosom fehlen würde oder in der niemand eines zu viel hätte. Alles würde vollkommen sein.

Die Bücher krachten mit einem Knall auf den Boden. Er selbst ging ins Internet, um sich um seine Firma zu kümmern.

Zahlen ... nur Zahlen sind sicher. Die Sprache Gottes ist die Sprache der Mathematik, dachte er mit Überzeugung.

*

Myschka saß mit angezogenen Beinen auf dem Boden und wackelte rhythmisch mit dem Kopf. Sie sang. Die Kraft der Musik, mit der - so wie mit dem Tanz - alle Gefühle ausge-drückt werden konnten, fiel ihr zufällig ein, als Papa seine Plat-ten und Tonbänder in den Player einlegte und zuhörte. Die

Musik war bis in die Eingangshalle zu hören. Mama mochte sie nicht. Sie liebte eher die rhythmischen Melodien aus dem Radio. Papa hörte seine Lieblings-CDs immer laut. Durch seine Tür hindurch kroch die Musik - um eine Nuance gedämpfter - nach draußen. Sie war schön und bewegend. Myschka hörte sie und sang sie mit.

Jetzt auf dem Boden lauschte sie Wagner, als sich die schwarzen Vorhänge hoben. Die Vorhänge schnappten die Musik auf und schon einen Moment später summten sie die Melodie zusammen - zart, erbebend und wogend, was nicht zu Wagner passte. Myschka wusste jedoch, dass sich sogleich vor ihr ein gewaltiger Raum unendlicher Tiefe öffnen würde, in dem es Erde und Wasser, Tag und Nacht, Sterne, Mond und Sonne geben würde. Hier war gerade Wagner das fehlende Element - Bild, Bewegung, Klang.

Myschka wunderte sich nicht, dass diese majestätische Melodie vom Wasser aufgenommen und in Form einer großen, lustigen Fontäne in die Luft geworfen wurde. Erst war es eine ..., dann waren es zwei ..., drei ..., dutzende Fontänen. Hunderte. Das Wasser selbst wurde zur klingenden Melodie. Es förderte weiche, dunkle Körper zu Tage. Sie sangen gemeinsam mit Myschka, tanzten auf den wogenden Wellen.

„Wale!", rief sie. ER hatte Wale geschaffen und dabei keine Fehler gemacht! Sie sahen genauso wie im Fernsehen aus!

Einige Tage zuvor hatte Myschka einen Film über Wale gesehen. Die Kameras zeigten die ganze Unterwasserwelt, die sonst vor den Augen des Menschen versteckt lag. Sie verstand sofort, dass das Wasser auch bei ihr hier oben das Leben nährte und nicht nur den Walen, den Kraken, den Wasserschlangen, den Robben und den schnurrbärtigen Walrössern Lebensraum gab.

Dieses Mal hat ER keinen Fehler gemacht, weil ER alles aus meinem Kopf genommen hat, dachte sie.

„DAS IST GUT", donnerte die Stimme, ohne auch nur den Hauch eines Zweifels und Myschka war sicher, dass sie IHM nicht beipflichten musste. ER wusste es.

Myschka hatte die Gewissheit, dass das noch nicht das Ende war. Es hatte erst angefangen. Hatte ER doch eine riesige Macht und den Willen zur Schöpfung. Myschka hob ihre Arme weit nach oben, so hoch es ging und wartete vertrauensvoll. Irgendetwas müsste von oben kommen. Aus dem Himmel. Und es kam. Nein. Es flatterte: Ein großer Schwarm Vögel. Hunderte. Tausende. Ihre Flügel sangen. Aus ihren Hälsen erklang es. Myschka sang Wagner und die Schöpfung dauerte und dauerte.

„Taaaaaaaaaaaaaa ...!", rief Myschka, klatschte in die Hände und alle Vögel tanzten im Himmel. Tausende Flügel verschiedener Größe spielten in der Luft dieselbe Melodie. Und tanzten. Myschka hatte Lust, sich ihnen anzuschließen, aber der Fußboden hier unter dem Dach hielt sie fest - und der eigene Körper. Und Mama, die man nicht verlassen durfte. Und Papa, der eines Tages in seinem schnellen Lauf verharren könnte und niemanden mehr bei sich hätte. Wenn das nicht wäre, Myschka würde zu den Vögeln fliegen. Vielleicht würde ER es ja auch gar nicht erlauben.

Die Vögel schwirrten zwischen Himmel und Erde herum, als die mächtige Stimme ohne einen Zweifel ertönte: „DAS IST GUT."

Währenddessen wartete die Erde geduldig. Der Himmel und das Wasser empfingen das Leben, aber die Erde war immer noch unfruchtbar. Myschka hatte Angst, dass ER sie vergessen haben könnte.

„Leb ... eeeee", flüsterte sie leise, aber ER schien zu zaudern. Hatte ER Angst, Menschen auf die Erde zu schicken? Passierten IHM einfach zu viele Fehler? Kreisten im Universum Planeten, denen ER Leben eingehaucht hatte und die IHM nun Angst einflößten?

„Leb ...", flüsterte Myschka noch einmal, beinahe flehte sie. ER aber antwortete ihr nur mit Flügelschlagen.

Myschka dachte, dass ER vielleicht irgendwo hingegangen sei. Vielleicht schaute ER sich gerade den Grund der Ozeane und Meere an? Überprüfte, ob ER alles so gemacht hatte, wie es sein sollte? Oder vielleicht flatterte ER in der Nähe der Vögel, hauchte sie an und unterteilte sie in Gattungen? Gab ihnen verschiedenfarbige Federn, unterschiedliche Stimmen und die Gabe zu fliegen? Aber sie wollte so gern wissen, welche Lebensformen ER für die Erde erschaffen würde ...

Sie wusste bereits, dass sie umsonst warten würde. Sie fühlte sich müde und traurig. Mit einem Ruck stand sie auf und knipste die Lampe an. Plötzlich war der weite, unendliche Raum begrenzt von den Wänden des Bodens. Auf den Möbeln der Großeltern lag weicher Staub. Und noch etwas ...

Myschka ging zum alten Büfett. Drauf lag etwas Rosafarbenes. Sie hob die Hand und griff zu.

„Myschka, du sitzt und sitzt hier ... wie lange denn noch? Komm, wir gucken uns etwas im Fernsehen an", sagte Mama hinter ihrem Rücken.

Myschka schaute sich schweigend an, was sie gefunden hatte.

„Eine Feder", sagte ihre Mama trocken, hob den Kopf und blickte zum Dach. „Vielleicht ist das Fenster nicht dicht oder die Feder fiel herab, als ich gelüftet habe. Oder sie lag schon immer hier", gab sie zu Bedenken und streckte ihre Hand aus: „Zeig mal."

Myschka machte eine feste Faust.

„Willst du sie mir nicht zeigen?", wunderte sich Mama. „Ich nehme sie dir doch nicht weg. Ich gebe sie dir gleich zurück ..."

Das Mädchen öffnete langsam, Stück für Stück die Hand. Jetzt beugten sich beide über die Feder.

„Rosa?", wunderte sich Mama. „Die Feder eines Flamingos? Wo kommt die denn her ...?"

„Meins", sagte Myschka.

„Natürlich ist sie deine", stimmte Mama ihr zu und sie gingen beide nach unten.

Unten vergaß Mama die rosa Flamingo-Feder, von der man nicht wusste, wie sie auf den Boden gekommen war. Myschka dachte sich, dass Mama auch viele Dinge vergaß. So wie sie selbst. Aber bei Mama waren es wichtigere Dinge als bei ihr.

Im Fernsehen wollte sich Eva eine weitere Folge einer Telenovela ansehen. Aber Myschka quengelte so lange herum, bis Eva den Kanal National Geographic fand.

In der Weite Afrikas liefen, schlichen, rannten oder stampften verschiedenerlei Tiere. Myschka schaute lange gebannt auf den Bildschirm, bis ihre Augen so müde wurden, dass sie sich von ganz allein schlossen. Bevor sie einschlief, dachte sie daran, dass sie noch viele Dinge, sehr viele verschiedene Dinge ansehen musste. Anders würde sie IHM nicht helfen können. Dann würden sie beide Fehler machen und wenn ER fragte, würde sie ihm nicht antworten können. Eigentlich fragte ER ja niemanden, sondern hörte alles von allein.

Elefanten, Giraffen, Antilopen, Hasen, Maulwürfe, Dachse, dachte sie, schnappte nach Luft und fuhr fort: Kühe, Pferde, Hunde, Katzen, Wölfe ... Wölfe? Und Löwen? Tiger? Panther?

Sie wurde unruhig. Sie hätte vorgezogen, dass ER eine weit entfernte Welt für solche Tiere erschaffe, die andere töteten. Sie war sich aber nicht sicher, ob das möglich sein würde.

Sie schlief ein und träumte von Tieren, wie sie sie in den Fernsehprogrammen gesehen hatte. Oder in Büchern mit Bildern. Oder im Tierpark. Sie tollten herum, spielten miteinander, waren ruhig und freundlich. Sie fraßen Mohrrüben, Bananen und Gras. Sie töteten niemanden.

Und es wurde Abend des fünften Tages.

Adam beunruhigte der Gedanke, dass es jetzt zu Hause ruhiger war, wenn er von der Arbeit kam. Wenn er die Zimmertür öffnete, spielte Myschka nicht in der Vorhalle. Früher hatte er sie fast immer hier gesehen, beschäftigt mit den einfachsten Dingen, in die sie jedoch all ihre Kraft steckte. Nur schwer konnte sie ein Bauklötzchen auf das andere stellen. Kreise brachte sie nur krumm auf das Papier. Oder sie riss dem Plüschteddy ein Bein heraus. Sie band die Schleife an den Schuhen schief und zog die Barbie ganz aus.

Adam wusste nicht so genau, ob die Stille in der Eingangshalle besser war als die unartikulierten Laute mit grober Stimme. Er hatte keine Kraft, sich darüber Gedanken zu machen, sondern fand sich damit ab. Er registrierte den Fakt. Bestimmt schloss Eva sie im Schlafzimmer ein. Vor mir, dachte er.

Eva jedoch lag auf der Couch mit einem Buch in der Hand, wie er bemerkte. Sie machte den Eindruck, als ob sie schon seit Stunden so liege.

Wo ist denn Myschka, dachte er mit ihm unverständlicher Unruhe, als das mehrmals nacheinander vorkam. Leise, auf Zehenspitzen, schlich er zu den Puppen, die achtlos auf den Boden geworfen worden waren. Wie durch ein Wunder war die schicke Frisur der Barbie erhalten geblieben, obwohl sie sonst um ihre Schönheit gebracht war. Sie lag nackt auf der Erde und Adam fand sie in ihrer Nacktheit ekelerregend. Anfangs sah er nicht, was es genau war. Dann sah er, dass die Barbie aufgestellte große Brüste hatte, die wohl unter dem Kleid hübsch aussahen, aber ohne Bekleidung merkwürdig künstlich schienen.

Eine Silikonbrust wie bei Pamela Anderson, dachte er zerknirscht.

Aber irgendetwas beunruhigte ihn noch beim Anblick der Puppen. Er schaute aufmerksam die zu langen und schlanken Beine an, die runden Hüften, die viel zu schmale Taille. Die Models in den bunten Zeitschriften sahen so ähnlich aus, wenn auch sicher erst nach der Bearbeitung der Grafiker. Er zuckte mit den Schultern. Etwas an Barbie stimmte nicht und war falsch.

Plötzlich wusste er es: Die nackte Barbie hatte zwar gewaltig große Brüste, aber nichts zwischen den Beinen. Unwillkürlich brach er in Lachen aus, legte aber sogleich die Hand auf den Mund. Er wollte nicht, dass Eva ihn hörte. Diese Puppe war durch die Zensur gegangen! Und das auf besondere Weise, dachte er sarkastisch. Kleine Mädchen sollen nicht sehen, dass die Barbie eine Vagina hat. Aber dass sie eine Brust hat, dürfen sie sehen? Interessant ... was sagt Myschka dazu?

Das interessierte ihn. Er wusste nicht, dass Myschka viele Stunden damit verbracht hatte, die Anatomie Barbies zu untersuchen. Sie wollte wissen, was Barbie hatte und was ihr fehlte.

*

Die unfruchtbare Erde, bedeckt mit einer grünen Rasendecke, wartete geduldig. Myschka war sich ganz sicher, dass ER sie nicht vergessen würde. Myschka interessierte sich zum ersten Mal so intensiv dafür, was ER machte, dass sie den ganzen Abend und noch am nächsten Morgen an den Boden dachte. Myschka wollte sehen, wie ER die Erde belebte.

Es gab viele Möglichkeiten. Myschka wusste das. Es war wie bei Mama, die im Fernsehen auch nicht immer das einschaltete, was das Mädchen sich wünschte. Mama war sich nicht sicher, ob es da etwas gab, was Myschka besser nicht sehen sollte. Die Grenzen der Vorstellungskraft des Mädchens waren ihr nicht bekannt. Sie wusste auch nicht, was genau das Kind davon verstand. Myschka sah Horrorfilme, in denen sich auf der Erde, die sich nicht wehren konnte, unvorstellbar schreckliche Monster breit machten. Sie schaute sich Sendungen über die Natur an, in denen die einen Tiere andere Tiere töteten und verschlangen, als die noch in Agonie verharrten. Das Mädchen fürchtete, dass die Erde, die ER jetzt schuf, ein Platz solcher grauenvoller Wesen werden könnte, wie sie sie im Fernsehen gesehen hatte. Sie bevölkerten die Erde auf eine Weise, die ihr weh tat. Noch viel schlimmer als die Monsterfilme waren Kriegsbilder. Das Mädchen sah sie fast täglich, wenn ihre Mama am Abend die Nachrichten anschaute und keinen Grund sah, die Tochter aus dem Zimmer zu schicken.

Sie befahl ihr hinauszugehen, wenn sich in einem Film Mann und Frau zu küssen anfingen und sich auszogen. Die Kriege in den „Fernseh-Nachrichten" waren dagegen etwas so Natürliches wie der Wetterbericht: Sie kamen jeden Tag mit nur wenig Unterschieden. Eva kam nie auf den Gedanken, dass sie Myschka Angst machten, weil sie viel weniger verstand als bei den erotischen Szenen. Dennoch war Eva der Meinung, dass Myschka solche Szenen nicht ansehen sollte. Gegen die Tagesschau hatte sie nichts einzuwenden. Sie zeigten in einem schnellen Rock'n'Roll-Tempo - fast wie bei einer Parade - die Bombardierung von Städten, die Exekution Gefangener, Straßenschlachten, Katastrophen, Mord. Myschka verstand das nicht. Für sie waren Menschen, die körperliche Nähe suchten, schön und gut. Dann wieder schossen diese Leute auf sich, als wären sie nicht bei Sinnen.

Das Mädchen schüttelte ratlos den Kopf. Es glaubte, dass ihm dabei all die Bilder herausfallen würden, die es dort nicht haben wollte. ER durfte deren Existenz nicht bemerken. Denn wenn ER sie bemerkte, könnte ER noch etwas Grausameres erschaffen. Oder hatte ER das schon getan ...?

Die Vorhänge kamen in Bewegung und begannen, sich wie im Theater zu öffnen. Myschka wartete geduldig darauf, was sich dieses Mal hinter dem Schwarz, noch dunkler als Ruß, auftun würde.

Da war die Erde. Über ihr der Himmel. Vögel und Wolken zwischen Himmel und Erde. Wasser. Wale und Millionen anderer Meeresbewohner. Myschka schaute gebannt zu ihnen auf die Erde ...

Der Rasen erbebte von SEINEM Atem ... nein, nicht nur von SEINEM Atem. Der Rasen lebte. Aus den Löchern krochen ganze Fuchsrudel mit buschigen Schwänzen, rostfarbene Dachse und kleine, samtige Maulwürfe, die ganz blind von der Sonne waren. Hasen sprangen herum ebenso wie Rehe und langschwänzige Affen. Frösche quakten. Schöne, weiße Lämmer fraßen Gras. Ein Koala-Bär trank Coca-Cola ...

„Ne, nein ...", sagte Myschka unwillkürlich und die Coca-Cola verschwand. Der Bär fraß Eukalyptusblätter. Plötzlich hielten die Tiere unbeweglich inne und lauschten. Die Erde erbebte und in der Luft lag ein Schrei hunderter Trompeten und über die Wiese kamen Elefanten, die im Gras Spuren hinterließen. Hinter ihnen rannten eine Herde Antilopen, langhalsige Giraffen, hüpfende Zebras ...

„DAS IST GUT", bestätigte die Stimme.

Myschka klatschte in die Hände. Das war sehr gut. Es gab keine Wölfe, Tiger, Panther und überhaupt keine Monster. ER holte aus ihrem Gedächtnis nur das, was ER nehmen sollte. Und nur das verwendete ER für seine Schöpfungen. Sie verstand, dass ER am Anfang Fehler gemacht hatte, weil sie ihm nicht geholfen hatte. Jetzt war sie sich sicher, dass IHM noch mehr zuschauten.

Dann kamen noch mehr Tiere. Das Mädchen bemerkte sofort ihre Andersartigkeit: Sie blieben zusammen, bildeten Herden. Myschka erkannte das heimische Vieh: Friedliche Kühe, stampfende Stiere, heitere Ziegen, lustige Schweine. Und Vögel, die für immer an den Boden gefesselt waren: Hühner, Hähne, Puten. Sie waren unruhig, als ob sie auf etwas warteten. Warten sie auf jemanden, der nach ihnen ruft, sie mit dem Stock treibt, sie nach Hause bringt?, dachte sie und wusste nicht, woher sie das eigentlich ahnte.

ER schwieg. Der Rasen wogte. Der kräftige Wind trieb Wolken vor sich her, wirbelte das Wasser auf, warf Zweige von den Bäumen auf die Erde. Er war so stark, dass er Myschka an die Erde drückte und ihre Haare durcheinander pustete.

Worüber denkt ER denn nach?, wunderte sie sich. Er hat doch fast alles schon erledigt und könnte sich ausruhen …

Gleichzeitig fühlte sie, dass auf der Erde, zwischen Himmel und Erde, im Wasser, unter den Vögeln, Fischen und anderen Tieren etwas passieren würde. Etwas musste geschehen. Etwas Wichtiges. Etwas, was ihre Schönheit verändern, die Harmonie zerstören und den Rhythmus des neuen Lebens wandeln und eine andere Hierarchie herbeiführen würde.

Myschka versuchte zu erraten, was das sein könnte. Sie hatte Angst, dass es ein Monster würde. Und was wäre, wenn ER das in ihrem Gedächtnis gefunden hätte, obwohl Sie es so tief wie möglich darin versteckt hatte? Würden hier gleich riesige, eklige, unberechenbare Monster erscheinen? Wie im Zeichentrickfilm, den sie im Kinderkanal gesehen hatte. Wie im Horrorfilm, den Mama gestern verstohlen angesehen hatte, als sie gleichzeitig bunte Journale durchblätterte.

Sie wollte nicht hinsehen. Wusste aber nun schon, dass ER seine Arbeit nicht unterbrechen würde, wenn sie die Glühbirne einschaltete. ER erschafft immer aufs Neue, ohne Unterbrechung, stets von vorn und hat niemals genug davon. Sie fühlte, dass sie einen schrecklichen Fehler beging. Denn gerade dann, wenn ER neue Welten bevölkerte, passierten IHM die meisten Irrtümer. Sie dachte, dass sie dann nicht dabei sein wollte. Ich will IHM nicht vorsagen. Vielleicht hört ER dann auf …

Die Giraffen drehten ihre langen Hälse, die Hasen standen wie angegossen, die Rehe stellten die Ohren auf, die Elefanten trompeteten ununterbrochen, die Vögel verharrten unbeweglich in der Luft, die Wale versteckten sich in der Tiefe des Wassers - und sogar ER hielt den Atem an, als der Wind plötzlich verstummte.

„Ma ...!!!!!!!!!", schrie Myschka auf dem Boden um sich schlagend. Sie konnte so schnell den Lichtschalter nicht finden. „Maaaaaaaaa!", rief sie erneut in Panik und erschreckt von dem, was passierte. ETWAS. Etwas Schreckliches.

Plötzlich erinnerte sie sich an die Klingel. Eine war gleich hier neben ihr. Obwohl sie diese nicht sah, weil sie in dem weichen Schwarz gefangen war, das mit einem Mal aufgehört hatte, so sicher zu sein, fand sie sie doch, als sie verzweifelt mit den Armen um sich schlug. Mit ganzer Kraft drückte sie auf den Knopf. Im Haus machte sich ein eindringlicher Ton breit.

Eva schnellte vom Sofa hoch. Die Klingel schellte zum ersten Mal. Myschka hatte sie bis jetzt noch nie benutzt. Es ist etwas passiert ... etwas Schlimmes ..., dachte sie und rannte panisch die Treppe hoch. Während sie die Stufen nach oben hastete, sah sie aus den Augenwinkeln, dass Adam die Tür seines Arbeitszimmers einen Spalt geöffnet hatte, sie aber sogleich geräuschvoll wieder schloss, um sie erneut zu öffnen, sobald sie verschwunden war.

Auf dem Boden angekommen, sah sie nur Dunkelheit. Steckte Myschka hier, ohne die Glühbirne angeschaltet zu haben? Vielleicht war sie ausgegangen und die plötzliche Dunkelheit explodierte mit ihrem Schrei? Eva hatte noch nie eine so unglaubliche Dunkelheit gesehen, so tief, jedes Licht vertreibend.

„Myschka ...", flüsterte sie, aber die Stimme blieb ihr im Halse stecken wie eine große Kugel, die sie zu ersticken drohte. Langsam ergriff sie die gleiche Panik wie zuvor ihre Tochter.

„Maaa ...", antwortete das Mädchen mit tiefer Stimme. Eva atmete auf.

Auf jeden Fall ist das Kind hier, heil und gesund. Es schreit ja nicht mehr. Etwas tut ihm weh, aber bestimmt nicht sehr.

„Ich kann dich nicht finden", sagte Eva und gab sich Mühe, das so ruhig wie möglich zu sagen. Aber sie hatte den Eindruck, dass der Kontakt verschwand. Zusammen mit der Wand. Eva hatte das Gefühl, dass sie in der Dunkelheit gefangen war wie in einem Spinnennetz, zu keiner Bewegung imstande. Vor ihr war nichts als ein nicht enden wollender und unsichtbarer Raum. „Kei Anst ...", sagte Myschka plötzlich und im selben Moment floss aus Eva die Angst heraus wie Wasser. Sie fühlte kaum, dass sie tiefer und tiefer in sich zusammensackte und sich an Myschkas Beine schmiegte.

„Myschka, du hast mir einen Schrecken eingejagt", sagte sie vorwurfsvoll, während ihre Hand den Lichtschalter suchte und fand. Wie konnte ich ihn nur nicht finden?, dachte sie. Er ist doch genau hier. Was ist bloß passiert?

„Nei", antwortete das Mädchen. Die Glühbirne ging an und der Boden war wieder ein gewöhnlicher und sicherer Raum.

Eva holte die kleine Leiter, kletterte hoch und öffnete die Dachluke.

„Lüften wir", erklärte sie. Sie hatte das klaustrophobische Gefühl, dass es hier besonders stickig war, dass der Geruch der Angst im Raum lag. Ihrer und der von Myschka. Aber das musste ein Irrtum sein. Myschka hatte offensichtlich ohne Grund geschrien, war sie jetzt doch vollkommen ruhig.

Frische Abendluft durchströmte den Raum. Über ihren Köpfen blinkten in der Öffnung des rechteckigen Fensters die Sterne.

Wie schön, fand Eva.

Plötzlich unterbrach ein Geräusch vor dem Haus die abendliche Stille. Ein leises Pfeifen. Nein, nicht ein Pfeifen ... ein Weinen?

„Jemand weint vor dem Haus. Komm, gehen wir nachschauen", sagte Eva und nahm Myschkas Hand.

Sie gingen die Treppen hinunter und traten vor das Haus. Gerade gingen die nächsten Straßenlaternen an und mit ihnen die Gartenbeleuchtung, die den dunklen Rasen erhellte.

Etwas Kleines lag - aus dem Dunkel herausgerissen - vor ihnen. Jemand, der den Platz im künstlichen Licht nicht mochte. Jemand Kleines, der eben noch geweint hatte. Oder war das gar kein Weinen ...

„Katz ...", sagte Myschka und ihr Gesicht zeigte plötzlich ein vertrauensvolles Lächeln.

„Kätzchen, Kätzchen ...", rief Eva halblaut und aus dem Schatten kam ein kleines strubbeliges Wesen hervor. Es lief unsicher, ängstlich und suchte jemanden. Wen? Die Mutter? Einen sicheren Platz? Das Zuhause?

„Hab ...", sagte Myschka in einem widerborstigen Ton. So sprach sie, wenn sie etwas unbedingt wollte. So sprach sie, wenn sie im Falle eines „Nein" mit einem schrecklichen Schrei ihren Willen durchsetzte.

„Kätzchen, Kätzchen ...", flüsterte Eva erneut und die kleine Katze kam langsam auf steifen, vor Angst zitternden Pfoten zu ihnen, um dann um Myschkas Füße zu streichen. Myschka hockte sich hin und streichelte sie. Die Katze miaute. Die Hand Myschkas berührte sie so vorsichtig, dass sich Eva wunderte. Die Katze lehrt sie, was Streicheln ist, dachte sie und bückte sich, um die Katze auf den Arm zu nehmen. Aber Myschka war schneller. Sie ging auf die geöffnete Tür zu und rief das Kätzchen: „Ko ..., komm ..., ko ..., ko ..."

Die Katze lief sehr geschickt zu ihr, strich um ihre Beine, lief vor ihr weg, blieb stehen, um mit ihr wieder auf gleicher Höhe zu sein.

Zu dritt gingen sie in die Küche: Eva, Myschka und die Katze. In der Küche war noch jemand. Adam. Er warf ihnen einen flüchtigen Blick zu, sagte aber nichts, konzentrierte sich auf das, was er gerade tat. Er bereitete sich ein Brot mit Lachs zu. Die Katze sah er nicht. Offensichtlich schaute er nicht nach unten, um Myschka nicht ansehen zu müssen. Immer macht er das so. Über ihren Kopf hinwegsehen, dachte Eva.

Die Katze witterte das Essen und sprang mit ihren kleinen, aber scharfen Krallen gegen seine Beine.

„Aua!", schrie er und schüttelte die Katze energisch wie eine Ratte von sich. Er stützte sich dabei am Tisch ab. Das Tier schrie jämmerlich auf, flog von dem Tritt getroffen ein Stück durch die Luft und fiel auf den gekachelten Fußboden. Dabei schlug es noch mit dem Kopf gegen den Schrank und blieb reglos liegen.

Myschka verharrte ebenfalls bewegungslos. Eva gab einen lauten Schrei von sich, schwieg aber sofort wieder und blickte ängstlich zur Tochter. Jeden Moment erwartete sie jenen schauerlichen Schrei, jenen unmenschlichen Schrei, dem gegenüber sie sich so ratlos und schuldig fühlte und dem sie nichts entgegenzusetzen hatte. Myschka jedoch war wie zur Salzsäule erstarrt, schaute mit geöffnetem Mund auf die reglose Katze, die eben noch quicklebendig gewesen war. Ein ganzer Strom von Speichel floss Myschka aus dem Mund. Aus der Nase tropfte es. Ihr Atem erinnerte an das Schnaufen einer kleinen Lokomotive.

Gleich geschieht etwas ..., dachte Eva mit Schrecken. Sie versteht, dass die Katze nicht mehr lebt und tut etwas Schreckliches ... sie sieht den Tod zum ersten Mal. So einen dummen und unnötigen Tod. Wenn ich die Katze doch nur unten auf dem Rasen gelassen hätte, dann wäre dieses Unglück nicht passiert. Vielleicht wäre sie hungrig, würde aber leben. Alle Lebewesen sollten dem unberechenbaren Menschen lieber aus dem Weg gehen ...

Auf einmal fiel ihr ein Zitat aus der Bibel ein. Dieses und weitere hatte sie aus den Zeiten im Gedächtnis, als sie Myschka jeden Tag aus der Bibel vorgelesen hatte. Noch immer kannte sie jeden Satz aus den musisch-rhythmischen Strophen. Jetzt befahl ihr jemand zu ihrer eigenen Verwunderung laut und deutlich zu sagen: „... ER herrscht über die Fische im Meer und über die Vögel unter dem Himmel und über alles Getier, das auf Erden kriecht."

„Ne ..., ne ..., ko ..., komm", sagte Myschka plötzlich. Adam stand mit dem Toast in der Hand wie angewurzelt da. Eva hatte wie eine Schauspielerin auf der Bühne gesprochen und verharrte ebenfalls unbeweglich auf ihrem Platz. Der kraftlose graubraune Körper der Katze lag auf dem kalten Fußboden. Aus dem Kopf des Geschöpfs floss Blut. „Komm, ko ...", wiederholte Myschka und schaute die Katze an, suchte sie aber irgendwo oben, unklar wo. An der Decke? Eva sah nur das Weiß der nach oben gerichteten Augen.

„Wen ruft sie? Und warum guckt sie so komisch?", beunruhigte sie sich. Ist das vielleicht der Beginn eines epileptischen Anfalls? Vielleicht hat sie einen Schreck bekommen und es passiert gleich etwas Furchtbares?

Plötzlich wurde es im Haus ganz still, so still, dass man das Leben hören konnte, obwohl es nicht lauter war als das Summen einer Mücke. Die Stille lebt immer. Und währt nur so lange wie es dauert, sie wahrzunehmen. Die Stille, wie sie jetzt herrschte, war ganz und gar tot. Wie die Katze.

Auf einmal war ein tiefer schwerer Atemzug zu hören. Eva dachte, dass ihr Haus schwer atmete, nachdachte und so kräftig Luft holte, dass die hölzernen Fenster zuknallten und irgendeine Tür laut ins Schloss fiel. Der Windzug drang aus unerfindlichen Gründen bis in die Küche, wehte ihr den Rock um die Knie und wirbelte Myschkas Haare und Adams Frisur durcheinander.

„Es zieht", sagte Adam mit fremder Stimme. Der Wind indes fegte noch immer durch die Küche, brachte noch einmal den Schopf Myschkas durcheinander und verstummte.

Myschka lachte mit lauter, tiefer Stimme. Ihr Gesicht zeigte ein Lächeln.

„Ko ..., ko ...", wiederholte sie und ging zu dem Tier. Die Katze bewegte sich. Zuerst hob sie fast unscheinbar den Kopf, sodass man auf dem Boden eine Lache Blut sehen konnte. Dann setzte sie sich hin. Sie schaute sie aufmerksam mit Augen, so rund und grün wie Myschkas, an. Sie leckte sich eine Pfote und begann, sich gründlich das Fell vom Blut zu reinigen.

Eva atmete laut auf und glaubte, ihren Augen nicht zu trauen. Myschka streichelte unterdes die Katze und sagte: „Iss ..."

Eva goss geschwind Milch auf ein Tellerchen. Adam stand schweigend daneben. Er führte den Toast, den er die ganze Zeit in der Hand gehaltem hatte, zum Mund. Dann zuckte er plötzlich mit den Schultern und verschwand. Seine Schritte begleiteten das Schlecken der Katze. Myschka lächelte und blinzelte dabei durch ihre schmalen Augenlider. Mit der Hand angelte sie nach dem Rest der Lachspaste. Dann hockte sie sich hin und quetschte die Tube auf den Fußboden neben dem Tier aus. Die Katze ließ die Milch stehen und leckte mit ihrer rosa Zunge die ebenso rosa Paste, die so verführerisch duftete.

„Sie lebt ... das ist unmöglich ...", flüsterte Eva.

Sie konnte sich noch immer nicht damit abfinden, dass das Leben so empfindlich war: In einem Moment voller Bewegung und Liebreiz und im nächsten Augenblick eine bewegungslose, leere Hülle. SO also sieht der Tod aus, dachte sie. Aber er sah nicht SO aus, denn die Katze war ja am Leben.

„Welchen Namen gibst du ihr?", fragte Eva. „Der den Namen gibt, gibt Leben und bestimmt, wie es weiter geht", zitierte sie unbewusst aus der Bibel.

„Mia ...?", fragte Myschka und Eva nickte mit dem Kopf. Mia war genauso gut wie jeder andere Name. Und war einfach auszusprechen.

„Deine Katze, deine Wahl", sagte sie zu ihrer Tochter.

„Er gegebe ...", verkündete Myschka.

Sie denkt wohl, dass Adam ihr die Katze gegeben hat, wunderte sie sich, wollte das aber nicht richtig stellen.

*

Adam öffnete das Fenster und warf den Toast hinaus. Er hatte keinen Appetit mehr. Weder diesem Tier noch einem anderen hatte er etwas antun wollen. Er hatte die Katze nicht bemerkt. Hätte zum Beispiel auf dem Boden ein Krokodil gelegen, hätte er das auch nicht gesehen.

„... weil du deine Tochter nicht sehen wolltest", flüsterte er mit halblauter Stimme. Und weil du sie nicht sehen wolltest, konnte dich die Katze so erschrecken. Und weil sie dich so erschreckt hat, hast du so brutal reagiert. Bekenne dich ... er bekannte sich dazu. Er wollte sie nicht sehen. Er wollte zeigen, dass er sie nicht wahrnahm. Er wollte nicht, dass sie sich direkt an ihn wendete, wie man es normalerweise mit seinem Vater machte. Beide waren so überraschend in die Küche gekommen ... er hatte gedacht, dass sie schon lange schlafen gegangen wären. Die Katze hatte ihm mit ihren Krallen so weh getan, dass er sich ihrer unwillkürlich hatte entledigen wollen ...

Ich hätte sie erschlagen können. Es ist ein Wunder, dass ich sie nicht getötet habe. Aber diese Verrückte musste doch nicht gleich aus der Bibel zitieren, dachte er mit Wut. Zum Glück lebte die Katze. Früher, als Adam das Haus für seine Familie mit der Hoffnung errichtet hatte, es mit Kindern zu füllen - einem, zwei, drei ... - hatte er geplant, dass hier auch Tiere zu Hause sein sollten. Adam war der Ansicht, dass zu einer richtigen Familie auch eine Katze oder ein Hund gehörte. Oder das eine wie das andere. In ihrem großen Haus hätten die Tiere viel Auslauf gehabt. Sie waren eingeplant - wie übrigens alles. Alles außer Myschka.

Plötzlich erinnerte er sich an den Text aus der Bibel, den ihm Eva mit jener merkwürdigen, hingebungsvollen Interpretation zitiert hatte: „... herrscht über die Fische im Meer und über die Vögel unter dem Himmel und über alles Getier, das auf Erden kriecht."

Ob Gott es wirklich so geplant hatte? Ob Gott überhaupt plante? Planung passt eher zur Buchhaltung als zu Gott, dachte er spöttisch. Gott experimentiert sicher. Oder weiß ER, wie es geht? „Es gibt keinen Gott", sagte er laut und ärgerlich in Richtung des geöffneten Fensters. Und wenn es IHN gibt, sollte ER keine Tiere unter die Herrschaft von Menschen stellen.

Und die Menschen selbst? Können Menschen Menschen beherrschen ohne Angst zu haben, dass sie zerstören, verwüsten, Schaden anrichten?, überlegte er. Immer öfter dachte er über Dinge nach, die ihn früher nicht interessiert hätten oder nicht interessieren wollten. Ich werde von all dem verrückt, dachte er irritiert.

Alle taten ihm Leid: Eva, er sich selbst, aber vor allem Myschka. Wenn es sie nicht gäbe, könnte ihr Leben schön und glücklich sein. Er liebte die Ordnung und hasste das Chaos.

Myschka ist das Chaos, dachte er, während er sein Bett zum Schlafen vorbereitete.

*

Die Katze lag zusammengerollt im großen Ehebett und schnurrte. Eva und Myschka schliefen neben ihr.

„ER hat die Tiere auf die Erde geschickt und mir eines davon gegeben", dachte Myschka beim Einschlafen. Vielleicht wollte ER nicht, dass ich mir Sorgen mache und darüber nachdenke, was ER jetzt dort tut?, dachte sie ungeduldig und bemühte sich, nicht laut zu sein, damit sie Mama nicht weckte. ER wollte der Katze ein zweites Leben schenken. ER hat sie noch einmal aus dem toten, blutigen Fell erschaffen.

„Das ist gut", brabbelte sie leise. Doch die Wände des Schlafzimmers gaben ein merkwürdig heiseres Echo wieder: „Da ... is ... gu ..." Aber würde es wirklich gut sein, was ER künftig erschafft?

Die Katze schnurrte, Eva schlief, aber Myschka erinnerte sich an den rhythmischen Singsang, den Mama in der Küche zitiert hatte, als sie dachte, dass die Katze tot sei. „... herrscht über die Fische im Meer und über die Vögel unter dem Himmel und über alles Getier, das auf Erden kriecht." Sie dachte darüber nach. Ich weiß, was ER dort erschafft, erinnerte sie sich plötzlich und schlief ein, bevor sie sich beunruhigen konnte, ob das gut sein würde. Die Katze schnurrte und hatte sich an ihre Brust geschmiegt.

Und es wurde Abend des sechsten Tages.

Ich fühle mich wie neugeboren. Gerade so wie die Katze, dachte Eva, als sie sich morgens in der Küche zu schaffen machte.

Eva fühlte sich außergewöhnlich frisch, ausgeruht und zufrieden. Sie summte zum ersten Mal seit Wochen ein Liedchen, als sie das Frühstück für Myschka zubereitete. Und für die Katze. Na eben, sie wohnte doch jetzt auch hier. Das Kätzchen war klein, vielleicht zwei, drei Monate alt, sodass ihr eine Milchsuppe genügen würde, wie auch Myschka sie bekam.

Eva schaute aus dem Fenster und sah Adam davonrennen. Aber er ging nicht wie sonst zur Garage, sondern rannte auf dem Rasen im Kreis herum. Joggte er?

Er platzt vor Energie, dachte sie. Vielleicht fühlt er sich heute auch wie neugeboren? Vielleicht haben die Frühnachrichten im Radio gute Börsenberichte gebracht? Vielleicht hatte er Aktien gekauft, deren Wert soeben nach oben geschnellt war?

Eva bewunderte Adam nicht. Eher hatte sie Mitleid mit ihn. Sie wusste, dass er litt, dass es ihm nicht gut ging mit Myschka und schlecht ohne sie beide. Ihre eigenen Gefühle Myschka gegenüber waren gemischt, aber stark. Adams Gefühle waren kompliziert, jedoch unbestimmt.

Er ist behindert, nicht Myschka, ging es ihr nicht zum ersten Mal durch den Kopf. Er hat keinen Zugang zu seinen eigenen Gefühlen. Wir sollten uns scheiden lassen und das ein für allemal erledigen. Er kann nicht in der Falle sitzen, die er sich selbst aufgestellt hat, indem er Myschka im Stich lässt, aber auch nicht weggeht. Sie schaute aus dem Fenster und sah, wie er lief. Er war immer noch jung, gerade erst fünfundvierzig Jahre alt. Er hatte Kraft, war gesund, sah gut aus. Und er war reich.

Er würde ohne Probleme eine neue Frau finden, dachte sie mit Bedauern.

Sie wusste nicht, dass sie ihn noch liebte. Gezwungen zur Wahl zwischen ihm und Myschka hatte sie sich für die Tochter entschieden.

Sie braucht mich mehr, rechtfertigte sie in Gedanken ihre Entscheidung. Vielleicht gibt es Frauen, die jemanden suchen, für den sie unentbehrlich sind und um den sie sich kümmern können wie um das hässliche Entlein? Vielleicht ist das typisch Frau?

Adam rannte kleine Runden. Der Rasen war gesund, frisch, als ob es in der Nacht geregnet hätte. Die Blumen im Nachbargarten dufteten sehr intensiv.

Das könnte das Paradies sein, dachte er. Man müsste sich nur mehr um das Haus kümmern, innen und außen ...

Noch vor neun, zehn Jahren wollte Adam anders als die Nachbarn sein. Sein Haus sollte größer und schöner sein, seine Familie etwas Besonderes. Heute träumte er vom Durchschnitt. Von einer durchschnittlichen Familie und einem durchschnittlichen, normalen Kind, das nicht brabbelte, nicht sabberte, dem es nicht aus der Nase tropfte, das keine Schlitzaugen hatte und keinen IQ um die fünfzig Punkte. Es würde reichen, wenn es hundert hätte. Vor zehn Jahren noch hatte er geglaubt, dass hundertvierzig Punkte ein Grund zum Schämen seien ...

Er rannte ins Haus, durch die Eingangshalle direkt zum Bad. Dabei bemerkte er, dass Barbie und Ken nicht in ihrer Ecke auf ihrem Platz lagen. Sie waren verschwunden. Oder Myschka hat sie mit ins Schlafzimmer genommen. Oder sie hat sie kaputt gemacht und Eva hat sie weggeschmissen.

Als er angezogen aus seinem Arbeitszimmer eilte, stieß er mit Myschka zusammen. Sie war noch ganz verschlafen, die Augen waren noch gar nicht richtig auf, als sie durch die Halle zur Küche lief. Um ihre Beine tanzte das Kätzchen. „Es muss etwas passieren, damit sie verschwindet", fluchte er.

„Pa ...! Ne ...!", sagte sie mit rauer Stimme. Er ging ihr aus dem Weg und verschwand hinter der Haustür.

*

Myschka hatte ein Problem. Sie aß Milchsuppe und bekleckerte dabei wie immer ihr Nachthemd. Neben ihr saß die Katze und schleckte von der anderen Seite des Tellers. Eva probierte zu protestieren. Doch Myschka würde die Stimme zum Schrei erheben, sodass sie besser schwieg. Jetzt aßen sie zusammen: das Kätzchen und das Mädchen.

Wenn ich will, dass beide nicht vom selben Teller essen, dann muss ich Myschka etwas zu essen machen, was die Katze nicht mag, dachte sie resignierend.

Myschka hatte währenddessen ein viel ernsthafteres Problem, dessen Lösung ihr schwer fiel. Das Problem kam und ging ihr wieder aus dem Kopf und verlor dabei unterwegs einige Elemente. Es kehrte anders oder stückhaft zurück. Myschka wusste nicht recht, ob sie zusammen mit der Katze auf den Boden gehen konnte. Andererseits war sie sich auch nicht sicher, ob die Katze unten bleiben durfte. Sie wollte nicht, dass ihr etwas passierte. Sie wusste auch nicht, ob sie an die Katze und den Boden dachte oder an die Katze und Mama. Irgendwo im Hintergrund, aber ganz in der Nähe, war Papa. Der Papa, der versehentlich auf die Katze treten könnte.

Das Problem änderte sich erneut, als es den hetzenden Vater einschloss. Irgendwo in der Nähe trieb sich die erschreckte Katze herum. Aber dann kam ihr erneut der Gedanke an den Boden. Als dies Myschka endlich gelang, wurde die Katze zu SEINEM Problem. Und dann wurde alles klar.

Wenn ER Katzen erschafft, dann liebt ER sie sicher auch, dachte sie und verstand, dass sie mit dem Tier nach oben gehen konnte.

Noch vor einem Moment hatte sich Myschka den Kopf darüber zerbrochen, ob es wohl jeder Vater stets so eilig hatte und sich hinter den Bäumen versteckte, um von dort seine Kinder zu beobachten. Dieses Problem konnte sie aber nicht lösen, denn sie kannte keine anderen Väter. Sie nahm an, dass alle gleich seien. Sie laufen, haben es eilig, und dauernd sehnt man sich nach ihnen und träumt von dem Moment, in dem sie da sind, ganz nah und einen an die Hand nehmen. Myschka wusste nicht, dass dieser Augenblick eines Tages kommen würde.

*

Adam fühlte sich phantastisch. Wie neugeboren. Zum ersten Mal war er bereit, eine Entscheidung zu fällen. Es war Zeit, seine absurde Situation zu ändern. Er konnte doch sein Leben nicht zerstören nur aus Angst, ihm könnte jemand vorwerfen, Frau und sein behindertes Kind zu verlassen. Er war weder der erste noch der letzte, der das täte, falls er sich dazu entschlösse.

Die Genstörung in Evas Familie lag auf der Hand. Der Fall von Alzheimer bei ihrer Großmutter bewies das. Jetzt musste er sich nur noch selbst vergewissern, dass es in seiner eigenen Familie keine Erbkrankheiten gegeben hatte. Das war herauszubekommen. Auf jeden Fall. Darin konnte ihm nur eine Person helfen. Adam rief die Sekretärin.

„Haben Sie die Schecks an das Haus 'Schöner Herbst' abgeschickt?", versicherte er sich.

„Natürlich."

„Haben wir die Einzahlungen erhöht?"

„Sie bezahlen immer regelmäßig, was bezahlt werden muss. Darüber hinaus entrichten Sie Beiträge für den Fundus zur Hilfe alter Menschen. Wir haben eine Abschrift für die Steuer", erklärte die Sekretärin.

„Sehr gut", lobte er sie. „Aber wann haben Sie zuletzt nachgefragt, wie es ihr geht?"

„Jeden Montag", gab die Sekretärin zurück.

„Na und ...?"

„Nicht schlecht, sagen sie."

„Ist es Sklerose? Oder Alzheimer?", fragte er mit stockendem Atem.

„Das weiß ich nicht. Das hätten sie doch sicher gesagt?", beunruhigte sich die Sekretärin. „Sie haben mir dafür keine Vollmacht erteilt."

„In Ordnung", unterbrach er sie.

Klar hätten sie das gesagt. Dafür brauchte es keine Vollmacht. In diesem Fall hätten sie sofort gewollt, dass er käme. Aber sie hatten das noch nie verlangt. Er warf einen Blick in den Kalender, um ein, zwei freie Tage zu finden, was nicht einfach war. „Leider werde ich das ohne Reise nicht herausfinden."

*

Zum ersten Mal musste sie die Katze mit auf den Boden nehmen. Bislang fiel es dem Tier noch schwer, die Treppen hochzuspringen. Es war klein und könnte fallen. Außerdem hatte Myschka Angst vor der Kraft ihrer Gefühle. Sie wusste, wenn sie die Katze zu sehr an sich drückte, tat sie ihr weh. Es fiel ihr schwer, sich zu beherrschen. Einmal hatte ihr Mama ein Meerschweinchen gekauft. Die Liebe Myschkas zu dem kleinen, braunen Wesen war so groß gewesen, dass sein Leben nur zwei, drei Minuten angedauert hatte, nachdem es zu Hause angekommen war. Das Klagen über den Tod des Meerschweinchens hatte viel länger gewährt und in einem anschwellenden Schrei gegipfelt. Eva hatte alle Fenster schließen müssen und war wieder einmal froh gewesen, dass ihr Grundstück, auf dem das Haus stand, viermal größer war als das der Nachbarn. Früher hatte sie geglaubt, es sei viel zu groß. Sie hatte gemeint, dass sie so viel Platz überhaupt nicht brauchten und Adam es nur gekauft hätte, damit die anderen sie beneideten. Heute war sie froh, dass ihnen niemand in die Fenster schauen konnte.

Eva brachte Myschka bei, ihre Liebe weniger kraftvoll zu zeigen. Sie kaufte ihr Plüschtiere. Mit ihnen hatte Myschka beim Lernen in dieser Hinsicht keinerlei Probleme. Aber die Katze lebte. Außerdem wusste Myschka, dass sie das Kätzchen nicht von Mama bekommen hatte. Die Katze war von IHM. ER hatte ihr zwei Leben geschenkt. Myschka hatte kein Recht, dieses Geschenk mit zu viel Liebe zu zerstören. ER würde wütend werden und sie vielleicht nicht mehr auf den Boden lassen. Deswegen dauerte es sehr lange, mit der Katze auf den Boden zu steigen. Das Mädchen stieß das Kätzchen Stufe für Stufe nach oben, ohne es auf die Arme zu nehmen.

Vielleicht hat mich Papa so lieb, dass er Angst hat zu mir zu kommen, um mir nicht weh zu tun? Vielleicht befürchtet er, mich so fest zu umarmen, wie ich es mit dem Meerschweinchen getan habe, dachte sie. Dieser Gedanke erklärte einiges und war sehr wichtig. Myschka beschloss, ihn nicht zu vergessen.

Der Nachmittag war außergewöhnlich schön. Eva legte sich darum nicht mit einem Buch auf die Couch. Sie schnappte sich eine Liege, stellte sie auf den Rasen und fiel dort in einen Halbschlaf. In ihrem Traum sah sie Adam, der langsam auf die Tochter zuging und sagte: „Myschka, gib mir deine Hand ... komm, gehen wir spazieren."

Sie selbst, Eva, gab der Tochter die andere Hand und sie gingen zu dritt über die Allee im Park. Das Bild verwandelte sich in eine Sonne in den Farben eines Regenbogens wie bei einem Happy End im Film, wie sie ihn sich gern anschaute. Dieser Traum wäre gar nichts Besonderes gewesen, wenn Myschka darin nicht ein ganz normales Mädchen gewesen wäre. Immer, wenn Eva von ihrer Tochter träumte, war sie wie die anderen Kinder. Umso schmerzlicher empfand sie das Erwachen.

*

Die schwarzen Vorhänge öffneten sich schneller als sonst, ihr Schwarz war noch schwärzer als gewohnt. Es schien, dass ein jeder leuchtete und Wärme ausstrahlte. Myschka war unruhig und wartete darauf, dass der letzte, der siebte an die Reihe kam. Die Katze schmiegte sich an sie und schnurrte.

Sie weiß nicht, was ich sehe. Und wenn sie es sähe, wäre sie schon eine andere Katze, dachte sie vor Aufregung zitternd.

Der angenehm weiche Vorhang, der sich anfühlte wie ein Spinnennetz, umfing sie und hüllte sie ein, bevor er sich hob. Myschka schloss die Augen. Sie hatte Angst hinzusehen. Sie fühlte auf ihrem Gesicht Licht und Wärme. Das Licht war sehr hell und die Wärme spendete Energie und noch etwas mehr: Ein Glücksgefühl. Langsam öffnete Myschka die Augen.

Ein Garten ...! Ein richtiger Garten!, dachte sie begeistert, als sie sah, dass er den überpflegten Gärten im Wohngebiet in nichts ähnlich war. Ha, nicht mal dem botanischen Garten war er ähnlich, in dem sie einmal mit Mama gewesen war. Er glich auch nicht dem eleganten Park in der Innenstadt, in dem sie manchmal spazieren gingen, selten nur, weil Mama es nicht mochte, wenn sie den anderen Kindern hinterherjagte, die vor ihr genauso schnell wegliefen wie ihr Papa.

„Gart ...", wiederholte sie laut und machte dabei einen Schritt nach vorn, was reichte, um nach draußen zu gelangen. Sofort vergaß sie die Katze. Der Garten umgab sie von allen Seiten. Er schien ohne Ende zu sein und in der Sonne zu baden. Der Schatten darin hatte verschiedene Nuancen, sein Grün war grell und die Blumen schienen fast zu leuchten. Eine Menge Bäume und Früchte waren von schwirrenden Insekten umgeben.

Der Garten machte Musik. Er spielte auf den hohen Bäumen und den Halmen des dichten Rasens, auf den zart summenden Flügeln tausender Insekten und auf der Harfe aus Vogelflügeln.

Der Garten bewegte sich. Der Rasen schaukelte im Wind und die Äste der Bäume streckten ihre grünen Finger nach Myschka aus. Die Tausendfüßer krabbelten über die Erde und die Maulwürfe warfen ganze Haufen weichen, warmen Bodens über sich. Glänzende Mistkäfer mit harten Panzern kreuzten majestätisch die Wege der genervten Ameisen. Reife Äpfel fielen von den Bäumen und überschlugen sich, bevor sie in einer Erdvertiefung liegen blieben.

Der Garten sprach. Er sprach mit dem Gesang der Vögel, mit dem Rauschen der Blätter und dem Plätschern der Bäche, mit dem Reiben der Hirschgeweihe an den rauen Baumstämmen, dem Quaken der Frösche, dem Zirpen der Grillen, dem

Knacken der Büsche und dem leisen Zischen der Schlange ...
„Sssschau, wie schön", sprach die Schlange. Myschka hatte sie
erst jetzt entdeckt.

Die Schlange umfing einen großen Apfelbaum mit ihrem
schlanken und dennoch mächtigen Körper. Sie kroch näher zu
Myschka und verlor mit einem weichen Plumps einen roten
Apfel. Die Schlange war so lang, dass Myschka ihr Ende nicht
sehen konnte. Vielleicht hatte sie überhaupt kein Ende? Dafür
hatte sie eine wunderschöne Haut: Schwarz, glänzend mit
schmückenden, bunten Zickzackmustern, die ihr Schwarz be-
tonten und seine leuchtende Tiefe unterstrichen. Beim Anblick
von Schlangen im Fernsehen bekam Myschka normalerweise
Angst. Niemals würde sie sich einer nähern. Vor dieser Schlange aber hatte sie überhaupt keine Angst.

„Sssschau, wie ssschön", wiederholte diese und war mit
ihrem Kopf ganz nah bei Myschka. Sie hatte schwarze
Knopfaugen, eine bewegliche, gespaltene Zunge und winzige
Zähne. Sie lächelte, als sie zu Myschka sprach. Oder machte sie
nur den Eindruck, als ob sie lächelte, damit sie keine Angst
bekäme? Können Schlangen lachen?, wunderte sie sich.

„Sssschön nicht? Sssschau", wiederholte sie erneut. Myschka aber blickte sich immer noch im Garten um und sagte dann
langsam: „Ja ... sehr." Sie dachte einen Moment nach und fügte
achtsam hinzu: „Seeehr ..."

Ja, zu schön. Der Garten war ein wenig zu schön. ER über-
treibt oft.

Die Schlange bewegte sich erneut und kam mit ihrem
schmucken Kopf immer näher an Myschka heran. Ihr Körper
schlängelte sich dabei sanft durch die Baumkrone, sodass erneut Äpfel vom Baum fielen. Sie kroch zu dem Mädchen und
hielt vor ihren Füßen an.

„Iss", sagte die Schlange.

„Nee, nee, darf ni ...", gab Myschka unwillkürlich zurück.

Als sie mit Mama zum Supermarkt ging, musste ihr lange
beigebracht werden, dass man nicht einfach alles in die Finger
nehmen durfte.

„Das gehört dir nicht. Also darf man es nicht anfassen",
hatte Eva streng gesagt und ihr die Sachen aus der Hand genommen. Manchmal war es dafür allerdings zu spät. Sie hatte
die Schokolade schon angesabbert, die Bananen zerdrückt, das
Silberpapier um die Süßigkeiten zerrissen und die Margarine
aus der bunten Schachtel lag zertreten auf der Erde.

Mama hob alles auf, schweigend, im Rhythmus, in dem die Verkäuferinnen mit ihren Fingern trommelten. Obwohl es lange dauerte, lernte Myschka zu begreifen, dass man nicht anfasste, was einem nicht gehörte.

Der rote, wunderschön geformte Apfel war herrlich. Dieser etwas zu schmucke Garten musste doch jemandem gehören, konnte nicht herrenlos sein. Sicher war die Schlange sein Besitzer.

„Der Apfel ssschmeckt", wiederholte indessen süß die Verführerin. Myschka leckte sich die Spucke aus dem Mundwinkel. Sie hatte Lust, die Frucht zu essen, wusste aber gleichzeitig, dass das verboten war.

„Issss kleinesss dummesss Mädchen", zischte die Schlange irritiert. „brich dir ein Ssstück von dem Apfel ab und isss, dann wird ssich dein größter Traum erfüllen."

„Ja ...?", fragte Myschka ungläubig.

„Ja, Dummchen! Genau sssso! Also beiß rein und isss! Oder weissst du nicht, dasssss es manchmal auch Träume gibt, die ssssich erfüllen?"

Die Schlange neigte den Kopf so, dass sie Myschka jetzt direkt in die Augen schauen konnte. Zwei schwarze, runde Knopfaugen und zwei schmale Schlitzaugen unbestimmter Farbe standen sich gegenüber.

„Weiß", antwortete Myschka mutig. Natürlich wusste sie, dass sich manchmal Träume erfüllten. „Esse ...?", fragte sie noch einmal und fühlte, dass sie am ganzen Körper zitterte. Ob dieser kleine Apfel wohl mehr Macht hatte als die Fee aus dem Aschenputtel?!

„Issss, probier", zischte fast singend die Schlange.

Myschka sprang hoch, um einen Apfel zu pflücken. Sie keuchte nicht einmal wie sonst dabei, wenn sie sich sehr anstrengte. Schon hielt sie einen roten Apfel in den Händen und war ganz stolz darauf. Es war vollkommen anders als bei den Äpfeln, die Mama kaufte.

„Verzaubert?", fragte Myschka die Schlange, schmatzte dabei und der Saft rann ihr über die Bäckchen.

Die Schlange schaute sie an, schwieg und hielt den Kopf schief. Sie wartete darauf, dass Myschka die ganze Frucht gegessen haben würde.

„Wasss fühlsssst du?", fragte sie.

Myschka fühlte nichts. „Nichts", antwortete sie ganz glücklich. „Ich fühle nichts", schrie sie so laut in den Garten hinein, dass zwei Eichhörnchen aufgeschreckt vom Baum sprangen und wie der Blitz über den Weg rannten.

Tatsächlich war es das erste Mal, dass Myschka nichts fühlte. Sie fühlte ihren schweren, ungelenken Körper nicht. Sie bemerkte die fehlende Koordination von Armen und Beinen nicht. Sie fühlte den Speichel nicht, der ihr aus dem Mund lief und fühlte auch die schweren Augenlider nicht, die ihr stets über den Pupillen hingen. Ha, sie zweifelte nicht daran, dass sie jetzt große, runde Augen hatte. Überzeugt von ihrer Schönheit drehte sie sich auf ihren Zehenspitzen wie eine Ballerina, wie es sie im Fernsehen gab. Aus ihrem Mund kam anstatt eines unverständlichen Lauts ein melodischer, klangvoller Ausdruck: „Papa ...! Guck mal!"

Sie wirbelte im Tanz, im Rhythmus derselben Musik, zu der sie einmal nur für ihn tanzen wollte, als er sie durch die angelehnte Tür seines Arbeitszimmers beobachtet hatte. Jetzt drehte sie sich wie die beste Tänzerin im Fernsehen. Ha, die tanzten sogar schlechter als sie. Myschka flog wie ein Schmetterling über die Wiese, drehte sich wie ein Blatt im Wind, schwebte wie eine Biene über die Blumen. Ihre Arme, stark und gewandt, bogen sich wie die Zweige eines jungen Baumes und ihre Beine, lang, schlank und kräftig, warf sie nach oben wie eine richtige Artistin, um anschließend erneut eines so hoch wie ihren Körper zu heben, während das andere auf den Zehenspitzen stand.

„Papa! Papilein!", rief sie und tanzte immer schneller und schneller, aber begriff schließlich, dass ihre Stimme den Vater nicht erreichte.

„Ich muss hinuntergehen und tanzen", rief sie und hielt mit Macht inne. Die Schlange aber wickelte sich um ihren Körper, hielt Myschka in einer starken, aber schmerzfreien Umarmung.

„Bleib ssstehen!", zischte sie. „Sssselbst wenn du alle Äpfel aus diesssem Garten esssen würdest; dort unten wirkt ihr Zauber nicht."

Myschka blieb vor Enttäuschung starr stehen, obwohl sie die Schlange nicht mehr umklammert hielt. Niemand würde sie jemals so schön sehen ...

„Niemals niemand", nickte die Schlange. Myschka verwunderte es nicht, dass die Schlange ihre Gedanken lesen konnte.

Die flogen jetzt schneller als sonst, waren leicht und beweglich wie ihr Körper. Sie wusste, wenn sie in diesem Moment Stiefel anhätte, würde sie die nicht schlechter zubinden können als andere Kinder. Diese würden sich auch nicht vor ihr ekeln, wenn sie neben ihr saßen. Sie würde genauso aussehen wie sie. Und würde jeden noch so langen Satz flott sprechen können. Ihre Stimme wäre wohlklingend und melodisch wie die von Mama. Sie könnte jede Melodie summen, den Ball geschickt fangen und auf Rollschuhen die lange Allee im Park entlanglaufen. Sie könnte alle Katzen der Welt umarmen und nicht eine davon würde sie aus Liebe erdrücken, denn sie würde es verstehen, ganz zärtlich zu sein.

Aber da unten würde sie immer dieselbe Myschka sein, eine ganz andere als hier im Garten.

Sie hatte große Lust, den Tränen zu erlauben, aus ihren neuen, runden Augen zu rollen, fürchtete jedoch, sie kaputt zu machen. Man wusste nicht, was ihnen schaden konnte, wenn sie so verzaubert waren. „Ich schau mich um", sagte sie, die Tränen zurückhaltend. Sie bemühte sich, etwas zu finden, mit dessen Hilfe sie sich von den schrecklichen Worten der Schlange ablenken konnte.

„Ja, ssschau, wie ssschön esss hier issst!"

Die neuen Augen konnten besser sehen, weiter und schärfer.

„Dieser Rasen ist zu grün", bemerkte sie und blickte auf den smaragdfarbenen Wiesenteppich zu ihren Füßen. „Und zu weich", fügte sie hinzu und hockte sich hin, um ihn zu berühren. Der Rasen war so plüschig wie der beste und teuerste Teppich im Wohnzimmer der Eltern.

Sie begann sich umzusehen und erblickte immer mehr merkwürdige Eigenschaften des Gartens, die sich zuvor vor ihr verborgen gehalten hatten. Die Stämme der Apfelbäume waren ganz eben und sehr braun, obwohl sie doch rissig und grau sein müssten. Der Himmel über ihrem Kopf war von intensivem Saphir. Wenn sie ihn anschaute, taten ihr die Augen weh.

Die Farben der Blumen im Rasen leuchteten ungewöhnlich. Sie blendeten so sehr, dass sie ihre runden, alles sehenden Augen zusammenkneifen musste. Besonders die orangefarbenen Ringelblumen sahen aus wie die Abblendlichter an Papas Auto.

Wenn ich unten wäre, würde Mama auf die Fernbedienung drücken und alle Farben würden blasser werden, dachte sie. Die Schlange war auch unzufrieden. Sie blickte Myschka an, dann den Garten, dann wieder sie. So, als wäre sie irritiert, kniff sie die Knopfaugen zusammen, wand sich um den zu glatten

Baumstamm, als wäre ihr irgendwie unwohl. Endlich zischte sie: „Machen wir essss besssser ...‟

DAS IST GUT ... Myschka hörte plötzlich die Stimme, die eigentlich niemanden fragte. Aber man konnte spüren, dass sie sich quälte.

„Nein, nein!‟, rief sie, denn sie wollte IHM nicht weh tun. „Das ist toll!‟

Aber sie wusste, dass sie die Wahrheit hätte sagen sollen: „Nein, das ist zu gut. Das erinnert an die Bilder aus meinem Märchenbuch. Und an noch etwas ... Ich erinnere mich nicht, an was ...‟

Ja, der Garten erinnerte an etwas, was sie einmal wusste, was lange her war, aber an was sie sich nicht wirklich besinnen konnte. An einen Rummelplatz ...? An etwas, wo Erinnerungsfotos geknipst wurden?

„Geh zurück zu dir, nach unten. Machen wir essss besssser‟, sagte die Schlange zu Myschka.

„Nein, ich will noch bleiben‟, bat sie. „Hier gibt es noch so viele Dinge, die ich sehen, und so viele Sachen, nach denen ich fragen muss.‟

„Dasss wird ein ssssehr langer Tag. Du wirssst allesss ssschaffen, wonach du begehrssst‟, zischte die Schlange ungeduldig.

Aber Myschka wollte unbedingt wissen, zu wem die ihr gut bekannte Stimme gehörte. Sie wusste, zu wem, aber wollte IHN auch sehen, sich sicher sein, wie ER ist und wozu ER da ist. Und gerade jetzt, da sie dem Geheimnis so nah auf die Schliche gekommen war, da sie IHN im Garten suchen konnte, fühlte sie, dass neue, schwarze Vorhänge herabfielen, mit ihnen die Schwere in sie zurückkehrte und wie ihre Augen wieder von den großen, dicken, stets herabsinkenden Augenlidern verdeckt wurden. Sie wusste ja nicht einmal, wann sie wieder auf dem Boden sein würde.

„Nein ..., nein‟, nuschelte sie unbeholfen, aber es war schon zu spät. Fast kam es ihr so vor, als würde sie aus dem Garten hinausgeworfen, wenn auch mit dem Versprechen, dass sie zurückkommen dürfe. Sie sabberte, wischte sich mit dem Ärmel den Speichel aus den Mundwinkeln und schaltete das Licht an.

Die Katze schlief in einer der Pappschachteln auf einem verstaubten Stapel Bücher. Sie schnurrte und sah genauso aus wie vorher. Myschka streichelte sie vorsichtig und dachte daran, dass sie - sobald sie hier auf dem Boden sein würde - den Garten nur für sich allein hätte. Nur für mich, dachte sie verwundert.

Kaum hatte sie ein paar Schritte gemacht, sehnte sie sich nach jener Leichtfüßigkeit, die sie zum ersten Mal in ihrem Leben gespürt hatte. Sie wollte weinen, ertrinken in ihren Tränen der Trauer um die verlorene Verwandlung, hörte aber Mamas Stimme. Mama kann auch nicht in den Garten gehen, dachte sie mit Bedauern.

„Ich hatte schon Angst, dass du wieder hier im Dunkeln steckst. Als ich im Garten war, hab ich kein Licht im Fenster gesehen ..."

„Ich war auch im Garten", lobte sich Myschka, obwohl ihre Mama nicht verstand, was das Mädchen sagte, waren doch die Worte, die es ihr auszusprechen gelang, nur ein unverständliches Stottern: „I wa augaaaa ..., ma ..."

Eva gab sich nicht immer Mühe zu verstehen, was Myschka sprach. Sie hätte nie daran geglaubt, dass alle ihre Worte wichtig waren. Eva war der Meinung, dass die wichtigsten Worte gerade jene waren, die Tag und Nacht einen Rhythmus gaben und Myschka normalen Kindern ähnlich machten. Sie hörte nicht, was ihre Tochter sagen wollte, sondern nahm sie bei der Hand und führte sie nach unten.

Und es wurde Abend des siebten Tages.

Und er sollte viele Monate dauern.

Von dem Tag an, als sie in den Garten gegangen war und den Apfel gegessen hatte, träumte Myschka davon, dass sie wie eine Ballerina aus dem Fernsehen tanzte, wie ein Schmetterling über den Blumen, wie ein Vogel zwischen Himmel und Erde. Sie wusste nun, wie es sich anfühlte zu tanzen. Bis dahin hatte sie es sich ja nur vorgestellt. Denn es war für sie einfach undenkbar, dass sie wirklich tanzen würde. Sie wollte so gern tanzen und hasste sich manchmal dafür angesichts der eigenen ungeschickten Versuche.

„Tanze ich?", fragte sie sich im Traum, um sich dann nach dem Aufwachen ihrer eigenen Schwere bewusst zu werden, was sehr schmerzlich für sie war. Ihr war klar, dass die Körper der anderen Leute, sogar der von Mama, nicht so fest an der Erde festhielten wie ihr eigener. Papa lief ebenso leicht wie der Mann aus der Reklame, dessen Füße kaum den Boden berührten und der kein bisschen zur Seite schwankte. Einen richtigen Tanz zu erleben war etwas Tolles, aber zugleich auch etwas Schreckliches, empfand doch Myschka jetzt umso mehr ihren Körper wie einen Panzer, der sie niederdrückte. Deswegen fühlte sie im Traum und auch wenn sie wach war, dass sie wieder dorthin gehen musste, wo sie ein Schmetterling sein konnte. Sie vergaß oft alles, aber dass sie tanzen konnte, dies vergaß sie niemals.

„Ich kann", wiederholte sie sich selbst und versuchte dabei, sich leicht auf die Zehen zu stellen. So, wie es ihr das einzige Mal im Garten gelungen war.

Manchmal hörte sie eine leise, zischende Stimme, die ihr einredete, trotz aller Erschwernisse und Einschränkungen zu tanzen. Also probierte sie es. Sie probierte es in der Vorhalle, obwohl sie wusste, dass sie Papa durch die halb geöffneten Türen beobachtete. Sie versuchte es auf dem Rasen vor dem Haus, von wo sie Mama jedoch genervt vertrieb, weil sie Angst hatte, dass die Nachbarn sie sehen könnten. Sie probierte, bei allen möglichen Anlässen zu tanzen, aber keiner der Anwesenden ahnte auch nur, dass dies ein Tanz sein sollte.

Myschka erinnerte sich jetzt öfter an den Boden. Aber sie war dann gerade beim Logopäden oder bei der Gymnastik oder es war bereits spät in der Nacht. Sie wusste schon nicht mehr, ob sie gestern im Garten getanzt hatte, vor einer Woche oder schon vor vielen Monaten. Die Zeit im Garten war grundsätzlich verschieden von der auf der Straße, im Haus oder ihrer eigenen inneren Zeit. Sie war nicht mit demselben Maß zu messen.

Bevor Myschka erneut auf den Boden ging, um im Garten zu tanzen, ging sie eines Tages mit Mama zum Supermarkt. Myschka kam es dort so vor, als sagte ihr die flüsternd zischende Stimme, die weit weg war, geheimnisvoll, aber unüberhörbar, dass sie jetzt und hier auf der Stelle tanzen sollte. Mama ging nicht gern mit dem Mädchen zum Supermarkt. Myschka merkte das an der Art, wie Mama sie an der Hand hielt. Sie war trotzig, wollte sich mit Gewalt alles ansehen und die bunten Waren anfassen. Im Supermarkt verging für Myschka die Zeit in einem anderen Rhythmus.

Eva konnte ihre Tochter nicht allein zu Hause lassen. Aber im Supermarkt befanden sich mehr oder weniger „gefährliche Plätze". Einer von ihnen war die lange Schlange an der Kasse. Kassiererinnen wie Kundschaft blickten verstohlen zu ihnen, gaben aber vor, genau dieses nicht zu tun, um dann sofort wieder zu gaffen. Und wieder. Und noch einmal ..., um sich eine solche Mutter mit ihrem Kind anzusehen und dann abzuschätzen, inwiefern das Kind ihr ähnlich wäre.

Eva wurde unter diesen Blicken ganz steif. Myschka war irritiert und hatte Angst. Eva hätte es vorgezogen, wenn jemand der gaffenden Leute seiner Neugier nachgegeben hätte und zu ihr gekommen wäre, um zu fragen: „Ein Kind mit Down-Syndrom?" Ja, das wäre besser gewesen als die verstohlenen Blicke, die Mitleid heuchelten. Dabei waren sie doch nur neugierig. Eva sah diese Blicke und verstand Adam auf einmal voll und ganz. Jetzt beneidete sie ihn um seine Wahl.

Im Supermarkt sollten sie sich besser beeilen. Eva wollte so schnell wie möglich wieder fort von hier. Sie ging zu einem der Regale, um einige Dinge herauszunehmen. Sie beugte sich über die Kühltruhen mit Fleisch und Fertigprodukten und meditierte einige Augenblicke am Regal mit alkoholischen Getränken. Manchmal half Alkohol. Eva nahm vorsichtig eine der Flaschen in die Hand ...

Myschka musste die Hand loslassen, die sie bis dahin sicher gehalten hatte und blieb zunächst hinter dem Rücken ihrer Mama stehen. Dann aber drehte sie sich zu dem Regal mit den bunten Verpackungen um. Und zum nächsten ... zum dritten ...

bis sie ein Labyrinth aus Regalen umgab und sie die Mutter aus den Augen verloren hatte. Gerade in diesem Moment entdeckte sie einen Apfel inmitten einer kunstvoll aufgeschichteten Pyramide am Obststand. Aus dem Lautsprecher hörte sie eine eingehende Musik. Es war die Melodie, die Myschka über alles liebte. Sie summte den Rhythmus. Der ganze Körper Myschkas begann sich im Tanz zu winden. Die Äpfel lagen nur einen Schritt entfernt. Sie griff einen und biss hinein.

Nein, das war kein Zauberapfel, kam doch nicht augenblicklich ein Gefühl der Leichtigkeit. Es stellte sich auch später nicht ein, obwohl es die Musik ermöglichte, dass sich das Mädchen nicht mehr ganz so schwer fühlte. „Probiersss mal …", hörte es die bekannte, flüsternde Stimme.

Sie war sich nicht sicher, ob sie diese wirklich hörte oder ob sie aus ihrem Gedächtnis zu ihr sprach. Oder ob die Stimme vom Tonband kam, das immer dieselbe Melodie wiederholte, die die Lautsprecher in die große Halle mit den Ständen übertrugen.

Ihre Mama war nirgendwo zu sehen und Myschka lutschte inmitten des Supermarktes langsam ihren Apfel. Der Saft rann ihr über die Wangen und sie fühlte mit jedem Bissen ihren Wunsch größer werden: Sie wollte tanzen. Das Verlangen war so groß, dass sie es nicht allein zügeln konnte, obwohl sie sich gut an Mamas Gebote erinnerte und daran, wie man sich an solchen Orten zu benehmen hatte. Wie eine kleine Maus … leise, ohne auch nur die Augen zu bewegen.

Es war ein kalter Tag. Eingezwängt in Mütze und Jacke, in den Pullover, den Rock, die Strumpfhose … So konnte sie niemals tanzen! Diesmal machte ihr nicht der eigene Körper das Tanzen unmöglich. Es waren auch nicht die ungehorsamen Arme und Beine, die ihr das Tanzen erschwerten. Es war die Kleidung, die störte. Auch wenn dem Mädchen sonst das Ausziehen viel Mühe bereitete und viel Zeit kostete, so geschah es dieses Mal innerhalb weniger Minuten.

Als sich Myschka auszog, erinnerte sie sich an das sagenhafte Gefühl im Garten: Sie, Myschka, drehte sich, kreiste wie eine Biene über den Blumen. Die beweglichen Arme begleiteten graziös die Bewegungen des Körpers. Die Beine sprangen nach oben, leicht wie Schmetterlingsflügel. Der eine Fuß berührte den Kopf, während der andere gleichzeitig auf die Zehenspitzen stieg und in einer verrückten Pirouette fast vom Boden abhob …

Jemand stellte die Musik lauter und der Zwang zum Tanzen wurde noch stärker. Myschka riss sich die restlichen Sachen vom Leib. Sie fielen auf den gekachelten Fußboden. Das Mädchen aber atmete tief durch, verschlang den restlichen Apfel und hob die Arme.

Eva hörte ein immer lauter werdendes Stimmengewirr. Es kam durch die große Halle wie ein sich nähernder Sturm. Genervte, wütende und aufgeregte Stimmen drangen zu ihr und wurden zu Schreien, sodass Eva begriff, was geschehen war: Myschka ... Myschka hatte etwas angestellt. Myschka, die nicht in der Nähe geblieben war. Sie war verschwunden.

Sie hat etwas aus dem Regal genommen, dachte sie verzweifelt und lief dorthin, wo der lamentierende Lärm herkam. „Mein Gott ..., mein Gott ... warum ... tust du mir das an ...", flüsterte sie beim Anblick ihrer Tochter, der ihr den Atem verschlug, sodass sie sich am ersten einer Reihe von Regalen festhalten musste. Alle dort stehenden Milchkartons fielen unter dem Gewicht ihrer Hand nach unten. Aus einigen begann sich ein weißer Strom auf dem Fußboden zu ergießen. Sie schenkte dem keine Beachtung, obwohl nun ringsherum weitere aufgeregte Stimmen zu hören waren. Sie tat, als höre sie sie nicht, starrte geradeaus und glaubte ihren eigenen Augen nicht.

„Nicht hier ... nur nicht hier ... tu mir das nicht an", flüsterte sie unbeweglich. Hinter einer Reihe von Regalen stand die nackte, dicke Myschka, bewegte sich komisch und ungestüm mit der Schwere eines Bären und in einem Rhythmus, der ekelerregend war. Sie hatte geschlossene Augen und einen weit geöffneten Mund. Die nach draußen hängende Zunge klebte am Kinn. Ein Speichelfaden zog sich bis zur Brust und sammelte sich auf dem hervorstehenden, weißen Bauch. Die nackten Plattfüße scharrten ungeschickt über den gekachelten Fußboden und die Hände berührten den nackten Körper und wanderten wenig gewandt nach oben. Auf dem Gesicht des Mädchens zeichnete sich der Ausdruck einer schmerzhaften Begeisterung und Abwesenheit.

Eva stand wie angewurzelt da, zu jeglicher Bewegung unfähig. In ihr kämpften zwei Seelen miteinander: Der Wunsch, einfach wegzulaufen, mit dem Bewusstsein, dass das ihr Kind war, das Hilfe benötigte.

Die Verkäuferinnen schrien ärgerlich; viele Stimmen riefen in einem erregten Chor, aus dem einige Worte herausdröhnten:

„Wo ist deine Mutter ...?"

„Und das vor den Augen der Öffentlichkeit ..."

„Schrecklich ... Abartig ..."

„Schnapp sie doch jemand ..."

„Ich fass die nicht an ..."

„Ekel erregend ..."

Myschka hockte sich hin. Zurückgeholt von den aggressiven Schreien öffnete sie die Augen und sah es erst jetzt: Die Gesichter waren unfreundlich oder feindlich, einige erschrocken; Stimmen erhoben sich zum Gebrüll. Myschka holte tief Luft. Und dann passierte das, was Mama ein kleines „Unglück" nannte. Myschka wusste allerdings, dass es dieses Mal eine Katastrophe war. Alle scheußlichen Beschuldigungen begannen sich in ihrem Bauch zu drehen, sodass dem feuchten Strom ein stinkender Durchfall folgte. Ratlos und erschrocken stand sie da. Unfassbare Verzweiflung machte sich in ihr breit. Das Geschrei der Leute stieg bis unter die Decke des Supermarktes.

Myschka begann ebenfalls laut zu rufen. Langsam ging ihr Weinen in ein verzweifeltes, schmerzhaftes Jammern über.

„Maaa! Maaa! Ne ...! Ne ...! Auaooouuuuu! Neee!"

Der Ärger der fremden Leute wuchs und wuchs; sie schrien durcheinander, ihre Stimmen durchdrangen die gläsernen Wände, wurden von den Regalen zurückgeschleudert. Nur wenige Menschen hatten Mitleid, die meisten fühlten Hass.

„Schamlos ...!"

„Wer soll das sauber machen ...!"

„Und das in einem Lebensmittelgeschäft ..."

„Polizei!"

Eva wusste nicht, durch welches Wunder es ihr gelang, sich so zu beherrschen, dass sie nicht weglief. Sie schob sich durch den Lärm hindurch. Sie kniete nieder und zog mit zitternden Händen ihre Tochter an. Dabei griff sie hart zu; aus Wut, weil ihr die Nerven durchgingen, aus Schmerz und aus Scham. Myschka hörte auf zu schreien und fing an zu weinen. Die ärgerlichen Stimmen drangen erneut bis unter die Decke.

„Ein Schwein! Pfui!", sagte eine Frau und spuckte auf den Boden.

Eva wusste nicht, wie und wann es ihr gelungen war, Myschka anzuziehen. Mit ganzer Kraft begann sie, das Mädchen aus dem Geschäft zu ziehen. Aber nirgendwo gab es einen Fluchtweg. Hinter ihnen verfolgten sie Schritt für Schritt die Menge Neugieriger und aufgeregte Verkäuferinnen. Am Eingang standen zwei Polizisten. „Was machen Sie mit dem Kind?", fragte der eine und der andere hielt sie am Arm fest, als sie an ihm vorbei wollte.

„Warum ist so ein ... ist so etwas nicht in einem Heim?", fragte der zweite und schaute Myschka mit ausdrücklichem Widerwillen an.

„Ist sie für die Öffentlichkeit gefährlich?", fragte streng der erste.

„Gefährlich ... nicht normal", tönten die Zuschauer.

„Das ist ein Geschäft für normale Menschen!", rief eine der Verkäuferinnen.

„Sie haben Schaden angerichtet! Wer bezahlt dafür?", schrie die nächste.

„Sie wollte das Kind hier rausschmeißen", beschuldigte Eva eine Frau.

„Wir kennen solche Mütter", stellte streng einer der Polizisten fest.

„Was erlauben Sie sich ...", begann Eva, unterbrach sich jedoch mit einem Gefühl unendlicher Ratlosigkeit. Sie fühlte sich schuldig.

Myschka war zerzaust, verschwitzt, sabberte und blickte mit Angst den uniformierten Mann an. Mama sprach so schnell, dass ihr das Mädchen nicht folgen konnte. Die Leute, die sie im Geschäft umringten, liefen hinter ihnen her und ließen nicht mehr von ihnen ab. Myschka formte erneut den Mund zu einem Schrei. Eva aber hielt ihr unwillkürlich ihren Mund zu und sagte etwas zu den Polizisten.

„Geht", sagte einer müde. Die Menge begann, sich zurückzuziehen. Der zweite Polizist zog sein Telefon aus dem Gürtel und sagte ein paar unverständliche Sätze. Dann standen alle schweigend da: Eva, Myschka, die beiden Angst einflößenden Polizisten, die ihnen nach wie vor feindselig entgegentraten, und die aufgeregten Zuschauer.

Vor dem Supermarkt fuhr ein Auto vor. Es war grün und Myschka erkannte in ihm das Auto ihres Vaters. Obwohl sie dieses nie berührt hatte, kannte sie aus dem Gedächtnis die glatte Lackfläche seiner Karosserie und die weichen Sitze. Sie träumte davon, dass sie irgendwann in das duftende, kühle Innere steigen und Papa fragen würde: „Wohin willst du fahren Myschka?" Und Myschka antwortet leise: „Dorthin, wo alle tanzen ..."

Ihr Vater hatte es ausnahmsweise mal nicht eilig und setzte sich langsam zu ihr, streckte sich.

Er kommt ... Papa kommt, ist auf meiner Seite und alles wird gut, dachte Myschka.

Ihr Vater stand tatsächlich ganz in ihrer Nähe. Er sprach mit den Männern in Uniform. Dabei tat er so, als sähe er den Haufen Neugieriger nicht. Myschka schaute ihn mit flehendem Blick an und hatte das Gefühl, dass sein Gesicht trotz des Frühlings wie mit kaltem Raureif überzogen war.

Dann stiegen Papa, Mama und Myschka ins Auto.

„Wow", meinte frech das Mädchen und blickte mit leuchtenden Augen auf den breiten Rücken des Vaters. Sie war sehr glücklich. „Au ... Pa! O!", wiederholte sie mit tiefer Stimme. Aber Mama und Papa schwiegen.

Myschka verstummte erschreckt. Sie hatte das Gefühl, dass der kalte Raureif aus dem Gesicht des Vaters langsam zur Mutter herüberkroch und schließlich das ganze Auto erfüllte. Plötzlich war es in dem lustigen, grünen Auto grau und kalt geworden. Und obwohl sich ihr ein Traum erfüllt hatte - sie fuhr mit Papas für sie zuvor unerreichbarem Auto - fühlte sie sich wie in einer Falle. Es wunderte sie nicht, dass Mama weinte. Sie hätte auch gern geweint, aber die Tränen wollten nicht fließen.

„Ma, Paaaa ...", stotterte sie und wartete, dass Mama sie in den Arm nehmen und trösten würde, dass sie sagte, dass sich ein „kleines Unglück" ereignet habe, aber dass gleich alles wieder gut sein würde. Doch ihre Mama drehte den Kopf weg.

„Mama, Papilein ... ich habe getanzt ... Mami, Papa ... getanzt", sagte Myschka, konnte aber ihre Gedanken und Worte nicht ordnen. Sie waren so einfach, wollten ihr aber nicht über die Lippen gehen. Keines der Worte, das sie hörte und in Gedanken formte, konnte sie aussprechen. Immer entglitten sie ihr und verwandelten sich in unförmige Laute. Nur im Garten konnte sie sich selbst davon überzeugen, dass sie sprechen konnte. Die Schlange verstand sie. Die Bäume, die Blumen und alle Geschöpfe verstanden sie. Sie verstand sich selbst. Allerdings nur, nachdem sie einen Apfel gegessen hatte ... jedoch war der Apfel aus dem Supermarkt leider nicht solch ein Apfel gewesen. Sie öffnete den Mund, um noch etwas zu sagen - und schloss ihn sofort wieder.

Sie hat wieder getanzt. Getanzt in aller Öffentlichkeit, unter fremden Leuten mit ihren schrecklichen Bewegungen. Sie hat sich ausgezogen wie damals in der Vorhalle und hat vor aller Augen in die Hosen gemacht ... sie ist so schmutzig, stinkt und ich musste sagen, dass das meine Tochter ist, ging es Adam durch den Kopf. Er hatte genau das Wort „Paaa" verstanden. Er fuhr das Auto mechanisch, wütend, unglücklich, voller Trotz. Gleichzeitig und ohne es zu wollen überlegte er, warum Myschka unbedingt tanzen wollte. Sie glaubt, dass sie mit Hilfe des Tanzes aus ihrem Panzer herauskommt, dachte er. Sie will sich nur von ihrem unförmigen Körper befreien! Und: In ihr steckt ein anderes, ein unbekanntes Wesen.

Schnell vertrieb er diese Gedanken. Das heutige Ereignis zeigte deutlich, dass er Recht hatte, wenn er dieses Problem endgültig lösen wollte. Bis jetzt hatte er sich Mühe gegeben, Eva und Myschka den Lebensunterhalt abzusichern und sie nicht zu stören unter der Voraussetzung, dass sie ihn nicht störten. Aber gerade heute wurde sein guter Wille auf die Probe gestellt. Sie hatten ihn da mit reingezogen. Und wie! Seine Sekretärin hatte den Anruf von der Polizei entgegengenommen. Sicher weiß es schon das ganze Büro ... er musste zwei Ordnungshütern erklären ... „Ja, ja ... meine Frau ist eine gute Mutter ... nein, sie hat das behinderte Kind nicht weggegeben; das Kind ist für seine Umgebung nicht gefährlich, es könnte keinem was zuleide tun ... es hat die Verkäuferin gebissen ...? Hat es sich erschreckt? Das ist doch schließlich ein Kind und kein wildes Tier ... natürlich bezahle ich eine angemessene Summe zur Wiedergutmachung ... die Umstände müssen dazu geführt haben ... normalerweise verhält sich meine Tochter ruhig und die Frau passt auf sie auf ... ja, sie hat ein Zuhause und beide Eltern ... ich bin der Vater, natürlich ... nein, nein, das wird sich nicht wiederholen. Ich persönlich übernehme dafür die Garantie ..."

Er erklärte alles und spürte dabei die Blicke der fremden Menschen auf sich. Bittere, aufdringliche Blicke, die sich zu einem Strick zusammenfügten und ihn einschnürten.

„Hier ist meine Visitenkarte", sagte er zum Schluss und tat dann etwas, von dem er geschworen hätte, dass er dies niemals tun würde: Er haftete für Myschka mit seinem Namen. Das war so, als würde er sich endlich mit ihr abfinden.

Jetzt fuhren beide mit seinem Auto. Sie fuhren zum ersten Mal mit ihm seit dem Tag, an dem er sie - schweigend, eingeschnappt und wütend - vom Krankenhaus nach Hause gefahren hatte. Die kleine Myschka war damals ein zehn Tage alter Säugling. Ihr jetziges Aussehen und Verhalten, der Stand ihrer Entwicklung überstiegen seine schlimmsten Erwartungen. Und Eva, die er doch liebte, sie hatte noch immer die Möglichkeit, alles rückgängig zu machen, was sie getan hatte: Es reichte, das Kind in eine entsprechende Einrichtung zu geben. Dann könnten sie wieder ein Paar sein. Sie passten zueinander, liebten sich. Er fluchte halblaut, derb, vulgär, so, wie er es zuvor noch nie getan hatte.

Aus dem Augenwinkel sah er, dass Myschka ihre weinende Mama mit ihren dicken Ärmchen umarmt hielt. Wie es der Arzt vorher gesagt hatte, war sie dick geworden, sehr dick und sehr vernascht. Fast alle Kinder mit Down-Syndrom naschen gern und werden dick. Fast alle essen zu viel. Aus Angst, wie der Arzt gesagt hatte. Sie ziehen das Essen in die Länge, weil es sie beruhigt und ihnen für einen Moment das Gefühl von Sicherheit und Zufriedenheit verleiht.

„Nich wein ... nich wein ...", stammelte Myschka zur Mama.

„Ich weine nicht", antwortete Eva und schluchzte, umarmte ihre Tochter mit aller Kraft, sodass es weh tat. Myschka kannte das bereits.

Adam sagte kein Wort. Er stoppte das Auto vor dem Haus, sah nicht hin, als sie ausstiegen und fuhr sofort zurück.

Eva schluckte Tabletten und ging nervös durch die Wohnung. Dabei dachte sie an die Worte des Arztes: „Das ist ein besonders schwerer Grad von Down-Syndrom, das müssen Sie begreifen. Und da ist noch etwas. Etwas mit dem Gehirn. Ich habe schon Ihren Mann darüber informiert", sagte der Arzt mit routinierter Leichtigkeit.

„Wann?", wunderte sich Eva.

„Das ist schon lange her", beeilte sich der Arzt zu erklären. Er hatte Adam Diskretion versprochen. Im Gegenzug dafür erhielt er ein Honorar unabhängig von der routinemäßigen Behandlung. „Diese Kinder ziehen sich oft aus und machen in die Hosen. Vielleicht macht sie das mit Absicht?"

„Sie macht das nicht absichtlich", unterbrach Eva ihn.

Sie war sich sicher, dass sich Myschka nicht aus Wut, wegen der Nerven oder aus Angst auszog. Sie fühlte, dass sie das tat, um etwas auszudrücken. Nur wusste sie nicht, was ... und Myschka konnte es ihr nicht sagen.

„Das ist ganz sicher Aggressivität", sprach der Arzt. „Eine natürliche, manifestierte Aggressivität, typisch für behinderte Kinder. Ja und dann dieser dunkle Fleck im Hirn ... es hat keinen Sinn, dass wir den Schädel öffnen, um ihn näher zu untersuchen. Eine Operation würde den Zustand des Kindes nicht verbessern, vielleicht sogar sein Leben gefährden. Aber dieser dunkle Fleck drückt auf wichtige Teile des Gehirns und führt zu einer eher schwereren, untypischen Ausprägung des Down-Syndroms."

Myschka hatte sich bereits oft irgendwo ausgezogen. Eva fragte sich damals aber, ob sich das weiter wiederholen würde, vielleicht sogar in aller Öffentlichkeit, vielleicht in der Schule, falls das Kind jemals eine besuchen würde. Sie ahnte während des Gesprächs mit dem Arzt nicht, dass sich DAS einmal im Supermarkt ereignen würde.

„Sie kann das überall tun", antwortete der Arzt mitfühlend.

„Aber das vergeht, wenn sie älter wird?"

Der Arzt schüttelte den Kopf. „Bei dieser Behinderung, verehrte Dame, gehen wenige Symptome mit dem Alter weg. Eher kommen mehr dazu."

Als Eva jetzt die Tabletten schluckte, rief sie sich die Worte des Arztes ins Gedächtnis zurück, trank dann einen Kognak und lief und lief und lief ohne Sinn durch das ganze Haus: Durch die Vorhalle, die Küche, die Vorhalle, das Wohnzimmer, die Vorhalle, an den geschlossenen Türen des Arbeitszimmers vorbei, wieder durch die Vorhalle ...

„Paaaaa ... Paaaaa ... Maaaa, Paaa", sagte Myschka mit ihrer rauen, heiseren Stimme und folgte ihrer Mama bei deren sinnlosem Marsch. „Ach, zieh endlich ab mit deiner Stammelei!", schrie Eva hysterisch, rannte davon und knallte die Tür des Wohnzimmers hinter sich zu.

Myschka ließ sich in der Vorhalle nieder und nahm die nackte Barbie in die Arme. Sie drehte ihr die Arme und Beine heraus, zerzauste ihre Frisur. Dann begann sie, die Puppe gegen die Wand zu schlagen, kräftig, immer kräftiger - aber die Barbie ging nicht kaputt. Myschka warf sie zurück auf den Fußboden und begann sich zu schaukeln, nach vorn, nach hinten.

Und es wurde Abend des siebten Tages. Des Tages, an dem nicht gearbeitet wird.

Eva merkte nicht einmal, dass Adam wegfuhr. Sie kehrte in ihren täglichen Rhythmus mit Myschka zurück und akzeptierte das. So ging Eva in die Küche, um Frühstück zu machen, wenn andere bereits Mittag aßen. Adam war um die Zeit längst in der Firma. Schon vor Myschkas Geburtstag verlängerte sich sein Arbeitstag um mehrere Stunden, was Eva verstand. Er verdiente das Geld für den Bau und die Einrichtung ihres Hauses. Er verdiente auch für Myschkas Versicherung und hatte schon drei Tage nach der Geburt der Tochter die dafür notwendigen Papiere unterschrieben, sodass ihr Kind abgesichert war fürs Leben. Die Police sollte das Studium des Mädchens absichern, ein Studium auf der besten Universität in Europa. Oder in den USA? Warum nicht Harvard oder Yale?

„Selbst wenn meine Geschäfte schlecht gehen oder es mir plötzlich an Geld fehlt, garantiert die Lebensversicherung unserem Kind ein gutes Leben", erklärte er Eva, die nicht protestierte und die ihre Bedenken für sich behielt. Sie kannte seine Obsessionen, seine empfindlichen Stellen, seine Vor- und Nachteile. Und seine nächtlichen Ängste. Auch die schlimmste unter ihnen: dass das Kind Waise werden könnte.

Als Adam fünf Jahre alt war, starben seine Eltern bei einem Autounfall. Er wuchs heran unter dem wachsamen Auge der Großmutter und lernte alles vorherzusehen, was kommen könnte. Er schloss selbst die schlimmsten Möglichkeiten - ja vor allem diese - in seine Überlegungen ein. Eva erschienen sie weit weg, unreal, ihm aber wahrscheinlich. Ein Unfall, ein plötzlicher Tod, der finanzielle Ruin ... nur dass sein Kind behindert sein könnte, das sah er nicht voraus.

Eva dachte sich, dass in seiner Lebensplanung - in der er zig Varianten durchgespielt hatte und ihn eigentlich nichts mehr überraschen konnte - die Geburt Myschkas gleichbedeutend war mit der Entstehung von Chaos. Es war in etwa so wie das Eintreffen eines Tornados in einer Gegend, in der es so etwas eigentlich nicht gab. Myschka war ein „Aktivator X", der durcheinander warf, was in Ordnung war. Myschka war der „Außerirdische" in den Science-Fiction-Filmen.

Eva verstand Adam zu ihrer eigenen Verwunderung. Ihr ging nur der Alltag flöten, ihm aber zerbrach eine ganze Welt.

Er musste allein damit zurechtkommen und sie wusste nicht, wie er das machte. Wenn sie sich in ihrem großen Haus trafen - was ausgesprochen selten geschah - wechselten sie einige nichtssagende Worte oder liefen schweigend aneinander vorbei. Eva fragte gleichgültig, ob in der Firma alles in Ordnung sei. Er nickte ebenfalls gleichgültig und revanchierte sich mit der Frage, ob ihr und Myschka auch nichts fehlte. Geld? Vielleicht sollte er etwas aus der Stadt mitbringen? Ob im Haus alles funktionierte? Vielleicht brauchte sie einen Wasserinstallateur? Einen Elektriker? Vielleicht sollte er jemanden bestellen, der sich um den Rasen kümmerte?

Beide umgingen in diesen Gesprächen Myschka, obwohl sie viele Male währenddessen zu ihren Füßen krabbelte.

Er hätte fragen können, warum sie das erst in einem Alter von vier Jahren konnte, dachte Eva und war dazu geneigt, ihr Wissen, das sie aus den Fachbüchern hatte, mit ihm zu teilen. Aber er brauchte dieses Wissen nicht. Und sie wusste, dass er genauso mit ihr umging wie sie mit ihm.

Als Myschka mit fünf Jahren anfing, sich auf die eigenen Beine zu stellen und sich an den Möbeln oder am Knauf der Schubladen festhielt, die dann manchmal mit einem großen Ruck zu Boden stürzten, weil sie zu kräftig daran gezogen hatte, wich ihr Adam immer mehr aus. Manchmal erreichte er dabei fast sportliche Höchstleistungen, nur um sie auf keinen Fall berühren zu müssen. Eines Abends stieß sich Myschka die Nase, weil ihre Hand ins Leere traf. Sie wollte sich an seinem Bein festhalten. Aber das war plötzlich nicht mehr an seinem Platz, sondern genau daneben. Als Eva die Tochter tröstete und ihr Eis auf die Nase zum Kühlen legte, um einen Bluterguss zu verhindern, war Adam schon nicht mehr in der Küche.

Seither wurden ihre Zusammentreffen immer seltener. Es schien, dass es Adam ein Graus war, mit dem Kind zusammen zu sein, das seine Abneigung offensichtlich nicht spürte. Er wollte dieses Kind nicht sehen, nicht berühren, wollte sein Brabbeln nicht hören. Eva sah von der Couch aus, die einstmals ein teefarbenes Rosa hatte, jetzt aber mit Kaffee-, Soßen- und Weinflecken und Dreck von Myschkas schmutzigen Händen übersät war, wie Adams Schatten hastig durch die Vorhalle huschte. Er ging in sein Arbeitszimmer, das seine Festung geworden war, oder zur Haustür. Mit der Zeit hörte Eva auf, darauf zu achten, wenn er einen guten Tag wünschte oder auf Wiedersehen sagte. Schließlich war er gut erzogen. Jedoch erstickte das laut gestellte Radio oder der Fernseher seine Stimme. Das Radio übertönte auch Myschkas Laute, die sie von sich gab, wenn sie auf dem Fußboden spielte. Manchmal spürte Eva, was Myschka damit sagen wollte. Oft aber schenkte sie ihnen keine Beachtung, wusste sie doch nur zu genau, dass diese bei ihr selbst zu heftigen Gefühlsausbrüchen führten: Liebe oder Wut.

Jede Woche lag Geld auf dem Tisch in der Küche. Adam legte es dorthin und es war immer mehr, als nötig gewesen wäre. Dennoch fand sich eines Tages kein Geld zur gegebenen Zeit auf dem Tisch. Eva war für einen Moment verwundert. Doch am nächsten Tag ging der Wasserhahn im Bad kaputt. Wieder einmal war Myschka daran schuld. So blieb Eva nichts anderes übrig, als die alten Kalender durchzublättern, in denen sie Telefonnummern notiert hatte. Sie wusste, dass sich darin die Nummer eines Installateurs befand. Leider war der jedoch schon längst umgezogen und nicht mehr unter der alten Adresse auffindbar. Das Telefonbuch war verschwunden, so wie wichtige Dinge immer zu verschwinden pflegten. Vielleicht hatte es Adam bei sich eingeschlossen? Und das Wasser floss immer stärker aus dem kaputten Hahn.

Eva war gezwungen, ihren Mann in der Firma anzurufen. Sie sagte ihren Namen nicht, weil sie meinte, die Sekretärin kenne ihre Stimme. Dass es nicht dieselbe Sekretärin sein könnte, mit der sie vor längerer Zeit telefoniert hatte, daran dachte sie nicht.

„Der Geschäftsführer ist in einer privaten Angelegenheit unterwegs. Er hat einige Tage Urlaub genommen. Soll ich ihm etwas ausrichten? Waren Sie mit ihm verabredet?", fragte die Vorzimmerdame melodisch, aber mit unpersönlicher Altstimme.

Woher kriegen wir jetzt einen Wasserinstallateur, dachte sie ratlos. Dass Adam jetzt Geschäftsführer war, fiel ihr erst danach auf.

Er wollte immer Geschäftsführer in der Firma sein, die er gemeinsam mit Kollegen gegründet und die sich von Anfang an prächtig entwickelt hatte. Nach der Fusion mit einer anderen Firma, einer westlichen, war sie geradezu ein vorbildliches Unternehmen geworden.

Abgereist? Interessant wäre - wohin und mit wem? Das war ihr dritter Gedankengang. Aber auch das war ihr gleichgültig. Jetzt war der Installateur das Wichtigste.

Das Telefonbuch fand sich in der Küche; natürlich lag es auf einem Platz, an dem sie es sofort hätte sehen müssen: auf dem Buffet. Als Eva darin blätterte, dachte sie flüchtig daran, dass sie zu dritt verreisen könnten, wenn Myschka anders wäre. Adam liebte das Beste vom Besten, eine Folge der armen Kindheit, glaubte sie, sodass er bestimmt in die Karibik, nach Bali, auf Hawaii, die Seychellen oder nach Afrika reisen würde. Vielleicht ist er jetzt in Afrika und schaut sich die rosa Flamingos an, dachte sie gleichgültig.

Rosa Flamingos hatte sie sich vor einigen Tagen mit Myschka im Fernsehen angeschaut. Sofort vergaß sie den Handwerker und dachte an die rosa Feder, die sie auf dem Boden gefunden hatten. Sie musste in der Küche liegen. Dort, wo das Telefonbuch lag. Aber sie war verschwunden. Und ganz sicher war sie gar nicht rosa.

*

Adam war ganz in der Nähe. Ungefähr fünfunddreißig Kilometer waren es bis nach Hause. Er hielt an und breitete die Landkarte aus. Adam wusste die Adresse aus dem Kopf, überwies er doch jeden Monat eine bestimmte Summe hierher. Eigentlich ja nicht er selbst, sondern die Sekretärin. Hier gewesen war er noch nie.

Die Gegend war ruhig, die Landschaft nicht von ausgesprochener Schönheit, aber auch nicht hässlich. Das Haus stand zwischen Bäumen in einem kleinen Park. Adams Großmutter wohnte hier. Er bezahlte für den Platz, sicherte ihr großzügigen Komfort, den schon der Name der Einrichtung garantierte: „Schöner Herbst". Wann war Oma eigentlich hierher umgezogen?

Ja wann war das eigentlich, überlegte er, konnte sich aber nicht genau erinnern. Vor drei Jahren? Vor fünf? Er war bereit, den Zeitabschnitt zu akzeptieren, aber sein Gewissen protestierte: Du hast sie hier abgegeben, als du dein Haus gebaut hast.

Also vor neun Jahren. Vor neun Jahren ...?! Unwillkürlich knüllten seine Hände die Karte zusammen, breiteten sie aber augenblicklich wieder aus, strichen sie sorgfältig wieder glatt, falteten sie zusammen und legten sie in das Handschuhfach. Vor neun Jahren war das und ich habe sie nicht ein einziges Mal besucht, wunderte er sich ehrlich über sich selbst.

Sie hatten Oma in gegenseitigem Einvernehmen hier untergebracht, als er mit dem Hausbau begann. Die Firma und der Bau fraßen ihn auf. Eva arbeitete damals für einen ausländischen Konzern und hatte gute Chancen auf eine Beförderung. Nach früheren Erlebnissen mit der eigenen Großmutter, die an Alzheimer erkrankt war, reagierte sie genervt auf das Benehmen der Alten. Alles kam ihr vor wie der Anfang einer schrecklichen Krankheit. Doch obwohl sie keine Zeit hatte, wollte sie mit Oma spazierengehen und sie bei sich zu Hause haben. Gleichzeitig hatte sie aber Angst, der alten Frau die Schlüssel zu überlassen, rief sie mehrmals täglich an und fragte, ob sie auch wirklich das Gas ausgedreht hatte.

Eines Tages, als Adam gerade mit dem Projektanten Einzelheiten des Hauses besprach und Eva mit ihrem Chef eine japanische Delegation betreute, hatte Großmutter den Gashahn wirklich nicht zugedreht. Die Explosion zerstörte die Küche. Oma trug keine größeren Verletzungen davon, da sie gerade mit einer Nachbarin ein Schwätzchen im Hausflur gehalten hatte.

„Das hat keinen Sinn", sagte Adam damals. „Du verlierst die Arbeit, ich stecke Geld ins Haus, kann aber gar nicht darauf achten, dass es so wird, wie ich es mir erträumt habe. Und das alles nur, weil Großmutter pausenlos Pflege braucht! Dafür gibt es doch Einrichtungen, fast so gut wie ein Sanatorium, in denen sie einfach sicher aufgehoben sein wird."

„Geben wir sie für die Zeit des Hausbaus dorthin", erklärte sich Eva einverstanden.

Die Großmutter, mal mehr und mal weniger gedanklich klar, willigte ebenfalls ein.

„Im neuen Haus wartet auf dich dein eigenes Zimmer", versprach Adam.

Eva brachte Oma weg und besuchte sie noch zwei-, dreimal. Er war nie dabei gewesen, weswegen er jetzt nicht in der Lage war, allein hierher zu finden. Eva war es auch gewesen, die fragte, wann sie Oma zurückholen würden. Er aber antwortete, dass dazu noch Zeit sei, dass ihr die professionelle Pflege sicher gut täte - dazu die Ruhe des Parks ringsherum, von dem Eva erzählt hatte, die regelmäßigen Mahlzeiten nach den Grundsätzen gesunder Ernährung, die zu ihrem Alter passende Gesellschaft ... Adam scherzte sogar, dass die Oma einen attraktiven Rentner kennenlernen und ein zweites Mal heiraten könnte.

Dann vollendeten sie mit den besten Fachleuten ihr Traumhaus. Als sie über die Schwelle gingen hob Adam Eva auf seine Arme, als hätten sie noch einmal geheiratet. Ein Windglöckchen begleitete melodisch ihre Schritte. Sie trugen es überallhin, weil sie glaubten, es bringe ihnen Glück. Das harmonische, angenehme Läuten gab ihnen das Gefühl von Geborgenheit.

Als sie die Einrichtung planten, vergaßen sie jedoch das Zimmer für die Großmutter und begannen stattdessen, über ein Kinderzimmer zu sprechen. Dann kam Myschka zur Welt.

Wegen Myschka musste Großmutter neun Jahre hier bleiben, dachte Adam rachsüchtig. Wegen Myschka habe ich sie vergessen.

Adam hatte nach dem Weg gefragt, als er durch das unbekannte Städtchen fuhr. Nun stand er vor dem Eingangstor des Parks. Er hatte keinen Mut weiterzufahren.

Neun Jahre, dachte er und verstand nicht, wie so viel Zeit vergehen konnte, ohne es zu bemerken. Vielleicht habe ich sie nicht genug geliebt, schoss es ihm für einen Moment durch den Kopf. Aber sein Gedächtnis schickte ihm kurze, ruckartige Bilder aus seiner Kindheit, aus der Schulzeit und der Jugend.

Nein, er liebte die Großmutter nicht. Seine Eltern hatten ihn mit ihr allein gelassen. Er betete, dass Gott sie zu sich holte und ihm die Eltern zurückgab. Es erschien ihm als eine schreckliche Ungerechtigkeit! Sie war doch alt, aber Mutter und Vater waren jung und schön. So jedenfalls erinnerte er sich an sie, sofern sich ein Fünfjähriger erinnern konnte. Er war überzeugt, dass Gott diesen schrecklichen Tag ungeschehen machen oder wenigstens ein wenig ändern könnte, an dem seine Eltern zusammen mit dem großen Hund ins Auto gestiegen und nicht zurückgekehrt waren. Weder Mama noch der Vater noch der Hund. Braun ... der Hund war braun. Zottelig? Auf jeden Fall ganz schön groß, kramte er in seinem Gedächtnis.

Anfangs hasste er also die Großmutter dafür, dass sie lebte, die Eltern aber tot waren. Dann hasste er sie dafür, dass sie ihn zum Lernen zwang, obwohl er die Schule nicht mochte. In der Schule wurde immer nach den Eltern gefragt, als was sie arbeiteten und wie sie seien.

„Ich habe keine Eltern", antwortete er und wechselte so oft die Schule, bis er begriff, dass die beste Schule diejenige war, in der niemand mehr fragte, weil sie bereits alles wussten. Aber auch dann liebte er die Schule nicht, bestand jedoch wie durch ein Wunder das Abitur.

Vor seinen Augen liefen die Erinnerungen wie ein Film ab: Er, acht Jahre alt, zu groß für sein Alter, steht vor der Großmutter mit geballten Fäusten und schreit: „Hast du es wieder geschafft! Hast du wieder darauf angespielt, dass ich eine Waise bin?!" Die Großmutter tat, als suche sie etwas in der Schublade und sagte nichts.

Was geht die Lehrer an, dass ich Waise bin, dachte er. Sicher tat sie das, weil er so schlecht lernte. Immer wenn er schon fast von der Schule fliegen sollte oder man ihn sitzen bleiben ließ, was einmal passierte, zog die alte Dame ihren besten schwarzen Mantel an und setzte den Hut auf. Er mochte das nicht, erinnerte es ihn doch daran, dass sie nach all diesen Jahren noch immer wegen ihrer einzigen Tochter, seiner Mutter, Trauer trug. Sie ging zur Schule zu irgendeinem geheimen Gespräch. Danach bekam er zwar ein erbärmliches Zeugnis, aber er erreichte die nächste Klassenstufe. Beim Abitur sagte ihm der Mathematiklehrer das fehlende Ergebnis vor und die Lehrerin, die ihn in seiner Muttersprache unterrichtete, brachte ihn auf die Idee für seinen Aufsatz.

„Du hast mich von Klassenstufe zu Klassenstufe getrieben und durchs Abitur, mich, die Waise ohne Vater und Mutter, ja?", spottete er, während sie sein Abschlusszeugnis sorgfältig in die Schublade legte.

Also hasste er sie dafür, dass sie seinen Protest nicht zuließ. Den Protest gegen alles, die Schule eingeschlossen. Danach tat er drei Jahre lang demonstrativ nichts. Von dem Geld, das er ihr aus den Taschen zog, trieb er sich in Cafés herum. Er gesellte sich zu einer Gruppe von Hippies und kaufte von dem Geld, das er für Kleinigkeiten bekam, die er zu Hause gestohlen hatte, Drogen. Aber er wurde nicht abhängig. War ich dafür zu bequem und zu feige? Oder im Gegenteil: zu vernünftig und zu klug? Er sinnierte darüber, ohne zu einem Ergebnis zu kommen. Sie, diese schmale, elegante alte Dame, einen Kopf kleiner als er, ließ es nicht zu, dass er völlig verrückt spielte. Einmal schlug sie ihn ins Gesicht und er schlug zurück. Sie stürzte und brach sich die Hand. Als sie infolgedessen einen Gips trug, sprach sie kein Wort mit ihm. Sie schaute ihn nur an, während er seine Papiere fürs Studium fertig machte und so tat, als sähe er ihre Begeisterung nicht.

Jetzt hatte er Angst, mit dem Auto in den Park zu fahren, das Haus zu finden, in dem die alte Frau wohnte. Vielleicht lebt sie schon nicht mehr, drängte sich krampfhaft ein Gedanke auf, obwohl er sofort erkannte, dass er das doch wissen müsste. Er sorgte jede Woche für ihren Aufenthalt, indem er die Rechnungen beglich. Dafür erhielt er schriftlich Quittungen. Der Gedanke an ihren Tod versprach Rettung davor, ihr von Angesicht zu Angesicht gegenüberstehen zu müssen. Denn was werde ich ihr sagen, fragte er sich, warum ich so viele Jahre nicht bei ihr war?

Warum war ich so lange Jahre nicht bei ihr? Ich weiß nicht ... aber jetzt bin ich ja da. Und nehme sie auf dem Rückweg mit nach Hause, dachte er, um sich in der nächsten Sekunde daran zu erinnern, dass es das Haus, in das er ihr versprochen hatte, sie mitzunehmen, nicht gab.

„Ich werde Eva die Alte nicht zumuten, dann hätte sie zwei auf dem Hals ... zwei Behinderte", sagte er sich nüchtern und dachte erst jetzt darüber nach, ob es überhaupt sinnvoll gewesen war, hierher gefahren zu sein.

Er war gekommen, um sie zu fragen, ob es in ihrer Familie Fälle von geistiger Behinderung gegeben hatte. Oder irgendwelche Spuren anderer Nerven- oder psychischer Krankheiten. Er war gekommen, um sich zu versichern, dass er selbst sauber war.

Sie wird sich einfach nicht daran erinnern. So wie sie sich vor neun Jahren nicht daran erinnert hatte, dass man das Gas abdreht. Meine Frau nannte sie mal Eva, ein anderes Mal sagte sie Marysia, den Namen meiner Mutter ... mich rief sie mal Adam, dann wieder Janek. Interessant zu wissen, ob der Name zu meinem Vater passte, überlegte er, um sich dann sofort selbst die Antwort zu geben: Namen passen immer nur zu den Toten, weil man schon nicht mehr prüfen kann, ob sie einst auch den Lebenden zu Gesicht standen.

Mutter, Vater ... er vermied, sie mit Mutti und Vati zu bezeichnen. Und konnte sich nicht mehr daran erinnern, ob er sie jemals so genannt hatte. Etwas würgte in seinem Hals, aber er beherrschte sich. Dann fuhr er mit dem Auto durch das Tor.

„Ist etwas passiert?", fragte unsicher die elegante Dame an der Rezeption, als er seinen und dann den Namen seiner Großmutter sagte. Das Haus erinnerte mehr an ein Sanatorium als an ein Seniorenheim.

Er wusste nicht, was er antworten sollte. War es doch eigentlich an ihm zu erfahren, ob der achtzigjährigen Dame nichts passiert sei, ob sie krank sei und ob es ihr im Allgemeinen gut gehe. Dann gestand er sich ein, dass es schließlich sein erster Besuch hier war. Die Frau musste sich im dicken Patientenbuch versichern. Sie sah es gründlich durch, voll Verwunderung und Unsicherheit.

Wozu bist du hierher gekommen?, schien sie ihn mit kaltem Blick zu fragen. Willst du wissen, wie lange sie noch lebt? Wie lange du noch bezahlen musst? Vielleicht geht es dir um das Erbe?

„Ich bin sehr zufrieden mit der Pflege der Großmutter hier. Ich war im Ausland. Es freut mich, dass ich mir um Oma keine Sorgen machen musste", sagte er nach kurzem Nachdenken.

„Das ist eine Einrichtung von hohem Niveau", antwortete die Frau an der Rezeption, so, als wolle sie ihn überzeugen, die Großmutter dazulassen. Als ob sie dachte, dass er eine andere Idee hätte, was er mit ihr tun könnte.

„In welchem Zustand ist sie?", fragte er sachlich, weil ihm plötzlich einfiel, dass er sich vor dieser Frau nicht rechtfertigen musste. Er bezahlte zu viel, um sich erklären zu müssen. Sie verdienten durch ihn zu gut, um sich selbst das Recht herausnehmen zu dürfen, über ihn zu urteilen.

„Alle unsere Patienten sind in einem sehr guten Zustand", antwortete die Frau mit Nachdruck.

„Das habe ich mir gedacht. Ich frage mich, ob man mit ihr reden kann. Ob sie versteht, was man zu ihr sagt. Erkennt sie ...", unterbrach er sich an dieser Stelle. Sie aber antwortete: „... das Personal? Ja, erkennt sie. Macht selten einen Fehler", lächelte sie und fügte liebevoll hinzu: „Eine süße Alte ..."

Alle sind süß für so viel Geld, dachte er wütend, aber zugleich mit Erleichterung. Großmutter war nie eine süße Alte gewesen. Also musste sie sehr alt sein, wenn sie es jetzt war. So alt, dass sie sich sicher nicht an sein Versprechen, sie mit nach Hause zu nehmen, erinnern konnte.

Er ging der Krankenschwester den hellen Korridor mit dem bunten Fußweg und den lustigen Bildern an der Wand hinterher. Alles war hier außergewöhnlich fröhlich. Wie für Kinder.

Bevor er die Türklinke herunterdrückte, schlug sein Herz wie das eines Spatzen, den man in einen zu kleinen Käfig eingesperrt hatte. Einmal hatte er einen solchen grauen, kleinen Vogel gesehen und ihm geholfen wegzufliegen, indem er die frischen Zweige auseinander gebogen hatte. Er spürte Angst, der Großmutter Auge in Auge gegenüberzutreten, so wie damals, als er noch ein Teenager gewesen war, die Schule geschwänzt, schlecht gelernt und geraucht hatte.

Die alte Frau saß unbeweglich im Sessel am Fenster. Sie blickte hinaus und als sie das Quietschen der Tür hörte, drehte sie sich um. Aber bevor sie sich umdrehte, erkannte er ihren geraden Rücken. So war sie immer gewesen: ärmlich angezogen, aber voller Zufriedenheit. Jetzt blickte sie ihn an. Zunächst erschien es ihm, als würde sie die Augen aufreißen, dann erinnerte er sich aber daran, dass sie schon immer runde Kinderaugen gehabt hatte, die aussahen, als wunderte sie sich. Er ging zu ihr, überlegte, was er tun sollte: Sie umarmen? Früher hatte er das so gemacht. Oder ihr den Kopf auf den Schoß legen und weinen?

Warum habe ich das nie getan? Warum habe ich nie mit ihr gekuschelt, da ich doch sonst niemanden hatte? Warum habe ich sie nie in die Arme genommen? Sie ist die einzige Person, der ich jetzt anvertrauen könnte, wie sehr ich leide, dachte er.

„Oma ...", begann er unsicher und stand steif da in einem Abstand von zwei Metern zum Sessel. Sie aber schaute ihn immer noch mit weit aufgerissenen Augen an.

„Kenne ich Sie?"

Ihre Stimme zitterte. Aber in ihr klang noch immer der Ton einstiger Sicherheit mit. Und Eleganz, die sie in sich trug und die unwillkürlich von ihr ausging. Die Armut, in die sie geraten war, hatte erst nach dem Tod der Eltern begonnen. Sie hatte verstanden, mit ihr zu leben, ohne die Etikette der höheren gesellschaftlichen Schicht aufzugeben. Ganze Wochen hatten sie zum Brot den billigsten Käse gegessen. Trotzdem hatte sie ihm beigebracht, dass man die Stullen nicht mit beiden Händen festhielt und kleine elegante Schnitten abgeschnitten. Sie hatte Haltung bewahrt, dachte er. Und sie brachte mir das Gleiche bei.

„Oma, ich bin's ... Adam."

Die Alte lächelte ... Schon wollte er das Lächeln erwidern, da hörte er ihr höfliches, aber entschlossenes Wort: „Sie sind nicht Adam. Adam ist tot."

Für einen Moment hörte er auf zu atmen und erst sein luftentleertes Gehirn sagte ihm, dass er Luft holen musste.

„Aber hier bin ich!", entrüstete er sich. Sie wiederholte jedoch: „Adam ist seit vierzig Jahren tot."

„Oma ...", begann er noch einmal, sie hingegen unterbrach ihn mit derselben, gut bekannten Überlegenheit: „Ich bin nicht Ihre Großmutter. Und ich mag es gar nicht, wenn ein Fremder mich so nennt. Selbst den Schwestern gestatte ich das nicht, obwohl die gern so mit den Patienten reden. Sie glauben, es täte uns gut."

„Ich bin dein Enkel, Adam", sagte er langsam, aber mit Nachdruck. „Ja, es ist wahr, dass ich fünf Jahre nicht hier war", log er unwillkürlich, verbesserte sich jedoch sofort unter dem Einfluss ihres Blickes: „Neun. Also habe ich mich vielleicht verändert und sicher erinnerst du dich nicht an mich, aber ..."

Sie unterbrach ihn kalt mit der gleichen Überlegenheit: „Also gut, ich hatte zwei Enkel, Adam und Janek. Der erste kam um, als er noch ein Kind war. Der zweite ging ins Ausland und kehrte nicht zurück. Bitte wecken Sie keine Geister. Und gehen Sie mir nicht auf die Nerven. Gehen Sie bitte. Ich kenne Sie nicht."

Er stand da und überlegte, was zu tun sei. Dann drehte er sich um und ging hinaus - ihm war plötzlich klar, dass die Schwester sich auf tragische Weise geirrt haben musste. Das war nicht das richtige Zimmer. Das war nicht die richtige Großmutter. Er hatte Oma neun Jahre lang nicht gesehen und hielt eine fremde Frau für seine Großmutter. Er hatte sie völlig verwirrt. Und indirekt musste er zugeben, dass er sich nicht an sie erinnern konnte. Ja, diese Frau war ihr nicht ähnlich, jedenfalls bis zu einem bestimmten Punkt nicht. Oma war schmal, aber schwerer. Und größer. Im Sessel aber saß eine zierliche und magere, alte Frau. Und sie war wohl jünger als achtzig Jahre.

„Die Schwester hat mich zum falschen Zimmer geführt", sagte er an der Rezeption.

„Unmöglich", antwortete die Frau. „Ich prüfe das sofort."

Eine laute Klingel rief erneut nach der Krankenschwester. „Sie irren sich", sagte sie mit akzentuierter Sicherheit. „Unsere Patienten tragen die gleichen Nummern wie ihre Zimmer, eben darum, damit wir sie nicht verwechseln."

„Bitte prüfen Sie noch einmal den Namen", forderte er. Die Frau an der Rezeption blätterte das dicke Buch durch. „Die Zimmernummer und der Name sind richtig."

„Möglicherweise hat sie mit jemandem das Zimmer getauscht", wandte er leise ein, obwohl er sich immer mehr aufregte.

„Das ist nicht möglich. Das müssten wir wissen", gab die Frau zurück.

„Aber die Person, zu der Sie mich gebracht haben, erkennt mich überhaupt nicht!", rief er ärgerlich.

Beide Frauen schauten ihn aufmerksam an, die eine prüfend, die andere mit sichtlicher Ironie. Letztere reagierte als erste: „Wann waren Sie denn das letzte Mal hier?"

Er biss die Zähne zusammen und hatte nicht vor, sich vor ihnen zu rechtfertigen. Besonders nicht vor einer Fremden, der er eine nicht geringe Summe zahlte.

„Die alte Dame, zu der Sie mich geführt haben, hatte zwei Enkel. Meine Großmutter hatte nur mich. Im Fall dieser Frau lebt ein Enkel nicht mehr, der andere ist ins Ausland gegangen. Ich stehe, wie Sie sehen, hier gesund und munter vor Ihnen und ins Ausland reise ich gewöhnlich nur für kurze Zeit."

Die Frau starrte mal schweigend in das Buch, mal zu Adam. „Hier steht, dass nicht Sie, sondern eine Verwandte Ihre Großmutter gebracht hat. Frau Eva ...?

„Meine Frau", unterbrach er.

„Zudem war sie die letzte Person, die die alte Frau gesehen hat. Sie kam einige Male zu Besuch. Das ist ein paar Jahre her, aber immer ... Sie waren nie hier und alte Leute vergessen schnell. Es wäre besser gewesen, wenn Ihre Frau gekommen wäre. Sie würde Oma sicher erkennen."

„Aber die Sache mit den beiden Enkeln ... wundert Sie das nicht?", wurde Adam aggressiv. Aber die Frau unterbrach ihn, dieses Mal mit unverhohlener Kälte:

„Mich wundert nichts bei unseren Bewohnern. Viele von ihnen leiden an sklerotischen Veränderungen. Andere fühlen sich einsam und verlassen, also denken sie sich Gründe aus, warum ihre Familien sie nicht besuchen. Wieder andere schaffen es, sich selbst Familien auszudenken. Dann geht es ihnen besser."

Adam schwieg. Mit Mühe presste er gleichgültig klingende Abschiedsworte heraus. Er hatte Lust, die Frau an der Rezeption eine Faulenzerin zu nennen, aber er beherrschte sich. Ihm war bewusst, dass ihm das mehr schaden würde als ihr.

Er stieg in sein Auto und dachte daran, mit Eva hierher zurückzukommen. Aber eigentlich wollte er nicht einmal mit ihr darüber reden. Er wollte sie auch nicht von der Tochter fortreißen. Eva verbrachte mit ihr jeden Augenblick, wie eine Sklavin, dachte er, und er konnte - und wollte - nicht mit beiden hierher fahren: mit Eva und Myschka.

Die Frauen hier würden zu dem Schluss kommen, dass unsere ganze Familie behindert sei, dachte er mit bitterer Ironie. Ich, weil ich Oma nicht erkenne. Die Großmutter, weil sie sich an mich nicht erinnern kann. Mich und Eva deswegen, weil wir ein behindertes Kind gezeugt haben. Wir haben es in den Genen ...

Plötzlich spürte er ein dringendes Verlangen danach, in das Krankenhaus zu fahren, in das man seine Eltern nach dem Unfall gebracht hatte. Nur um sich zu vergewissern, dass sie wirklich nicht mehr lebten. Seine Oma hatte ihn nicht mitgenommen dorthin, obwohl er lange deswegen Theater gemacht hatte. Als er dann erwachsen geworden war, hatte er den Ort nicht mehr sehen wollen und er war auch nie dort gewesen. Aber er erinnerte sich bis heute an den Namen. Vielleicht haben sie eine Obduktion veranlasst, Blutproben genommen, fragte er sich jetzt. Vielleicht gibt es irgendeine Spur in den Krankenakten, auch wenn schon so viele Jahre vergangen sind? Einer von ihnen starb am Unfallort, der andere lebte noch eine gewisse Zeit, wie Großmutter gesagt hatte. Wie lange? Einen Tag? Zwei? Möglicherweise hat der Arzt Notizen von einem Gespräch gemacht. Vor den Operationen und bevor Medikamente verordnet werden, fragen die Ärzte nach Krankheiten, die man gehabt hat.

Er wollte unbedingt Sicherheit haben, dass Evas Gene schuld waren an Myschkas Behinderung.

Und dann lassen wir uns scheiden, beschloss er. Denn ich will einen Sohn haben. Ein normales Kind. Schließlich arbeite ich doch, um Erfolg zu haben. Um jemandem das alles zu hinterlassen ...

Evas Gene sind schuld. Ja. Er fuhr hierher in dieses Haus, um sich davon zu überzeugen. Nur darüber wollte er sich mit der fremden Frau unterhalten, die vielleicht einmal seine Großmutter gewesen war, sich nun aber Unsinn ausdachte und sich nicht erinnern wollte.

Aber das war jetzt nicht wichtig. Er wusste, was ihn bedrückte - es war die Unfähigkeit, Beschlüsse zu fassen. Obwohl er gerade einen gefasst hatte. Er fühlte Erleichterung darüber. Eines war jedoch klar: Er würde sich scheiden lassen, aber vorher seine genetische Sauberkeit nachweisen.

Warum wurde ich im 20. Jahrhundert geboren, warum nicht erst jetzt, zu Beginn des 21. Jahrhunderts, in dem der Mensch die Gene beherrscht! In dem der Mensch schon bald nicht mehr von den Genen abhängig ist, sondern sie von ihm, dachte er frustriert. Schon in fünf oder zehn Jahren wird jeder Mann, bevor er heiratet, die Gene seiner Frau prüfen können.

Bevor er ein Kind zeugt, wird er sich versichern, welche Gene es haben wird, sind doch Aussehen, die geistige Entwicklung und der Charakter davon abhängig. Tragödien sind ausgeschlossen, unpassende Beziehungen und behinderte Kinder ebenso ...

Er stieg ins Auto und raste mit viel zu hoher Geschwindigkeit zu dem Ort, den er mit einem winzigen Punkt auf der Landkarte gekennzeichnet hatte und an dem das Leben seiner Eltern zu Ende gegangen war. Früher, als er noch ein Kind gewesen war, hatte er manchmal stundenlang auf diesen Punkt geschaut. Kaum größer als ein Tropfen. Das war keine Stadt, nicht einmal ein Städtchen, das war ein Kaff.

Was haben sie dort gemacht, fragte er sich nicht zum ersten Mal. Das ist doch fast am anderen Ende des Landes ... was haben sie dort gesucht? Dazu noch mit dem Hund ... sind sie in die Ferien gefahren und haben mich bei Oma zurückgelassen? Vielleicht war ich ein ungewolltes Kind und weiß davon nichts?

Ungewollt wie meine Tochter ..., kam ihm ein beunruhigender Gedanke, den er sofort wieder vertrieb. Er erinnerte sich daran, dass ihn seine Eltern geliebt hatten. Das vergisst man nicht. Aber man vergisst auch nicht, verlassen zu werden, hörte er es flüstern, konzentrierte sich aber sofort wieder auf das Autofahren.

Er übernachtete unterwegs in einem ärmlichen Hotel. In der Nacht träumte er von Myschka. Sie tanzte. Leicht, gewandt, schön. Sie tanzte in einem großen Garten voller Sonne. Dabei rief sie: „Papa! Papi! Guck mal!“

Ihr Rufen weckte ihn. Bis zum Morgen konnte er nicht mehr weiterschlafen und wälzte sich auf dem harten Hotelbett hin und her, schweißgebadet, wütend, entschlossen.

*

Nach den Vorkommnissen im Supermarkt rief Eva zum ersten Mal Anna an. Seit acht Jahren hielten sie sporadisch einen eher offiziellen Kontakt. Manchmal rief Anna an. Anfangs einmal im Monat, dann immer seltener. Sie erkundigte sich danach, was es Neues gebe.

„Alles in Ordnung“, sagte Eva dann trocken.

Die Frau spürte ihren Unwillen und legte den Hörer nach einigen nichts sagenden Fragen wieder auf. Eva glaubte, dass

Anna ein Honorar von irgendeiner Institution erhalte und sich deswegen für Kinder mit Down-Syndrom interessiere.

Mütter von ihren eigenen Kindern zu überzeugen ist auch eine Aufgabe, allerdings keine einfache. Zu schwer, um sie umsonst zu machen, dachte sie mit einem bitteren Lachen. Niemals hätte sie es damals, vor acht Jahren - als sie mit Myschka aus der Klinik nach Hause fuhr - für möglich gehalten, dass sie Anna aus freien Stücken anrufen würde.

Aber sie hatte keine Wahl. Eine Wahl wäre, eine bewusste Entscheidung treffen zu können. Sie hätte sie weder damals noch heute rational begründen können. Eva wusste nur, dass es eine schnelle Entscheidung war und dass sie diese, als sie sie erst einmal getroffen hatte, um jeden Preis verteidigen wollte. Sie ahnte nicht, wie hoch der Preis sein würde.

Wenn ich es gewusst hätte, hätte ich Myschka dann mit nach Hause genommen?, fragte sie sich im Geist, fand aber keine Antwort.

Jetzt wünschte sie sich, dass Anna käme und Myschka sähe. Und dass sie ein Wort finden möge, und wenn es nur eines wäre, ein einziges, das ihr Kraft gab, um weiter durchzuhalten.

„In einer Stunde bin ich da", sagte Anna schnell, als ob sie fürchtete, dass Eva es sich anders überlegen könnte.

Gleich zu Beginn des Besuchs kam es zwischen ihnen zur Konfrontation. Anna hatte eine Schachtel Pralinen mitgebracht, die Myschka sofort öffnete. Sie stopfte den Inhalt mit beiden Händen in den Mund. Das Mädchen leckte alle Pralinen der Reihe nach an. „Ich verstecke die Süßigkeiten vor ihr. Siehst du nicht, dass sie zu dick ist", fragte Eva aggressiv. Sie konnte Myschka das Geschenk nicht wieder aus der Hand reißen, wusste sie doch, dass die Reaktion des Mädchens jäh und hysterisch sein würde. Die einzige Möglichkeit, dass sich Myschka nicht überfraß, war, das zu verstecken, was sie besonders mochte. Insbesondere die Süßigkeiten.

„Ich dachte, du weißt, dass Kinder mit DS schnell dick werden", hielt sie Anna ihr Verhalten vor. Wenn sie so klug wäre wie sie tut, dann hätte sie Myschka die Pralinen nicht gegeben, dachte sie wütend. Plötzlich aber begriff Eva, dass sie unnötig aggressiv und krankhaft argwöhnisch war. Gehe ich mit der ganzen Welt so um, fragte sie sich und erschrak.

„Ja ich weiß", sagte Anna reumütig. „Aber manchmal denke ich, dass die Kinder so viele Unannehmlichkeiten haben. Ich weiß, dass das nicht richtig ist. Sie haben eine so reiche innere

Welt. Wir sind ihnen gegenüber so ratlos, ganz einfach deshalb, weil wir nicht in ihre Welt gelangen. Wir wollen ihnen unbedingt etwas von uns geben, deshalb bedienen wir uns der einfachsten Dinge. Ich habe auch Elzbieta überfüttert", lachte sie unsicher.

Beide fühlten sich unwohl, wenn auch jede aus einem anderen Grund. Anna schaute flüchtig zu Myschka und fühlte sich schuldig. Ohne weitere Ausführungen war zu sehen, dass das Mädchen eine der schwersten Formen des Down-Syndroms hatte. Oder vielleicht noch etwas Komplizierteres? Sollte sie vielleicht doch besser in einer Anstalt sein?

Eva konnte sich vorstellen, woran die Frau dachte und nahm ihr das unwillkürlich übel.

„Zeig mir ihr Foto", sagte Eva und Anna griff ohne ein Wort zu ihrer Tasche. Über ihr Gesicht flog ein Hauch von Unruhe, die sie nur schwer verbergen konnte.

Von dem Foto lachte die sechzehnjährige Elzbieta Eva an. Natürlich war sie zu dick und die typische Augenfalte bedeckte die Augen. Sie hatte eine Knollennase und die zu große Zunge klebte auf der zu einem Lächeln verzogenen unteren Lippe. Aber jemand, der keine Ahnung von den Symptomen des Down-Syndroms hatte, konnte das fast erwachsene Mädchen für eine normale, junge Frau halten, wenn auch von eigenartig anmutender Schönheit. Myschka war im Vergleich zu ihr ein bedeutend schlimmerer Fall mit dieser Behinderung.

„Tut es dir Leid ...", flüsterte Anna.

„Nein", schüttelte Eva den Kopf.

„Nein?", wunderte sich Anna.

„Nein. Das ... ist zu schwer, um darüber zu reden, aber ich bereue es nicht. Ich habe Angst, aber das ist ein anderes Gefühl."

Myschka saß mit der Katze auf den Knien und gab sich große Mühe, sie nicht mit ihren übergroßen Gefühlen zu erdrücken. Sie hörte dem Gespräch ihrer Mutter mit der fremden Frau zu und hatte dabei das unbestimmte Gefühl, dass es um sie gehe. Sie fühlte sich schuldig, obwohl sie nicht wusste warum. Sie fühlte sich auch schuldig, wenn Mama mit dem Arzt sprach, mit dem Logopäden, mit der Krankengymnastin oder fremden Frauen im Park. Und mit Papa.

Solange sie die Frau so musterte, mochte Myschka sie nicht leiden. Sie mochte Fremde nicht, die sie mit verstohlenen Blicken umzingelten. Aber diese Frau jetzt versteckte ihren

Blick nicht, schaute sie offen an, also beschenkte auch Myschka sie mit einem Lächeln.

„Dieses Lächeln ...", flüsterte Anna. „Hast du bemerkt, dass in ihrem Lächeln ganz viel Vertrauen steckt? Mehr als bei normalen Kindern. Das vergeht auch nicht, wenn sie älter wird. Es verstärkt sich. Was mir bei Elzbieta wirklich Sorgen macht, ist ihr grenzenloses Vertrauen zu allen fremden Leuten, obwohl es nur wenige verdienen. Aber wovor hast du Angst? Was macht dir Sorgen?"

„Die Zukunft", antwortete Eva kurz.

„Die Zukunft", nickte Anna. „Ja, ich verstehe dich besser, als du meinst."

„Nein", sagte Eva. „Du hast noch ein Kind, richtig? Einen Sohn? Er wird sich eines Tages um seine Schwester kümmern."

„Das kann ich ihm nicht aufbürden. Ich würde ihm sein Leben ruinieren", flüsterte Anna.

„Aber deine Elzbieta ist fast normal", rief Eva.

„Fast?", lächelte Anna blass. „Sechzig Punkte beim IQ-Test, mittlere Stufe. Ja, das könnte man 'fast' nennen. Bei Myschka ist es sicher, dass ..."

„Ich habe keine Tests machen lassen", unterbrach Eva trocken. „Das bringt doch nichts, wenn ich weiß, wie viele Punkte sie hat. Dreißig? Die Punkte sagen nicht viel über einen Menschen aus. Und für die Zukunft sind sie gleich vollkommen egal."

„Ja", stimmte Anna zu.

„Was wird es in ein paar Jahren für ein Unterschied sein, wenn deine Elzbieta lernen wird, Körbe zu flechten, aber dies für Myschka unerreichbar bleibt", fragte Eva brutal. „Wer wird sich denn um sie kümmern, wenn ihr Bruder es nicht macht?"

„Eine öffentliche Pflegeeinrichtung", flüsterte Anna. „Aber Elzbieta hat nicht gelernt, Körbe zu flechten. Sie malt verschiedene Muster auf Spiele und auf Glas. Sie hat eine phantastische räumliche Vorstellung."

„Ich weiß nicht, was Myschka für eine Vorstellung hat", stellte Eva sachlich fest. „Vielleicht eine große. Vielleicht auch gar keine. Ich kenne ihre innere Welt nicht, obwohl ich weiß, dass sie existiert. Ich weiß nicht, was in ihrer Welt vor sich geht. Aber wenn sich dein Sohn nicht eines Tages um deine Tochter kümmern wird, ändern die zwanzig oder dreißig Punkte Unterschied im IQ-Test nicht viel an ihrer Zukunft."

„Ja", sagte Anna.

Zwischen beiden herrschte Schweigen, als ob sie in dieselbe Zukunft blickten.

Myschka schaute sie mit fest geschlossenem Mund aufmerksam an. Sie schloss immer den Mund, wenn sie nachdachte. Mama machte sich Sorgen um sie, soviel war sicher. Mama meinte, dass sie sie einmal, irgendwann einmal, allein lassen würde. Aber das konnte nicht die Wahrheit sein ...

„Maaa ... Gart ...", sagte sie und beendete den Satz nicht. Sie wollte Mama sagen, dass der Garten stets auf sie wartete, dachte aber plötzlich, dass der Garten vielleicht ein Geheimnis bleiben sollte. Sie machte sich nicht wirklich Sorgen deswegen, schließlich erschien nur ihr der Garten. Selbst die Katze ließ er nicht ein. Ganz sicher würde auch Mama nicht hinein dürfen. Vielleicht durfte man gar nicht darüber reden?

„Ich sag dir was", begann Anna. „Ich hab mal im Fernsehen den Film *Gaias Kinder* gesehen. Kennst du den?"

Eva schüttelte den Kopf. Im Fernsehen schaute sie sich nur Serien und Quizsendungen an. Ich bin völlig verblödet, dachte sie und rechtfertigte sich sofort vor sich selbst: Von früh bis spät und von abends bis morgens spiele ich in der dramatischsten Serie der Welt mit und antworte auf die schwierigsten Fragen im schwersten Quiz. Danach will ich mich nur noch ausruhen ...

„*Gaias Kinder*", fuhr Anna fort. „Das ist ein englischer Dokumentarfilm über Behinderte. Es gab da einen mit einem riesigen Kopf auf dem Körper eines Zwerges, der sein ganzes Leben lang im Rollstuhl sitzen musste. Ein anderer Mann hatte Glasknochen und steckte ein für allemal in einem Gipskorsett. Selbst der Kopf wurde von einer speziellen Stütze gehalten. Einer jungen Frau, Opfer des Medikamentes Contergan, fehlten von Geburt an Arme und Beine. Und diese Frau sagte, dass sie nicht viel von der Venus von Milo unterscheide und sie sich wünschte, dass dies auch andere sähen! Sie fragte, warum das Fehlen der Arme bei der Venus von Milo schön sei, aber bei ihr eine Verstümmelung? Diese Frau malte phantastische Bilder, indem sie den Pinsel mit dem Mund hielt. Der kleine Zwergenmensch im Gips erklärte, dass er jeden Moment seines Lebens darum kämpfte, sich nichts zu brechen, um unversehrt den nächsten Tag zu erleben. Dass jeder mit Macht erkämpfte Augenblick etwas Tolles und Interessantes sei. Der Mann im Rollstuhl sagte, die Welt sei etwas Faszinierendes und

er liebe es, sie zu entdecken. Alle, jeder auf seine Weise, bekannten, dass sie das Leben in jeder Stunde, Minute, Sekunde
liebten. Und sogar für diese eine Sekunde wollten sie leben ...
du hast Myschka acht Jahre Leben geschenkt. Eines Tages,
wenn es dich nicht mehr geben wird und sie in ein Heim
kommt, wird sie dort nicht leer und einsam sein. Sie wird voller Bilder von der Welt sein, voller Liebe zu den Menschen, die
sie kennengelernt hat und sich daran erinnern, wie weich und
kuschelig das Fell einer Katze ist und wie die Blumen im Früh-
ling duften. Sie wird sich danach sehnen. Eine Sehnsucht
spüren, so zu leben ...“

Plötzlich schauten sie sich mit gegenseitigem Verständnis
an, dann blickten sie zu Myschka. Das Mädchen streichelte die
Katze und lächelte vertrauensselig. Auf einmal streckte es ihre
Hand nach Anna aus und sprach, während sie noch darüber
nachdachte, ob sie der Frau ihr Geheimnis anvertrauen könne:

„Ha ... Ga ...“

Anna nickte.

„Verstehst du, was sie sagt?“, flüsterte sie. Eva schüttelte
den Kopf. „Manchmal glaube ich zu verstehen. Dann denke
ich wieder, dass sie viel mehr sagt, als ich annehme ... verstehst du Elzbieta denn immer?“

Anna schüttelte mit dem Kopf. „Nein. Elzbieta erzählt mir,
dass die Farben singen, mit denen sie malt, dass sie nie weiß, mit
welcher sie malen soll, weil ihr das erst die Farbe sagt. Mit Gesang. Manchmal gibt Elzbieta komische Töne von sich. Dann
habe ich den Eindruck, dass sie singt, obwohl ich es nicht höre
...“ Anna unterbrach sich, machte mit der Hand eine merkwürdige Geste, als ob sie etwas aus dem Inneren ihres Körpers
holen und Eva zeigen wollte: „Sie singt innen, in sich selbst.“

„Weil in ihnen etwas Seltsames steckt, gerade dort in ihrem
Inneren ...“, flüsterte Eva. „Kein Ratgeber, kein Arzt, nicht der
ambitionierteste Down-Syndrom-Spezialist sagt mir, was im
Inneren meiner Tochter steckt. Aber ich weiß auch so: Dort ist
ein Schmetterling, den ich niemals sehen werde, versteckt wie
in einem Kokon. Verstehst du, warum ich meine Entscheidung
nicht bereue?“

Anna nickte und Eva schloss ihre Gedanken: „Ich passe auf
den Schmetterling auf, aber es ist so schwer, auf etwas aufzu-
passen, von dem du nur fühlst, dass es existiert.“

„Darum geh ins Krankenhaus und sag das den anderen
Frauen, die solch ein Kind wie du bekommen und einen

Schock haben. Das bist du ihnen schuldig", sagte Anna, obwohl Eva den Kopf schüttelte.

„Ich kann nicht. Du kannst, weil du ihnen ein Foto von Elzbieta zeigen kannst und sie glauben, sie können der aufdringlichen, menschlichen Neugier entkommen und ihre Kinder
davor schützen, dass sie von der Welt abgelehnt werden. Ich
müsste ihnen Myschka zeigen. Und dann würden sie vor ihrem
Kind weglaufen und würden es nicht einmal sehen wollen ..."

Sie schwiegen. Myschka schaute zu ihnen und brabbelte
etwas, das an eine Melodie erinnerte, vorausgesetzt, man kannte Mahler. Aber sie kannten ihn beide nicht.

„Anna, das Gespräch hat mir gut getan, aber geh jetzt lieber.
Myschka ist schon ganz ungeduldig ... sieh mal, sie beginnt,
sich zu schaukeln, murmelt etwas vor sich hin ..."

Tatsächlich schaukelte Myschka, dachte aber nur daran,
schnell etwas zum Mittag zu essen und auf den Boden zu
gehen.

Und noch immer währte der siebte Tag.

Als sich die nächsten Vorhänge öffneten - sie waren weich, schimmerten in verschiedenen Nuancen von Schwarz und erinnerten an dicht gewebte Spinnennetze - überlegte Myschka, ob der Garten selbst ebenfalls solch ein Vorhang war, nur eben bunt. So wie ein Vorhang, wie man ihn bei den Gauklern auf einem Rummel finden konnte.

Ein Rummel kam auf den großen Platz in ihrem Wohnviertel und stellte dort Karussells, Schießbuden und Zelte mit geheimnisvollen Inhalten auf. Daneben standen Buden mit betörend süßer Zuckerwatte, mit knallendem Popcorn, mit Kaugummis, mit denen man Blasen so groß wie Ballons machen konnte, und mit Coca-Cola und Waffeln mit einer Füllung aus Juli-Sonnen-Schokolade.

Schon von weitem hörte man die lustige Musik auf dem Rummel und das fröhliche Schreien der Kinder, sodass Eva Myschka den Wunsch, dorthin zu gehen, nicht abschlagen konnte. Sie fürchtete sich vor diesem Ausflug. Dennoch war er weniger schrecklich, als sie meinte. Myschkas ganze Aufmerksamkeit war gefesselt von Frauen mit zwei Köpfen oder mit Bart, Zwerginnen und Zwergen, einer Wahrsagerin mit dem „Einzig Wahren Horoskop", einem mächtigen Teufelsrad, einem Zerrspiegelkabinett, einer Schießbude mit einer glänzenden Dame aus Plastik, von der - wenn der Schuss in ihre Brust traf - die spärliche Bekleidung herabfiel.

Myschka schaute sich fast alles mit Begeisterung an. Außer das Spiegelkabinett. In das wollte auch Mama nicht mit ihr gehen. Mama hatte schon vor längerer Zeit alle Spiegel zu Hause entfernt, sodass nur einer im Bad verblieb, in dem Myschka gerade mal ein kleines Stück ihres Kopfes sehen konnte. Mama mochte es nicht, wenn sich Myschka im Spiegel betrachtete. Myschka gefiel das auch nicht. Sie hatte sich nur einmal richtig in einem Spiegel gesehen, bevor Mama ihn von der Wand genommen hatte - und war erschrocken. Sie hatte mit dem Finger auf ihr Bild gezeigt, mit dem Kopf dagegengeschlagen und unruhig wiederholt: „Nein ... nein ..."

Eva hatte geglaubt, ihre Tochter meinte, jemand Fremdes im Spiegel gesehen zu haben, den sie nicht hatte sehen wollen. Trotz der Bettelei Myschkas fuhren sie nicht mit dem Karussell, dessen Kabinen sich in irrer Geschwindigkeit um sich selbst drehten und aus denen schrille Quieckser der Passagiere zu hören waren. Eva hatte Angst, dass hier ein „kleines Malheur" passieren könnte, wenn sich Myschka erschrak. Dafür erlaubte sie ihr, auf einem hölzernen Pferd zu reiten, das gemütlich nach oben und unten schaukelte, sicher und gleichmäßig. Und nur zwei Kinder zeigten mit ihren Fingern auf Myschka, denn die anderen waren mit dem Geschehen auf dem Rummel beschäftigt. Dann gingen sie, ein Foto machen zu lassen. Myschka hatte den Ort vor Augen, an dem man Erinnerungsfotos anfertigen lassen konnte. Auf der Mitte des Rummelplatzes war ein heller, bunter Vorhang aufgespannt. Ein unbekannter Künstler hatte darauf smaragdgrüne Bäume gemalt; der Sand war golden wie eine reife Zitrone; das Meer war türkis wie von einem falschen Brillantring und hatte Wattewellen, die von einem milchigen Kamm gekrönt wurden. Außer den braun-grünen Bäumen waren Tiere verschiedener Farben zu sehen: rote Eichhörnchen, symmetrisch gepunktete Giraffen, Zebras mit gleichmäßigen Streifen und vor allem Schmetterlinge mit einer wunderschönen Mischung aus Farben auf den Flügeln. Myschka konnte sich nicht satt sehen - so anders waren sie, als die, die über ihre Wiese zu Hause flatterten. Über diesem Farbenreigen breitete sich der Himmel so schockierend saphirfarben aus, dass Myschka ob dieses nie da gewesenen Farbtons lächelte.

Auf dem Vorhang waren links und rechts der Palmwedel zwei rosa Figuren gemalt: eine Frau und ein Mann. Dort, wo ihre Gesichter sein müssten, sollte man sein eigenes Gesicht postieren. Schon nach einem kurzen Augenblick kam langsam das Bild aus dem Fotoapparat. Auf merkwürdige Weise war das Foto weniger bunt als der Vorhang, als ob der Apparat die verrückten Farben nicht wiedergeben könne. Myschka wusste von den Fotos. Und ihre Mama erlaubte schließlich nach langem Betteln, dass sie sich auf ein Stühlchen hinter dem Vorhang stellte, ihr Gesicht durch das Loch schob und ein Foto machen ließ. Aber als sich aus dem Apparat eine bunte Zunge herausstreckte, zog Mama sie heraus, knüllte das Bild noch feucht zusammen und warf es in den Papierkorb.

„Nichts geworden", sagte sie zu Myschka mit bedauerndem Lächeln.

„Nein? Ich ...?", fragte Myschka, aber das traurige Lächeln von Mama wurde nur noch trauriger.

„Nein, nicht du. Du bist in Ordnung. Das hier ... das hier draußen ist nicht gut geworden. Die Farben sind nichts geworden. Zu blass", antwortete sie unverständlich.

... Dabei waren gerade der helle Vorhang und die Umgebung auf dem Rummelplatz dem Garten so ähnlich. Aber nicht dem, den Myschka heute sah, sondern dem Garten vor einigen Tagen. Dieser hatte sich verändert.

Myschka machte einen Schritt nach vorn und der Garten umgab sie sicher wie immer, merkwürdig endlich und unendliche zugleich. Ganz im Gegensatz zu dem, was ER früher geschaffen hatte - den Himmel, die Erde, das Wasser und den Raum zwischen ihnen. Der Garten hatte auf alle Fälle einen Eingang. Und nur einen Eingang. Myschka hatte das Gefühl, wenn sie immer weiter ginge, käme sie irgendwann an ihren Ausgangspunkt zurück.

Aber nicht nur das hatte sich geändert. Der Garten hatte jetzt eher matte Farben. ER wusste, wie ER seine Fehler berichtigte. Der Garten jetzt, fand Myschka, war viel schöner. Sie beschloss, sich ihn anzusehen und ging leise dahin, wo - wie es ihr schien - zwischen den Bäumen ein Bächlein floss.

„Sssschau, wie ssschön!", zischte die Schlange über ihrem Kopf. Wieder sah sie nur einige Teile ihres Körpers, der auf dem Baum hing. Myschka dachte, dass - wenn der Garten nur einen Eingang, aber keinen Ausgang habe - auch die Schlange sicher unendlich sei. Sie würde sich nicht wundern, wenn die Größe des Gartens die Länge des Schlangenkörpers bestimmte.

„Gu ... Ta ...", sagte sie, wusste sie doch von Mama, dass man immer „Guten Tag" sagen musste.

Die Schlange zischte ärgerlich: „Bleib sssssstehen, du hasssst den Apfel vergesssen."

Sie hatte ihn nicht vergessen. Aber sie fühlte, dass die wundervollen Apfelbäume jemandem gehörten. Nur nicht der Schlange. Sie hatte Angst, einen Apfel zu pflücken. Die Stimme könnte tönen:

„Das ist NICHT gut ..."

„Sssschau, wie viele esssssssssss hier gibt", lachte die Schlange und antwortete so auf ihre Gedanken.

„Hab keine Angssssssssssssst. ER erlaubt, von allen Bäumen zu esssssen, außer von einem, den du sssssssssssowieso nicht findest. Er isssssssssssst gut versssssssssssssteckt."

Sie biss in den Apfel, schluckte gierig den saftigen Bissen und blickte sich um.

„Aber wo ist der verbotene Baum?", fragte sie.

„Überall und nirgendsss. Dasss isssssssssst ein gewöhnlicher Baum und darum kann man ihn nur ssssssschwer aussssssfindig machen", erklärte die Schlange freundlich.

Sie aß den ganzen Apfel auf; sogar den Grieps. Die Schlange lachte und zeigte dabei ihre winzigen Zähne.

„Du bissssssssssst sssssssssssüß und leicht wie ein Sssssssschmetterling", behauptete sie.

Und niemand außer mir weiß das, dachte Myschka traurig. Aber die Schlange antwortete auf ihre Gedanken: „In jedem Mensssschen sollte etwassss sssssein, von dem nur er allein weiß. Ein Menssssssch ohne jedessss Geheimnisssss issssst wie eine Nussssss, von der nur die Sssssssschale bleibt, issst sssssie ersssst einmal geknackt. Die Mensssschen passen zu ssssehr nur auf ihre Sssssschale auf. Du hasssst Glück, dass du anderssss bist."

„Und so schnell wie der Wind", lobte sie sich selbst.

„Und vergisssssssst nichtssss", fügte die Schlange hinzu.

„Ja, ich vergesse nichts", nickte sie. „Aber was werden wir heute tun?"

„Och, dassssss issssssst klar. Wir ruhen unssss aussss. Wir haben viel Zeit, unsssss ausssszuruhen. Sssssich ausssszuruhen ist eine schwierige Bessschäftigung", erklärte die Schlange und schlängelte am Baum weiter nach oben, bevor sie sagte: „Dann wandere doch einfach weiter."

Und Myschka ging tiefer in den Garten hinein und hatte dabei das Gefühl, dass sie immer nur an einer unsichtbaren Mauer entlangging, die aus dem Schlangenkörper bestand.

Der Rasen war immer noch smaragdgrün, aber nicht so wie der Vorhang auf dem Rummel. Der saphirblaue Himmel war etwas blasser geworden und die orangenen Ringelblumen brannten nicht mehr in den Augen oder höchstens noch ein bisschen. Die weiter vorn schreitende Giraffe hatte keine symmetrischen Punkte mehr. Die Apfelbäume waren ganz gewöhnlich.

Immer noch sah sie alles ausgesprochen klar und genau, so als ob sich ihr Blick geschärft hätte oder so, als ob ihre Gedanken endlich ihren Blick vorwärts trieben, oder anders herum, das war nicht sicher. Zuerst sah Myschka dort unten etwas und erst dann erschien in ihrem Hirn der Name dafür, wenn auch nicht immer ganz treffend. Manchmal kamen ihr viele verschiedene Bezeichnungen in den Sinn und sie musste sich dann für eine entscheiden. Sie fand nicht jedes Mal die richtige. Hier oben waren Blick und Gedanke auf einer Höhe nebeneinander, waren ein Paar, parallel fließend und auf keine Hindernisse treffend. Ihr wurde klar, dass man ein und dieselbe Sache mit vielen Worten beschreiben konnte, aber das Wort manchmal den Charakter des Gegenstandes veränderte. Sie begriff, wie stark die Verbindung zwischen Bezeichnung und Ding war. Nämlich ebenso stark wie ein Mensch mit seinem Namen verbunden ist.

Der Gesang des Baches war deutlicher, aber langsamer, weil er nicht bergab floss, sondern ebenerdig. Die Bäume wuchsen nicht mehr so dicht und gaben Platz für eine sonnendurchflutete Lichtung. Myschka sah, dass neben dem Bach jemand stand. Und fast gleichzeitig sagte ihr das Hirn zwei Dinge: Das war eine Frau und die Frau war vollkommen nackt. Die Gegenwart dieser Frau wunderte Myschka nicht. Ihre Nacktheit schon.

Myschka sah ihre Mama manchmal auch nackt. Wenn Mama im Bad war und sich unter der Dusche wusch, entdeckte sie Myschkas Augen nicht, die durch den Türspalt spähten. Die Tür war nur angelehnt, weil Mama es hören wollte, falls Myschka sie rief. Mama wollte immer in ihrer Nähe sein. Deswegen waren zwar alle Türen halb geschlossen, aber nicht eingeklinkt. Eine Ausnahme bildete nur das Arbeitszimmer des Vaters.

So schaute Myschka zu, wenn Mama nackt unter der Dusche stand. Die Tropfen, die an winzige, glänzende Perlen erinnerten, verweilten für den Bruchteil einer Sekunde auf ihrem Körper, bevor sie schließlich nach unten flossen. Ihr Körper war nicht schwer und unförmig wie Myschkas. Er sah nicht aus wie ein Zylinder und erinnerte nicht an einen kleinen Baumstamm im Wald. Und schließlich - das war das wichtigste, was Myschka sah - war sie nicht so nackt wie sie selbst. Mama hatte da unten Vertiefungen und Wölbungen, die Myschka überraschten, weil sie nicht dort waren, wo man sie hätte erwarten können. Zum Beispiel war Mamas Bauch nicht rund wie Myschkas, sondern flach. Ihre Brüste waren dafür nicht flach wie bei ihr, sondern rund und standen vom Körper weg wie zwei geschälte Äpfel. Am meisten aber wunderte sie der rötliche Flaum unter den Achseln, wo bei Myschka gar nichts war. Ebensolchen Flaum, nur viel dichter, gab es, wo die Beine endeten (oder begannen?) und übergingen in den glatten Bauch.

Also wachsen die Haare nicht nur auf dem Kopf, wunderte sich Myschka. Sie erinnerte sich sofort an Papa. Papa lief manchmal durch die Vorhalle ins Bad. Sein Hemd war geöffnet und wehte bei jeder Bewegung. Im Laufen zog er sich die Hose hoch und knöpfte das Hemd zu. Aber als das Hemd noch um seine Lenden wehte, sah Myschka auf seiner Brust Haare. Wo wachsen denn noch Haare, grübelte sie und vergaß die Frage sofort wieder. Die Antwort jedoch folgte schnell mit dem großen Bildband, den Mama eines Tages mit ins Haus brachte, als sie beide vom Einkauf wiederkamen. Das Buch war voller nackter Frauen und Männer und als Myschka begann, es sich anzusehen, erklärte ihr Mama, dass dies alles Reproduktionen von Kunstbildern seien. Myschka verstand das Wort „Reproduktionen" nicht und begriff auch nicht, warum es erlaubt war, sich solche Bilder anzusehen, es aber verboten war, Mama unter der Dusche zu beobachten oder sich nackte Männer im Fernsehen anzuschauen.

„Myschka ...", sagte Mama damals mit ruhiger Stimme, während auf der Toilette aus ihr ein Strom warmer, schäumender Flüssigkeit rann. „Myschka, schau weg. Das ist nicht schön."

„Ich ... du auch", gab sie bestürzt zurück, denn Mama sah sie doch auch, wenn sie nackt in der mit Wasser gefüllten Wanne saß.

„Das ist etwas anderes", erklärte ihr Mama und Myschka dachte, dass Mama viele geheimnisvolle Dinge hatte. Sie selbst nicht.

Später sah sie nackte Frauen im Fernsehen und einmal sogar einen Mann, wenn auch nur ganz kurz, weil Mama sofort auf die Fernbedienung drückte und sich die Nackten sofort in den Hund Pluto verwandelten. Noch später bekam sie Barbie und Ken geschenkt.

Die nackte Frau im Garten war wie eine lebendige Barbie. Diese Erkenntnis schoss wie ein Blitz durch Myschkas Hirn. Genauso schnell wurde ihr gewahr, dass die Frau zwar der Puppe, die sie nie wirklich in ihr Herz schließen konnte, sehr ähnlich war, aber ganz anders aussah als ihre Mama.

Das ist schrecklich, dachte sie und wandte die Augen von der Frau ab. Sie ist genauso schrecklich wie die Barbie ...

Anfangs war sie sehr traurig. Sie war sich sicher, dass ER, wenn ER Frauen erschuf, laut sagte: DAS IST GUT - und auf etwas wartete. In seiner Stimme klang unzweifelhaft die ratlose Frage, die auch dann ertönte, wenn ER den Rasen rot, die Sonne viereckig machte und dem Mond eine Nase verpasste. Als ER aber die Frauen erschuf, gab es niemanden, der hätte rufen können: „Nein, mach keine Barbie aus ihr!" Jetzt war es zu spät.

Ich sage ihm nicht, dass er einen Fehler gemacht hat. ER würde traurig werden, dachte Myschka und ging einige Schritte näher heran.

Die Frau sah sie nicht. Sie schaute gerade in den Garten hinein, wirkte gelangweilt und kratzte sich faul unter der nackten Achsel. Dann streckte und reckte sie sich und atmete leise durch. Da entdeckte Myschka den zweiten Grund, warum die Frau sie an eine Barbie-Puppe erinnerte. Das eine waren die Haare der Frau und ihr Gesicht. Das andere - die Brüste. Das waren nicht Mamas lebendige, geschälte Äpfel, die bei jeder Bewegung mitschwangen. Die Brüste dieser Frau waren von anderer Gestalt: Sie standen hoch, waren ganz spitz und vollkommen tot.

Myschka hielt es nicht aus und musste das prüfen. Als sie die Barbie geschenkt bekam, erkannte sie schnell, dass man zwar ihre Arme und Beine biegen, den Kopf drehen, die Haare flechten oder hochstecken konnte, aber mit den Brüsten nichts anzufangen war. Myschka versuchte, sie kleiner zu machen, knetete und drückte sie mit den Fingern, aber sie blieben so groß und spitz wie bei der Frau. Dazu waren sie hart wie Stein. „Aus Kautschuk", sagte Mama als sie sah, wie Myschka sich bemühte, die Brüste flach zu machen.

Das Mädchen ging zu der Fremden, hob die Hand und berührte die Brüste mit ausgestrecktem Finger. Die Brust zitterte nicht, war hart und gab nicht nach. Dafür blickte sie die Frau mit den Augen einer Barbie an. Die Augen der Puppe hatten Myschka immer fasziniert, obwohl sie ohne Sinn mit einem emaillenen Blau vor sich hinzustarren schienen. Dafür waren sie groß und rund, ohne jedes Fältchen in den Augenwinkeln. Die Augen der Frau waren ganz gleich. Sie hatte auch eine kleine und feine Nase, während die Lippen herrlich gewölbt waren. Sie verweilten in einem halben Lächeln, die nachdenkliche Mama hingegen biss sich auf die Lippen, ihre Mundwinkel rutschten nach unten oder bogen sich.

Jetzt erst, als Myschka die Frau anfasste, wandte sich ihr leerer, blauer Blick ihr zu.

„Oooo ...", sagte sie und zog sich unwillkürlich zurück.

Da sah Myschka, dass - im Gegensatz zu Mama - die Frau keine Haare dort hatte, wo die Beine in das kleine, geheimnisvolle Dreieck mündeten, das von einem roten Flaum überzogen war. Ha, die Frau hatte dort nichts. Wie Barbie.

„Muss ma?", fragte Myschka einmal. Aber Mama antwortete nicht einfach auf die Frage, sondern erklärte, dass Puppen niemals müssten. Also musste die Frau auch nicht und das war überraschend. Denn dann konnte sie nicht echt sein.

Myschka schaute sie sich genau an und entdeckte immer mehr Ähnlichkeiten mit ihrer Puppe. Die Beine der Barbie waren übertrieben dünn, fast schon mager, sehr lang und - im Unterschied zu Mama - standen sie weit voneinander ab. Mamas Oberschenkel waren voll und berührten sich gegenseitig. Myschka war sich sicher, dass sie gegeneinander rieben, wenn sie lief, fast wie ihre, was besonders im Sommer nicht angenehm war, wenn Myschka den Schweiß fühlte, der an ihren Beinen klebte. Die Beine der Puppe waren an den Oberschenkeln so schmal wie an den Waden, oben aber, zwischen ihnen, war ein merkwürdiger Abstand. Myschka dachte anfangs, dass das der Platz für den Slip sei. Dann aber, als sie sich Mama unter der Dusche angesehen hatte, begriff sie, dass dort noch etwas war. Dass es eigentlich anders herum war: dass der Slip dafür da war, etwas zu verdecken. Die Frau hatte Beine wie Barbie, aber zwischen ihnen leuchtete ein glatter, hautfarbener Raum. So vertiefte sie sich immer mehr in das Geheimnis dort unten: „Jetzt hilft keine Fernbedienung ...“

Als die Fernbedienung damals die nackten Frauen in den Hund Pluto verwandelt hatte, passierte es einige Tage später - auf wessen Wunsch hin ist ungewiss -, dass die unnatürlichen Farben des Gartens schwächer wurden. Jetzt hatte Myschka Angst, dass die Frau ihre Ähnlichkeit zur Barbie nicht so leicht würde ändern können. Übrigens wusste Myschka auch nicht, ob sie dies wollte. Auf seltsame Weise verlieh ihr diese Ähnlichkeit Selbstvertrauen, das ihr bisher immer gefehlt hatte, wenn sie fremde Leute getroffen hatte.

Myschka wusste instinktiv, dass Mama Fremde nicht mochte. Wenn aber trotzdem welche zu ihnen nach Hause kamen, musterte sie Mama zuerst mit einem schnellen, panischen Blick. Dann verschwand dieser Blick. Bei Papa war es genauso. Aber so wie ihre Blicke wieder davonrannten, so wandten sich nun die Blicke der Fremden ihr zu. Der Briefträger, der Elektriker, die Müllabfuhr, die Nachbarin, Papas Arbeitskollege, der unangemeldet vorbeikam - Papa trieb ihn fast vor sich her auf dem Weg durch die Eingangshalle bis zu seinem Arbeitszimmer, als ob er die Zeit abkürzen wollte, in der der Mann die in der Ecke hockende Myschka mustern könnte - all das waren fremde Leute, deren auf Myschka gerichteten Blicke ihrer Mama weh taten.

Während sie mit der Barbie spielte, fühlte Myschka ihre Überlegenheit: Wegen der emailleblauen Augen, der spitz hervorstehenden Brüste, der brav biegsamen Arme und Beine, der unwahrscheinlich schmalen Taille, die man in verschiedene Richtungen beugen konnte. Die Puppe machte dann den Eindruck, als ob sie sich jemandem oder etwas mit langweilig-höflicher Gleichgültigkeit zuwendete. Die Barbie war scheußlich. Und sie war für Myschka bestimmt; und nicht umgekehrt. Bei der Katze war es nicht anders.

Die Frau im Garten war künstlich, in besonders abstoßender Art unecht. Gleichzeitig gefiel sie ihr aber, denn wenn sie Barbie war, war sie keine Fremde. Und als Myschka die Frau ansah, entdeckte sie in ihren Augen genauso viel Verständnis wie in den Augen der Barbie.

„Habt ihr euch getroffen?", zischte die Schlange und glitt mit ihrem langen, schmalen Körper von einem nahen Baum. Auch das war ein Apfelbaum und Myschka dachte, dass sie fragen sollte, ob es hier keine anderen Bäume gäbe ... wie zum Beispiel Palmen, wie es sie auf dem Vorhang auf dem Rummel gab. Kaum hatte sie das gedacht, kam es ihr so vor, als sähe sie tief im Inneren des Gartens die charakteristische, gefächerte Gestalt von Palmenblättern und anmutig gebogene und bemooste Baumstämme. Die Schnelligkeit und die Art, wie ihre Gedanken im Garten Wirklichkeit wurden, beunruhigten sie.

Ob ER wohl alles meinen Gedanken entnimmt, dachte sie mit unsagbarem Schmerz, denn sie fühlte, dass sich ihr Kopf nicht allzu sehr dazu eignete. Sie wollte IHM ehrlich helfen, damit der Mond und die Sonne auch weiterhin rund waren. Sie war sich ja in dem Fall ganz sicher, dass sie genauso sein mussten. Der jahrmarktbunte Garten erschien jedoch ohne ihren Willen. Genauso war es mit dem Aussehen der Frau. Aber das eine wie das andere gab es in den Gedanken des Mädchens.

Ich habe Chaos im Kopf und ER macht daraus etwas, stellte sie erschreckt fest. Myschka vergaß schnell ihr Problem, so sehr war sie von dem Treffen mit der fremden Frau fasziniert, vor der sie keine Angst hatte und die ihren Blick nicht abwandte.

Die Frau blickte auf Myschka genauso, wie sie den nahen Apfelbaum anschaute, den blauen Himmel oder den Sandweg. Als ob Myschka ein Gegenstand aus dem Garten wäre - oder als ob diese Frau einfach nichts interessierte.

Myschka wusste, was Barbie interessieren könnte: ein Schrank mit Kleidung, Schuhe mit hohen Absätzen, ein Auto und Ken. Barbies Blick verharrte nicht auf Myschka, wenn sie wer weiß wohin und wer weiß was ansah. Darum konnte sie jetzt als Antwort auf die Frage der Schlange beruhigt lügen:

„Gefällt sssssssie dir?", zischte die Schlange.

„Ja, ja", antwortete sie mit beflissener Eile. Aber die Schlange blickte sie ernst an.

„Ssssie ist IHM gelungen", sagte die Schlange mit kaum herauszuhörendem Zweifel. Aber Myschka bemerkte dies und fragte vorsichtig: „Ist ER mit ihr zufrieden?"

„Dasss isst wohl klar", gab die Schlange zurück. Myschka wollte nie Umstände machen und erst recht nicht dem, der die Frau erschaffen hatte, also nickte sie nur mit dem Kopf. Die Frau stand noch immer in derselben Pose, bog träge die Hüfte zur Seite, um ihre Wespentaille und ihre spitzen Brüste zur Schau zu stellen. Wenn Mama solche hätte, würde sie mich bestimmt damit erstechen, wenn ich mit ihr kuschele, dachte Myschka.

„Kann sie sprechen?", fragte sie.

„Ein bissschen", antwortete ungeduldig die Schlange. „Sssie lernt essss", fügte sie einen Moment später hinzu. „Du könntessssst ihr dabei helfen", ergänzte sie nach kurzem Nachdenken.

„Kann sie laufen? Warum steht sie immer auf demselben Fleck?"

„Ssssie läuft schlecht", meinte die Schlange.

„Weil sie immer unbequeme Schuhe trägt. Ohne die kann sie nicht einmal stehen", erklärte Myschka. Die Barbie hatte einige Paar Schuhe, aber alle nur mit hohen Absätzen.

„Sssschuhe im Garten, na ssssowasss ... ich komme ohne Sssschuhe zurecht", verzog die Schlange ihr Gesicht. „Noch ein wenig und du sssagst mir, dasss ich mich anziehen sssoll!"

„Es sollte einen Schrank mit Anziehsachen geben", nickte Myschka. Die Schlange jedoch protestierte energisch: „Einen Ssschrank? Im Garten? Und Kleidung?! Sssie muss nackt sss-

sein, denn ssssie hat nichtssss zu verbergen." - „Nein. Nichts",
nickte Myschka eifrig, während die Schlange sie misstrauisch
anblinzelte.

Die Frau hörte ihre Worte nicht. Sie blickte sich im Garten
um und drehte und wendete dabei steif ihren unsagbar schönen Kopf.

„Kann sie lachen?", fragte Myschka.

„Nein", antwortete trocken die Schlange. „Wenn man lachen möchte, braucht man etwassss, worüber man lachen
kann. Und ssssiehssst du, dassss ssssie lacht?"

„Hmmm ...", brummelte Myschka und schaute auf das ver-
zerrte Lachen auf den schweigenden, vollen Lippen der Frau.
„Ob sie mich wohl kennenlernen möchte?", fragte sie.

„Ssssie will. Aber sssie weiß noch nicht, wasss dasss ist, jemanden kennenzulernen."

Myschka verstand die Antwort der Schlange. Die Barbie
wusste ja auch nicht, was eine Bekanntschaft ist. Sie erlaubte,
dass man sie bog, kämmte, anzog, sie in ausgesuchte Positio-
nen brachte und sie bewunderte. Sie erweckte keine Gefühle
und gab auch keine zurück. Sie hatte nicht die Unbeholfenheit
des Plüschteddys, mit dem das Mädchen einst im Bett geschla-
fen hatte. Sie hatte aber auch nicht die natürliche Hässlichkeit
ihres Lumpenpüppchens, das in der Ecke ihres Zimmers saß
und dem man immer über die Haare aus Fäden streichen konnte. In der Barbie lag eine Vollkommenheit, die unerreichbar
war und die keine Sympathie erweckte.

„Ja, sie ist IHM gelungen", seufzte Myschka demütig. „Vielleicht würde Papa nicht vor mir wegrennen, wenn ich so schön
wäre?"

Die Frau schwieg weiter mit demselben ausdruckslosen
Halblächeln auf den Lippen, sodass sich Myschka langweilte.
Sie wollte schon weitergehen, als sie sah, dass ein Mann auf sie
zukam. Sie wunderte sich überhaupt nicht über sein Aussehen.
Es war klar: Diese Frau hatte ihren Ken. Der Mann war eben-
falls nackt.

Jetzt sehe ich endlich einmal den ganzen Mann, ging es
Myschka durch den Kopf. Sie dachte an ihren Papa. Myschka
war es nie gelungen, ihn unter der Dusche zu beobachten. Papa
ging mit einem dunklen Seidenschlafrock ins Bad und kam genauso, nur sauberer, wieder heraus. Trotzdem war Myschka
überzeugt, dass nicht nur Mama an diesem Platz da unten ein
lockiges Fellchen hatte, sondern ganz sicher auch Papa dort

etwas Interessantes hatte. Vielleicht war es sogar noch interessanter. Aber der Mann, der sich ihnen näherte und viel besser als die Frau ging, hatte dort auch nichts außer einer glatten rosigen Haut. Erst wunderte sich Myschka darüber. Dann aber fiel ihr Ken ein. Bei ihm war dort auch nichts.

„Sssschau sie dir an", zischte die Schlange. „Ssssind ssssie geglückt?"

„O, ja", antwortete sie ohne zu wissen, ob sie log oder die Wahrheit sagte.

Plötzlich erstarrte der Garten. Innerhalb eines Augenblicks machte er den Eindruck, als sei er ein unbewegliches Bild, aber nicht ein lebender Garten. Die Insekten und Vögel hielten im Flug an; ihr Summen und Flügelschlagen verstummte. Die Schmetterlinge hingen in der Luft. Die Maulwürfe hörten auf, Hügel frischer Erde aufzuwerfen. Die Frau und der Mann erstarrten in ihren Posen: Er mit einem Schritt nach vorn; sie Myschka zugewandt, aber ohne jegliches Interesse an ihr. Außerdem machten sie den Eindruck, als warteten sie. Die Schlange hob auch ihren Kopf und man konnte sehen, dass sie horchte.

Da hörte man die Stimme. Es war, als ob sie fragte, aber doch nur Lob hören wollte. Myschka hatte das Gefühl, als erwarte ER nur die eine Antwort.

„DAS IST GUT."

Sie blickte fragend zur Schlange.

„Mach IHM ein bisssschen Freude, davon hat ER nicht viel. Nur immer Ärger. ER sssschafft und ssssssschafft und allessss, was dabei herausssskommt, enttäuscht IHN", zischte sie ungeduldig.

„Soll ich IHM antworten?", flüsterte sie.

„Woher!", regte sich die Schlange auf. „Denkssst du, jemand wie ER fragt dich um deine Meinung?! Esss reicht, wenn du denkssst, dass es gut issst!"

Aber Myschka konnte nicht denken, dass ausgerechnet die Barbie - dazu noch eine Barbie so groß wie ein Mensch - gut gelungen sei und sich in diesem Garten aufhalten sollte. Besonders wenn sie - wie Mama sagte - über die Fische, Vögel und alle Tiere herrschen sollte. So schwieg sie und hörte nur zu.

„DAS IST GUT", wiederholte die Stimme noch sicherer. Ohne ein Zeichen von Zweifel. Myschka hörte IHM weiter zu. Ein kleines Echo eines Zweifels. So viele Zweifel wie in ihr steckten. Die Farben des Gartens waren schon weniger stechend, aber erinnerten immer noch eher an ein Bildchen als an die Wirklichkeit. Aber die Frau und der Mann ...

Sie zog vor, nicht daran zu denken. Was tat es zur Sache, wenn sie sich bei ihnen sicher fühlte, aber sie nicht lieb haben und ihnen vertrauen konnte?

„DAS IST GUT", verkündete die springende Stimme mit kaum noch zu hörender Unsicherheit.

Der Garten, der die Klangfarben der Stimme kaum unterscheiden konnte, hörte die Worte, auf die er gewartet hatte und belebte sich wieder. Die Frau stöhnte und streckte sich. Der Mann machte ein paar Schritte, ging zu ihr und legte ihr den Arm um die Schulter. Aber er berührte sie so, als würde er einen Baumstamm anfassen. Und wieder erstarrten sie in ihren Posen.

Sie langweilen sich wie Barbie und Ken. Weil sie selbst langweilig sind, dachte Myschka.

Sie wollte etwas fragen, als die Schlange plötzlich sagte: „Geh weg."

„Ich möchte noch bleiben", antwortete sie, aber die Schlange schüttelte ihren flachen Kopf.

„Esss reicht", stellte sie fest.

„Gut, ich gehe. Aber warum kann ich da unten nicht so sein wie hier oben?", fragte sie ärgerlich und zugleich traurig. „Werdet nur ihr, du und die beiden wissen, wie schnell ich denken kann? Wie schnell ich laufe? Wie ich tanze?"

Die Schlange schwieg und machte den Eindruck, als horchte sie. Dann kroch sie weiter und flüsterte:

„ER hat gessssagt, du bekommssst etwasss ausss dem Garten."

„Etwas aus dem Garten?", wunderte sich Myschka.

„Etwassss, damit du den Garten nicht vergissssst. Aber jetzt geh. Dieser Tag dauerte sehr lang. Du kannst wiederkommen, bevor er zu Ende geht. Vielleicht auch nicht. Ich weiß esss ssssselbst nicht. Dassss ist nicht von mir abhängig. Aber esss issst immer noch Tag und esss wird noch Tag ssssein."

„Und was werdet ihr so lange machen?", wunderte sich Myschka.

„Ausruhen", erklärte die Schlange. Dann hob sie einen Teil ihres Körpers vom Baumstamm und schob ihn leicht weiter. Myschka merkte nicht einmal, wie sie zurück auf den Boden kam. Die Katze schlief noch immer zusammengerollt auf einer der Schachteln. Sie lassen sie dort nicht rein, weil sie zu echt ist, dachte sie. Aber Moment ... und ich? Schnell fand sie eine Antwort: Ich werde den Apfel essen und werde genauso unecht wie sie.

„Myschka, Abendbrot", sagte Mama und öffnete die Tür ein wenig. Die Glühbirne brannte schon und als die Katze erwachte, sah alles wie immer aus. So, wie es aussehen sollte. Mit Ausnahme von Barbie und Ken, die auf dem Fußboden ohne jede Kleidung lagen.

„Hast du die Puppen mitgenommen?", lachte Mama zufrieden. Dass die Puppen da waren, erklärte, was sie auf dem Boden anstellte. Sie spielt einfach, dachte Eva.

Myschka aber schaute Barbie und Ken an und überlegte auf ihre Art, langsam, aber hartnäckig: Woher kommen sie nur, obwohl ich sie doch gar nicht mitgenommen habe?

Und es wurde Abend, aber noch immer währte der siebte Tag. Es war der schwerste und längste der ganzen Woche. Und der geheimnisvollste. Einige behaupteten später, ER hätte Frau und Mann nach seinem Vorbild erschaffen - was unmöglich war. Anderen dagegen kam es so vor, dass die Frau und der Mann IHN erschaffen hätten nach ihrem Vorbild, um IHM so seine Freiheit zu nehmen. Aber das ist schon eine ganz andere Geschichte, die nicht zum siebten Tag gehört.

Adam hatte einen Tag Urlaub vor sich. Den letzten hatte er sich im Heim „Schöner Herbst" verdorben, als er mit der unbekannten Alten gesprochen hatte. Er wusste nicht, was er noch tun könnte, um das dortige Missverständnis aus dem Weg zu räumen. Mit Eva, die die Großmutter kannte, dorthin zu fahren, kam nicht in Frage. Und er selbst erinnerte sich nicht mehr. Neun Jahre sind viel für ein Kind und einen alten Menschen. Adam blieb im Zweifel, ob sie seine Großmutter sei, wie es ihm die Frau an der Rezeption und die Krankenschwester weiß machen wollten, oder eine Unbekannte mit zwei Enkeln.

Er vergeudete den ganzen Tag. Jetzt lag er wach in einem grässlichen Hotel. Er konnte nicht einschlafen, war unruhig, die Klimaanlage funktionierte nicht und das Fenster war nicht zu öffnen. Wenn jemand den Wasserhahn aufdrehte, röhrten die Leitungen im ganzen Gebäude. Die Schranktüren quietschten unmelodisch in zig Zimmern. Vor den Fenstern schrien Betrunkene und Hunde kläfften. Adam schlief nicht und dachte träge darüber nach, warum Säufer und Hunde auf jedem Breitengrad der Erde gleich waren.

Dann verschwendete er den nächsten halben Tag. Es zeigte sich, dass es zwei Ortschaften mit demselben Namen gab. Gerade die, in der sich das Krankenhaus befand und wo vor vierzig Jahren seine Eltern gestorben waren, war mehrere hundert Kilometer entfernt und lag in einer anderen Region. In dem Ort jedoch, an dem er nach ermüdender Fahrt angekommen war, gab es kein Krankenhaus. Wo er doch als Kind ewig auf diesen Punkt auf der Karte geschaut hatte in dem Glauben, auf diese Weise nah bei den Eltern zu sein. Wie durch ein Wunder erinnerte er sich an den Namen des Bezirkes, durch den er vor Jahren mit der Großmutter gekommen war. Er kam zu dem Schluss, dass er damals mit seinem Finger auf der Karte falsch gefahren war, sodass er heute bei seiner Suche den gleichen Fehler gemacht hatte.

Nicht nur, dass ich Oma nicht erkenne, auch den Todesort der Eltern habe ich an den falschen Platz verlegt, dachte er wütend. Dabei fühlte er, dass sich alles gegen ihn richtete, sogar die Landkarte und sein eigenes Gedächtnis. Er erinnerte sich, dass er als Kind unbedingt in diesen Ort fahren wollte, an dem

Vater und Mutter gegen einen Baum gefahren waren, der in einer scharfen Kurve stand. Die Großmutter hatte das aber nie zugelassen.

Sie hatte ihn weder zur Identifizierung noch zur Beerdigung mitgenommen. „Wozu? Das macht sie auch nicht wieder lebendig", hatte sie damals, als er noch ein Kind gewesen war, gesagt. Später, als er studierte und auch allein dorthin hätte fahren können, reagierte sie nicht auf seine Fragen, antwortete unwillig, mit verzogenem Mund oder überhaupt nicht.

„Warum habe ich ihr gehorcht?", fragte er sich. Wollte ich wirklich den Baum sehen, an dem meine Eltern verunglückt waren?

Ja wirklich, damals wollte er nicht. Jetzt auch nicht. Und doch beschloss er, sich den Baum anzusehen, sofern er noch stand und ihn niemand abgesägt hatte. Aber zunächst war ihm das Krankenhaus am wichtigsten.

Ob es noch irgendeine Spur von ihnen in diesem Krankenhaus gibt? Ob überhaupt ein Archiv vorhanden ist? Vielleicht sind ihre Akten in einem Keller vergraben, verschimmeln vor Feuchtigkeit oder vergammeln ungesichert und niemand wird sich Mühe geben, sie zu suchen, auch wenn ich dafür bezahle? All das ging ihm durch den Kopf, während er an jenen Ort fuhr. Zuerst jedoch hatte er mit dem Handy angerufen und sich vergewissert, dass es dieses Krankenhaus noch gab und es nicht etwa zum Opfer einer Reform geworden und auch nicht zu einer Ruine verfallen war. Es stellte sich schließlich heraus, dass es ein kleines, provinzielles Krankenhaus war.

Was haben sie dort gesucht?, hatte er sich immer wieder während seines ganzen Lebens gefragt. Oma hatte nie über dieses Thema gesprochen.

„Wenn sie dorthin gefahren sind, dann mussten sie sicher", hörte er manchmal von ihr, dann wechselte sie sofort das Thema. Sie wollte auf keinen Fall darüber reden. Sie meinte, dass es einen schlechten Einfluss auf ihn haben könnte, wenn man ihren Tod immer und immer wieder zur Sprache brächte. Möglicherweise vertrug sie es selbst nicht und mied darum lieber das Thema? Immerhin war seine Mutter die einzige und geliebte Tochter der Großmutter gewesen.

Der kleine Ort, das winzige Krankenhaus - und der Baum, der ungefähr zweihundert Meter entfernt davon in einer scharfen Kurve wuchs, sagten ihm, dass es kein Wunder war, dass sie gleich dort ...

Tot oder lebendig, versuchte er sich mit Macht zu erinnern, aber selbst das war nicht sicher. Angeblich hatte einer von ihnen noch einen oder zwei Tage gelebt. Doch wer von beiden? Eines war klar: Sie hatten die Leichen obduziert. Auf ihren Totenscheinen, die Oma in einer Kassette verwahrte, hatte er einmal einen langen, ausgeblichenen Namen entdeckt. Er hatte ihn nicht richtig lesen können, weil die Tinte verschmiert war, aber immerhin waren das Spuren einer ärztlichen Untersuchung.

Nach weiteren Reisestunden landete Adam auf einem überschaubaren, für eine Kleinstadt typischen Marktplatz. Er war sehr schön. Adam aber hatte weder Lust noch Zeit, ihn zu bewundern. Er registrierte mit einem Blick ein scheußliche Hotel, in dem er die Nacht verbringen konnte und fuhr so, wie die Wegweiser es ihm zeigten. Das Krankenhaus war immerhin ein so großes Gebäude, dass es ein Schild gab, das den richtigen Weg wies.

*

„Wo hast du denn das Blümchen her?", fragte Eva, als sie vom Boden kamen. In Myschkas Faust steckte eine orangefarbene Ringelblume.

Orange? Aua, ... das blendet ja wie ein Fahrradlicht, dachte Eva. Laut bemerkte sie: „Solche Blumen gibt es doch gar nicht."

„Zeig mal", wandte sie sich an Myschka. Die aber protestierte mit einem ärgerlichen, unartikulierten Brubbeln. „Ich gebe es dir doch sofort zurück, ich will es doch nur ansehen. Und sag, woher du das hast", wiederholte Eva geduldig.

„Ga ...", antwortete sie.

„Ich habe keine Blumen im Garten gepflanzt", sagte Eva mit müder Stimme, als ihr gewahr wurde, dass sie, so lange sie Myschka schon hatte, keine Blumen mehr gepflegt hatte. Sie fühlte sich schuldig. Die Katastrophe, die mit Myschkas Geburt begonnen hatte, betraf nicht nur ihre Ehe, sondern auch das Haus und den Garten. Den Garten, den vor neun Jahren eine extra engagierte Firma angelegt hatte, um ihn „schön zu komponieren". Sogar der Rasen, zusammengebunden in Netzen, wurde angeliefert, damit sie nicht warten mussten, bis er wächst. Er wurde ein fast „englischer Rasen". Bevor Adam und sie sich für eine Komposition des Gartens entschieden hatten, hatten sie sich viele Prospekte und bunte Magazine angeschaut.

Und wozu das alles, wo da nun nichts mehr ist? Dafür braucht man keine Naturkatastrophe, keinen Hagelschlag, keinen Tornado und keine sibirische Kälte. Es reicht die Geburt eines Kindes, dachte Eva mit Sarkasmus. Plötzlich wurde ihr bewusst, wie sehr sich ihre Werteskala geändert hatte. Ist das gut oder schlecht, überlegte sie, fand aber keine Antwort darauf.

„Ga", wiederholte Myschka trotzig.

Eva sah trotz der Bemühungen des Logopäden keine Lernfortschritte bei Myschka. Sie verschluckte weiter die Silben. Ich kriege niemals raus, was „Ga" heißt, stellte Eva resigniert fest. Ob es ihr wohl reicht, wenn sie sich selbst versteht?

„Ga", wiederholte Myschka geduldig, streckte die Hand aus und gab Mama die Blume.

Eva vertiefte sich in die außergewöhnlich orangene Farbe und dachte: Wohltätigkeitsbälle, gesellschaftliche Aktionen, integrative Schulen ... grotesk! In Wirklichkeit aber sollte das Ausmaß der Behinderung so gering wie nur möglich sein. Sie sollte Niemanden abstoßen. Niemand sollte sich ekeln müssen.

„Ga!", plärrte Myschka und haute mit den Fäusten an die Wand. Ungeschickt näherte sie sich dabei der Haustür.

Eva ging unwillkürlich hinter ihr her. Um ihre Knie strich Mia. Sie gingen vor das Haus, bogen um die Ecke, wo sich ihr einstmals gut gepflegter Garten befand.

„Dort gibt es nur Brennnesseln, Kletten, Unkraut und Wiese", warnte Eva. „Du verbrennst dich und wirst weinen."

Myschka schüttelte den Kopf. Sie gingen durch die hölzerne Eingangspforte in der hohen Mauer zu dem Flecken Erde, auf den Eva seit Jahren keinen Fuß mehr gesetzt hatte. Es war ein ziemlich großes Grundstück, ungefähr zwanzig Hektar, eingefasst mit ausgesuchten, weißen Steinen. Adam hatte das Grundstück noch zu dem Haus dazu gekauft. Die Nachbarn sollten keinen Blick erhaschen, denn er träumte davon, dass dies ihr „Versteck vor der Welt", ihr „Garten der Träume" mit einer glatten, grünen Mauer, einem kleinen Teich, freundlichen Blumenbeeten, einem Steingarten und blühenden Sträuchern sein würde. Anfangs hatte sich Eva das alles anders vorgestellt. Es sollte üppig, wild und natürlich wachsen durch ihrer Hände Arbeit, überschaubar bleiben. Aber Adam hatte sein Projekt eines perfekten, eleganten Gartens vorangetrieben, wie er für eine Stadtresidenz typisch war. Dennoch war es Eva gelungen, hier und da seine künstliche Symmetrie wenigstens soweit aufzubrechen, dass man den Garten lieb gewinnen konnte.

Ich hab ihn im Stich gelassen, dachte sie. Zum letzten Mal habe ich vier Tage vor Myschkas Geburt diese Pforte geöffnet. Vor neun Jahren. Der Garten-Traum wurde ein Garten-Albtraum, ein Schlachtfeld, ein Königreich der Brennnesseln und Kletten.

Sie näherten sich der Eingangspforte in der Mauer. Zuerst empfand Eva den Duft. Stark und aufregend. Unkraut duftet stärker als Blumen, wunderte sie sich und stieß die Gartentür auf.

Die Dämmerung kam und alle Farben waren ein wenig blass. Trotzdem leuchteten die Blumen wie die Ringelblume in ihrer Hand. Es gab viele davon. Sie wuchsen überall, auf ungleichmäßigen, natürlich entstandenen Rabatten, erinnerten an einen blühenden Dschungel. Orangefarbene Ringelblumen, gelbe Iris, kühle Kornblumen, glühend rote Rosen, blendend weiße Lilien ... nur hier und da wuchsen Brennnesseln, machten aber nicht den Eindruck, als seien sie Unkraut. Eva hatte einst gepflanzt, damit wachse, was aus der Erde ans Licht wollte. Und das alles gab einen betörenden Duft von sich, mit dem das beste Parfüm nicht hätte mithalten können. Trotz der Dämmerung hörte sie das Summen der Bienen, das Brummen der Käfer, sah, wie die Schmetterlingsflügel in der Luft sachte zitterten. Im Garten sangen die Vögel und Eva kam es einen Moment lang so vor, als würde zu dem langsam dunkel werdenden Himmel eine wohl klingende Melodie ertönen, eine Kantate auf das Leben, wunderbar vertont von einem unbekannten Komponisten.

„ER hat den Garten gerettet!", sagte sie laut, verwundert und glücklich zugleich. Der Garten wurde vor mir geschützt, fügte sie in Gedanken hinzu.

Plötzlich fühlte sie die Energie, die aus diesen Pflanzen kam. Sie spürte ihre Ausdauer, ihre Liebe zu Tag und Nacht, ihr geduldiges Warten auf den Sonnenaufgang und die Tropfen des Morgentaus. Spürte ihren Lebenswillen trotz alledem.

Der Garten hat überlebt, weil er nicht aufgegeben hat, verstand sie in plötzlicher Erleuchtung.

Sie hatte sich träge und hoffnungslos ihrem Schicksal ergeben. Das änderte sich jetzt mit jedem Atemzug, mit dem sie den Duft des Gartens in sich aufnahm und stark in sich fühlte. Schließlich war Myschka für sie kein Schicksalsschlag! Ich kümmere mich um sie, dachte Eva, ich habe die Beziehung zu ihr aufgebaut, zuerst gefühlsmäßig, dann mit Worten, habe ihr so viele Dinge beigebracht - schier unerreichbar für Kinder mit dieser Schwere der Behinderung und diesem Geheimnis, dem dunklen Fleck im Gehirn. Aber das ist kein Grund aufzugeben, sondern stolz zu sein! Warum habe ich mich nicht um das Haus gekümmert, um mich selbst, meine Interessen und Hobbys, warum ...?

Ich bring das in Ordnung, beschloss sie und fühlte in sich eine außergewöhnliche Energie aufsteigen.

„Taaaaaa", sagte Myschka und zog an Evas Hand. Eva gab sie ihr. Sie wusste nicht, was dieses Wort heißen sollte, fühlte aber instinktiv, was zu tun war. Sie hielten sich, drehten sich im Kreis, einmal, zweimal, dreimal, dann hob Eva Myschkas Arme nach oben und tanzte mehrmals um das Mädchen, sodass sie beide im Kreis wirbelten. Myschka lachte laut vor Freude. Jetzt hielt Eva beide Hände Myschkas und sie drehten sich zusammen. Der Garten sang ihnen den Rhythmus. Er sang mit den Stimmen der Vögel, dem Rauschen des Windes, dem leisen Summen der Insekten und dem Rascheln der Blätter.

„Das ist Mamas Garten! Unser eigener", rief sie der Tochter zu.

„Ja", sagte Myschka.

„Was soll ich dir geben?", lachte sie.

„Geb Ga", sagte Myschka ernst.

Na ja, jemand hatte ihnen den Garten gegeben, stellte Eva fest ohne darüber nachzudenken, was Myschka sagen wollte. Ohne Zweifel hatte die Zeit ihnen diesen Garten geschenkt. Die Zeit hatte diesen Flecken Erde gerettet. Die Zeit, die in diesem Garten so anders floss. Eva merkte nicht einmal, dass es tiefe Nacht wurde.

„Wir müssen zurück", sagte sie zu ihrer Tochter noch immer ganz außer Atem von ihrem Tanz. „Morgen kommen wir wieder. Wir haben endlich einen Platz, an dem wir machen können, was wir wollen und niemand kann uns sehen ...!"

„Bod", erinnerte sie Myschka. Eva sagte nichts, aber dachte daran, dass sie Myschka jetzt ganz sicher nicht erlauben würde, stundenlang auf dem staubigen, stickigen und dunklen Boden zu hocken. Sie sagte aber kein Wort. In der Nacht, als Myschka schon schlief, schlich Eva die Treppen hinauf zum Boden und verschloss ihn. Dann versteckte sie den Schlüssel in der Teedose und stellte sie so hoch wie möglich, auf die Spitze der Anrichte.

*

Adam drehte sich in dem unbequemen Bett um, verschwitzt, wütend und unglücklich. Das Hotel war miserabel, die niedrigste Kategorie. Aber was sollte man sich in diesem Ort von einem Hotel auch erhoffen? Es war ja gut, dass es überhaupt eines gab. Leider waren die Fenster nicht zu öffnen und beim näheren Hinsehen zeigte sich, dass sie vernagelt waren. Sicher hielten die Griffe sie nicht verschlossen und das Personal „sicherte" sie so vor dem Wind.

Im Zimmer machte sich ein modriger Geruch breit. Er kam von den nicht gelüfteten Betten und dem üblen Gestank der Zigaretten, die hunderte Gäste dort geraucht hatten. Die Dellen in der Matratze und besonders das Loch in der Mitte, in das er immer wieder rutschte, erzählten davon. Er ekelte sich vor dem Bett, so wie ihn fremde Bekleidung ekelte, fremdes Bettzeug, fremde Teller im Restaurant, Gläser, aus denen schon vor ihm jemand getrunken hatte - und Myschka. Wütend warf er die Decke aus dem Bett auf den Boden, anschließend auch das Kopfkissen und die Zudecke und streckte sich darauf aus.

Der Besuch im Krankenhaus war genauso wenig erfolgreich wie der im Seniorenheim. Schon nach seinen ersten Worten schaute ihn die Frau an der Rezeption mit erschrockener Verwunderung an:

„Der Unfall war vor vierzig Jahren? Und jetzt wollen Sie die Krankenakten? Hier in unserem Krankenhaus?"

„Sie haben sie hierher gebracht", sagte Adam.

„Tot oder lebendig?", fragte die Frau und Adam spürte, dass sie mehr aus Neugier fragte, als ihm helfen zu wollen.

„Ich weiß nicht", sagte er düster.

„Sie sprechen von Ihren Eltern und wissen nicht, wann sie gestorben sind?", wunderte sich die Frau.

„Sie fuhren unweit des Krankenhauses gegen einen Baum. Ungefähr zweihundert Meter von hier."

„Gegen die Königseiche", murmelte die Frau.

„Wie bitte?", wunderte sich Adam.

„Ich sage, dass das ganz sicher die Königseiche war. So nennen wir den großen Baum, gleich da drüben. Sie müssen an ihm vorbei gefahren sein, haben ihm aber sicher keine Aufmerksamkeit geschenkt. Er stand einmal gleich neben der Straße. Später haben sie die Straße verlegt. Es gab einfach zu viele Unfälle. Meine Mutter erzählte mir, wie das mit dem Baum war", fuhr die Frau mit sichtbarer Belebung fort. „Er wuchs an einer Stelle, an der es schwer war, ihn zu umfahren, wenn man zu schnell war. Der Baum stand gleich hinter einer Kurve. Als es immer mehr Unfälle wurden, hat jemand beschlossen, dass man entweder den Baum fällen oder die Straße verlegen müsse. Man hat sich für die zweite Variante entschieden, weil die Königseiche ein Naturdenkmal ist ...“

„Die Königseiche?“, wiederholte Adam.

„Schon in den Zeiten meiner Mutter passierten hier fünfzehn tödliche Unfälle. Aber es gab viel mehr, bei denen die Leute wie durch ein Wunder überlebten. Als meine Großeltern noch lebten, krachten Fuhrwerke, Schlitten und sogar Pferdewagen gegen den Baum. Und noch früher ... wer weiß, was früher war, denn der Baum ist ja schon älter als fünfhundert Jahre! Ganz sicher sind auch Ihre Eltern hier ums Leben gekommen, denn die neue Straße wurde erst vor ungefähr dreißig Jahren gebaut.“

Jetzt, als sich zeigte, dass Adam über eine dieser Tragödien sprechen wollte, die die Vorstellungskraft des kleinen Städtchens überstiegen, war die Frau eher zum Gespräch bereit. Bestimmt wurde jeder Unfall wie eine Sensation kommentiert und so behielt man ihn über Jahre im Gedächtnis.

„Vor vierzig Jahren“, nuschelte sie, während sie in ihrem Gedächtnis kramte. „Von den Unfällen, an die ich mich erinnern kann, gibt es einen mit einem jungen Paar. Man hat lange darüber gesprochen, denn es war wohl auf der Hochzeitsreise ...“

„Das sind sie nicht“, hakte Adam ein.

„... dann war da ein Junge, der das Auto seiner Eltern stahl und sich und zwei Mädchen damit umbrachte ...“

Adam stöhnte. Anscheinend gab es viele Erinnerungen.

„... ein junges Paar mit Kind“, fügte die Frau hinzu.

„Sie fuhren allein“, sagte er trocken. „Ich bin mit der Großmutter zu Hause geblieben.“

„Was haben sie hier gesucht? Das ist kein Ferienort, es gab doch hier nur eine Durchgangsstraße“, brubbelte die Frau. Adam schwieg. Er wusste das ja auch nicht.

Die Frau bemühte erneut ihr Gedächtnis.

„Wer weiß, ob sie das Archiv nicht inzwischen im Keller untergebracht haben. Vielleicht ist es vernichtet? Vielleicht auch nicht? Man muss es nicht so viele Jahre aufbewahren, aber möglicherweise hat Jadwiga es behütet."

„Jadwiga?", fragte Adam nach.

„Unsere Archivarin. Sie ist in Rente gegangen. Bevor sie ging, hat sie noch Ordnung in die Papiere gebracht. Wissen Sie, sie war immer sehr gewissenhaft ... solche wie sie gibt es heute gar nicht mehr", fügte sie nach kurzem Nachdenken hinzu.

„Dafür gibt es heute Computer", sagte Adam.

„Klar", nickte seine Gesprächspartnerin ohne Enthusiasmus.

„Wo kann ich Frau Jadwiga finden?"

Jadwiga, eine ältere Dame über sechzig, war tatsächlich von zwei Computern ersetzt worden. Sie selbst arbeitete weiter und führte eine kleine Cafeteria für die Mitarbeiter und Patienten des Krankenhauses.

„Vor vierzig Jahren, sagen Sie ...", sann die Frau nach. „Damals war ich dreiundzwanzig ... ich erinnere mich an alles. Wissen Sie, die Leute, die gegen die Königseiche fuhren, wurden immer hierher gebracht. Ich sage Ihnen, das Krankenhaus wurde vor allem deswegen hier gebaut. Krankenhaus und Leichenschauhaus. Der frühere Gutsherr hat es noch im 19. Jahrhundert gegründet und so ist es geblieben. Das Leichenschauhaus, und wenn jemand überlebt hat, dann Rea."

Adam zog die Augenbrauen zusammen, so dass Jadwiga sofort erklärte: „So nennen wir den Raum für die Reanimierung. Einige kehren aus ihm zurück ins Leben, andere kommen mit den Füßen zuerst wieder heraus ... welche Farbe hatte denn das Auto?", fragte sie plötzlich, wie das Frauen halt so machen.

Adam antwortete ohne nachzudenken: „Grün."

Vor seinen Augen flimmerte erneut dieser Anblick: Er, ans Fenster gelehnt, hinter ihm die Großmutter, die ihn an der Schulter festhält. Sie, draußen mit dem braunen, struppigen Hund, steigen in das grüne Auto ein. Mama winkte zum Abschied. So erinnert er sich an sie: Sie hatte ein helles Kleid an, offene Haare, mit einem Lächeln für ihn im Gesicht und die Hand auf dem Kopf des Hundes. Sie wusste nicht, dass sie mit diesem Lächeln und der Geste ein für allemal in seinem Gedächtnis erstarren würde und dass sie in dieses Gedächtnis niemals mit einer anderen Geste würde eingehen können.

„Ein Paar um die dreißig?"

„Mein Vater war vierunddreißig, sie dreißig", sagte er.

„Es gab solch ein Paar, aber mit Kind. Der Vater und das Kind starben auf der Stelle, sie lebte noch einen ganzen Tag. Wie hat sie sich gequält. Immerzu fragte sie nach ihnen.

„Das sind sie nicht. Sie hatten einen Hund."

„Der Hund könnte weggelaufen sein ..."

„Ich weiß nicht, was mit dem Hund passiert ist", sagte er etwas verwundert, schien doch der Hund im Dunkel seiner Erinnerungen verschwunden zu sein. Aber sie müssen ihn geliebt haben wie ein Kind ...

Nachdem Adam noch einmal darum gebeten, außerdem eine weitere Banknote aus seiner Tasche hervorgezogen und der Frau in die Hand gedrückt hatte, ging Jadwiga mit ihm in den Keller. In dem feuchten, stickigen Raum gleich neben den kalten Leitungen der Zentralheizung, aus der Wasser tropfte, lagen große Pappkartons mit einer alten Kartei. Die Frau an der Rezeption hatte nicht gelogen. Frau Jadwiga war sehr akkurat. Auf jeden Karton hatte sie sorgfältig das entsprechende Jahr geschrieben, sodass sie ohne Probleme jenen fand, in der das Dokument liegen musste, das Adams Eltern betraf. Da lagen sie: In einem grauen Hefter, zugebunden mit einer Schnur.

„So ein morsches, feucht gewordenes Zeug ...", schüttelte Frau Jadwiga den Kopf. „Da hat der Mensch nun aufgepasst, alles alphabetisch geordnet, in Kartons einsortiert ... alles umsonst ... dabei ist jede Kartei ein Menschenschicksal."

Das Leben von Adams Eltern befand sich auf drei Karteikarten. Den Namen konnte man sich nur noch denken. „... er endet auf 'icz'", könnte man erraten", sagte Frau Jadwiga unsicher und blickte auf den verschmierten Tintenklecks. „Hieß Ihre Mutter Maria?"

„Ja", sagte Adam und atmete tief durch. „Maria ..."

Maria, Kleks, ... icz - das ist übrig, dachte er.

„Um 13.40 Uhr hergebracht. Verstorben am nächsten Tag um 23.25 Uhr." - Adam schwieg und dachte über die Stunden nach, in der seine Mutter - bei Bewusstsein? Ohnmächtig? - in einem der Zimmer dieses kleinen Krankenhauses gelegen hatte. Was hatte sie gefühlt? Ob sie an ihn hatte denken können? Ob sie sich bewusst gewesen war, dass sie sterben und ihn nie wiedersehen würde? Dass sie ihn verließ? Ihn ganz allein zurückließ? Und dass er nur fünf Jahre alt war und sie verzweifelt brauchte?

„Aber ich sagte doch, dass es drei Personen waren", unterbrach ihn Frau Jadwiga, die mit der Brille auf der Nase die von der Feuchtigkeit beschädigten Spuren seiner Eltern analysierte, verschlossen in drei vermoderten Kartons.

„Schauen Sie mal: hier sind noch zwei Personen und wie es aussieht mit demselben Nachnamen? Die Endung 'icz' auf der zweiten Karteikarte ist verschmiert, aber stimmt mit dem ersten Buchstaben überein. 'R', sehen Sie? In dem einen Fall war es ein Mann, von dem wir sogar das Alter haben: vierunddreißig Jahre. Auf der anderen Karteikarte ist das Alter unleserlich ... gleich ... das ist auch ein Mann. Oder ein Kind? Ein Kind männlichen Geschlechts. Warum zum Teufel ist ausgerechnet in der Rubrik 'Alter' ein Fleck ... aber beide Personen sind zur selben Zeit gestorben und hier steht, aufgrund eines Unfalls. Und die drei Karteikarten sind zusammengeheftet, also gehört alles zusammen zum selben Unfall. Ganz sicher eine Familie ...", fuhr Frau Jadwiga mit einer für Adam unverständlichen Aufregung fort. Ihr Gesicht färbte sich rot und auf ihren Lippen zeigte sich ein Lächeln. Er begriff, dass sie sich nicht an das dramatische Ableben erinnerte, sondern an ihre Jugend. Als seine Eltern in dieses Krankenhaus gebracht wurden, war diese Frau, heute so um die sechzig, etwa dreiundzwanzig Jahre alt. Sie war jung, vielleicht schön, voller Hoffnungen und Tatendrang. Seine Eltern erwartete nichts mehr; vor ihr lag noch das ganze Leben. Also lächelte sie wegen ihrer Erinnerungen und blickte dabei auf die vermoderten Papiere, die einmal ihre jungen und glatten Hände berührt hatten. Adam nahm ihr das nicht übel. Wies jedoch auf den Irrtum hin: „Es waren nicht drei."

„Aber hier sind es drei", wiederholte Frau Jadwiga mit Nachdruck.

Plötzlich fiel Adam etwas ein: „Eventuell haben sie einen Anhalter mitgenommen ...", begann er und flüsterte einen Moment später: „Vielleicht sind sie gegen den Baum gefahren, weil sie einem Fußgänger ausweichen mussten? Und wenn ...", unterbrach er ganz durcheinander.

„... sie ihn überfahren haben?", vervollständigte die Frau.

„Sie fragen, was wäre, wenn sie ihn überfahren haben? Ob man sie alle zusammen in dieses Krankenhaus gebracht hätte? Ganz sicher ja."

„Derjenige könnte betrunken gewesen sein ... ist auf die Fahrbahn getorkelt", erwog Adam. Auch nach so vielen Jahren konnte er sich nicht mit dem Gedanken anfreunden, dass seine Eltern selbst den Unfall verschuldet haben und verantwortlich für jemandes Tod sein könnten. In seine fiebrig hetzenden Gedanken hakte die nüchterne Stimme von Frau Jadwiga ein:

„Ich weiß nur soviel, dass ich eine gewissenhafte Verwaltungsmitarbeiterin war. Niemals hätte ich einen Fremden zu einer Familie dazu geheftet."

„Versuchen Sie doch, sich zu erinnern", bat Adam eindringlich.

„Wahrscheinlich ... wahrscheinlich hatte der Fremde keine Papiere bei sich und ich hab ihn automatisch zu der Karteikarte des Vaters dazu geheftet? Sie sind doch zusammen umgekommen, zur selben Zeit, richtig?"

Adam stöhnte. So hat sich wohl alles aufgeklärt: Ein Betrunkener oder leichtsinniger Fußgänger, vielleicht ein Kind, zu spätes Ausweichen des Fahrers, ein dreifacher Tod und ein um Stunden zu langes Quälen in der Angst um die Angehörigen und körperlicher Schmerz.

Hoffentlich war sie nicht bei Bewusstsein, dachte er.

„Sie hatten einen Hund dabei", erinnerte er der Ordnung halber.

„Er könnte überlebt haben und weggelaufen sein. Übrigens ... wer würde einen Hund in den Akten eines Krankenhauses vermerken? Ein Hund ist ein Hund", sagte die Frau.

Fast gleichzeitig mit ihren Worten begannen in Adams Augen Tränen aufzusteigen. Auf absurde Weise erschrak ihn der Gedanke an den vor Angst verrückt gewordenen Hund, der in der fremden Gegend herumirrte. Schnell beherrschte er sich wieder. Er wollte nicht, dass die Beamtin seine Rührung bemerkte und rief sich ins Gedächtnis zurück, wozu er hierher gefahren war. Etwa deshalb, um nur den Ort zu sehen, an dem seine Eltern die letzten Momente ihres Lebens verbracht hatten?

„Wurde eine Sektion vorgenommen?", fragte er.

„Möglich wäre es, aber das kriegen wir mit dieser Kartei nicht heraus", meinte Frau Jadwiga. „Sehen Sie ... nur Klekse ... Flecke ... oder verblasste Schrift, sodass man nichts lesen kann."

„Aber ich muss es wissen", rief er nachdrücklich.

„Was?", fragte die Angestellte.

„Ich will wissen, ob ihre Gene in Ordnung waren, gab es Familienkrankheiten, alles, was man durch eine Blutuntersuchung herausbekommen kann. Laboruntersuchungen wurden doch bestimmt von jemandem veranlasst!"

„Wozu brauchen Sie das? Reicht es nicht, dass sie ums Leben gekommen sind? Und das auf diese Weise?", fragte die Frau.

„Sie verstehen gar nichts. Sie sind gar nicht imstande zu verstehen", sprach er mit übertriebener Arroganz.

„Wir leben in einer anderen Zeit, nicht mehr in der, an die Sie sich gerade erinnern. Auf der Grundlage winziger, scheinbar wenig bedeutender Untersuchungen können wir heute die Zukunft vieler Generationen voraussagen. Heute können wir eine Blutanalyse bei einem kleinen Mädchen machen und können auf dieser Grundlage voraussehen, was es in zwanzig Jahren für ein Kind gebärt ... wir können erfahren, ob dieses Kind in fünfzig Jahren an Alzheimer erkrankt oder einen Tumor bekommt, ob es Gefahr läuft, in seiner Entwicklung zurückzubleiben oder andere genetische Macken haben wird. Wir könnten es nicht zulassen, dass es ..." Adam hielt inne.

Dass es was?, dachte er plötzlich. Dass eine Frau niemals ein Kind bekommt, wenn die Wahrscheinlichkeit besteht, dass das Kind mit Down-Syndrom, mit einem Tumor, mit einem unterentwickelten Hirn oder Sprachstörungen geboren wird?

„Wozu ...?", wiederholte Frau Jadwiga und Adam sah, dass sie ihn mitleidig anblickte.

Nun ja ... ihr Platz in den heutigen Zeiten war lediglich an dem ärmlichen Buffet des Krankenhauses, aber er versuchte mit ihr zu reden wie mit einem Vertreter der Gattung *Homo sapiens* aus dem einundzwanzigsten Jahrhundert.

Die blassen Augen der ehemaligen Verwaltungsangestellten schauten ihn mit wachsendem Mitleid an.

„Die Königseiche steht etwa zweihundert Meter vom Krankenhaus entfernt. Allerdings nicht mehr an der Straße, sondern auf der Wiese. Sie werden sie hinter der ersten Kurve auf der linken Seite finden. Man kann dorthin gehen, es gibt einen Weg. An den Baum ist ein Kreuz geschlagen. Es soll an die erinnern, die hier den Tod fanden. Die Leute aus der Gegend zünden Kerzen zu Allerheiligen an, manchmal auch an anderen Tagen. Gehen Sie. Sie sind doch deswegen so viele Kilometer gefahren ..."

Deswegen?, fragte er sich. Ich bin doch nicht hierher gefahren, um vor einer Königseiche zu stehen, um den merkwürdigen Namen dieses majestätischen, weit ausladenden Baumes zu erfahren, dem es tatsächlich zusteht, ein Naturdenkmal zu sein.

Sein Blick wanderte über die rissige, dicke, raue Rinde, um nach den alten und lange schon vernarbten Wunden des Zusammenstoßes mit vielen Tonnen Metall zu suchen. Aber er fand keine Spuren außer einem hineingeritzten Herzen mit Initialen.

Der eine ist hier gestorben, der andere hat im Schatten dieser Zweige geliebt, dachte er.

Ein angenehmer, warmer Wind bewegte die Blätter, sodass es ihm auf einmal so vorkam, als ob der Baum mit dunkler, singender Stimme zu ihm späche: „Mama?", hörte er.

„Adam ..., Adamlein ..."

„Mama ...", flüsterte Adam plötzlich, umarmte den Baumstamm und weinte. Die Tränen flossen unkontrolliert und dieses Weinen musste sehr lange angehalten haben, denn er fühlte die Tränen im Gesicht, am Hals, an den Händen.

„Adamlein ..., Adam ... komm, komm ..."

Er hatte seit den Tagen seiner Kindheit nicht mehr so geweint. Und er hatte sehr früh aufgehört, ein Kind zu sein. Er hatte sich gesagt, dass nur die Kinder sind, die auch Eltern haben. Sogar, wenn sie schon erwachsen sind. Er hörte auf, ein Kind zu sein, als er fünf Jahre alt war. Damals hatte ihm die Großmutter mit unnatürlich ruhiger Stimme gesagt:

„Mama und Papa kommen nie mehr zurück."

Jetzt weinte er lange, wenn auch schon ohne Tränen. Und die Eiche erzählte weiter mit ihrer undeutlichen, raschelnden Stimme.

„Komm ..., komm ... spielen wir was? ... lein, Adamlein ... komm ..., komm ..."

Der Baum spricht mit einer Kinderstimme zu mir. Ob das meine Stimme war, als ich fünf war? Und überhaupt: Können Bäume sprechen?, ging es ihm durch den Kopf, während der Baum mit seinen raschelnden Blättern immer weiter flüsterte:

„Komm ..., komm ... Ada ..., ko ..."

„Bäume sprechen nicht", sagte er laut und entschieden zu dem dicken, rauen Stamm und der Baum schwieg. Adam ging einige Schritte zurück und hob den Kopf, um ihn sich genau anzusehen. Die Eiche war riesig und hat so viele Menschen getötet. Selbst aber lebte sie noch immer.

Er fühlte kein Mitleid für den Baum. Eher für die dritte Person, deren Karteikarte zum letzten Akt des Lebens seiner Eltern dazugeheftet worden war. Eine Person männlichen Geschlechts, vielleicht ein Kind, das unter die Räder des Autos seiner Eltern geraten war und ...

... den Unfall verursacht hatte, vollendete er den Gedanken. Aber eine kalte, unerträglich logische Stimme wiederholte in seinem Hirn: ... Oder sie sind zu schnell gefahren und töteten nicht nur sich selbst, sondern auch die Seele eines Menschen, wahrscheinlich eines Kindes, das so unschuldig wie ein Lamm war.

Er verstand, dass er nicht wissen wollte, wie es wirklich gewesen war. Und er begann dunkel zu ahnen, warum die Großmutter niemals über den Unfall reden wollte. Sie muss gewusst haben, dass sie schuld waren und wollte ihn mit dieser schrecklichen Wahrheit nicht belasten.

Die Nacht kam und Adam lag schlaflos auf dem Fußboden des scheußlichen Hotels, wälzte sich von einer Seite auf die andere, verschwitzt, wütend und traurig. „Warum zum Teufel bin ich hierher gekommen ...?", flüsterte er und wiederholte diese Frage so lange in einer Schleife, bis er endlich einschlief.

In der Nacht träumte er von Myschka, die sich auszog und nackt auf der am stärksten befahrenen Kreuzung der Stadt, gleich neben seinem Büro, auf eine plumpe, anstößige Art und Weise tanzte - ohne sich dessen bewusst zu sein, was sie tat. Rings umher wuchs ein Stau hartnäckig hupender, roter Autos, die Fahrer rasten vor Wut und aus den Fenstern schauten die Gesichter aufgeregter Leute.

„Ist das Ihre Tochter, Herr Geschäftsführer?", fragte die höfliche Stimme seiner Sekretärin.

„Nein", antwortete Adam kühl. „Meine Gene sind sauber. Ich habe das an der Königseiche überprüft."

Am nächsten Morgen stieg er ohne Frühstück in sein Auto und trat den Rückweg an. Er fuhr nach Hause.

Nach Hause?, fragte er sich. Gibt es irgendwo noch mein Zuhause?

Wieder einmal meinte er zu erkennen, dass Myschka ihm alles genommen hatte, was er besessen und mit solcher Leidenschaft und großem Optimismus geschaffen und gebaut hatte. Sie dagegen gab ihm nichts. Gar nichts.

*

Eva machte sauber und sang. Als sie ihre eigene Stimme mit der leichten, angenehmen Melodie hörte, wunderte sie sich zunächst. Ihr wurde bewusst, dass sie die letzten neun Jahre nicht einmal vor sich hingesummt hatte. Früher, noch vor Myschkas Geburt, hatte sie dagegen bei jeder Gelegenheit gesungen. Sie lächelte und summte lauter.

Ich mache alles sauber, bringe alles in Ordnung und gebe dem Haus Sinn und Schönheit zurück, dachte sie mit ungeahnter Energie.

Gestern, in dem fast vergessenen Garten, hatte sie verstanden, dass sie nur von einem Tag zum anderen lebte, schon am Morgen von der Nacht träumte, die unvermeidlich komme und für kurze Zeit alles vergessen machen würde. Auch wenn sie zu viele Schlafmittel schluckte, gab es dennoch kein Entkommen vor dem nächsten Morgen. Die Tage waren sich einander so ähnlich wie ein Tropfen dem anderen. Sie lebte mit dem hoffnungslosen Gefühl ehrlich erfüllter Verpflichtung, die sie annehmen musste, ohne dass jemand danach gefragt hätte, ob sie dies wollte. Von allein hätte sie das niemals auf sich geladen. Sie lebte freudlos und ohne das Gefühl, dass das alles einen Sinn habe. Aber sie hatte wenigstens ein gutes Gewissen.

Ein reines Gewissen ist so wenig, ging es ihr durch den Kopf. Verwundert stellte sie fest, dass auch ein gutes Gewissen sich in Bitterkeit und in ein Gefühl der Niederlage verwandelte, wenn es keine Liebe und Freude schaffen konnte.

Die Lebensfreude, die der Garten ausstrahlte, seine Schönheit, sein Duft, seine wundersame Kraft - die zu ihr strömte - machten ihr ihre innere Leere bewusst.

Es sollte keine Leere geben - und es gab sie auch in Wirklichkeit nicht. War doch neben ihr, mit ihr, in ihr Myschka. Die ganze Zeit. Sie, Eva, hatte ihr das Laufen beigebracht, das Sprechen, das Anziehen, die Tasse vorsichtig hinzustellen, sich den beschmierten Mund selbst abzuwischen, die Schuhe zu binden, zu essen, Bücher mit Bildern anzusehen. Sie brachte ihr alles bei, was anderen Kindern mit Leichtigkeit gelang. Und je größer die Mühe war, die sie beide in das Lernen investierten, desto größer war Evas Freude, wenn Myschka etwas gelang. Eva erhielt dafür täglich von ihrer Tochter ein vertrauensvolles Lächeln. Sie gab ihr das Gefühl von Sicherheit und wurde dafür mit Liebe beschenkt.

Ich liebe Myschka doch und sie liebt mich! Ich sollte mich darüber freuen, dabei habe ich mich in Hoffnungslosigkeit verloren. Jetzt bringe ich alles in Ordnung. Alles. Zu Hause. In mir selbst. Überall, dachte sie mit Bitterkeit, während sie die alten Flecke auf dem einst teefarbenen Kanapee und auf der cremefarbenen Couch beseitigte. Sie kratzte die Flecke vom Tisch ab, vom Treppengeländer und versuchte so, dem Haus seine heitere Helligkeit zurückzugeben.

Zum ersten Mal seit länger Zeit holte sie den Rasenmäher aus der Garage und mähte den Rasen. Dabei summte sie fröhlich weiter. Mit Stolz blickte sie auf ihre Arbeit und freute sich.

So einfach ist das und es sieht gleich ganz anders aus, stellte sie fest.

Myschka ging auf Schritt und Tritt hinter ihr her, schaute genau und mit unbeschreiblicher Unruhe zu. Die schwungvolle Freude der Mutter war zu neu, als dass sie diese mit ihr hätte teilen können. Sie tappte hinter Eva her, beobachtete sie aufmerksam und mit einem unguten Gefühl. Sie wusste nicht, ob diese Veränderung etwas Gutes verhieß. Es hieß abzuwarten und zu schauen, was dabei herauskommen würde.

„Bod", sagte sie vertrauensvoll zu ihrer Mutter.

Der Boden war eine willkommene Abwechslung für sie. Eine Abwechslung von all dem hier unten. Der Boden war aufregend und nie konnte man wissen, was einen dort erwartete. ER erschuf dort alles wieder und wieder von neuem, also war das Warten auf die nächste Veränderung ein Teil der Harmonie im Garten. Die Veränderung hier unten brachte meist nichts Gutes.

„Bod", wiederholte sie und zog ihre Mutter am Ärmel.

Eva riss sich los und brachte das Bücherregal in Ordnung. Sie schüttelte mit dem Kopf und sagte: „Ich lasse dich nicht mehr allein. Ich war egoistisch, wollte meine Ruhe und habe dich auf den staubigen und dunklen Boden geschickt. Jetzt werden wir immer zusammen bleiben. Wir gehen spazieren, zum Park, wo du immer hin wolltest ... sogar zum Supermarkt", fügte sie nach kurzem Nachdenken hinzu. Sie war bereit, sich allen aufdringlichen, unerträglichen und neugierigen Blicken entgegenzustellen. „Ich werde mich nicht mehr schämen, sondern im Gegenteil, ich werde stolz sein ...", fuhr sie mehr zu sich selbst fort, als zu dem Mädchen, zu dem sie gar nicht hinsah. In dem Moment war sie innerlich sogar dazu bereit, Myschka das beste Kleid anzuziehen und mit ihr in Adams Büro zu gehen.

„Ich würde gehen und jedem der Mitarbeiter sagen: Das hier ist die Tochter eures Chefs ..." Sie kicherte bei dem Gedanken an deren Blicke und die Verlegenheit Adams. Ich mach es, dachte sie rachedurstig und mit wütender Hingabe.

Sie bemerkte nicht, dass sich Myschkas Gesichtsausdruck geändert hatte, dass er erstarrt war, dass sie rot wurde und nach Luft schnappte.

Mama wollte ihr den Boden wegnehmen ... Mama wollte ihr verbieten, dorthin zu gehen, wo sie, Myschka, sie selbst sein konnte, wo sie leicht, schnell, gewandt war, wo sie tanzen konnte. Und wo man auf sie wartete. Myschka spürte, dass der Garten der einzige Ort war, an dem sich jemand wirklich über ihren Anblick freute. Die Schlange, die Frau, der Mann und schließlich ER. ER war zwar unsichtbar, zeigte sich aber mittels seiner Stimme. ER baute für sie eine andere Welt, nicht immer die schönste, aber verbesserte alles sofort, was ER falsch gemacht hatte. Und sie, Myschka, konnte darüber mitentscheiden. Hier unten schaffte sie es nicht, Papa in seiner Hast zu stoppen. In Mamas Liebe fehlte ihr die Freude. Hier gelang ihr einfach nichts.

„Boden ...", versuchte sie noch einmal zu sagen, aber die Kraftlosigkeit stieg ihr bis in den Hals und nahm ihr nicht nur den Atem, sondern auch das Wort.

Sie fühlte, dass sie Luft holen musste - und schrie. Zusammen mit der Luft, die in ihre schwachen Lungen strömte, entfuhr ihr ein verzweifelter Schrei.

Myschka schrie auf eine schreckliche Art. Es waren Laute, wie sie Eva noch nie gehört hatte. Dann begann Myschka ihren Kopf gegen die Wand zu schlagen. Sie wollte diesen scheußlichen Gedanken, dass sie nie mehr auf den Boden gehen und niemals mehr den Garten sehen sollte, aus ihrem Kopf verbannen. Sie dachte an nichts anderes mehr.

„Myschka! Myschka!", schrie Eva, die nicht verstand, was vor sich ging. In ihrem ersten Schrei lagen Verwunderung und Angst. Dann aber kam schnell eine gewaltige Wut hinzu.

Gerade dann, wenn ich bereit bin, für sie mein ganzes Leben zu ändern und beginne, mich über ihre Existenz zu freuen, gerade dann verdirbt sie alles, dachte Eva plötzlich mit kaltem Zorn.

Ihre Hand griff fast unwillkürlich nach Myschka. Sie hielt sie so zwar davon ab, dass sie ihren Kopf gegen die Wand hämmerte, begann aber gleichzeitig selbst, sie mit heftigen, kraftvollen Schlägen zu bedecken. Eva schlug ihre Tochter und brüllte in umgehemmter, verzweifelter Trauer:

„Ich bin für dich da ...! Und du ...! Du Ungeheuer! Du Dick-wanst! Du Kokon!"

Aus Evas Mund schlüpften brutale, vulgäre, hasserfüllte Worte. Zum ersten Mal seit acht Jahren löste sie die Bremse und schrie die lange aufgestauten, schlechten Gefühle aus sich heraus. Sie steckten in ihr genauso, wie die Liebe zur Tochter in ihr war.

Nur Myschka sah, dass der Vater in der Tür stand. Zum ersten Mal seit langem stand er unbeweglich, rannte nicht gleich wieder weg, sondern schaute sie mit einem Gemisch aus Staunen, Scham und Ratlosigkeit an. Ich gehe hin und drücke ihn. Er nimmt mich dann an die Hand und rettet mich vor Mamas Zorn, dachte Myschka hoffnungsvoll.

Adam streckte die Hand aus und nahm die vor Wut beben-de Eva in die Arme, um sie von dem Kind wegzuziehen.

Eva war einen Moment wie benommen, hatte die Arme nach oben genommen und holte tief Luft. Dann atmete sie geräuschvoll aus und begann zu weinen.

„Maaa ... Ma ...", sagte Myschka mit tiefer Stimme. Sie fühl-te, dass ihre Liebe zur Mama ebenso wuchs wie die Wut Evas.

„Maaaa ...", wiederholte sie und umarmte sie kräftig. Einen Augenblick später weinten beide, sich dabei in den Armen hal-tend. Beide waren erschrocken und verstanden nicht, was mit ihnen geschah. Sie bemerkten nicht, wie Adam ging und hinter sich die Tür schloss.

Und es wurde wieder Abend des siebten Tages. Es war ein Feiertag. Man nannte ihn so, war doch die Erschaffung des Menschen eine der größten Herausforderungen. Dies umso mehr, weil keiner sagen konnte, ob das wirklich gut war.

„Myschka, willst du schon wieder auf den Boden?", fragte Eva resignierend. Gleichzeitig fühlte sie aber Erleichterung, als sie hörte, dass das Mädchen die hölzerne Treppe nach oben ging. Ihre Füße stampften schwer auf die Stufen. Eine jede stöhnte unter ihrem Gewicht. Je mehr sich jedoch dieses Stöhnen entfernte, desto ruhiger wurde Eva. Eine Stunde zuvor war Eva auf den Stuhl geklettert und hatte den Schlüssel aus der Teedose geholt, um Myschka die Tür zum Boden aufzuschließen. Dann ging sie erleichtert wieder nach unten.

Ich werde nichts mehr verbieten, beschloss sie. Sei es, wie es sei. Jede Veränderung ist in ihrem Fall eine Veränderung zum Schlechten. Ich werde auch mich nicht ändern. Vielleicht kann ich das ja auch gar nicht. Also soll es so bleiben.

Sie bemerkte, dass sie seit Myschkas Geburt nur ans Überleben gedacht hatte.

Ob wohl Myschka auch nur für den Moment lebte? Ob sie sich vor morgen fürchtet? Denkt sie in Bildern? In Melodien? In Gefühlen? Vielleicht sind dies nur Funken im dunklen Chaos, dachte sie, als sie ins Wohnzimmer ging.

Die Stufen knarrten, solange Myschka auf dem Weg nach oben war. Gewöhnlich steckte sie viele Stunden auf dem Boden. Eva indes las ein schönes Buch, das unvermeidlich zum Happy End führte. All diese Bücher waren sich ähnlich, hatten aber einen Vorteil: Sie machten nicht traurig.

Was sieht Myschka nur auf diesem Boden ..., dachte Eva zum x-ten Mal, ohne sich aber wirklich dafür zu interessieren. Es war klar, dass es auf dem Boden nichts Interessantes gab.

*

Myschka wunderte sich, dass es auf dem Boden immer noch Tag war. Hier gab es keine Nacht und es wurde auch nicht dunkel. Sie verstand, dass Tag und Nacht, bei deren Erschaffung sie dabei sein durfte, zur Welt da unten gehörten. Sie gehörten zu der Welt, in der Mama lebte und Papa immer davonlief. Dort fielen SEINE Sterne nach unten, um das Dunkel zu erhellen. Hier im Garten war nicht nur ewiger Tag, sondern ein ewig frischer Morgen.

Das Mädchen aß einen Apfel und fühlte, wie sein Körper leicht wurde. Das Essen eines Apfels gehörte wie der Tanz zu den Ritualen. Über Myschkas Wangen rann der Saft, als sie den letzten Bissen der Frucht in den Mund steckte. Ihr Körper wurde immer leichter, sie zitterte vor Aufregung und würde gleich eine wilde Pirouette drehen, am liebsten so schnell, dass sich alle Farben vermischten und zu einem Regenbogen wurden. Sie liebte es, die sich im Wind biegenden Zweige nachzuahmen, hob die Arme, um sich anschließend zu den Füßen sinken zu lassen. Ihr Körper war biegsam und elastisch wie Schilf. Einmal hatte sie einen solchen Tanz im Fernsehen gesehen: Die Tänzerinnen waren ganz in Weiß gekleidet, hatten kurze, steife Röckchen an und Myschka erkannte in ihnen, ohne dass es jemand hätte erklären müssen, Schwäne. Ihre Körper reckten sich wie Schwanenhälse. Es war genauso anzusehen wie jetzt bei Myschka. Dann flatterte ein schwarzer Schwan zu ihnen. Es war die schönste Tänzerin in einem ebenfalls schönen, leuchtend schwarzen Röckchen, die sich im Kreise drehte. Man hatte den Eindruck, dass sie vom Boden abhob, dass sie flog wie ein richtiger Vogel.

Jetzt im Garten war sie mal ein weißer, mal ein schwarzer Schwan. Sie vollführte ihren *Pas de deux* auf den Zehenspitzen oder schwebte in der Luft wie ein Vogel.

Immer wenn Myschka tanzte, hörte sie Musik. Sie kannte nicht die Namen der Komponisten, die sie geschaffen hatten. Es war wie bei IHM, der Sterne und Himmel schuf, aber ganz sicher ebenfalls nicht deren Bezeichnungen kannte. Sie wusste aber, dass es Musik aus dem Arbeitszimmer ihres Vaters war. Es war jene Musik, die durch die dick gepolsterte Tür drang und sie in eine Art Trance versetzte. Es war die Musik, die sie schon gehört hatte, als sie noch krabbelte und es erst lernte, Laute zu unterscheiden. Sie atmete mit ihr den Impuls zum Tanzen ein.

Jetzt tanzte Myschka - ohne es zu wissen - nach der Musik von Tschaikowsky. Zu Tschaikowsky zirpten die Grillen, sangen die Vögel, raschelten die Blätter am Baum und summten sogar die Mücken.

Sie war sicher, dass die Schlange sie wie gewöhnlich beim Tanzen beobachtete. Das bereitete ihr Freude. Sie hatte in ihr einen ernsthaften und wohlgesinnten Beobachter, der nicht abhaute wie Papa, der sie nicht ignorierte wie ab und zu Mama, der alles verstand und wusste. Sie beendete ihren Tanz mit einer tiefen Verbeugung. Mit so einer, wie sie sie im Fernsehen bei echten Tänzerinnen gesehen hatte. Sie verbeugte sich auch vor den Bäumen, den Sträuchern, den Blumen, vor der Schlange und dem unsichtbaren ER, der ihr diese Gabe geschenkt hatte.

Danach ging sie weiter. Sie wusste, dass alles im Garten in der Nähe war und man sich nicht verlaufen konnte. Der Garten hatte doch nur einen Eingang und wurde begrenzt von dem unsichtbaren Schwanz der Schlange. Wenn sie sich irrte und in einen Garten ging, in dem ER für sie keinen Platz vorgesehen hatte, dann - so war sie sich sicher - würde sie die Schlange im richtigen Moment mit ihrem flachen Kopf anstoßen und auf den richtigen Weg zurückbringen. Denn das Mädchen wollte keine anderen Wege suchen, als die, die für sie bestimmt waren.

Die Frau und der Mann befanden sich auf demselben Fleck wie vorher, ganz in der Nähe des Baches. Der floss träge, weil er sich wahrscheinlich im Kreis drehte. Er würde sich nie in einen Fluss verwandeln. Myschka dachte, dass der Fluss etwas zwischen Bach und Meer sei oder zwischen Bach und einem anderen Fluss. Der Fluss war nicht der Anfang, sondern die Mitte, also konnte es keinen im Garten geben. Frau und Mann waren auch nur der Anfang von weiteren Frauen und Männern. Auch wenn es nicht der beste Anfang war mit Barbie und Ken. Myschka wusste jedoch, was deren Mitte war: Ein Schrank voller Kleider.

Sie hinterlassen nur einen Schrank?, überlegte sie. Sie ging näher, aber er versteckte sich hinter einem Baum. Sie wollte sich Frau und Mann ansehen, um zu prüfen, ob sie sich wirklich nicht von Barbie und Ken unterschieden. Schon der erste ernste Blick ließ sie rot werden. Sie wandte den Kopf ab und biss sich auf die Lippen. Das, was sie sah, stimmte nicht mit dem überein, was dort sein sollte. Unzweifelhaft war es unanständig.

Zur selben Zeit schaute sie die Frau mit ihren runden, blauen Augen an: „Ich sehe dich hinter dem Baum. Warum versteckst du dich? Bin ich so hässlich, dass du mich nicht angucken magst?", fragte sie unruhig.

Sie denkt nur an ihr Aussehen, konstatierte Myschka unwillig. „Ich kann euch nicht sehen", bekannte sie endlich. Sie konnte nicht lügen, wollte aber auch nicht die Wahrheit preisgeben. Ihnen zu sagen, dass sie Barbie und Ken seien, wäre ihrer Meinung nach ebenfalls nicht anständig gewesen. „Ich kann euch nicht ansehen, nicht weil ihr hässlich seid. Sondern im Gegenteil, weil ihr zu schön seid", fügte sie schnell hinzu, um ihnen gegenüber ehrlich zu sein, aber doch nicht alles zu sagen.

„Warum wendest du dann deinen Blick ab?", wunderte sich der Mann. Er hatte ebenfalls bemerkt, dass der Blick des Mädchens überall hinwanderte, nur nicht in ihre Richtung. Manchmal blinzelte sie zu ihnen, wandte wieder den Kopf ab, tat so, als würde sie sich für die Bäume interessieren, den Rasen und für das sagenhafte Blau des Himmels. Den Mann nervte das zweifach, denn er bemerkte dies später als die Frau, was er als Schlappe empfand. Und er war der zweifelhaften Überzeugung, dass er in allem besser sein musste als die Frau, war er doch von IHM zuerst erschaffen worden. Die Frau empfand ähnlich: ER hatte sie erst nach ihm erschaffen, also musste sie ohne Zweifel besser als der Mann sein. Beim zweiten Mal macht man doch weniger Fehler. Trotzdem aber gefielen sie beide dem Mädchen nicht.

„Was gefällt dir an uns nicht?", fragte der Mann nach langem Nachdenken.

Er denkt wie ich da unten. Seine Gedanken sind langsamer als die Augen, stellte Myschka fest.

„So ist es nicht ... ihr gefallt mir. Ich schäme mich nur, euch anzusehen", sagte sie unwillig. „Warum?", wunderte sich die Frau.

„Wwweiß nicht ...", log sie.

Die Schlange ließ sich vom Baum herab und hauchte ihr zischend in den Nacken:

„Versssuch esss, ihnen zu sssagen ..."

Myschka schwieg. Sie war sich nicht sicher, dass ER das wollte. Schließlich hatte ER Mann und Frau so geschaffen, wie sie waren. ER war sicher von ihrer Vollkommenheit überzeugt. ER hatte deren Aussehen ihrem Kopf entnommen und wusste dabei nicht, dass sich dieses Abbild nur zufällig wegen Papa dort befand. Darüber hinaus machte sich Myschka Gedanken, dass das, was ihnen fehlte, doch gerade der Beweis der Vollkommenheit war. Vielleicht war gerade „das" die Ursache vieler Probleme ...

„Sssprich ...", drängelte die Schlange.

Mann und Frau blickten sie erwartungsvoll an. Die Bitte in den Augen der Frau rührte Myschka, denn ihre Neugier und

Traurigkeit verwandelten den Ausdruck ihrer emailleblauen Augen. In der leeren Tiefe leuchtete ein kleiner Funke.

Ich sage es, beschloss sie. „Ich schäme mich, euch anzusehen, denn ihr habt 'dort' nichts", flüsterte sie leise.

„Wo?", fragte verwundert der Mann, während die Frau schon den Kopf senkte und den Ort betrachtete, auf den Myschka gewiesen hatte.

„Aber was sollten wir 'dort' haben?", fragte sie irritiert.

„Ich weiß nicht", hob Myschka an. „aber das, was ihr 'dort' habt oder anders gesagt nicht habt, ist unanständig und ich will das nicht sehen."

„Warum?", fragte der Mann.

„Weil da 'Nichts' ist", antwortete sie und atmete erleichtert auf, dass sie das hinter sich hatte.

Der Mann saß unbeweglich mit finsterer Mine da. In den Augen der Frau aber blitzte erneut ein Leuchten auf: „Ich möchte wissen, was ich 'dort' haben sollte", rief sie verärgert.

Myschka bemerkte, dass die Ähnlichkeit der Frau zur Barbie geringer wurde, wenn sie wütend war. Sie reagierte auf den Schrei der Frau nur mit einem Schulterzucken. Das, was sie bei Mama im Bad gesehen hatte, konnte sie nicht lange genug betrachten, um es jetzt zu beschreiben. Übrigens glaubte sie auch nicht, dass da eine Beschreibung helfen würde.

„Außerdem ist das, was deine Mama 'dort' hat, unanständig", sagte der Mann nach langem Nachdenken.

„Das, was 'dort' ist, habt ihr nicht", verbesserte ihn Myschka. Die Schlange, die interessiert das Gespräch verfolgte, wälzte sich auf die Seite und wiegte dabei rhythmisch ihren flachen Schädel. Die Frau grübelte nicht so lange wie der Mann.

„Wir könnten das 'Nichts' mit etwas bedecken! Würdest du uns dann ansehen?", fragte sie.

„Ja!", sagte Myschka und wurde ganz lebhaft. „Das ist doch klar! Ihr müsst was zum Anziehen finden!"

Ja, es geht schon los ..., dachte sie unruhig. Jetzt kommt der Schrank mit Klamotten ...

Denn Myschka zog die angezogene Barbie der nackten vor. Die 'dort' nackte Barbie von unten schleppte sie immer mit sich herum. Sie hatte die Hoffnung, dass sie eines Tages verschwinden oder dass sie Mama sie wegwerfen würde. Aber die Barbie von da unten verschwand nicht - ähnlich wie die Frau im Garten. Myschka glaubte, dass die Barbie allgegenwärtig und unzerstörbar sei.

„Ist Kleidung etwas, mit dem man das 'Nichts' bedeckt?", fragte langsam der Mann, während die Frau sich im Garten umsah. Dann blieb sie stehen und griff nach den Blättern am Apfelbaum.

„Zu klein?", fragte sie.

„Ein bisschen", nickte Myschka unsicher. Wenn das Blatt das 'Nichts' bedecken sollte, so musste es auch die richtige Größe haben.

„Das größte im Garten ist das Feigenblatt", meinte der Mann.

Myschka musste zugeben, dass der Mann öfter ins Schwarze traf, obwohl er langsamer als die Frau dachte. Er schritt währenddessen zu dem Baum hin.

„Ist es so gut?", fragte die Frau, nachdem sie das 'Nichts' mit einem großen und fleischigen Blatt verdeckt hatte.

„Aussssgezeichnet", zischte die Schlange, bevor Myschka „ja" sagen konnte. Das Mädchen hatte den Eindruck, dass sich die Schlange bestens unterhielt. Das größte Vergnügen schien sie darin zu finden, IHM einen Streich zu spielen. ER hatte Frau und Mann ohne das Feigenblatt erschaffen, vollkommen nackt. Also hatte das sicher seinen Grund.

„Na, jetzt kannst du uns betrachten", meinte die Frau.

„Ich kann", stimmte das Mädchen zu. Zu 'Nichts' hinzusehen war sehr anstrengend. Dafür sah das 'Nichts' unter einem Feigenblatt sehr interessant aus. Das Mädchen entdeckte mit Erstaunen, dass etwas, was zugedeckt war, Neugier erweckte. Die Schlange kicherte und Myschka verstand, dass sie über ihre Gedanken lachte.

„Jetzt kannst du dich schon mit uns unterhalten", sprach der Mann.

„... wir langweilen uns nämlich ein bisschen", fügte die Frau hinzu.

Myschka aber fühlte, dass diesem Gespräch noch etwas fehlte. Sie dachte einen Moment nach und bemerkte, dass ihre Gedanken im Garten etwa genauso schnell waren wie ihre Worte, manchmal sogar schneller. Sie sagte: „Wir können uns noch nicht unterhalten. Ich weiß gar nicht, wie ich euch ansprechen soll."

„Ist das wichtig für ein Gespräch?", interessierte sich der Mann.

„Ja, das ist wichtig. Ich muss eure Namen kennen. Ich bin Myschka", stellte sie sich vor.

Die Schlange kicherte schon wieder, sie war sehr zufrieden.

„Warum haben wir keine Namen?", fragte die Frau eingeschnappt. Wer sollte sich angesprochen fühlen - der Mann? Die Schlange? ER?

„Ich denke, das mit den Namen ist kein Problem", sagte Myschka. „Ihr könnt die nehmen, die euch am besten gefallen.

„Ich kenne überhaupt keine Namen. Woher soll ich also wissen, welche schön sind?", empörte sich die Frau.

„Ja, wir kennen keine Namen", stimmte ihr der Mann zu.

„Sssssie kennt welche", verriet ihnen eifrig die Schlange und zeigte mit dem Kopf auf Myschka.

„Dann gib mir einen Namen", bat die Frau.

„Und mir auch", schloss sich der Mann an.

Myschka wusste nicht, welche Namen sie für sie auswählen sollte. Unwillkürlich wollte sie „Barbie" und „Ken" sagen, dachte aber, dass sie das vielleicht verletzen würde. Aus dem Fernsehen kannte sie viele verrückte Namen: Esmeralda, Emanuela, Angelika, Patrick. Sie gefielen ihr jedoch nicht. Eigentlich fand sie nur zwei Namen gut.

„Du bist Eva und du Adam", bestimmte sie.

„Wie einfallsssreich!", zischte die Schlange.

„Mir gefallen sie auch", meinte die Frau, während der Mann zustimmend nickte.

„Eva", sagte er und schaute die Frau so an, als würde er sie durch den Namen erst kennenlernen.

„Adam", sagte sie.

Myschka hörte in ihren Stimmen zum ersten Mal eine winzige Spur von Gefühl. Vielleicht muss ein Gefühl einen Namen tragen, dachte sie.

„Jetzt, da du ihnen Namen gegeben hassssst, hasssst du sie zum zweiten Mal ersssschaffen", warf die Schlange ein. Das Mädchen blickte sie unruhig an, sagte aber nichts. Sie wusste nicht, was sie hätte sagen können.

Plötzlich hielt der ganze Garten den Atem an und man hörte SEINE tiefe, dröhnende Stimme:

„IST DAS DENN GUT ...?"

Das Echo seiner Zweifel traf dieses Mal das Mädchen, was dem weh tat. Es fühlte sich schuldig, besonders weil es nicht wusste, was es sagen sollte.

In der gleichen Zeit spielten Mann und Frau mit ihren Namen. „Adam ...", wiederholte sie trällernd und steckte immer mehr verschiedene Gefühle in das Wort, so als ob sie die bisher ungeahnten Möglichkeiten ausprobieren wollte: Der Name konnte Gleichgültigkeit, Ärger, Sehnsucht, Liebe, Hass ausdrücken. Er wurde zur Berührung - entweder zu einer Liebkosung oder zu einem Schlag. Der Name als Beginn eines neuen Lebens. Der Name als Tod. Myschka lernte gemeinsam mit Eva die verschiedensten Intonationen eines Namens kennen und sie begriff, welche Gefühle sie damit ausdrücken konnte. Sie staunte sehr darüber, denn es war für sie etwas vollkommen Neues.

„Eva", sprach der Mann und bemerkte, dass man mit der Tonlage viele Bedeutungen ausdrücken konnte.

„Adam ..." - „Eva ..."

„Esss reicht", sagte plötzlich die Schlange zu Myschka. „Du hassst dich in die Schöpfung eingemissscht, aber jetzt geh. Nun geh, geh, denn jede Veränderung verlangt nach etwasss Einsssamkeit ... Geh zurück, ssssolange der sssiebte Tag noch währt, denn am achten wird es zu sssspät ssssein!"

Die Schlange schubste sie ein wenig, sodass sie selbst nicht wusste, wie sie auf den Boden zurückgekommen war. Mia wachte aus tiefem Schlaf auf, öffnete die Augen und schnurrte. „Mia", sagte Myschka mit ihrer tiefen, stammelnden Stimme und spürte auf einmal das Verlangen, sich mit nur einem einzigen Wort verständlich machen zu können. Aber hier unten blieb ihr diese Kunst verwehrt. Wenn sie doch nur so trällernd mit der ganzen Palette von Gefühlen „Papi" sagen könnte - so wie die Frau den Namen des Mannes gesagt hatte -, dann würde ihr Papa ganz bestimmt für einen Augenblick zuhören. Er würde zu ihr kommen und sagen: „Ich hör dir zu, Myschka ..." Und er würde wirklich zuhören. „Ko ..., ko ... Mia", sagte sie und spürte dabei ihre eigenen Grenzen beim Sprechen, die zugleich die Grenzen ihres Geistes und ihres Körpers waren.

Und es wurde wieder Abend des siebten Tages, des Feiertages, an dem sich zeigte, dass „Nichts" manchmal mehr Ärger machen kann als „Etwas".

Eva und Myschka gingen am nächsten Morgen in den Garten vor dem Haus. Hier gab es nur noch Unkraut, Disteln und verwelkte, ausgetrocknete Hülsenfrüchte. Die Blumen waren hinüber, ihr Duft hatte sich in der Luft verloren und statt seiner machte sich der Gestank von Fäulnis breit.

„Ist das möglich? Hatte ich Halluzinationen?", sagte Eva verwundert. „Ich war mir sicher, dass gestern Abend hier noch ein richtiger Garten war ..."

Weil ER da war, dachte Myschka. ER hat ihn uns gegeben. Aber um ihn zu pflegen, braucht man Liebe, nicht Wut. Der Gedanke galoppierte so schnell durch ihren Kopf wie Papa durch das Haus flitzte. Er kletterte die steilen und ungleichmäßigen Stufen ihres Hirns nach oben, blieb in einer schmalen Gehirnwindung hängen, fiel in ein schwarzes Loch, in dem er schließlich wie eine Seifenblase zerplatzte und sich nur mühsam zu einer Vermutung formte.

„Gaaaaarrr waaaa ...", stammelte Myschka endlich.

Eva aber zog sie weiter und hörte dabei mehr auf sich, als auf die Tochter: „... oder ich zerstöre alles, was ich anfasse."

In dem vergammelten Garten umfing sie erneut hoffnungslose Müdigkeit und die Angst davor, weiter als bis zum nächsten Tag vorauszudenken. Auf geheimnisvolle Weise hatte ihr der echte, der lebendige Garten, den es so viele Jahre gegeben hatte und der immer schöner geworden war, die Hoffnung gegeben, dass sich etwas änderte. Doch den Garten gab es so nicht mehr und das nahm ihr jede Hoffnung. Dann soll sich doch wenigstens etwas zum Schlechten verändern, nur damit sich überhaupt etwas ändert, dachte sie verzweifelt und zog Myschka zurück zum Haus. Sie schloss die Pforte und bog zur Mauer ab. Plötzlich bemerkte sie zwei Frauen vor ihrer Haustür.

Bestimmt Zeugen Jehovas, dachte sie unwillkürlich, denn sie wusste, dass die Vertreter dieser Religion von Haustür zu Haustür gingen und dass es meist Frauen waren. Sie hatte ihnen schon mehr als einmal durch die verschlossene Tür gesagt, dass sie wieder gehen sollten. Oder sie hörte sich schweigend ein Zitat aus der Bibel von ihnen an.

Aber jetzt standen sie ihr gegenüber. Die Unbekannten standen zwischen ihr und der rettenden Tür. Sie schauten

Myschka an. Sie hatten den übelsten aller Blicke aufgesetzt: Ungeheuer neugierig, habgierig, anmaßend. Die Frauen wandten den Blick nicht ab, sodass Eva unruhig wurde. Leute, die zufällig vorbeikamen, wandten den Blick im Allgemeinen ab. Besonders dann, wenn man ihnen feindlich und aggressiv gegenübertrat. Oder sie taten so, als ob sie die Andersartigkeit von Myschka überhaupt nicht interessierte.

„Bitte gehen Sie, das hier ist ein Privatgrundstück", sagte sie mit Bestimmtheit.

„Aber wir kommen in einer Angelegenheit", sagte die Ältere der Frauen und machte mit dem Arm eine unbestimmte Bewegung, so als wollte sie damit nicht nur Eva, sondern auch Myschka umfassen.

„Vielleicht lassen Sie uns hineingehen? Das kann man nicht im Stehen klären", brachte sich die andere in Erinnerung. Jetzt erst bemerkte Eva, dass die Frau keine schwarze Bibel in der Hand hielt, mit der die Zeugen Jehovas von Haus zu Haus zu gehen pflegten. Sie trug eine schwarze Aktentasche, die mit einem Ziffernschloss versehen war.

Die sind vom Amt, durchzuckte es Eva. Die letzte Amtsperson, mit der sie zu tun hatte, war die Frau von der Fürsorge, die Myschka gleich nach der Geburt in ein Heim mitnehmen sollte. Eva hatte im letzten Moment die Papiere zerrissen ... in allen Beamten ist etwas, was sie von Privatleuten unterscheidet. Als ob sie hinter sich den unsichtbaren Schatten ihrer Büros herziehen, die Felsen ihrer Macht, ging es ihr durch den Kopf.

„Ich lasse keine Fremden ins Haus", sagte sie scharf.

„Wir kommen vom Jugendamt", erklärte die erste der Frauen, als ob dies alles erklären würde. Eva schwieg.

„Wir haben die Information, dass hier ein Kind wohnt, das wenigstens seit einem Jahr zur Schule gehen müsste. Wenn ich richtig zähle, wurde der Schulpflicht sogar bereits seit zwei Jahren nicht Folge geleistet", fuhr die Frau in ihrer unpersönlichen Beamtensprache fort, in der das „Wir" zu einem wuchtigen, düsteren Bollwerk wurde. Der Blick der Frau saugte sich an Myschka fest und schien sie zu durchbohren.

Nein, du siehst nicht, was in ihrem Inneren ist. Niemand sieht das, dachte Eva mit merkwürdiger Begeisterung.

„Die Schulpflicht", begann Eva, winkte dann aber ab: „Wenn Sie Augen haben, wenn Sie sehen können ...“

„Ich sehe", unterbrach sie die Frau in scharfem Ton. „Ich sehe ein Kind, das schwer zurückgeblieben ist und keine fachliche Betreuung hat. Ein Kind, das von der Gesellschaft isoliert ist …"

„Von welcher Gesellschaft?! Wovon sprechen Sie?", schrie Eva und verstummte. Das war Adam, vermutete sie. Adam hat das Amt angerufen.

„Wenn sich das Kind für eine normale Schule nicht eignet, dann gibt es immer noch Förderschulen mit Ganztagsbetreuung", sagte die erste Frau. „Sie können sie nicht hier zu Hause einschließen, isoliert von der Welt."

„Die Welt isoliert sich von meiner Tochter", rief sie ärgerlich.

„Wer isoliert sich denn hier? Schließlich kommen wir zu Ihnen und Sie nicht zu uns", fragte die zweite von beiden. „Und wir sind gekommen, damit das Kind zurückkehren kann in die Welt. Die Förderschule wird es auf das Leben vorbereiten."

„Welches Leben?", fragte Eva.

Die Frauen schwiegen. Das wussten sie auch nicht. Sie blickten vor sich hin und suchten nach einer fertigen Formulierung.

„Maaa … zu … Gaaarrt, ko …", stammelte Myschka. Ihre Hand drückte Evas Hand so fest, als wollte sie deren Finger zerquetschen. Der Speichel rann ihr aus dem Mundwinkel und floss übers Kinn.

„Nein", antwortete Eva. „Das wird ihr keiner beibringen. Auch nicht das Flechten von Körben. Nicht das Bemalen von Glas oder das Bekleben von Briefumschlägen. Nicht mit diesem Grad der Behinderung. Nicht in ihrem Zustand. Außer dem Down-Syndrom hat sie noch andere Probleme. Keine Vorschule und erst recht keine Schule will sie haben. Die Integrationsschulen nehmen körperlich behinderte Kinder. Und ich werde meine Tochter nicht in eine Einrichtung für die am schwersten Behinderten geben, weil … Sie … Bitte lassen Sie uns durch!"

Sie ging nach vorn und zog Myschka hinter sich her. Die Frauen standen jedoch unbeweglich vor der Tür. Sie hielt inne.

„Spezielle Einrichtungen können sich um das Kind kümmern und ihm eine richtige Betreuung sichern. Wollen Sie das oder wollen Sie es nicht?", fragte die erste der Frauen.

„Wir haben Fonds … mildtätige Gaben …", ergänzte kurz darauf die andere.

Und karikative Bälle, dachte Eva und biss sich auf die Zunge. Bälle, bei denen die Gäste viel Geld für ihre Anzüge und Kleider, für Schmuck und Kosmetik ausgegeben haben. Sie selbst war einmal auf einem und hatte über die ehrenhaften Ziele gar nicht nachgedacht. Sie hatte sich vergnügt, für Fotos posiert, die in bunten Zeitschriften erscheinen sollten..

„Es gibt neue Mittel ...", fuhr die zweite Frau fort, jedoch schon weniger überzeugt. Ihr Blick glitt wieder über Myschka, wendete sich aber auch schon ab von ihr.

„Maaa ...", stotterte Myschka und Eva sah aus den Augenwinkeln, dass Myschka in die Hosen machte.

„... wir haben Fachleute, wir sichern ihre Betreuung", sagte die Frau weiter, brach aber ab und schaute genervt auf die immer größer werdende Pfütze. Auf ihrem Gesicht zeigte sich Ekel.

„Myschka braucht keine Betreuung. Sie braucht Liebe. Können Sie ihr Liebe geben? Machen Sie sie wieder sauber und machen Sie dies so, dass Myschka sich nicht schuldig fühlen muss? Und wenn sie vor Angst Durchfall bekommt, nehmen Sie sie dann an die Hand, damit sie keine Angst mehr hat?", fragte Eva und ging mit Myschka hinter sich direkt auf die Frauen los. Die ließen sie durch. Eva beschleunigte ihre Schritte, zog Myschka mit sich und schloss hinter ihnen die Tür.

Dann setzte sie sich in die Küche und begann zu weinen.

„Ni ... wein ...", sagte Myschka und umarmte sie.

Plötzlich klopfte es ans Fenster. Eva erschauderte und das Mädchen schrie. In dem an die Scheibe gedrückten Gesicht, das aussah wie eine fratzenhafte, flache Uhr Salvadore Dalís, erkannte Eva das Gesicht einer der Frauen.

„Wir meinen es nur gut, bitte glauben Sie uns", rief sie durch die dicke Scheibe.

„Ich glaube Ihnen", antwortete Eva ratlos und fügte im Geist hinzu: Und was habe ich davon?

„Wenn Sie es probieren würden ... wenn Sie doch einen Rat annehmen würden ... wenn Sie doch ...", sagte die Frau, während sich Eva vor Wut kaum noch im Zaum halten konnte:

„Jetzt ist es genug! Ich hab es satt!"

„... ich stecke Ihnen meine Visitenkarte an die Tür", beendete jene ihren Satz, hielt für einen Moment inne und verschwand.

„Wi ... ni ...", verkündete Myschka mit dunkler Stimme und haute auf die Tischplatte. Sie hatte soviel verstanden: Jemand wollte sie von zu Hause fortbringen, unklar wohin und unklar wozu. Eva hielt sanft ihre Fäuste fest.

„Psss ... alles ist in Ordnung ... nichts wird sich ändern. Du gehst nirgendwo hin. Pssss ..."

Myschka, die immer noch auf den Tisch hieb, dachte: Wenn ich schon von zu Hause weggehen muss, dann nur an den einen, einzigen Ort: nach oben.

*

Adam suchte im Internet nach Informationen zur Genetik. Damit riss er die heilenden Wunden wieder auf.

„Zwar haben gegenwärtig dreiundzwanzig Staaten Europas sowie die USA die Konvention für ein Verbot des Klonens von Menschen unterschrieben. Dennoch glauben die Wissenschaftler, dass in den nächsten zwanzig bis dreißig Jahren die genetische Vervollkommnung des Menschen eine Tatsache sein wird. Diesen Prozess hält niemand auf", prognostizierte der renommierte Physiker Stephen Hawking in einer Studie zum Beginn des neuen Jahrtausends. Sie war vom Weißen Haus veranlasst worden. „Der *Homo sapiens geneticus* wird eine Tatsache sein. In Zukunft wird man nicht nur genetische Fehler an Embryonen entdecken, sondern sie beheben, bevor man sie fruchtbaren Frauen einpflanzt ..."

Warum leben wir nicht dreißig Jahre später, grübelte Adam. Dann könnten wir nicht nur die Intelligenz unseres Kindes bestimmen, sondern auch sein Aussehen. Es würde auf der Erde nur noch schöne Menschen geben mit Hirnen, wie Einstein eines hatte. Mitten unter ihnen wäre unsere Tochter ... sie würden in der Pause zwischen der nächsten Erfindung und der Erschaffung immer größerer menschlicher Vollkommenheit genveränderte Hamburger essen. Und eines Tages würde die Frage, wer die Welt geschaffen hat - Gott, der Mensch oder der Zufall - aufhören, noch irgendeinen Sinn zu haben. Niemand würde diese Frage noch stellen. Es würde nur noch nach den Genen gefragt, nach der chemischen Zusammensetzung und der Körpermasse, ging es ihm durch den Kopf. Er verwarf aber den Gedanken sofort wieder. Das Internet gab ihm indes hilfsbereit eine weitere Information:

„Die Abfolge des menschlichen Genoms ist fast entschlüsselt. Bereits achtzig- bis hunderttausend Gene, die die Mehrzahl der menschlichen Eigenschaften enthalten, sind den Wissenschaftlern bekannt. Das genetische Abbild erlaubt den Ärzten, Kranke zu heilen. Gesunde können erfahren, was sie tun müssen, um gesund zu bleiben. Selbst auf solch triviale Frage - was essen und trinken? - gibt es endgültige und effiziente Antworten ...“

Auf alles gibt es die passende Antwort. Es gibt einfach keine Fragen, auf die es keine Antworten mehr gibt, stellte Adam mit Begeisterung fest. Ein unruhiger Teil seines Geistes aber funkte ihm dazwischen und wollte nicht mit den Wissenschaftlern mitgehen:

Wenn es auf jede Frage eine passende Antwort gibt, wo gibt es dann noch Platz für ein Geheimnis? Myschka ist ein Geheimnis, dachte er und sagte laut: „Eine Welt ohne Myschka wäre vollkommener. Eine Welt ohne Geheimnisse aber ist ...“ Er brach den Satz ab. Was wäre eine Welt ohne Geheimnisse? So eine ohne Myschka? Mit genetisch vollkommenen Menschen, von denen es so viele gibt, sodass man langsam den einen vom anderen nicht mehr unterscheiden kann? Werden sie dann präzise wie lebende Legosteine sein, mit denen man eine beliebige und vorhersehbare Konstruktion bauen kann? Ohne jede Überraschung?

Plötzlich begann jemand mit den Fäusten an die Tür seines Arbeitszimmers zu hauen.

„Du Schwein! Du Ungeheuer! Hast uns Fremde auf den Hals gehetzt! Du willst Myschka weggeben! Das lasse ich nicht zu! Ich hasse dich!“

Er klickte mit der Maus das Internet aus. Die Tür hatte er zum Glück abgeschlossen. Er bewegte sich nicht, tat so, als sei er nicht da. Evas Stimme entfernte sich langsam und verstummte schließlich ganz.

Ja, er wollte Myschka weggeben. Er wollte ihr ihre Existenz sichern, weit entfernt von ihnen beiden: Das Minimum, was das Mädchen brauchte, um zu überleben - Essen, saubere Kleidung, ärztliche Betreuung. Und er wollte seine Frau zurückbekommen, wenn das überhaupt noch möglich war. Eva aber konnte das weder begreifen noch schätzen.

Selbst wenn ihre Gene beschädigt sein sollten, könnten wir doch ein Kind aus gutem Material haben. Stephen Hawking meint, dass dies nur eine Frage der Zeit sei und es nicht mehr lange dauern werde, um den Menschen zu verbessern. Dann verschwinden alle Myschkas aus den Sphären der Erde, dachte er.

Plötzlich aber bemerkte Adam, was das für ein Paradoxon war. Schließlich hat Stephen Hawking ein geniales Gehirn in einem verkrüppelten Körper! Er fährt im Rollstuhl, wird durch einen Schlauch ernährt und sprechen kann er nur mittels eines speziellen Apparates, weil sein Kehlkopf gelähmt ist!

Wenn man seine körperlichen Leiden abstellen könnte, würde dann sein geniales Gehirn ebenfalls fehlerlos sein, wäre der dann makellose Stephen Hawking zufrieden mit seinem Leben eines durchschnittlichen Brotessers?, fragte sich Adam.

Plötzlich stellte er sich die Heere, ha, eine ganze Armee von vollkommenen Menschen vor, geschaffen nach immer demselben Muster. Sie würden ganze wissenschaftliche Labore, Institute und Krankenhäuser bevölkern. Und würde trotz desselben genetischen Materials ein jeder von ihnen doch anders sein? Glaubt man dem, was der Präsident der USA sagt, dann muss die Sprache Gottes mehr sein als eine DNA-Kette ...

„Die Sprache Gottes ...", lachte er sarkastisch, machte aber sogleich ein finsteres Gesicht: Wäre es möglich, dass man gerade diese Kinder ein Geschenk Gottes nennt, weil sie besser die Sprache Gottes verstehen als alle Wissenschaftler der Welt zusammen?

Leise öffnete er die Tür seines Arbeitszimmers und ging auf Zehenspitzen in die Küche, um sich einen Kaffee zu machen. Eva war zum Glück im Wohnzimmer und die Eingangshalle war leer. In der Ecke lag der zerlumpte Plüschteddy ohne Beine. Barbie und Ken waren verschwunden.

Hat sie die Puppen endlich kaputt gemacht? Vielleicht kaufe ich ihr neue, überlegte er kurz, erinnerte sich aber sofort daran, dass Myschka ja nicht imstande war, eine schöne Puppe wie die Barbie von einer gewöhnlichen Stoffpuppe zu unterscheiden.

*

Myschka stand hinter einem Baum und beobachtete erneut die Bewohner des Gartens. Jetzt, da sie Namen hatten, machten sie einen anderen Eindruck. Myschka kam es fast so vor, als sähe sie sie zum ersten Mal. Sie schienen weniger künstlich zu sein, obwohl ihnen immer noch etwas fehlte. Dabei ging es nicht um dieses „Nichts" unter dem Feigenblatt. Das Mädchen sah sich das unbewegte, ausdruckslose Gesicht Adams und das vollkommene Antlitz mit den zur Grimasse erstarrten gewölbten Lippen von Eva an.

„Ich weiß ...", erinnerte sie sich und ging zu ihr.

„Da bist du ja endlich", sagte die Frau vorwurfsvoll. „Schon wieder stehst du hinter dem Baum und beobachtest uns, statt zu uns zu kommen. Was gefällt dir denn dieses Mal nicht?"

„Woher weißt du denn, dass ich hinter dem Baum gestanden habe?", wunderte sich Myschka.

„Sie hat es mir gesagt", zeigte Eva auf die Schlange. Die kicherte. Verräter, dachte Myschka. Sie hat mich gern, aber man darf ihr nicht trauen. Aber ich hab sie trotzdem lieb, weil ich weiß, was man von ihr erwarten kann.

„Weißt du denn nicht, dass wir dich brauchen?", fuhr die Frau irritiert fort.

„Wozu?", wunderte sich Myschka.

„ER hat uns zwar geschaffen, aber nichts weiter gesagt. ER hat uns nur verboten, einen Apfel von irgendeinem Baum hier zu essen. Wir wissen aber nicht einmal, wo er wächst. Nichts hat ER uns gesagt, so wissen wir nicht, was wir machen sollen. Wir stehen hier neben dem Bach und langweilen uns", erklärte Adam düster.

„Und so ist es immer", rief Eva.

„Immer?", staunte Myschka.

Die Schlange kicherte wieder und kletterte träge auf ihren Baum.

„Ssssie sssind unssssterblich", erklärte sie. „Sie haben einen Anfang, aber kein Ende."

Myschka überlegte. Die Gedanken kreisten dieses Mal mit solch schwindelerregender Geschwindigkeit, dass sich alles im Kopf drehte.

„Sie haben einen Anfang, aber kein Ende. Aber eine Mitte können sie noch haben", verkündete sie. „Aber zuerst müsst ihr das Lachen lernen. Ihr seid zwar unsterblich, könnt euch aber nicht einmal darüber freuen?"

„Ich wüsssssste nicht, worüber", murmelte die Schlange. Sie sprach so leise, dass nur Myschka es hören konnte. Die tat jedoch so, als hätte sie nichts gehört und sprach weiter:

„Ihr müsst lachen! Lach doch bitte Adam an, Eva ..."

„Lachen?", fragte die Frau verständnislos.

„Och, so hier, siehst du?", rief Myschka und zog ihren Mund zu einem breiten Lachen. Und weil ihre neuen Freunde ihre Gesichter merkwürdig verzogen, fing sie tatsächlich laut zu lachen an. Adam und Eva versuchten, es ihr nachzumachen. Anfangs gelang es ihnen nicht, aber schon bald gaben sie Laute von sich, die an ein Lachen erinnerten. Je länger das dauerte, desto echter wurde das Lachen und es war, als ob Mann und Frau sich dabei gegenseitig ansteckten, Myschka bei ihnen und sie wiederum die beiden anderen.

„Fast schon gut", meinte Myschka zufrieden.

„Wozu braucht man denn das Lachen?", fragte Eva immer noch kichernd.

Myschka überlegte. Mama lachte nicht allzu oft, aber wenn sie lachte, wurde es ringsumher fröhlich. Myschka wurde dann ebenfalls fröhlich. Ihr Papa lachte nie. Wenn er erschien, hatte er ein düsteres Gesicht. Und dann beschlich das Mädchen das Gefühl, dass sich die Decke der Eingangshalle so tief herabsenkte und ihren Kopf berührte; dass sich die Wände immer weiter zusammenschoben und sie wie in einer Falle gefangen hielten.

„Das Lachen erhellt die Welt. Es ist eine Lampe", antwortete sie. „Ohne Lachen ist es dunkel, stickig und eng und dies sogar dann, wenn die Sonne scheint. Darum ist es dort unten so oft ganz düster."

„Ich würde gern einmal die Dunkelheit erleben", sagte Eva sehnsüchtig und schaute sich in dem sonnenüberfluteten Garten um. Erst jetzt bemerkte Myschka, dass es hier gar keinen Schatten gab. Weder die Bäume noch die Menschen warfen einen Schatten. Nicht einmal die Schlange hatte einen Schatten. Licht ohne Schatten ist weniger hell, stellte Myschka mit Erstaunen fest.

Adam zeigte auf ein Feigenblatt und fragte: „Haben die Frauen und Männer dort, wo du herkommst, etwas unter ihm?"

„O ja. Und wahrscheinlich etwas sehr Wichtiges. Wohl darum verdecken sie es mit ihrer Kleidung", antwortete das Mädchen.

„Wenn es so wichtig ist, warum verstecken sie es dann", wunderte sich Adam.

Myschka war von dieser Frage überrascht. Das Anziehen kostete die Menschen da unten viel Zeit. Gleichzeitig aber weckte das, was versteckt wurde, große Neugier. Die Nacktheit von Adam und Eva war dagegen langweilig.

„Das, was verdeckt ist, ist interessanter als das, was man sieht", antwortete sie. „Aber da unten, da haben es die Leute schon vergessen, wozu sie sich bekleiden. Heute ist es ihnen viel wichtiger, womit sie sich kleiden. Jeder will das schönste Feigenblatt haben. Es soll größer und schöner sein als das, welches die anderen haben. Jeder will das schönste haben, damit die anderen ihn beneiden", fügte sie hinzu, fielen ihr doch die bunten Journale ihrer Mama und der prall gefüllte Schrank der Barbie ein.

„Im Garten sind alle Feigenblätter gleich", stellte Adam fest.

„Ich will auch ein schöneres Feigenblatt haben als er", rief Eva. „Und ich will das gleiche darunter haben wie die Leute da unten!"

Die Schlange kroch vom Baum herunter und schubste Eva ärgerlich:

„ER hat dir sssso viel gegeben. Du bissst unsssterblich, dich erwartet kein Ende, hassst zudem einen Namen erhalten, be-kamsssst dasss Lachen zum Geschenk und bissst immer noch unzufrieden!"

Eva zuckte mit den Schultern.

„Ich würde viel lieber da unten sein und eine Mitte und ein Ende haben. Die Zeit vergeht wahrscheinlich schneller, wenn man auf das Ende wartet. Siehst du denn nicht, dass ich mit Adam auf der Stelle trete? Dass wir uns schrecklich langweilen?"

„Aber da unten ist es auch nicht immer schön", gab Myschka scharf zurück. „Der Körper ist dort schwerer als hier. Das tut manchmal so schrecklich weh."

„Dort isssst das Leben kurz, hier aber ewig. Dort gibt essss Kranke, hier nur Vollkommenheit", zischte die Schlange.

„Aber hier ist es langweilig!", stampfte Eva mit dem Fuß auf.

„Spielt doch ein bisschen. Dann wird euch nicht mehr langweilig sein", schlug Myschka vor.

„Womit?", fragte ärgerlich Eva. „Womit sollen wir spielen?"

Das Mädchen dachte erneut nach. Myschka überlegte, was sie selbst tat, wenn ihr langweilig war, was allerdings fast nie der Fall war. Endlich fiel es ihr ein:

„Bastelt euch doch Puppen", sagte sie aufgeregt.

„Was ist das, eine Puppe?", fragte Eva.

„Eine Puppe ... eine Puppe ist ein kleines, nicht wirklich echtes Kind", antwortete sie nach kurzem Nachdenken. „Ich zeige es euch gleich ..."

Eine Puppe hier im Garten zu basteln ohne Mamas Hilfe, ohne Stoff und ohne Knete, war nicht einfach. Trotzdem glückte es. Die Puppe hatte einen Rumpf aus einem Stöckchen, der Kopf bestand aus einem Apfel, Kerne dienten als Augen, die Nase bestand aus einem Blumenstängel und der Mund war aus einer zerdrückten Himbeere geformt. Ein Büschel Gras wurde zu Haaren. Ebenfalls aus Stöckchen fertigte sie Arme und Beine an und aus Blättern die Kleidung. Als Myschka anfing, ein Wiegenlied zu summen und die Puppe in den Armen schaukelte, schrie Eva vor Freude auf und riss ihr die Puppe aus den Händen:

„Meine Puppe", sagte sie entschieden.

„Deine", stimmte ihr Myschka zu.

„Unsere", verbesserte sie Adam.

„Eure", war das Mädchen einverstanden. „Schade, dass das kein echtes Kind ist, dann würdet ihr euch nämlich nie mehr langweilen. Aber echte Kinder gibt es nur da unten."

„Wie sehr sind sie denn lebendig? So sehr wie du?", erkundigte sich Adam.

„Etwas mehr", antwortete Myschka ehrlich. Sie wusste, dass sie anders war.

„Ich würde gern ein lebendiges Kind haben", seufzte Eva.

„Ihr könnt kein Kind haben, solange ihr im Garten seid", sagte Myschka. „Hier ist alles von Anfang an groß. Die Vögel, die Hasen, die Kühe und die Kängurus ... als ob sie niemals Tierkinder waren. Aber sie sind auch wieder nicht so groß, dass sie eigene Junge haben könnten."

Eva, die mit der Puppe beschäftigt war, schenkte den Worten Myschkas keine Aufmerksamkeit. Adam aber hörte neugierig zu.

„Denkst du, dass es etwas gibt, von dem wir zu wenig haben?"

„Zu wenige Makel", antwortete Myschka unwillkürlich. Die Schlange kicherte hinter ihrem Rücken.

Die Frau verstand schnell, was man mit der Puppe machte. Schon nach kurzer Zeit summte sie ihr ein Wiegenlied vor, flocht ihr die Haare zu Zöpfen und gab ihr Apfelsaft zu trinken.

„Haben alle dort unten Kinder?", fragte sie Myschka.

„Nicht alle, aber die meisten", antwortete Myschka.

„Ich muss ein richtiges Kind haben, ein lebendiges", flüsterte Eva.

„Manchmal kommen Kinder beschädigt auf die Welt", sagte Myschka. „Was würdest du machen, wenn dein Kind mit einem kranken Kopf, mit einem plumpen Körper, einem hässlichen Gesicht geboren würde und nicht tanzen könnte?"

„Hier im Garten wächst ein kleiner, kränklicher Baum. Alle ringsumher sind groß und schön, nur der eine ist krank", begann Eva. Myschka dachte mit wenig Begeisterung: Wieder hat ER etwas versaut. Die Schlange bewegte sich unruhig hinter ihrem Rücken.

„Und alle Bäume außer dem einen brauchen mich nicht", fuhr Eva fort. „Dafür würde das eine Bäumchen ohne mich sterben. Und es erwacht täglich zu neuem Leben, wenn ich es regelmäßig gieße und die verdorrten Blätter ablese. Ich würde gern so ein eigenes Kind haben, so eines wie diesen Baum", meinte Eva.

Sie schmiegte die Puppe an ihren Körper und tat dies so natürlich, als hätte sie im Leben nie etwas anderes getan. Myschka dachte, dass Frauen wohl schon mit diesem Können geboren würden. Einige werden mit der Fähigkeit geboren, das zu lieben, was sonst niemand will. Vielleicht gehörte Eva dazu? Aber Adam?

„Würdest du denn auch ein beschädigtes Kind lieben können?", fragte sie.

„Was heißt denn 'lieben können'?", gab Adam die Frage zurück.

Durch den Garten blies ein leichter, angenehmer Wind.

Die Grashalme bogen sich und die Zweige berührten sich in flüchtiger Liebkosung.

Ich weiß ..., dachte Myschka plötzlich.

„Umarme sie", sagte sie zu Adam. „Deine Eva hat eine Puppe, aber du hast sie beide: Puppe und Eva. Hab keine Angst ... greif ihre Hand. Ja, so ... Es wird euch gut tun, so warm und sicher zu sein."

Adam umschlang Eva ungeschickt. Zunächst war er von dieser Nähe überrascht, dann wurde er neugierig. Schließlich war er begeistert.

„Esss reicht", zischte die Schlange ungeduldig. Myschka aber hörte nicht auf sie.

„Und jetzt küss sie", sagte Myschka und erinnerte sich an Filme, die sie im Fernsehen gesehen hatte.

„Zeig mal, wie man das macht", sagte Eva ungeduldig.

Myschka machte die Lippen spitz wie zu einem Kuss und küsste Adam auf die Wange.

„Jetzt ich", entschied Adam und küsste Eva. Die künstliche Wange der Frau verwandelte sich einen Moment später zu einer fast echten Wange mit natürlicher Hautfarbe.

„Küss sie auf den Mund", sagte Myschka schnell, um keine Zeit zu verlieren. Sie wusste bereits, dass Barbie und Ken die Chance hatten, sich in eine echte Frau und einen wirklichen Mann zu verwandeln. Und es bedurfte dafür viel weniger, als sie gedacht hatte. Es brauchte nur ein wenig Gefühl.

Vielleicht sind sie lediglich in der künstlichen Hülle gefangen und sind im Inneren ganz echt und lebendig, fragte sie sich.

Der Kuss dauerte dieses Mal lange. Adams Arme umfassten Eva und sie hatte sich an ihn gelehnt. Myschka sah, wie die unnatürliche Glätte und das künstliche Rosa ihrer Körper verschwanden. Mit jeder Sekunde wurden sie weniger künstlich. Gleichzeitig begannen sie, sich zu verändern. Evas Beine waren schon nicht mehr so lang und nicht mehr von so ausgewählter Form. Dafür schienen sie kräftiger zu sein, eigneten sich jetzt zum Laufen und nicht mehr nur zum Herumstehen in ausgesuchter Pose. Jetzt waren sie nicht mehr so glatt. Ein weicher Flaum bedeckte sie und die Haut stauchte sich über den Knien. Auf ihrem Gesicht zeigten sich kleine Sommersprossen, die Nase wurde größer, die Augen kleiner und die kunstvolle, hoch gesteckte Frisur fiel in Strähnen auf ihre Schultern. Auf ihren Händen zeigten sich blaue Adern.

Ähnliche Veränderungen passierten auch bei Adam. Beide waren nun nicht mehr so vollkommen, aber immer noch schön in Myschkas Augen. Jetzt waren sie anders schön. Jetzt war es eine Schönheit mit Fehlern und Mängeln, eine Schönheit mit schwitzender Haut, mit Falten und Kratzern, mit dünnem Haar, mit kleinen geöffneten Poren, wo es vorher unnatürlich glatt war. Jetzt war eine wirkliche Schönheit entstanden, die zur Berührung einlud.

Vollkommenheit ist kalt und hat Angst vor Nähe, sagte sich Myschka.

Oh Wunder, zusammen mit Adam und Eva wurde auch der Garten ganz normal. Jetzt erinnerte er nicht mehr an den Vorhang auf dem Rummel. Die glatten Baumstämme wurden rau, der feine gelbe Sand wurde grobkörniger und grau; das leuchtende Saphirblau des Himmels und das Smaragdgrün des Rasens wurden matt. Die roten Eichhörnchen wurden blasser. Die Punkte der Giraffen verwandelten sich zu unterschiedlicher Größe und die Streifen auf dem Fell der Zebras erinnerten nun nicht mehr an Myschkas Schlafanzug. Dem Mädchen kam es augenblicklich so vor, als würden Adam und Eva, ja sogar die Bäume einen Schatten werfen. Das währte jedoch nur einen Moment und der Schatten ging sofort in der zu stark strahlenden Sonne unter.

Schatten ist Zeit, fiel Myschka ein. Und hier gibt es keine Zeit. Das Fehlen des Schattens ist ja kein Wunder.

„Fantassssstisssssch", flüsterte die Schlange und schlängelte sich auf den nächsten Apfelbaum. „Dassss Fehlen dessss Ssschattens issst ja kein Wunder." Plötzlich zischte die Schlange unruhig, als würde es sie erstaunen, was hier passierte. Sie platzte fast vor Neugier. Das Mädchen wusste schon, was dieses Verhalten hervorrief. Und tatsächlich. SEINE Stimme ertönte im selben Augenblick und ein starker Wind kam auf.

„DAS IST GUT", dröhnte es und das schwere, rollende Echo wurde von den dicken Stämmen der Bäume vielstimmig, aber ratlos zurückgeworfen. Im Garten wurde es mucksmäuschenstill. Der einzige Laut, der noch zu hören war, war ein weiches Säuseln, mit dem sich die Schlange vom Baum herunterließ.

Myschka blickte die Schlange fragend an. Sie aber stieß sie mit ihrem glänzenden Kopf vorwärts:

„ER fragt sssich ssselbst und ssssonst niemanden, verstehsssst du? Jede Antwort ssssucht man zunächst bei ssssich ssselbst."

„Ob das aber gut ist", beunruhigte sich Myschka, wusste sie doch, dass in diesem schönen, bunten und unsündigen Garten wohl Platz für Barbie und Ken war, aber nicht für Adam und Eva.

Die Schlange tanzte mit ihrem unförmigen, wiegenden Kopf in alle Richtungen.

„Du hassst dich in SEINE Ssschöpfung eingemisssscht, Myschka. Du nimmsssst IHM sssseine immer währenden Fragen weg. Du änderssssst für IHN die Dinge", zischte sie.

Myschka sah sich unruhig um, doch der Garten schwieg geheimnissvoll.

„Nun geh, geh, geh ... Aber komm wieder, ssssolange der sssssssiebte Tag fortdauert und wir uns dank sssseiner noch aussssruhen können", sagte die Schlange.

„Aber was für ein Tag wird der achte sein?", fragte Myschka.

„Dassss weiß noch niemand, nicht einmal ER", antwortete die Schlange.

Myschka sah sie erwartungsvoll an.

„Geh", zischte sie und drehte dabei den Kopf zur Seite. „Du bringssst hier zu viel Chaosssss rein ... hier ssssollte ein ruhiges Plätzchen sein, sodasssss ER keinen Ärger hat. ER hat ssschon viele Welten geschaffen und alle haben IHN enttäuscht. Wenigstens hier ssssollte ER sich ein wenig ausssssruhen, denn sssonst wird er müde und Fehler machen oder etwassss Sssscheußliches erssssschaffen, wasss du doch auch nicht willst. Davon hassst du doch ssschon da unten genug, oder? Aber wisse, dass diese Scheußlichkeiten von den Menschen ihre Namen erhielten, nicht aber von IHM. Lass IHN allein und geh zurück in deine Welt!"

„Ich weiß nicht, ob da unten mein Platz ist. Mir geht es dort oft nicht gut", antwortete Myschka mit Zweifel in der Stimme.

„Dort unten darf man nicht nur an ssssich sssselbst denken. Ersst hier im Garten kannssst du dich ausssssruhen. Dort musssst du auch daran denken, wasss du anderen gibssst", sagte die Schlange.

„Was gebe ich denn den anderen?", fragte Myschka.

Die Schlange schaute sie ernst an und schwieg. Dann kroch sie ein Stück und machte den Eindruck, als ob sie lauschte.

Die Blätter im Garten rauschten durch die sanften Berührungen des Windes. Die Zweige schaukelten, die Grashalme beugten sich herab und die Wolken flogen langsam am blauen Himmel dahin.

„Geduld", meinte die Schlange.

„Gebe ich IHM nicht zu viel? Manchmal denke ich, dass ich kein Maß habe", antwortete Myschka.

„Wenn das Maß voll isst, kommssst du zurück in den Garten", flüsterte die Schlange.

Und das wird der achte Tag sein", sagte Myschka verständnisvoll. Die Schlange aber kletterte auf einen Ast, sagte nichts, stieß sie nur leicht nach vorn.

Myschka machte einen kleinen Schritt - und befand sich wieder auf dem Boden. Die Katze schlief in einem der Pappkartons. Jetzt öffnete sie die Augen, streckte sich und strich um Myschkas Beine.

„Komm, ko ...", sagte Myschka und beide gingen nach unten.

Und es wurde wieder Abend des siebten Tages, der immer noch fortdauerte und sich gar nicht beeilte, der achte Tag zu werden, denn ER wusste noch nicht, was das für ein Tag werden und ob er überhaupt kommen sollte.

Eva wachte auf, als die Sonne aufging. Trotz der dicken Vorhänge drangen ihre Strahlen bis ins Schlafzimmer vor. Eva fiel erneut in einen schweren, aber flachen Schlaf. Sie träumte von dem unverständlichen Geplapper Myschkas. Das Mädchen saß auf dem Fußboden neben dem Bett und spielte. Eva begriff nie, worum es dabei ging, denn Myschka hatte nicht einmal eine Puppe, einen Plüschbären oder Bausteine in der Hand. Es kam ihr so vor, als ob das Mädchen mit den Sonnenstrahlen spielte, die in das Zimmer fielen. Es schien, als finge es den Schatten, den die Vorhänge an die Wand warfen. Es war so, als machte Myschka aus Licht und Schatten eine nur für sie sichtbare Komposition. Eva fühlte, dass es müßig war, in diesem Spiel einen Sinn zu erkennen, weil es keinen Sinn gab. Sie schloss die Augen und schlief erneut ein, auf dass die Zeit schneller verrinne.

Sie kehrte in den Zustand zurück, in dem sie den nächsten Tag so spät wie nur möglich beginnen wollte. Denn ein jeder konnte neuen Ärger bringen. Freude gab es nie. Der Arzt und sie selbst waren der Meinung, dass Myschka bereits alles erreicht hatte, was mit diesem Grad der Behinderung möglich war. Es verschwanden selbst die kleinen Anlässe zur Freude, wenn es Myschka zum Beispiel gelang, die einfachsten Dinge zu lernen. In dem, was Myschka vor sich hinstammelte, konnte Eva selten einen Sinn erkennen. Andererseits war es einzig Eva möglich, manchmal wenigstens etwas von dem zu verstehen, was Myschka mit ihren Worten sagen wollte.

Der Arzt meinte, dass sich Myschka seit geraumer Zeit in ihrer Entwicklung auf der Stelle bewegte. Für solche wie sie gab es eben bestimmte Grenzen. Myschka würde nie lesen lernen, nie schreiben, ja nicht einmal einen vollständigen Satz sagen können. „... weil sie kein Fall eines normalen Down-Syndroms ist. Da ist noch etwas, von dem wir keine Ahnung haben. Leider könnten wir das nur diagnostizieren, wenn wir den Schädel öffnen würden", hatte der Arzt wiederholt, was er schon vor langer Zeit einmal gesagt hatte. Ein Hauch von Bitterkeit klang in seiner Stimme, konnte man doch nicht sofort diese Ungewissheit durch das Wunder der Medizin lüften.

Für Eva jedoch war ihre Tochter kein medizinisches Geheimnis, sondern die Hoffnungslosigkeit des Alltags. Gleichzeitig fühlte Eva, dass Myschka weit entfernt war von jener Debilität, die der Arzt beschrieb. Sie spürte, dass im Inneren ihres Kindes etwas steckte, was es nicht zu zeigen vermochte. Wer zeigt wem was nicht?, fragte sie sich in Gedanken.

Jeden Morgen schloss Eva nach dem Erwachen wieder die Augen und versuchte mit aller Macht noch einmal einzuschlafen, um den Beginn des Tages noch etwas herauszuzögern, an dem sie sich erneut Gedanken darüber machen musste, welche Zukunft ihre Tochter erwarten würde. Sie zermarterte sich den Kopf darüber, was wohl geschähe, wenn ihr etwas passieren würde. Wie sollte sie dann ihre Tochter vor der Invasion undurchschaubarer Vertreter aus den Betreuungsanstalten schützen?

Ich bin nicht besser als die Frau aus den Masuren, die ihr Kind im Stall einschloss. Nur dass es hier kein Stall ist, sondern ein schönes Haus, in dem es alles im Überfluss gibt. Dennoch gibt es auf gewisse Weise zwischen uns kaum einen Unterschied, dachte Eva. Sie wollte diese Gedanken eigentlich nicht zulassen, sondern eher vor ihnen wegrennen. Myschkas Brabbeln erlaubte es nicht und rief sie in die Realität zurück.

Theoretisch hatten diese Beamtinnen Recht. Das Mädchen sollte in einer speziellen Einrichtung betreut werden. Es sollte mit anderen Kindern spielen, sich an die Gegenwart fremder Leute gewöhnen und nicht immer nur bei der Mutter sein. Eva war sich jedoch sicher, dass dies eine Einrichtung für die allerschwersten Fälle sein musste. Ein Platz, an dem man vor sich hin vegetierte.

... Es wird dort keine Leute geben, die imstande sind, sie zu verstehen, die aus ihrem Stottern irgendeinen Sinn herauslesen, die glauben, dass Myschka wirklich etwas sagen will, dachte Eva.

Sie wusste, dass sie von allen möglichen Entscheidungen die schlechteste gewählt hatte. Aber es war die einzige, die sie zu treffen imstande war: Sie hatte Myschka von der Welt isoliert, um ihr Schmerz und Enttäuschung zu ersparen und sich selbst Scham und Verzweiflung. Sie hatte allerdings auch von Einrichtungen gehört, die solchen Kindern wie ihrer Tochter wirklich helfen wollten. Nach dem Besuch der Beamtinnen fand sie an der Tür eine von ihnen dort liegengelassene Broschüre. Sie war voller Adressen und Fotos. Von den Bildern lachten sie kontaktfreudige Mumins an, deren IQ wenigstens so hoch war, dass sie Körbe flechten oder Briefumschläge kleben konnten, obwohl Maschinen das viel besser machten.

Eva sah in diesen Kindern allerdings keine Ähnlichkeit mit ihrer Tochter.

Ja, Myschka war anders. Vielleicht war jedes dieser Kinder auf seine Weise anders, dachte sie. Ihr fiel Annas Tochter ein, die malen konnte und die Farben nach den Tönen aussuchte, die diese von sich gaben. Myschka war schwerer behindert als ein typischer Mumin, barg aber zugleich in sich ein Geheimnis. Wahrscheinlich trägt jedes dieser Kinder in sich ein Geheimnis, das aber niemand herausbekommen kann, fügte sie in Gedanken hinzu.

Unwillig öffnete sie die Augen, zog die Vorhänge auf und schaute aus dem Fenster, um immer wieder das Gleiche zu sehen: Im Hintergrund die Garage, links und geradezu die hohe Mauer, hinter der die Dächer der nächsten Häuser zu sehen waren, auf der rechten Seite der ungepflegte Rasen.

Heute aber hatte etwas diese Eintönigkeit durchbrochen. An der Mauer, die das Haus umgab, war etwas Fremdes. Das war gestern noch nicht da. Eva kannte den Blick von ihrem Fenster ganz genau. Jetzt zeichnete sich vor der hellen Mauer eine fremde Kontur ab.

„Ein Baum", sagte sie laut, sodass Myschka aufhörte vor sich hin zu murmeln und sie anblickte. „Dort wächst ein Baum."

Das Mädchen hob den Kopf, stand vom Fußboden auf und ging zum Fenster. Plötzlich fing es mit seiner tiefen, rauen Stimme an zu lachen. Eva öffnete das Fenster und beugte sich heraus. Gestalt und Art des Baumes waren jetzt besser erkennbar.

„Ein Apfelbaum ... Myschka, das ist ein Apfelbaum! Ein echter Apfelbaum wie er echter nicht sein kann! Aber er kann doch nicht über Nacht hier gewachsen sein! Myschka siehst du, wie viele Früchte er hat ...", fügte sie mehr für sich als für Myschka hinzu. Schließlich war sie überzeugt davon, dass für das Kind Baum und Apfel zwei Dinge ohne jeglichen Zusammenhang waren.

„Hab ...", sagte Myschka und streckte die Hand aus. „Ko ..."

Eva stand auf und ging zur Tür. Der Apfelbaum hing voller Äpfel und wuchs so wohlgeformt und groß direkt an der Mauer, als hätte er schon gestern, vor einem Monat oder schon vor zehn Jahren an diesem Platz gestanden. Ein besonders stattlicher Apfelbaum! Beide gingen zu ihm und blieben davor stehen.

„Hier gab es vorher keinen Baum", wiederholte Eva verwundert und berührte den lebendigen, rissigen Baumstamm. Gleichzeitig war ihr irgendwie bewusst, dass - der Baum konnte ja nicht über Nacht gewachsen sein - er schon immer hier gestanden haben musste. Weil ich so sehr mit Myschka beschäftigt bin, habe ich wohl nicht bemerkt, wie er gewaschen ist, dachte sie.

Das Mädchen streckte indes seinen Arm zu einem der Äpfel aus, riss ihn ab und biss hinein, dass der Saft nur so floss. Myschka kaute langsam, bedächtig. Der Saft mischte sich in ihrem Mund mit dem Speichel und rann ihr über das Kinn. Dabei verzog sie merkwürdig das Gesicht.

„Nicht gut?", fragte Eva. „Bestimmt ist er sauer, ist ja ein wilder Apfelbaum. Iss den lieber nicht. In der Küche haben wir bessere Äpfel", ergänzte sie. Myschka schüttelte den Kopf und hielt ihr die Hand mit der angebissene Frucht hin. Eva wollte sie nicht ärgern, nahm den Apfel und biss selbst ein winziges Stück ab. Noch bevor sie dazu kam, ihn zu kauen, spürte sie seinen wundersamen Geschmack. Ihr kam es so vor, als spürte sie ihn nicht nur im Mund, sondern im ganzen Körper bis hin zu den Zehen und Fingerspitzen. Er machte sie leichter. Sie fühlte sich frisch, wie neugeboren.

„Noch nie habe ich so etwas gegessen", rief sie. „Er ist fantastisch! Warum isst du nicht?"

Das Mädchen schüttelte erneut seinen Kopf.

„Iss ... du ...", forderte sie ihre Mama auf, die folgsam den nächsten Happen abbiss. Und noch einen. Dann den nächsten ... der Saft floss ihr die Kehle hinab, als sie sich träge streckte. Sie blickte begeistert zum Himmel auf und sagte: „Schau Myschka, was für ein schöner Tag ... einfach zauberhaft!"

Myschkas Gesicht hellte sich auf und zeigte das für sie typische Lächeln, das Eva rührte, aber auch beunruhigte. Für Eva war dieses Lächeln ein Beweis dafür, dass ihre Tochter glücklich war. Für Fremde, einschließlich Adam, war diese Grimasse eher ekelerregend. Das Mädchen lachte nun laut und Eva stimmte mit ein.

Ich bin erst 43 Jahre alt, dachte Eva plötzlich, vor mir liegt noch das Leben und es warten noch viele Dinge auf mich. Ganz sicher gibt es irgendwo auf der Welt einen Platz für solche wie Myschka und ich werde diesen Platz finden. Ich habe viel Zeit.

Sie lachte erneut, laut, ansteckend und frei und bemerkte, wie lange sie schon nicht mehr ihr eigenes Lachen gehört hatte. Was für ein herrliches Gefühl zu lachen, dachte sie mit Begeisterung.

Adam beeilte sich, zur Garage zu kommen. Eva und Myschka würdigte er keines Blickes, obwohl er sie ausgezeichnet sehen konnte: Seine immer noch schöne, wenn auch etwas heruntergekommene Frau, die er immer noch liebte, und das dicke, unförmige und besabberte Mädchen, das er ablehnte. Sie standen am Baum, hielten sich an der Hand und lachten laut. Einen Moment lang hatte er den Verdacht, sie lachten ihn aus.

Interessant, dass ich diesen Baum noch nie bemerkt habe, dachte er und vergaß dabei Frau und Kind. Wenn ich am Abend zurück bin, koste ich diese Äpfel. Schließlich sind es meine. Es wäre doch dumm, Äpfel zu haben und ihren Geschmack nie zu probieren, dachte er und stieg in sein Auto. Er wollte weg von diesem Bild seiner lachenden Frau und der kichernden Myschka, die unter dem paradiesischen Apfelbaum tanzten.

Plötzlich erinnerte er sich an eine alte Redewendung: Ein Junge wird erst dann zu einem wahren Mann, wenn er seiner Frau ein Haus gebaut und einen Baum für seinen Sohn gepflanzt hat. Das Haus hatte er vor neun Jahren gebaut, noch bevor Myschka geboren wurde. Der Apfelbaum aber wuchs ohne sein Zutun, ja er hatte nicht einmal bemerkt, wie er gewachsen war.

*

Mama lachte. Und das den ganzen Tag. Sie lachte, während sie das Frühstück zubereitete, das Haus reinigte, das Mittagessen kochte. Sie nahm Myschka an die Hand und tanzte mit ihr auf der Wiese und in der Nähe des Baumes. Dabei lachte sie laut und ansteckend, sodass schon nach kurzer Zeit beide lachten. Dann lachte Mama beim Anblick einer Zeichnung von Myschka: Zwei das ganze Blatt einnehmende, sich kreuzende schiefe Kreise. Dann lachte sie über die Katze, die mit einem Wollknäuel spielte. Mama war viel hübscher, wenn sie lachte und das Mädchen fühlte, dass trotz des bewölkten Himmels überall Licht war und die Hauswände schoben sich auseinander und schufen dabei einen grenzenlosen, aber sicheren Raum.

Mama lachte, also war sie glücklich. Eine glückliche Mama war Myschka bis zu diesem Zeitpunkt gänzlich unbekannt gewesen. Aber ihr Lachen war einfach fantastisch. Sie sah aus wie eine Sonne aus dem Märchenbuch, unwahrscheinlich fröhlich, mit Strahlen, die zu den Menschen liefen und die man in der Hand festhalten konnte. Myschka erwärmte sich an ihnen und dabei ging es ihr so gut wie noch nie und nirgendwo - außer im Garten.

Sie war so ergriffen davon, dass sie sich erst mit dem Sonnenuntergang auf dem Boden zeigte. Im Garten aber, in dem man sich - kaum hatte man einen Apfel gegessen - im Tanze drehen konnte, war es noch immer Morgen. Die Schlange wartete bereits auf sie und sagte ohne zu zögern, dass sie fertig werden müsse:

„Versssspäte dich nicht. Bald neigt ssssich der ssssiebte Tag seinem Ende ... wir haben keine Zeit."

Myschka blickte sich um: Im Garten wies nichts darauf hin, dass ein Tag den anderen ablösen würde. Dafür brauchte man die Nacht, vorher die Dämmerung, viele Sorten von Dunkelheit. Aber neben dem Gespräch über die Tageszeiten gab es etwas viel Wichtigeres: „Weißt du, ob ER mir den Baum geschenkt hat?", fragte sie die Schlange.

„Ich weiß essss", antwortete die Schlange.

„Aber es war kein Zauberapfelbaum. Als ich den Apfel gegessen hatte, war ich genauso schwer wie vorher. Ich konnte nicht von der Erde abheben", beklagte sie sich.

„Weil dasss kein Apfelbaum für dich issst, sssondern für deine Mama", erläuterte die Schlange.

„Warum?", wunderte sie sich.

„Damit du ihr Lachen hören kannsssst."

„Ich habe es gehört!", rief sie.

„Damit du ihre Freude fühlen kannst, dass es dich gibt", fuhr die grazile Schlange fort.

„Ich habe es gefühlt!", stellte Myschka fest.

„Damit du verstehssst, dasss ihr nach dir nur noch der Baum bleibt."

Myschka schwieg.

„Aber wenn du gehsssst, wird deine Mama vielleicht in ihm deine Sssstimme hören. Wenn nicht, hört sssie nur das Rasssscheln der Blätter", zischte die Schlange.

„Also werden Mama und Papa niemals sehen, wie ich tanze?", fragte sie traurig.

„Niemalssss. Aber im Gesssang des Baumesss werden sssie deine wirkliche Ssstimme hören und dabei denken, dassss du nicht nur sssschön warst, ssssondern auch ssschön getanzt hassst", sagte die Schlange.

„Wirklich?", freute sich Myschka.

„Wirklich", sagte ernst die Schlange.

„Also ist das kein Baum für mich, sondern für sie", begriff das Mädchen.

„Deine Bäume wachsssssen hier", meinte die Schlange. „Schau dich um."

Myschka blickte um sich und stellte mit Erstaunen fest, dass der Garten ganz anders aussah. Er hatte jetzt nichts mehr gemeinsam mit dem Vorhang vom Rummel. Er erinnerte sie an nichts, was sie kannte. Fest stand nur, es war und blieb ein Garten. In ihm gab es gleichzeitig Licht und Dunkelheit, Harmonie und Chaos, Musik und Stille, Grün und Blau, Starre und Wind. Er war Gleichklang und Vielfalt. Er war alles und nichts. Aber er war.

Überrascht blinzelte sie mit den Augen und es erschienen erneut die gut vertrauten Apfelbäume und der fließende Bach zwischen ihnen. Er floss in die Ferne zu den Silhouetten von Adam und Eva sowie der grazilen Schlange, die über ihren Köpfen auf einem Ast hing. Das muss zu etwas gut sein, dachte sie.

Du hast gesagt, dass einer der Bäume verboten ist und dass man von ihm keine Früchte essen darf, sprach sie in Gedanken mit sich selbst.

„Ja, an diesem Baum wachsssen nur ganz gewöhnliche Früchte, die niemanden verwandeln. Derjenige, der von ihm isst, bleibt nur ein gewöhnlicher Stsssserblicher. Wenn du von ihm isst, wirst du augenblicklich wieder dort unten ssssein, wo du hergekommen bist. Und kehrssst niemalsss zurück. Dann wirst du für immer auf die Erde gehören. Wenn ihn Adam und Eva essen würden, müssten sssie den Garten verlassen. Aber dieser Baum ist gut versteckt, weil ER nicht will, dass ssssie ihn finden", sagte die Schlange.

ER, ER und ER, dachte Myschka. Wir sprechen über IHN, unsere Gedanken kreisen um IHN, wir fühlen SEINEN Atem und sehen IHN doch niemals.

„Wolltesssst du nicht ...", begann sie, unterbrach sich aber. „Wasss wollte ich eigentlich fragen?", überlegte sie. „Du willssst wisssssen, wie ER aussssieht. Na so etwas ...", antwortete die Schlange und schüttelte dabei ihren flachen Kopf: „ER sssieht überhaupt nicht ausss. ER hat kein Aussssehen. Man kann IHN ssich nur versssschieden vorssssstellen. Man kann an IHN glauben oder nicht. Man kann IHN fühlen oder nicht. Man kann IHN hören oder nicht. Man kann in IHM eine Frau sssehen, einen Mann oder ssssogar ein Kind. ER ist allessss und nichtssss. Und darum geht esss. Dessswegen kann ER ssich damit befasssssen, wasss ER am meisssten mag: mit der Ssschöpfung, denn die Mensssschen, die IHN nicht finden, können IHN nicht erreichen, IHN nicht ermüden, IHM nicht folgen. Denn ER issst ausssßerhalb der Zeit und erschafft die Welt. Ssschafft und sssschafft ohne Ende, aber auch ohne Anfang und immer issst ER unzufrieden, weshalb ER esss immer wieder von neuem probiert. ER glaubt ssschon nicht mehr daran, dassss ER etwasss Vollkommenesss ersssschaffe. Aber ER versssucht esss weiter, denn ER musss eine große Leere in und um ssich füllen. Was willssst du noch wisssssen? Und wozu? Der Glaube braucht kein Wissssssen", behauptete nachdenklich die Schlange.

Myschka fühlte, dass sie nicht weiter fragen sollte, weil sie es doch schon wusste. ER ist manchmal der HERR, dann wieder die STIMME oder ändert flimmernd seine Gestalt und ist Adam und Eva ähnlich. Aber ER will damit nur seine Leere füllen. In Wirklichkeit ist ER nichts und niemandem ähnlich. An den Tagen, an denen ER fraulich ist, ist SEINE Stimme melodisch, angenehm und erinnert an die Stimme einer Mutter. Manchmal saust sie jedoch mit dem Wind und den Blitzen, dann ist ER der Vater. Manchmals gibt es IHN überhaupt nicht, obwohl ER da ist. Dann ist ER am meisten ER selbst.

„Ihr Mensssschen ssstellt euch in SEINER Sssache verssssschiedene Dinge vor, mehr oder weniger richtig, aber eher weniger denn mehr. Und darum geht esss", lachte die Schlange.

Myschka schaute sie misstrauisch an. „Weisssßt du nicht, dassss ER nicht allessss erklären musss, ja nicht einmal allesss erklären ssssollte?", fragte sie mit einem Lächeln.

„Nein, weiß ich nicht", gab sie zu und fühlte, dass sie tatsächlich nicht wissen wollte, wie ER aussieht. „Ich will nicht, dass er überhaupt ein Aussehen hat."

Durch den Garten wehte ein Wind. Der HERR atmete tief durch und versank im Halbdunkel. Die Schlange aber folgte seinen Spuren. ER hatte die Angewohnheit, plötzlich zu erscheinen und ebenso überraschend wieder zu verschwinden. Wenn ihn das Mädchen jedoch brauchte, war ER stets zur Stelle.

Myschka ging los, um Adam und Eva zu suchen. Sie waren nicht am Bach und Myschka irrte lange im Garten umher, bis sie auf ihre Spuren an einem der Apfelbäume stieß. Im Unterschied zu den anderen war dieser Baum eher klein geraten. Er war fast zwergenhaft und krüppelig gewachsen. Myschka begriff, dass Eva ihr einmal von diesem Baum erzählt hatte. Er war kränklich, schwach und man musste sich um ihn kümmern, damit er nicht abstarb. Eva brach die schwachen Zweige ab und bespritzte den Baum mit Wasser, wodurch es ihr gelang, sein Leben zu retten. Ihre Puppe, achtlos weggeworfen, lag neben dem Baumstamm. Der Kopf, bestehend aus einem Apfel, begann zu faulen. Das Büschel Gras, das die Haare darstellte, war von der Sonne ausgedörrt. Wir müssen eine neue machen, dachte Myschka.

Als Eva sie erblickte, wurde sie quicklebendig und sprach: „Gut, dass du gekommen bist, sonst hätten wir uns vielleicht nicht mehr getroffen. Wir wollen nämlich von hier fortgehen."

„Ihr wollt den Garten verlassen?", wunderte sich Myschka. „Aber hier ist es doch wunderschön."

„Ja, hier ist es die ganze Zeit wunderschön", bestätigte Adam. „Nicht einmal einen Moment lang ist hier etwas hässlich ... angeblich sündenfrei, wie die Schlange sagt, und anstatt eines Kindes haben wir nur eine Puppe. Und sieh mal, wie sie aussieht ...! Man kann sie ja nicht einmal drücken."

„Aber hier habt ihr ewiges Leben, ewige Jugend, einen unendlichen Tag. Ihr wisst nicht, wie schwer Krankheit und Nacht zu ertragen sind", protestierte Myschka.

„Wir wollen dorthin, wo wir eine richtige Frau und ein richtiger Mann sein können", verkündete Adam.

„Ihr seid doch Mann und Frau!", wunderte sich Myschka.

„Nein", gab Eva zurück. „Du hast selbst gesagt, dass wir 'Nichts' haben außer einem Feigenblatt. Sieh dich im Garten um ... alle Tiere hier haben keine Jungen. Auch die Pflanzen haben keine Ableger. Selbst die Äpfel sind immer dieselben. Ich möchte wissen, wie die Nacht aussieht. Ich will erfahren, was ein Ende ist und nicht immer am Anfang stecken bleiben."

„Und ihr lasst IHN allein?", fragte Myschka traurig.

„Ich denke, hier sind wir nur Puppen", sagte Eva. Myschka aber dachte, dass die Frau nicht einmal wusste, wie nah sie damit der Wahrheit kam.

„Wir wollen echt sein, aus Fleisch und Blut", meinte Adam.

„Aus Dreck und Sssschlamm, ausss Sssstaub und Ruß, ausss Ssspucke und Sssschleim", zischte die Schlange hinter ihren Rücken. Doch sie hörten es nicht. Sie wollten es nicht hören.

„Wir wollen einen richtigen Körper", ergänzte Adam.

„Einen Körper, der krank werden kann, alt wird und zu Sssstaub zerfällt", fügte die Schlange erbarmungslos hinzu.

„Was sagt ER denn dazu, dass ihr weggehen wollt?", fragte Myschka unruhig.

„ER hat uns durch die Schlange sagen lassen, dass wir alle Äpfel in SEINEM Garten essen dürfen, wenn wir bleiben. Aber wie viele Äpfel kann man denn essen, selbst wenn sie verzaubert sind?", beklagte sich Eva.

„Die verzauberten Äpfel sollten für besondere Anlässe und nicht für jeden Tag sein", ergänzte Adam nachdenklich.

Myschka überlegte. Sie wusste schon, dass einer, ein einziger Apfelbaum hier im Garten anders war. Er hatte keine zauberhaften Paradiesäpfel, er war ein ganz gewöhnlicher Baum mit den gewöhnlichsten guten und schlechten Äpfeln, wie es auch gute und schlechte Nachrichten gibt. Genau solchen, wie sie die „Tagesschau" im Fernsehen meldet. Sie hatten keine Macht, durch Zauberei Veränderungen herbeizuführen, gaben einem nicht das Gefühl, vom Boden abzuheben. Ja ganz im Gegenteil: Ohne Erbarmen brachten sie einen auf den Boden zurück. Neben diesem Baum stand jetzt Eva. Sie kümmerte sich um ihn, damit er nicht vertrocknete. Er lebte dank ihrer Hilfe. Von ihm strömte paradiesische Schönheit aus. Er war der Schlüssel zum Ziel: Den Garten verlassen zu können. Die Schlange hatte gesagt, dass dieser Baum gut versteckt sei. Das war die Wahrheit. Er stand genau in der Mitte neben anderen Bäumen und war der hässlichste. Gerade seine Hässlichkeit war das beste Versteck, das man sich hatte ausdenken können.

„Wenn ihr den Garten verlassen wollt, müsst ihr einen Apfel vom verbotenen Apelbaum pflücken und essen", sagte Myschka voller Trauer darüber, dass sie auch noch half, etwas zu zerstören, was eigentlich für alle Ewigkeit hätte anhalten können. Es war schön, makellos, unsterblich, aber sehr wenig echt.

„Wie können wir den verbotenen Baum finden?", fragte Adam. „Er wurde doch vor uns versteckt."

„Überlege gut, Mysssschka ...", zischte die Schlange scharf. „Weißt du, wassss du tusssst?"

Myschka aber hörte nicht auf die Schlange. Sie hatte schon alles durchdacht. „Ihr steht genau daneben", sagte sie sachlich. „Das ist unmöglich!", schrie Eva. „Ihn habe ich doch vor dem Tod gerettet! Das ist mein Baum und nicht SEINER!"

Myschka wollte ihr diese Illusion nicht nehmen. Sie spürte, dass es unzählige Gärten gab und unzählige Adams und Evas, die eines Tages - nicht SEINETWEGEN, aber durch SEINE Hilfe - ihren Platz verlassen und nach unten zu den Menschen gehen würden. Sie wusste bereits, dass ER immer neue Gärten und weitere Adams und Evas in dem Glauben erschaffte, dass er eines Tages das Geschöpf in die Welt setzte, mit dem ER zufrieden sein würde. Bis jetzt war IHM dies noch nicht gelungen. Und darum wuchs in jedem Garten ein verbotener Baum nur deshalb, damit seine Bewohner, die IHN wieder nur enttäuscht hatten, das Verbot überschreiten und davongehen konnten.

„Ihr müsst einen Apfel von diesem Baum essen. Er ist der Schlüssel zu allem. Er sieht nur krank und schwach aus, ist aber der richtige", sagte Myschka.

„Die kann man nicht essen!", rief Eva. „Guck mal, wie hässlich sie sind. Ganz sicher sind sie sauer und schmecken nicht!"

Myschka schaute sich die Äpfel an dem kränkelnden Baum an.

„Der Apfel muss genauso beschaffen sein wie der Ort, an den ihr gehen wollt", sagte sie. Ihr scharfer Blick begutachtete fast alle Früchte, obwohl sehr viele daran hingen. Vielen war ihr Kampf ums Überleben anzusehen. Die angefaulte und runzlige Schale war zum Teil mit Schimmel bedeckt und ihr Rot war blass geworden. Einige Äpfel hatten Löcher, aus denen die Würmer schauten. Alle waren krank.

„Ihr müsst einen solchen Apfel essen", wiederholte Myschka und zeigte gerade auf die, die am scheußlichsten aussahen. Eva zitterte vor Ekel, schaute sich dann aber die Äpfel an und berührte sie mit den Fingern.

„Sie sind ekelerregend, aber wenn es sein muss, essen wir sie halt", entschied sie für sich und Adam.

„Aber die Erde ... die Erde ist so. Ihr werdet klopfen und niemand wird euch öffnen. Ihr werdet weinen und niemand wird euch hören", flüsterte Myschka. Dabei dachte sie an die doppelt gegen Geräusche gepolsterte Tür zum Zimmer des Vaters.

„O nein ... die Erde muss zauberhaft sein", erträumte sich Eva. „Sie", zeigte sie auf die Schlange. „Sie hat gesagt, dass ich dort einen richtigen Körper haben werde."

„... und richtige Brüste", ergänzte Adam, der selbst ein bisschen verwundert darüber schien, was er sagte, erschienen ihm doch hier im Garten Evas Brüste als entbehrliche Wölbungen.

„Und ich werde dort ein Kind haben. Vielleicht so eines wie du bist?", meinte Eva.

Nein, nein ... natürlich ein anderes, dachte Myschka. Es wird nie auf den Boden gehen müssen. Seine Mama soll nicht seinetwegen weinen und der Vater sich nicht in sein Zimmer einschließen, wenn es ihn ruft.

„Dort trage ich kein Feigenblatt!", lachte Adam.

Ich weiß, du wirst dort einen Anzug haben, eine Krawatte, eine schwarze Aktentasche, ein Handy und einen Laptop, dachte Myschka.

„Aber wie werdet ihr IHN überreden, ohne dass ER sich über euch ärgert?", fragte sie.

„Wir werden IHN nicht fragen, ob ER einverstanden ist", meinte Adam aufrührerisch.

„ER wird einverssssstanden sssssein", sagte beruhigend die Schlange.

Myschka dachte, dass ER bestimmt einverstanden sein würde, denn ER war dann sicher schon dabei, den nächsten Garten, die nächsten Männer und Frauen zu erschaffen, kaum dass sie fort wären.

„Und hier, hier im Garten, wird ER dann allein zurückbleiben?", erkundigte sie sich laut und mit großem Mitleid.

„ER isst hier nicht allein", lachte die Schlange.

„Wer ist denn bei ihm?", fragte Myschka fasziniert. Sie wollte gern die anderen Bewohner des Gartens sehen, deren Anwesenheit sie noch gar nicht bemerkt hatte.

„Du wirsssst ssssie kennen lernen. Essss dauert nicht mehr lange", versprach die Schlange.

„Ja, du wirst sie kennen lernen, denn du bleibst ja hier", erklärte Adam.

„Warum?", fragte Myschka mit Erstaunen.

„Denk mal drüber nach ... man kann nicht gleichzeitig hier und da ssssssein", zischte die Schlange. „Also mussssst du dich entscheiden, Mysssschka ..."

„Aber jetzt noch nicht", sagte bittend das Mädchen. Ich habe so viele Dinge da unten noch nicht erledigt. Mama lacht schon, aber Papa ... er rennt weiter vor mir weg, dachte sie unruhig.

„Wir haben nicht mehr viel Zeit", antwortete die Schlange. „Aber ER lässsst dir wirklich die Wahl. Wenn du willsssst, kannssst du auch dort bleiben ..." Die Schlange unterbrach sich und tanzte mit ihrem giftigen Schädel in alle Richtungen.

Dort ... dort bin ich so schwer, dachte Myschka und blickte die Schlange dabei an. Sie erwiderte ihren Blick mit ihren Korallenaugen und ließ ihren Kopf nach links und nach rechts tanzen. Dort bin ich im Haus eingesperrt, weil Mama Angst hat, mit mir in den Park, in den Supermarkt, ja sogar auf die Straße zu gehen, dachte Myschka und hielt dem Blick der Schlange stand. Ihr Schädel wackelte immer schneller im Licht der Sonne. „Dort wollen die Kinder nicht mit mir spielen und schauen mich an, als hätten sie Angst oder ekelten sich vor mir", sagte Myschka.

Inzwischen tanzte die Schlange so geschwind, dass Myschka Mühe hatte, ihrem Blick weiter zu folgen. Plötzlich stand sie jedoch still und ihre Augen blickten tief in die Myschkas.

Hier kann ich tanzen ..., vergegenwärtigte sie sich, stellte sich auf die Zehenspitzen und begann sich zu drehen und vollführte frei und leicht eine Pirouette. Sie spürte den Wind ihrer Bewegung und fühlte sich unendlich frei. So könnte es immer sein.

„Gut", sagte sie, als sie ganz außer Atem stehen blieb. „Sag IHM, dass ich sie verlasse, dass ich mit euch hierbleibe. Aber ich gehe noch einmal nach unten für ein einziges Mal, um mich zu verabschieden. Dann komme ich gleich zurück."

Und es wurde Abend des siebten Tages.

*

Adam hielt in der Nacht vor der Garage und wartete darauf, dass sich das Tor automatisch öffnete. Da sah er erneut den einsamen Apfelbaum am Rand der Wiese.

„Er muss schon immer hier gestanden haben", sagte er sich, stieg aus dem Auto aus und ging quer über den Rasen. Niemals zuvor hatte er dem Baum Beachtung geschenkt. Ich muss mal von meinen eigenen Äpfeln probieren, ging es ihm durch den Kopf. Er hatte ein Haus, das zauberhaft war, eine Frau, die in ihrer eigenen Welt lebte, eine Tochter, die er nicht wollte und er hatte einen Apfelbaum mit Äpfeln, deren Geschmack er nicht kannte.

Der Apfelbaum stand unbeweglich im Mondschein. Plötzlich kam Wind auf und bewegte seine Äste, während die Blätter leise zu singen begannen. Adam kam es so vor, als ob er eine leise, ihm gut bekannte Stimme hörte: „... Adam, Adamlein, ko ..., komm, lass uns spielen, ko ..., ko ..."

Er schüttelte den Kopf. Die ihn beunruhigende Stimme verstummte. Er ging zum Haus zurück und biss in den Apfel. Er war ein wenig sauer, ein bisschen bitter, aber merkwürdig lecker. Noch während er den Apfel aß, drehte er den Schlüssel im Schloss des Arbeitszimmers um. Da fiel ihm das Gesicht wieder ein. Wie lebendig stand es vor seinen Augen und als er den letzten Happen schluckte, fiel ihm nicht nur das Gesicht wieder ein, sondern auch der Name.

Alexandra ... wie konnte ich das nur vergessen ..., fragte er sich. Sie war die einzige Freundin seiner Großmutter, die mit ihnen Tür an Tür gewohnt hatte, die fast täglich bei ihnen zu Hause gewesen war oder zu sich eingeladen hatte. Sie kannte das Leben seiner Familie fast wie die eigene Westentasche. Sie weiß sicher alles. Soll sie sagen, ob in meiner Familie Geisteskrankheiten oder andere Behinderungen vorgekommen waren. Sie wird mich von meiner Not befreien und wissen, wer schuld ist, ich selbst oder Eva. Sie wird auch wissen, ob wir ein zweites Kind haben können. Ein Kind, das gesund ist. Wie hieß sie gleich mit Nachnamen ..., mein Gott, wie war bloß ihr Nachname?

Der Nachname fiel Adam mit dem letzten Bissen in den Apfel ein. Den Ort kannte er. Schließlich hatten sie dort mit Oma und den Verwandten gewohnt. Drei Jahre nach dem Unfall waren sie dahin gezogen. Als ob die Großmutter ihr Leben ganz von vorn anfangen wollte, an einem anderen Ort, in einer neuen Wohnung, so als ob sie die Vergangenheit ungeschehen machen wollte.

Den Straßennamen in jenem Ort hatte er sich die ganze Zeit gemerkt. Die Straße seiner Kindheit, einzig und einmalig, konnte man doch nicht vergessen. Da gab es den Hof mit einer Teppichstange und einen großen, alten Baum, unter dem sie im Herbst die glänzenden, braunen, ja fast magischen Kastanien gesammelt hatten.

Ich fahre morgen hin, beschloss er.

Myschka schlief und schlief. Schon lange war das Frühstück vorbei. Schon näherte sich der Mittag. Zuerst freute sich Eva über den stillen, ruhigen Morgen. Besonders weil Adam wie immer bereits verschwunden war, bevor sie ihre Augen öffnete. Auf dem Küchentisch lag ihre „Wochenration" - die Summe, die ihr Adam jeden Montag für die wöchentlichen Ausgaben hinlegte. Aber heute war Sonntag. Normalerweise machte Adam nie Fehler. Sicher hatte er es hingelegt, weil er am Montag nicht da sein würde.

Er ist wieder irgendwo hingefahren, dachte sie.

Gegen ein Uhr am Nachmittag weckte sie Myschka. Das Mädchen öffnete die Augen und schaute sie an, ohne wirklich zu sehen.

„Myschka ...", flüsterte sie leise. Der Blick ihrer Tochter ruhte noch immer auf ihr, aber Eva war sich sicher, dass sie nicht wusste, wen sie ansah.

Sie muss schlecht geträumt haben ... als ob sie nicht weiß, wo sie ist, überlegte sie und wiederholte, indem sie ihre Tochter kräftig an den Schultern rüttelte: „Myschka, wach auf!"

Jetzt hätte Myschka sich die Augen reiben, sich strecken, die Decke von sich streifen und ihr weites, vertrautes Lächeln zeigen müssen, mit dem sie jedes Mal erreichte, dass sie der Tochter das verzieh, was sie mit ihrer Geburt angerichtet hatte.

Doch dieses Lächeln erschien nicht auf dem Gesicht des Kindes. Ja, im Gegenteil: Myschka hatte den Mund fest verschlossen, so fest, als würde sie sich sehr auf etwas konzentrieren.

„Myschka ...", wiederholte Eva mit wachsender Unruhe und legte ihre Hand auf Myschkas Stirn. Doch die Stirn war kalt. Die Augen des Mädchens aber blickten sie noch immer an, blickten durch sie durch, als wäre sie durchsichtig.

Sie nahm Myschkas Hand und versuchte, sie hochzuheben, um sie zum Aufstehen zu zwingen. Der Arm der Tochter war schwer und kraftlos. Als Eva ihn losließ, fiel er schwer zurück auf die Decke. „Sie ist krank", flüsterte sie und griff zum Telefonhörer.

„Nicht ansprechbar? Aber ohne Fieber?", fragte sie der Arzt. „Husten? Hat sie Schnupfen? ... Nein ... Probleme mit dcr Atmung? ... Nein ... natürlich, ich komme, sehe aber keinen Grund zur Eile. Aus Ihren Angaben entnehme ich, dass nichts Schlimmes passiert ist. Schließlich ist sie doch fast immer nicht ansprechbar, oder?"

Eva verspürte große Lust, ihn anzuschreien: Was reden Sie für einen Unsinn! Das ist das kontaktfreudigste Kind der Welt! Nur ein Idiot kann sich nicht mit ihr verständigen! Aber stattdessen wiederholte sie nur mit Nachdruck, dass Myschka ihrer Meinung nach anders war als sonst.

„Und wenn das nun keine Krankheit, sondern ...?"

„Behinderte Kinder können sich schon mal anders verhalten. Und da ist ja auch noch neben dem Down-Syndrom dieser dunkle Fleck im Gehirn. Gerade der kann dazu führen, dass sie sich anders benimmt", antwortete der Arzt und fügte beruhigend hinzu: „Ich werde in zwei, drei Stunden bei Ihnen sein. Im Wartezimmer sitzen noch drei Patienten und ich habe einige dringende Hausbesuche zu erledigen. Bis dahin wird nichts Schlimmes passieren. Bitte bleiben Sie ganz ruhig. Auf Wiedersehen!"

Ach ja, dieser dunkle Schatten im Gehirn, erinnerte sich Eva. Vielleicht ist es ein Tumor, vielleicht ein Blutgerinnsel, das sich aufgelöst hat? Aber in diesem Fall muss man die dringende medizinische Hilfe rufen. Sie versuchte, ruhig zu bleiben und sah in einem der Ratgeber nach, was es sein könnte. Myschka war wie bewusstlos, aber irgendwie anders. Sie ist anders intelligent, funktioniert anders und ist sogar anders bewusstlos, dachte Eva bitter.

Myschka guckte, sah aber nichts. Oder sah etwas anderes, nicht Eva, obwohl die sich über das Mädchen beugte und ihr tief in die halb geschlossenen Augen blickte. Jemand, der von der Seite zugeschaut hätte, hätte denken können, dass das Mädchen den Blick der Mutter erwiderte. Myschka aber war kraftlos und nicht anwesend.

Eva blieb nichts anderes übrig, als auf den Arzt zu warten.

*

Mit der Adresse auf einer Karte irrte Adam in dem Wohnbezirk seiner Kindheit herum. Gleich im Morgengrauen war er abgefahren, sodass er bereits gegen acht an Ort und Stelle war.

Ich erinnere mich an nichts, dachte er erschrocken, als er sich umsah. Warum erinnere ich mich bloß nicht an diese

Straßen, diese Gassen, die Höfe, in denen ich als Kind mit meinen Freunden Räuber und Gendarm und Verstecken gespielt habe?

Er nahm die Karte und kramte in seinen Erinnerungen. Dann traf er zufällig Fußgänger, die ihm den Weg durch den Wohnort seiner Eltern wiesen. Doch erst nach über einer Stunde fand er das heruntergekommene Mietshaus. Als er die Treppen hochging, kam es ihm vor, als würde er es wiedererkennen, obwohl das nicht einfach war: Wie sollte er auch das schöne Haus seiner Kindheit in dieser baufälligen Ruine mit der herabbröckelnden Farbe finden? Alles kam ihm kleiner vor, hässlicher, als es einmal gewesen war.

Hier ist es ... aber hier ist es ... das ist die richtige Treppe ... hier habe ich mit meinen Freunden Bierdeckel-Schnipsen gespielt. Es ist dieselbe Treppe. Aber damals haben sie weniger geknarrt und auf ihnen lag ein roter Teppich. Und ich hatte immer den Hund bei mir. Unseren Hund. Braun und groß. Weich und warm. Ja, ich habe ihn wohl geliebt. Und die Großmutter war in der Wohnung ihrer Freundin, erinnerte er sich langsam, aber sicher. Er erkannte die Tür, die zweite gegenüber mit dem metallenen, inzwischen etwas verblassten, aber immer noch eleganten Namensschild. Zwei fremde Namen waren darauf geschrieben. Das war klar, denn es war eine riesige Wohnung. Die Tür, auf die er zuging, war gleich nebenan. Hier hing immer noch dasselbe Schild. Der Name darauf war in dicker, geschwungener Schrift mit Schnörkeln am Anfang und am Ende eingraviert. Es waren dieselben Buchstaben, dieselben Schnörkel. Derselbe Name.

Er klingelte. Längere Zeit blieb es ganz still. Als er schon enttäuscht und wütend gehen wollte, hörte er ein Schlurfen. Dieser typische Ton, den alte, müde Beine beim Gehen machen. Im Spion erschien ein dunkler Punkt, sicher ihre Augen. Dann drehte sich zweimal der Schlüssel im Schloss, die Sicherheitskette rasselte und die Tür öffnete sich einen Spalt breit. Die zwei altmodischen Schlösser und die Türkette waren typisch für alte Leute. Sie glaubten noch an deren Sicherheit und wussten nicht, dass Einbrechern ein enger Spalt genügen würde, um hineinzugelangen. Sie schaute den fremden Mann durch den Türspalt an.

„Zu wem wollen Sie?", fragte sie, den Kopf zwischen Kette und Tür steckend. Mit Mühe erkannte er die einst energische und stets gepflegte Dame mittleren Alters wieder. Jetzt schaute ihn eine alte Frau mit trüben, dunklen Augen an. Sie war mit einer zu großen und abgewetzten Strickjacke bekleidet.

„Ich möchte zu Ihnen", gab er freundlich zurück. Ihm fiel ein, wie gern er sie einmal gehabt hatte. Sehr sogar. Gerade sie war es gewesen, die die Strenge der Großmutter besänftigt hatte, als er noch ein Kind und später Jugendlicher gewesen war. Sie hatte ihm Geld fürs Kino gegeben, hatte für ihn um Erlaubnis gebeten, dass er mit den Jungen auf dem Hof spielen durfte, obwohl er Hausarrest hatte, um zu lernen. Sehr lange war für ihn Lernen mit Strafe verbunden.

Erst während des Studiums wurde ihm qualvoll bewusst, dass er alles, was er machte, für sich selbst tat. Nicht für die Mutter oder den Vater, an die er sich kaum erinnerte, und auch nicht für die Großmutter, deren Rat er nur ungern befolgte. Nur für sich selbst. Die alte Frau hatte sich damals bemüht, ihn davon zu überzeugen. Aber er hatte ihr nicht geglaubt.

„Liebe Frau Ola, ich bin's, Adam", sagte er freundlich.

„Adam?" wiederholte sie misstrauisch. Schon bekam er Angst, dass die Zeit auch ihr Gedächtnis getrübt haben könnte, dann entdeckte er in ihren blassen Augen einen Funken des Erkennens.

„Janek ... Janek ... Adamlein", lachte sie und anhand ihres Lachens erkannte Adam sie jetzt wirklich wieder.

An den Vornamen, den sie nannte, allerdings konnte er sich nicht erinnern. Janek-Adam. Wer war Janek, mit dem die alte Dame ihn zuerst verwechselt hatte? War es vielleicht ein anderer Junge vom Hof, um den sie sich auch gekümmert hatte, weil sie wie viele einsame Menschen Kinder sehr mochte? Oder hatte sie ihn mit dem Vater verwechselt? Hatte auch sie ein solch schwaches Gedächtnis wie Oma? Dann würde er wieder nichts erfahren ...

„Ja, ich bin's, Adam", nickte er. Adamlein kannte er nur aus seiner Kindheit und man nannte ihn schon seit vielen Jahren nur noch Adam. Sie mühte sich in der Zwischenzeit damit ab, die Kette zu entriegeln. Endlich hatte sie die Tür geöffnet und konnte ihn in den langen, engen Korridor einlassen.

„Hast du sie endlich besucht?", fragte sie ohne Rücksicht auf Verluste. Er dagegen antwortete ihr, ohne zu fragen, wen sie eigentlich meinte:

„Nein, ich habe sie nicht besucht, weil ..." In Gedanken suchte er nach einer einleuchtenden Erklärung: „... sie erkennt doch niemanden mehr. Es ist ihr egal, wer sie besucht."

Die alte Dame lächelte. Er aber hatte das Gefühl, dass in diesem Lächeln nichts Fröhliches lag. Ihr Lächeln sah fast aus, als würde sie weinen. Dann schob sie den Stuhl ein wenig zu ihm, wartete aber nicht, dass er sich setzte, sondern zog eine Schublade vom alten Büfett auf. Sie legte zwei dicke Briefumschläge auf den Tisch. Einer war mit einem Bändchen geschlossen, der andere mit einem Gummi.

„Ihre Briefe. Mir kam es nicht so vor, als wisse sie nicht, was sie schreibt", sagte sie trocken und unfreundlich. Das Lächeln war aus ihrem Gesicht verschwunden. Sie schaute ihn jetzt kalt und vorwurfsvoll an.

„Du hast sie im Stich gelassen und fertig", sagte sie weiter. „Du hast sie nie gern gehabt und konntest nie anerkennen, was sie für dich getan hat. Sogar dein Abitur hast du nur ihr zu verdanken. Sonst wärest du vor die Hunde gegangen so wie viele deiner Freunde. Ich weiß, dass du dein Studium abgeschlossen hast, dass du eine eigene Firma besitzt und ein Haus gebaut hast. Und dass du eine Frau hast. Ein Kind. Sie hat mir das geschrieben. Sie war sehr stolz auf dich."

„Stolz ...?", wiederholte er unwillkürlich, um Zeit zu gewinnen.

„Stolz. Und sie hat dir verziehen, dass du sie im Stich gelassen hast. Sie war immer eine starke Frau. Darum ist sie dir aus dem Weg gegangen. Siehst du ...?"

Sie zeigte auf die Briefe. „Mir hat sie geschrieben, dir nicht. An mich hat sie gedacht, an dich nicht, weil es dir doch eigentlich so recht war, stimmt's?"

„Sie hat den Gashahn aufgelassen und viele Sachen vergessen. Sie hatte Sklerose", sagte er schnell. Aber die alte Frau lächelte erneut.

„Ich habe auch Sklerose. Im ersten Moment habe ich dich Janek genannt ..."

„Sie haben mich sicher mit jemandem verwechselt, das passiert", sagte er.

„Ich habe mich geirrt, aber hätte mich nicht irren sollen." Ihre dunklen Augen leuchteten auf und blickten ihn mitfühlend an: „Kanntest du einen Janek?"

„Ich kannte einige. Mein Vater hieß ja auch ... Sie wollen mir sagen, dass Großmutter nur so getan hat? Als ich sie besuchte, tat sie nur so, als ob sie mich nicht kennt?", fragte er ruhig und kalt, obwohl er sich im Inneren wie ein kleiner, gescholtener Junge fühlte.

„Ich weiß nicht. Ich war ja nicht dabei", wich sie kühl aus. „Wir schreiben, aber besuchen uns nicht. Das ist für mich zu weit und ich bin zu alt, um dorthin zu fahren. Sie ist ihrerseits zu schwach, um hierher zu kommen. Wir haben uns das letzte Mal vor fünfzehn Jahren gesehen. Den letzten Brief habe ich aber erst vor fünf Tagen erhalten.

„Ich war dort im Krankenhaus", sagte er. Er wechselte das Thema, so als wüsste er nicht, wie er sich benehmen sollte. Am liebsten aber hätte er geweint, so wie einst vor mehr als dreißig Jahren, als ihm die Großmutter etwas verboten und er weinend bei Frau Alexandra darum gebeten hatte, ihm zu helfen.

„Warst du krank?", fragte sie.

„Nein, ich war in 'dem' Krankenhaus ..."

Sie blickte ihn verstehend an.

„... ja ... dort, wo deine Eltern gestorben sind", vollendete sie seinen Satz.

„Wo sie sie nach dem Unfall hingebracht haben. Aber dort arbeitet nur noch eine Beamtin von damals, die inzwischen Rentnerin ist. Sie erinnert sich an nichts", sagte er.

„Woran soll sie sich denn erinnern?", fragte sie zurück.

„Weiß nicht", antwortete er unehrlich. Er wollte der alten Frau nicht sagen, dass er in dem Krankenhaus auf der Suche nach Erbkrankheiten, durchgemachten Erkrankungen und genetischer Belastung seiner Eltern war. Er selbst wusste ja nicht einmal genau, wonach er eigentlich suchte. Spuren. Eine Fährte seines Genotyps.

„Die Mitarbeiterin hat sich nur daran erinnert, dass nach dem Unfall alle drei eingeliefert wurden. Mama, Papa und ... ein zufälliges Unfallopfer. Ist das möglich? Angeblich war es ein Kind. Hat meine Großmutter Ihnen davon erzählt? Dass es unter ihr Auto geraten ist und dass sie auch ...", stotterte er, beendete aber die Frage: „... dass sie an seinem Tod schuld waren?"

Die braunen Augen blickten ihn wieder mitfühlend an, verloren ihre vorherige müde Mattheit. Die ältere Dame holte tief Luft: „Wie, was heißt 'irgendein Kind'. Weißt du denn nicht, dass ..."

Sie unterbrach sich und sah ihn so an, als sähe sie ihn zum ersten Mal. Plötzlich wurden ihre Gesichtszüge hell und weich und sie fragte freundlich:

„Hat sie dir das nie gesagt? Niemals? Nicht einmal, als du schon ein erwachsener Mann warst?"

„Was?", fragte er flüsternd und fühlte, dass er gleich etwas hören würde, dass er schon vor langer Zeit hätte erfahren sollen. Etwas, dass er immer gewusst hatte, auch wenn er sich nicht daran erinnern wollte. Ich muss gehen, bevor sie es ausspricht, dachte er hitzig, blieb aber wie angewurzelt stehen.

„Dein Bruder ... erinnerst du dich nicht an deinen Bruder? Ich hatte gedacht, du hättest ihn geliebt ...", sagte die alte Frau.

Im Zimmer herrschte Stille, aber es war eine Stille von der Art, dass man meinte, die Zeit bliebe stehen. Adam schloss die Augen, öffnete sie wieder und sah sich in der Wohnung um, in der er sooft allein oder mit der Großmutter gewesen war ... und nicht nur mit ihr ... es war noch jemand da. Immer. Er war immer mit dabei. Erneut schloss er die Augen und vor seinem Inneren entstand ein ungewöhnlich deutliches Bild: Vater und Mutter gehen aus dem Haus, um auf ihre letzte Reise zu gehen. Mit ihnen geht ein großer brauner Hund ... falsch. Kein Hund ... sein Gedächtnis verwandelte diesen Jemand in einen Hund. Um es besser vergessen zu können ... ein struppiger, brauner Hund, ein lieber Hund. Braun, Locken und ein dickes, weiches Fell ... ein liebes ... kleines ... Bärchen ...

„Adam ... ist das die Wahrheit?", hinterfragte die alte Frau. Aber er wusste es schon: Es ging um seinen achtjährigen Bruder, sein liebes Brüderchen, das alle Bärchen genannt hatten. Er war mit mir zusammen bei ihr in der Wohnung und ich habe mich immer an seiner Hand festgehalten ... er wollte es so und mir hat es gefallen ... Adam. Er war drei Jahre älter. Aber wenn er Adam war, dann musste er selbst Janek sein. Und obwohl er damals erst fünf Jahre alt war, so war er doch der klügere und besorgte Bruder. Adam hatte merkwürdige Augen, Schlitzaugen und ein vertrauensvolles, hilfloses Lächeln. Er hatte Adam beigebracht, die Tasse mit Milch vorsichtig auf den Tisch zu stellen, wie man in ganzen Sätzen spricht, die Jacke anzieht und sich die Schuhe bindet, die Bauklötzchen aufschichtet und Kuchen aus Sand bäckt. Aus Liebe zu ihm hatte er einen Freund verprügelt, weil dieser seinen Bruder einen „Dummkopf" geschimpft hatte. Eine Nachbarin biss er ins Bein. Sie war der Meinung gewesen, dass sein Freund Recht gehabt und doch nur gesagt hatte, was richtig war: Ein behindertes Kind sei nun mal ein Dummkopf. Der Junge habe sich gar nichts dabei gedacht.

„Adam ist nicht behindert, aber Sie sind ein Dummkopf", hatte er damals geschrien und mit den Füßen getreten, bis sein

Vater ihn im Treppenhaus überwältigt und ihn in die Wohnung zurückgebracht hatte.

„Beruhige dich", sagte er. „Wir wissen, dass Adam klug, sensibel und gut ist. Wir wissen das und das reicht."

In seinen Ohren summte eine Neckerei, an die er sich gut erinnerte. Jetzt nach Jahren kam sie ihm wie eine ganze Tonleiter vor. Es war ihre eigene Symphonie für zwei Stimmen: Ungeübt, stammelnd, aber er hatte seinen Bruder immer verstanden ...

„Adam ... ko ...ko ..."

„Wollen wir spielen, Adam?"

„Ko ... ko ... Ada ..."

Mit diesen beiden Worten sprach die Königseiche zu ihm, aber er, Janek-Adam, wollte sich nicht an sie erinnern, sie nicht einmal hören. Dieser in ihm lebende, aber so tragisch ums Leben gekommene Adam steckte so tief in ihm, dass es fast bis an die Grenze seiner eigenen Existenz ging. Darum hatte er ihn aus seiner Erinnerung verdrängt. Aber nicht aus Mangel an Gefühlen oder wegen eines schlechten Gedächtnisses, sondern aus Schmerz.

Noch einmal erblickte er vor seinen Augen jene Szene: Sie fahren zusammen ab, das ganze Trio. Er schaut ihnen nach und lehnt sich dabei weit aus dem Fenster der Wohnung. Er sieht Adam mit seinem dichten dunklen Haar in einem braunen Mantel, der ihm mit einem Plüschbären zuwinkt. Mama hält ihn an der Hand, sie lächelt ihm freundlich zu und der Vater ruft: „Pass gut auf Oma auf, Janek! Wir kommen morgen Abend zurück!" - Sie sind nie zurückgekehrt.

Plötzlich fiel ihm auch ein, warum sie wegfuhren. Sie sind doch jeden Monat dahingefahren! In dem kleinen provinziellen Krankenhaus arbeitete ein alter, einfühlsamer Kinderarzt. Er hatte auch einen Sohn mit Down-Syndrom. Er selbst hatte einige Methoden herausgefunden, wie man Kindern mit DS ein normales Leben ermöglichen konnte. Die Eltern sind mit Adam zu ihm gefahren, um sich von seinen Fortschritten zu überzeugen und sich die nächsten, mühseligen Übungen für ihn abzuholen.

Auf einmal tönte in seinem Hirn ein Gespräch der Eltern - er hatte es kurz vor ihrer fatalen Reise gehört - in das unversehens kindliches Ungestüm hereinbrach:

„Was wird mit Adam, wenn wir nicht mehr sind?", sagte der Vater.

„Ich weiß nicht. Ich kann sehr oft nicht einschlafen, weil ich daran denken muss. Ich träume davon." Das sagte die traurige, melodische Stimmer seiner Mutter.

Er lief in ihr Zimmer und schrie: „Nein, nein! Ihr werdet immer da sein! Euch gibt es immer! Immer!" Dann sprach er mit kindlicher, aber unerschütterlicher Sicherheit in der Stimme: „Niemals lasse ich Adam allein. Adam wird immer bei mir sein."

Jetzt, vierzig Jahre später, verstand er, dass sie ihm geglaubt hatten, dass er ihnen ihre größte und schrecklichste Angst genommen hatte. Seine Eltern hatten ihm voll und ganz vertraut, einem Fünfjährigen, der sich verpflichtet hatte, auf den Bruder Acht zu geben und ihn bis zu seinem Tode nicht zu verlassen. Er hatte sie von ihrer scheußlichen Vision eines Pflegeheims und einer schmerzenden Einsamkeit des Jungen befreit.

„Janek ... Adam ... ko ... ko ... lass uns spielen", flüsterte er leise zu sich selbst, indem er sich seine Kindheit in Erinnerung rief. Es war eine gute, glückliche Kindheit gewesen. Auch wegen Adam!

Was hatte der kleine Adam gleich vor seiner Abreise zu ihm gesagt?

„Ad ... ko ... zurück ..."

Und er kehrte zurück.

Wann hatte ihn die Großmutter zum ersten Mal „Adam" genannt? War es am Morgen des folgenden Tages, nachdem sie aus dem Krankenhaus zurückgekommen war, wo sie die Leichen identifizieren musste? Oder war es einige Tage später? Er erinnerte sich nicht. Er erinnerte sich nur daran, dass er sich nicht zur Wehr gesetzt hatte. Für ihn war es so gewesen, als würde Adam noch leben, wenn man dessen Namen rief. Es war, als würde Adam in ihm weiterleben. Also protestierte er nicht.

„Warum hat sie das getan?", fragte er und sah die alte Frau am Tisch an. Sie lächelte:

„Warum sie dich 'Adam' genannt hat? Warum sie dich nicht mehr beim richtigen Namen gerufen und dort im Krankenhaus gelogen hat? Sie fand den toten Adam in dir wieder und beschloss, dass Janek nicht mehr ist ... warum sie das getan hat? Sie hat es mir nie gesagt, da kann man nur spekulieren. Starke Frauen mit Charakter und Würde ... sie ist so eine ... solche Frauen lieben hässliche Entlein mehr als schöne Schwäne. Sie lieben solche wie das Mädchen mit den Schwefelhölzchen", sagte die alte Frau nachdenklich. „Wundere dich also nicht, dass sie Adam mehr liebte als dich. Nimm ihr das nicht übel."

„Ja ...", sagte Adam und hatte erneut die Bilder vor Augen: Einen dicken, unförmigen Jungen mit braunen, lockigen Haaren, der eine braune Jacke anhat - seinen kleinen, älteren Bruder. Er erinnerte sich wieder an die typische Augenfalte und das scheue Lachen. „Unser Bärchen, unser Plüschbärchen", wie Mama immer sagte. Adam war schwerfällig, träge und vertrauensselig wie der Bär aus dem Märchenbuch, den „alle Tiere im Wald" so liebten.

„Deine Oma wollte Adam retten", sprach die ältere Dame. „So hat sie euch beide zu einem gemacht, indem sie dir seinen Namen gab. Sie glaubte daran, dass sie auf diese Weise Adam einen gesunden, starken, kräftigen und gewandten Körper und Geist schenkte. Einen Geist mit Seele und Einfühlungsvermögen. Indem sie euch einte, liebte sie euch beide."

Die alte Frau verstummte. Adam schwieg auch, gelähmt von einem einzigen Gedanken: Adam hat versprochen, dass er wiederkommt. Er kam wieder. Und er? Er hat ihn im Stich gelassen.

„Entschuldigung ... ich muss mich beeilen", sagte er plötzlich, stand ungestüm aus dem Sessel auf, sodass dieser umstürzte. Er hob ihn auf und stellte ihn linkisch und in Eile zurück an seinen Platz.

Die alte Frau sah ihn aufmerksam an.

„Ich habe keine Zeit", sagte er hitzig mehr zu sich selbst als zu ihr. „Ich komme wieder zu Besuch ... das heißt, die Großmutter ... ich komme mit ihr zu Ihnen, ja? Aber jetzt habe ich wirklich keine Zeit mehr ... bitte seien Sie mir nicht böse ..."

Sie blickte ihn verständnisvoll an. Still schloss sie hinter ihm die Tür und lauschte seinen Schritten auf der Treppe. Er lief so schnell und laut davon, wie es der kleine Janek früher getan hatte. Für einen kurzen Moment aber kam es ihr so vor, als ob sie das Echo auch der anderen Schritte hörte: Adams schwerfällige, vorsichtige Schritte. Wie er den Fuß achtsam auf eine Stufe weiter unten setzte, dann den anderen Fuß nachzog, ihn langsam und mit Furcht aufsetzte. „Tuptup ... tuptup ... tuptup ..." Sie liebte diesen Klang.

*

Der Arzt war zögerlich mit der Diagnose.

„Die Lunge ist frei ... kein Fieber ... vielleicht etwas mit dem Gehirn", meinte er unsicher. „Warten wir noch ein, zwei Tage, bis es sich klärt. Schwer ein Medikament zu verschreiben, wenn man nicht weiß, um welche Krankheit es sich handelt."

„Und wenn nun der kleine dunkle Fleck im Hirn die Ursache ist? Wenn es zum Beispiel ein Tumor ist?", fragte Eva unsicher.

Eine Zeitbombe im Kopf, dachte der Arzt. Aber sie ist bei Bewusstsein, nur nicht ansprechbar. Sie schaut die ganze Zeit und sieht etwas, nur uns nicht. Wir wissen nicht was. Vielleicht auch nichts.

„Was können wir denn tun?", machte sich Eva Sorgen.

„Warten", antwortete der Arzt. „Bei behinderten Kindern weiß man manchmal nie."

Er sagt das so, als wolle er mir Hoffnung machen, wurde ihr bewusst.

Der Arzt ging und Eva blieb allein. Sie wusste nicht, worauf sie wartete.

Und wenn ich hier warte, während sie stirbt, dachte sie voller Angst. Es war sowohl die Angst vor dem Tod Myschkas wie auch vor sich selbst. Irgendwo ganz tief in den dunkelsten Winkeln ihres Verstandes blühte die Hoffnung in Eva auf, noch einmal mit allem ganz von vorn zu beginnen. Da gab es keinen Platz für Myschka.

Eva setzte sich auf das Bett zu ihr, stützte mit den Händen ihren Kopf und begann zu schaukeln - nach vorn, nach hinten, nach vorn, nach hinten. Sie wartete. Auf das, was passieren würde und auf die eigene Reaktion, die sie nicht vorherzusehen im Stande war.

Myschka wartete auch. Die Kraftlosigkeit, die sie umgarnte, als sie gegen Mittag die Augen öffnete, empfand sie als normal. Ihr Körper verabschiedete sich auf diese Weise von ihr. Sie berührte ihn nur noch im Geist. Sie sah und hörte die Mutter, verstand ihre Gespräche mit dem Arzt. Gleichzeitig lauschte sie darauf, abgerufen zu werden.

Sie fühlte, dass ihr Papa nicht zu Hause war. Sie wusste immer, wann er da war und wann nicht, selbst wenn er sich in seinem Zimmer eingeschlossen hatte und so tat, als wäre er nicht da. Aber jetzt war er wirklich nicht zu Hause. Myschka hatte Angst, dass er es nicht schaffen würde, rechtzeitig da zu sein.

Dann spürte sie, dass er kam. Er war nicht mehr weit und beeilte sich.

*

Adam stellte das Auto auf der Wiese ab und rannte zur Tür. Das Haus lag im Dunkel. Geräuschvoll öffnete er die Tür. Er eilte durch die Eingangshalle, die ihm zum ersten Mal so unendlich groß und zu lang vorkam. Das ganze Haus schien zu wachsen, als wollte es ihn hindern, ans Ziel zu gelangen.

Am Schlafzimmer stieß er mit Eva zusammen. Irrational dachte er, sie wolle sich ihm in den Weg stellen, aber sie sagte ohne auch nur einen Schatten von Ärger und Wut: „Myschka ist krank ..."

„Nein. Das ist nicht wahr, nicht jetzt, das ist unmöglich ...", sagte er hektisch. „Lass uns einen Arzt rufen ... den besten Arzt ..."

„Sie stirbt", flüsterte Eva mit seltsamer Tatenlosigkeit. „Ich weiß es. Sei still und lass sie gehen."

Er schob sie grob beiseite, sodass sie gegen die Wand gedrückt wurde. Dann hastete er zum Bett. Er erinnerte sich noch an den Tag, als er es selbst im Katalog ausgesucht hatte: breit, mit einem großen und mit Schnitzereien reich verzierten Kopfteil. Jetzt war es zu groß. Alles suche ich zu groß aus, dachte er. Ihm kam es jetzt im ersten Moment ganz leer vor. Erst dann erkannte er die winzige Gestalt unter der Zudecke. Ihre dunklen Locken klebten vom Schweiß. Myschkas schmale, leere Augen schauten ihn an.

Er setzte sich an den Rand des Bettes und hatte Angst, sie anzufassen. Eva stand schweigend hinter ihm.

„Was soll ich tun?", fragte er ratlos.

„Nichts", antwortete sie und dachte, jetzt brauchst du nichts mehr tun.

„Was hat denn der Arzt gesagt? Er muss doch etwas gesagt haben!"

„Dass Kinder wie sie vor ihrer Zeit gehen", sagte sie.

„Vor welcher Zeit?!", schrie er.

Bevor du sie lieben lernen konntest, sagte Eva mit ihren Blicken. Sie schaute ihn lange an.

„Sie wird wieder gesund, sie muss gesund werden und dann bringen wir alles in Ordnung. Wir fangen noch einmal ganz von vorn an", sagte er.

Bevor etwas neu anfangen kann, muss etwas zu Ende gehen, dachte Eva und sah ihn dabei immer noch an. Sie hatte Mitleid mit ihm.

„Es gibt nur eine Richtung", sagte sie leise.

„Weißt du ... ich hatte ein kleines, behindertes Brüderchen. Er hatte auch das Down-Syndrom ...", flüsterte er und brach ab.

Du warst behindert, nicht dein Brüderchen. Du, aber nicht Myschka, dachte Eva.

„Als sie auf die Welt kam, war ich so enttäuscht, aber ...", begann er erneut, um gleich wieder zu verstummen.

... Aber schließlich hat sie sich in dir getäuscht, sprach Eva im Geiste.

Myschka starb einen ganzen langen Tag. Zuerst sah sie nichts mehr. Dabei spürte sie zum ersten Mal die Nähe des Vaters - er würde es nie mehr eilig haben, nicht weglaufen und an ihrem Bett sitzen bleiben. Sie aber konnte ihn nicht mehr sehen.

Dann hörte sie nichts mehr. Sie hörte die Stimme der Mutter nicht mehr, nicht die des Vaters und auch nicht das Flüstern derjenigen, die zu ihr kamen. Die Stille, die sie umgab, war angsteinflößend.

Dann aber, als sie sich am meisten fürchtete, hörte sie eine Stimme. Dieselbe Stimme, die in sich eine gewaltige Einsamkeit barg und die zuvor gefragt hatte, ohne auf eine Antwort zu warten. Aber das Echo seiner Zweifel hallte aus dem Garten wider. Es war dieselbe Stimme, die in sich die Strenge eines erwachsenen Mannes, den Singsang einer Frau und das vieldeutige Zischen der Schlange sowie den warmen und tiefen Atem des Windes vereinte.

„Komm zu mir, Myschka ..."

„Ich komme", antwortete sie gehorsam, ohne den Mund zu öffnen. „Aber dort, wo du mich hinführst, gibt es weder Mama noch Papa."

„Liebe braucht keine Namen", antwortete die Stimme warm und melodisch.

„Was ist dort, wo ich mit dir hingehe?", fragte Myschka.

„Erst der Boden, dann der Garten", sprach die Stimme trocken mit männlicher Sachlichkeit.

„Wirklich?", versicherte sich Myschka, denn sie fürchtete sich nicht vor dem Boden und der Garten war schön, wenn auch etwas zu klein.

„Ja. Dort wird der Boden sein mit seiner Feuchte, Dunkelheit und aller Furcht dieser Welt", erwiderte die ernste Stimme. Myschka erschrak und auf ihrem Gesicht erschien der Ausdruck von Unsicherheit.

„Sie hat vor etwas Angst", sagte Adam mitfühlend.

„Wenn man geht, ist das immer mit Furcht verbunden", flüsterte Eva.

„Dort wird der Boden mit all seinen Geheimnissen sein, seinen Träumen und Wundern dieser Welt. Dort wird es alle Antworten und ganz neue Fragen geben", sprach die melodische, warme Stimme.

„Und was ist, wenn ich auf alle Fragen eine Antwort erhalte?", beunruhigte sich Myschka.

„Ha! Ha! Ha! Probier es aus ... das ist nicht zu schaffen. Fragen und Antworten haben keinen Anfang und kein Ende, sie haben nur eine Mitte", lachte die zischende Stimme.

„Und wenn ich alle Winkel und Ecken des Bodens angesehen haben werde?", fragte Myschka.

„Böden haben kein Ende, sssso wie ein Rätsssel und Träume unendlich sssind, so wie die Angssst unendlich ist", zischte die Stimme.

„Hab keine Angst, Myschka. Eines Tages wirst du auf dem Boden landen, auf dem es nichts außer Liebe gibt", beruhigte sie die warme, melodische Stimme.

„Aber der Garten ...", begann sie unsicher. „Er ist so klein und hat nur einen Anfang."

„Ich werde dir jetzt den ganzen Garten zeigen, nicht nur ein Stück nur für dich. Ich werde dir viele Anfänge und die ganze Mitte zeigen", sprach die Stimme freundlich und weich.

„Und das Ende?", fragte Myschka.

„Mein Garten hat kein Ende", meinte sachlich die Stimme und in ihr war nicht der Hauch von Zweifel.

„Das ist gut", freute sich Myschka.

„Sie lächelt", flüsterte Adam.

„Vielleicht kommt nur uns der Tod schrecklich vor? Vielleicht leiden die mehr, die am Leben bleiben?", sagte Eva. Adam fasste ihre schmale Hand mit seiner großen. Sie erwiderte seinen Händedruck.

Beide setzten sich auf den Rand des großen Ehebettes und beide spürten Angst, ihre Tochter zu berühren. Es war so, als würde diese Berührung ihr Sterben beschleunigen, anstatt sie zurück auf die Erde zu führen.

Ich berühre sie und plötzlich zeigt sich, dass es sie nie gab, dachte Eva.

Ich berühre sie und sie flieht irgendwohin aus Angst vor meiner Nähe, die sie nie bekam, dachte Adam und hielt sich nur mit Gewalt zurück, die Hand seiner Tochter anzufassen.

„Ich zeig dir was", sagte plötzlich die Stimme. In ihr vermischte sich weibliche Weichheit mit männlicher Sachlichkeit. Es war jetzt die Stimme der Stimmen, die Stimme von allem.

„Zeigst du mir, wie man die Welt erschafft?", fragte Myschka hoffnungsvoll.

„Das kann man nicht zeigen", antwortete sie.

„Aber was ist es, was du mir zeigen willst und was soll das sein, wenn nicht die Schöpfung?", wunderte sie sich.

„Das ..." Die Stimme zauderte. „Das ist etwas anderes. Etwas nur für dich, etwas, das ich meinen Kindern gebe, damit sie sich nicht so einsam fühlen. Aber jetzt geh in den Garten, Myschka ..."

Sie ging wie immer mit großer Freude, aber schon mit dem Bewusstsein, dass sie nun bleiben würde.

„Ssssieh ...", zischte die ihr gut bekannte Stimme.

Sie blickte sich um. Das war nicht der Garten, in dem Mama mit der Fernbedienung für den Fernseher einfach umschalten konnte. Jetzt konnte man seine Helligkeit und Farben nicht mehr ändern, ihn einstellen, als wäre er ein Puzzle aus vielen kleinen Bildern und ganz unten hingucken und herausholen, was zufällig im Gedächtnis war. Jetzt hatte man keinen Einfluss mehr auf die Gestalt seiner Welten und die Farbe des Rasens. Das war einfach SEIN Garten und kein Wort könnte ihn beschreiben.

Es gab darin weder Äpfel noch Bäume. ER selbst war der Baum. Es gab darin keine Zauberfrüchte. ER selbst war der Zauber. Es gab weder Fluss noch Wasser. ER selbst war das Wasser. Es gab auch nicht Adam und Eva, war er doch alle Menschen zugleich und auch wieder nicht. ER schuf sie nicht nach seinem Abbild. ER war nichts und niemandem ähnlich. Im Garten gab es weder Licht noch Schatten, ER selbst war das Schattenlicht.

„Ich zeig dir was, Myschka, komm", sagte ER.

Myschka lief zuversichtlich hinter ihm her immer tiefer in den Garten-Nichtgarten hinein. In der Ferne schwebte etwas, bewegte sich, verschwand, tauchte wieder auf. Nein, das war nicht irgendetwas, das war ... jemand! Viele! Sie tanzten.

„Sssie sssind Gessschenke des Herrn", zischte die Schlange melodisch.

„Ja, sie sind meine Gaben", stimmte die weibliche Stimme voller Liebe zu.

„Warum nennst du sie 'Gaben'?", wunderte sich Myschka. „Das sind doch ganz normale Kinder ..."

„Nein, sssssind ssssie nicht", zischte die Schlange.

„Es sind Gaben, die man annehmen, aber auch verweigern kann", gab die nüchterne Stimme zurück.

Myschka ging in den Kreis der tanzenden Geschöpfe und schaute ihnen zu.

Hier gab es ein Mädchen, das anstatt der Beine nur Stümpfe hatte. Es konnte dennoch wie eine langbeinige Tänzerin anmutig damit tanzen. Da war ein Junge mit einem riesigen Kopf und einem hervorspringendem Buckel auf dem Rücken. Er bewegte sich auf den schmächtigen Beinchen eines Zwerges. Ein anderes Mädel hatte statt einer Nase ein tiefes Loch und einen Kopf, der nach oben hin immer größer wurde und an einen Ballon erinnerte. Das Mädchen lachte mit seiner Hasenscharte. Es gab Kinder ohne Arme und Beine, ohne oder mit zu vielen Gliedmaßen, stumme, taube und solche, die sich auf der Erde niemals hätten bewegen können. Es gab Kinder, die man einst von den Felsen gestoßen hatte, kaum dass man ihre deformierten Körper nach der Geburt erblickt hatte. Da waren Säuglinge, die man im Mittelalter Teufelsbrut genannt und auf dem Scheiterhaufen verbrannt hatte. Andere Kinder waren von ihren Müttern wie Katzen ertränkt worden. Manche sollten von ihren Müttern auf Jahrmärkten und Rummelplätzen der ganzen Welt gezeigt werden.

Aber es gab auch jene, die das Schicksal trotz eines deformierten Körpers nach oben geschwemmt hatte und denen es gelungen war, die Rolle eines Harlekins an der Seite von Dümmeren als sie selbst zu spielen. Mit einer Schar von Kindern hatte man Experimente angestellt, um zu untersuchen, wie es zu Deformierungen kam und wie man ihre Entstehung bei der Erschaffung des genialen Menschen umgehen könnte.

Es gab Kinder, die vor den Augen der Welt in Ställen und Kellern versteckt worden waren, die in Isolation und Dunkelheit gelebt hatten. Es gab Kinder, die man in Heimen eingesperrt hatte und die ihre Eltern niemals kennen lernen durften. Hier waren Dutzende, Hunderte, Tausende Kokons, die auf immer und ewig tief in sich drinnen den Schmetterling eingesperrt hatten; den Schmetterling mit zusammengefalteten, aber farbenfrohen Flügeln.

Hier im Garten tanzten all diese Kinder, und ihre Gefühle entschlüpften durch die missgebildeten Panzer ihrer Körper und schwebten in die Höhe. Sie waren noch leichter als der Atem. Myschka nahm sie allesamt in sich auf, hörte und verstand.

„Wer bist du?", fragte sie ohne Worte das Geschöpf, das direkt neben ihr tanzte.

„Mich gibt es gar nicht. Ich wurde nie geboren. Meine Mama stieß mich weg, als ich nur so klein war wie ihre Hand. Sie hielt mich auf auf halbem Wege", sagte ein Junge mit verwachsenen Fingern und Zehen und einem missgebildeten Körper. „Ich beneide euch darum, die Erde gesehen zu haben. Ich wäre auch gern dort gewesen und wenn es nur kurz gewesen wäre und weh getan hätte ...‟

„Es tut weh, ja, das tut weh", nickte ein Mädchen, das wie ein Vögelchen mit seinen zu kurz geratenen Armen flatterte. „Aber es gibt dort so viel zu sehen und so viel Liebe. Ich wurde geliebt ...!‟", sang es plötzlich durch den ganzen Garten-Nichtgarten. „Ich wurde geliebt ...! Geliebt!‟

„Mich wollten sie nicht", sagte der Junge mit den Beinen eines Zwerges und dem riesigen Kopf. „Sie haben mich in einer speziellen Einrichtung untergebracht, in der ich mein ganzes Leben verbracht habe. Aber durch das Fenster habe ich die Welt gesehen, sah Menschen, die anders als ich waren, sah den Himmel, der nicht so blau war wie hier im Garten. Er sah jeden Tag anders aus. Ich sehne mich nach ihm, also weiß ich, was Sehnsucht ist. Es lohnt sich, dafür auf der Erde zu sein.‟

„Sie haben uns in Käfigen in vielen Städten gegen Geld gezeigt. Die Masse lachte und zitterte vor Angst. Aber wir haben so viele Orte gesehen und so wundersame Erscheinungen ... die Erde ist schön", sagten im Chor die siamesischen Schwestern, deren Körper zusammengewachsen waren, deren Köpfe aber in entgegengesetzte Richtungen wollten.

„Ich wollte leben, auch wenn es schrecklich gewesen wäre. Aber es war mir nicht vergönnt. Ich wurde zu einer Zeit geboren, in der man nur den gesunden Kindern zu leben erlaubte. Ich beneide dich, Myschka. Du warst fast acht lange Jahre auf der Welt", sagte ein Junge, dessen kleiner Kopf ohne Hals direkt aus dem verwachsenen Körper ragte.

„Wir beneiden dich, Myschka ... du hast so viel gesehen ... so viel erlebt ... wurdest geliebt", sangen die Gaben des Herrn, die nur kurze Zeit auf der Erde geweilt oder sie nie gesehen hatten.

„Jede Sekunde auf der Welt ist Millionen Jahre Erinnerung wert", summten jene, die an die Zeit erinnerten, in der selbst der Schmerz ein Grund zum Leben war.

Die Gaben des Herrn tanzten und drückten so ihre Freude über ihren wenn auch kurzen Aufenthalt auf der Erde aus. Sie freuten sich über die Gefühle, die sie dort kennen gelernt hatten - die Liebe und den Hass; den Stolz, angenommen und die Trauer, fortgestoßen worden zu sein; die Angst vor Einsamkeit und Dunkelheit; die Scham, gezeigt worden zu sein. Sie hatten das übertriebene Mitleid anderer wahrgenommen oder die Gleichgültigkeit ob ihrer Andersartigkeit. Der Schmetterling, der in ihnen versteckt war, flatterte ungeschickt mit den für die Menschen unsichtbaren Flügeln. Manchmal strich jemand über die für ewig zusammengefalteten Flügel. An diese Momente erinnerten sich die Gaben des Herrn am stärksten. Andere drückten mit ihrem Tanz die Sehnsucht nach einem nie erlebten Leben aus, nach der unbekannten Erde, nach den schlechten, aber ehrlichen Gefühlen, die man nur dort haben konnte.

Plötzlich erblickte Myschka mitten unter den tanzenden Kindern einen Jungen, der die gleichen Augen wie sie hatte, die gleichen runden Bäckchen, einen schwerfälligen Körper und ein merkwürdig bekanntes Lächeln.

„Ich glaube, wir kennen uns?", fragte sie und ergriff seine Hand.

„Oh ja", antwortete er. „Du hast mich immer in deinem Papa erkannt", lachte er erneut schüchtern, aber vertrauensselig.

„Ja!", rief sie. „Ja! Ich weiß, wer du bist! Du bist der Teil, den sie in mir gesucht haben!"

„Ja, Myschka. Ich war glücklich dort unten. Sie liebten mich."

„Auch mein Papa?", fragte sie hoffnungsvoll.

„Er am meisten."

„Und er ist nicht weggelaufen?", erneuerte sie ihre Frage. Sie hielt dabei fast den Atem an.

„Er hat mich immer an die Hand genommen. Er hat mich so geliebt, wie er dich jetzt liebt."

„Er liebt mich?", flüsterte Myschka.

„Er hat dich die ganze Zeit geliebt. Aber er weiß es erst jetzt. Viele Menschen begreifen vieles erst, wenn es zu spät ist", sagte der Junge. Dann kamen andere Gaben des Herrn angelaufen, sodass Myschka den Jungen aus den Augen verlor.

Ich werde ihn wieder finden, das weiß ich, dachte sie mit Freude. Hier kann man alles wieder finden, was auf der Erde verloren ging.

„Das Leben war schön, Myschka! Aber sei nicht traurig, dass es zu Ende ging. Alles muss einmal zu Ende gehen - die Freude genauso wie der Schmerz. Hier wird es dir gut gehen, denn hier gibt es keinen Schmerz", redete das Mädchen mit dem großen Kopf und dem Loch statt der Nase auf sie ein.

Die Gaben des Herrn tanzten und Myschka wollte sich gern ihrem Kreis anschließen. Da hörte sie erneut die sachliche Stimme: „Ich erlaube dir zum letzten Mal, nach unten zu gehen. Für einen Moment ...“

„Einen Moment", wiederholte sie gehorsam und öffnete weit ihre Augen.

Sie lag im Bett. Die Zudecke war ungewöhnlich schwer und machte jede Bewegung unmöglich. Ihr Körper war schweißgebadet und wie durch einen Nebel schien ihr, sie sähe nicht nur Mama, sondern auch Papa.

„Pa?", flüsterte sie so leise, dass es niemand hören konnte und es eher wie ein Stöhnen klang.

„Lächelt sie? Lächelt sie mich an?", fragte ihr Papa oder ER, was Myschka jetzt nicht mehr so genau unterscheiden konnte.

„Gib mir deine Hand, Myschka", sagte Papa oder ER, als sie erneut hörte:

„Gib mir die Hand. Komm, wir gehen zurück. Du musst deiner Schwester Platz machen ...“

„Meiner Schwester?", freute sich Myschka, wurde aber gleich wieder traurig:

„Ich werde sie nie kennen lernen?“

„Nein, nie. Sie wird erst geboren. Und sie wird nicht sein wie du, sondern ganz gewöhnlich. Aber mach dir keine Sorgen, hier im Garten hast du viele Brüder und Schwestern. Komm Myschka, gib mir deine Hand ...“, sang die weiche, angenehme Stimme.

Myschka streckte vertrauensvoll die Hand aus und fühlte einen starken, warmen Händedruck.

„Wenn Papa mit mir spazieren gegangen ist, fühlte es sich genauso an", dachte sie.

Adam griff zum ersten Mal die kleine Hand seiner Tochter so fest. Wie die Hand des kleinen Adam, dachte er plötzlich. Es ist das gleiche, dicke Händchen mit den kurzen Fingern, ungeschickt und feucht. Einen Moment lang fühlte er, wie die kurzen Finger die seinen kräftig drückten. Adam oder Myschka oder beide oder einer im anderen, fragte er sich.

„Myschka ...", flüsterte er.

„Myschka, gehen wir ...", sagte die Stimme nüchtern.

„Gehen wir", flüsterte sie ohne Worte und überlegte, wessen Hand so groß, gut und sicher war.

*

„Wo bist du?", fragte Myschka.

„Überall", antwortete die Stimme.

„Ich sehe dich nicht", ängstigte sich Myschka.

„Dann schau ... siehst du ... du siehst mich im Lichtschatten des Gartens und aller anderen Gärten. Du hörst mich im Lied des Windes. Du fühlst mich im Tau der Rosen, in der Zärtlichkeit des Wassers ... ich bin unten, ich bin oben, ich bin am Anfang, am Ende und in der Mitte ..."

„Jetzt sehe ich dich, höre und fühle dich", freute sich Myschka, obwohl sie sogleich nach denen fragte, die sie unten allein gelassen hatte: „Werden sie nicht ohne mich traurig sein?"

„Sie bekommen ein neues Kind", erinnerte sie gutmütig die Stimme.

„Wird es leicht sein? Gewandt? Wird es tanzen und Musik hören?"

„Ja."

„Und mein Papa? Ich wollte, er würde mich lieben, auch wenn es mich nicht mehr gibt ..."

„Er liebt dich."

„Wie?", fragte Myschka.

„Wie sich selbst."

„Ist das eine große Liebe?"

„Die größte, die sich der Mensch vorstellen kann", antwortete die Stimme mit trockener Sicherheit.

Myschka seufzte und begann nachzudenken, was sie noch fragen könnte. Endlich flüsterte sie: „Und du, liebst du mich?"

„Ich liebe dich, Myschka", zischte die Schlange.

„Und ER?"

„Du trödelssst, Mysssschka", sagte die Schlange, aber ER antwortete bereits mit der Stimme des Vaters: „Ich liebe dich. Ich liebe dich sehr."

Und Myschka ließ sich von ihm in die Arme nehmen. Sie ließ sich in ihnen fallen und wirbelte auf den Zehen in einem nie endenden Tanz. Sie drehte sich so schnell, dass man bald nur noch einen Wirbel immer blasser werdender Farben wahrnehmen konnte. Sie tanzte in seinen kräftigen, nicht enden wollenden Armen und wurde zunehmend leichter und leichter. Bis sie so leicht wurde, als hätte es sie nie gegeben.

Der Apfelbaum am Ende der Wiese warf einen angenehmen Schatten. Seine Blätter raschelten leise. Die Frau und der Mann saßen unter ihm auf einer Bank, hielten sich an den Händen und schauten ihrer Tochter zu. Das Mädchen tanzte.

„Sie ist süß, nicht wahr?", sagte der Mann und lachte dabei seine Frau an.

„Süß", pflichtete sie ihm bei. „Und wie schön sie tanzt, schau doch nur ... vielleicht wird sie einmal eine richtige Tänzerin?"

„Nein, nein ...", entgegnete freundlich der Mann.

Es wehte ein leichter, warmer Wind und der Baum raschelte etwas lauter mit seinen Blättern. Das Mädchen hörte auf zu tanzen und lauschte.

„Myschschsch ... schschsch ... ko ... ko ... Mysch ... schka", sangen leise die Blätter des Baumes.

„Mami, wer ist Myschka?", fragte das Mädchen.

Die Eltern sahen sich an.

„Deine Schwester. Marysia. Wir haben sie Myschka genannt", antwortete die Frau

„Ich hab dir doch schon von ihr erzählt", sagte der Mann vorwurfsvoll.

„Ich dachte, das wäre ein Märchen", meinte das Mädchen.

„Manchmal habe ich das selbst geglaubt", gab die Frau zu.

Aber der Baum raschelte mit seinen Blättern:

„Myschsch ... schka ... komm ... ko ..."

„Wie war sie?", erkundigte sich das Mädchen.

Der Mann schaute hilfesuchend zu seiner Frau. Sie aber war vertieft in das Rauschen der Blätter und lächelte: „Myschka ist jetzt im Garten, in dem es immer früh am Morgen ist, in dem stets die Sonne scheint und der Himmel so herrlich blau ist. Sie tanzt."

„Myschsch ... schka ... komm ... ko ...", sang der Baum, der von einem warmen Wind gestreichelt wurde.

* * *

FRANK SCHROEDER
König für einen Tag

Biografische Annäherungen
an den Komponisten
Wolfgang Streiber

Mit Tagebuchauszügen und
einem Werkeverzeichnis

softcover, 72 Seiten
ISBN 3-9801648-7-x
Preis: (D) 9.90 Euro

Wolfgang Streiber (1934 - 1959), ein behinderter
Komponist aus Hannover, der lediglich seinen
Kopf und seine Hände etwas bewegen konnte,
wurde nur 24 Jahre alt - dennoch umfasst sein
kompositorisches Werk 80 Einträge, viele davon
wurden vom Orchester des Opernhauses Hannover
und vom Sinfonieorchester des NWDR eingespielt.
Unter seinen Werken befinden sich eine Oper und
zahlreiche Konzerte für großes Orchester.
Frank Schroeder beschreibt anhand der Tagebücher
das kurze Leben Wolfgang Streibers - es war
geprägt von Arbeit an seinen Kompositionen,
von Verzweiflung über seine enorme körperliche
Behinderung und von seelischen Leiden.

MARION ENGELHARDT:
Wie der Wind möcht'
ich tanzen
Gedichte und Grafiken

Format: 10 x 11 cm,
48 Seiten, mit 8 Frabgrafiken
Softcover, PREIS: 4,90 Euro
ISBN: 978-3-941175-10-5

Die Gedichte und Grafiken von Marion Engelhardt
regen dazu an, in einer kleinen Pause vom Alltag über
das Leben und die Natur nachzudenken.
Oder über den Sternenhimmel.

Leseprobe: Sternenhimmel

In sternenklarer Nacht
erscheinen uns Legenden
in wahrer Lichterpracht,
zum ewigen Gedenken.

Auf geheimnisvollem Transparent
man die Zeichen der Vergangenheit
nur in dunkler Nacht erkennt,
in einem Bilderbuch der Zeit.

Erhältlich im Buchhandel und über www.treibgut-verlag.de

**BERTHOLD NOESKE:
Als Opposition noch
chancenlos war**

Beispielhafte Schicksale
zwischen 1945 und 1963
in der DDR

ISBN 978-3-941175-17-4
298 Seiten,
softcover, 19,90 Euro

Selten zuvor sind die Sowjetische Besatzungszone
und die frühe DDR aus einer solch persönlichen
Sicht heraus geschildert worden. Berthold Noeske
berichtet aber nicht nur aus eigenem Erleben,
sondern verarbeitet zugleich seine jahrelangen
Recherchen in Behörden und Archiven sowie
zahllose Gespräche mit Zeitzeugen. Der Ort
des Geschehens - Eberswalde - steht dabei
symbolisch für die Zustände im gesamten
deutschen Osten zwischen Kriegsende und
Mauerbau, für die Zeit, in der
Opposition noch chancenlos war.

Erhältlich im Buchhandel und über www.treibgut-verlag.de

FRANK SCHROEDER:
Nuraghische Geister
Vier Erzählungen

ISBN 978-3-971175-11-2
Format 12,4 x 21,0 cm,
Hardcover, 90 Seiten
Preis: 14,90 Euro

Vier - angeblich anonyme - Erzählungen, an die der Herausgeber auf abenteuerliche Weise gelangt sein will. Sie handeln von Mord und Totschlag, von Strandraub und Kanibalismus, von Liebe und furchtbarer Rache.

„Vier höchst amüsante Erzählungen!"
Karin Engler, MDR

„Schroeders Metapherreichtum und Wortwitz begeistern!"
Alexander Lorenz, Thüringer Allgemeine

„Kraftvoll, fesselnd, mit viel Humor!"
Marion Lubig, Bucher Bote

Erhältlich im Buchhandel und über www.treibgut-verlag.de